每个士兵都有一支枪，

每支枪都有一个号码，

而这个号码也就是这个士兵的身份证。

冲锋

0935931755101

师永刚——著

中国出版集团 现代出版社

图书在版编目（CIP）数据

冲锋 / 师永刚著．—北京：现代出版社，2018.8
ISBN 978-7-5143-7212-0

Ⅰ．①冲…　Ⅱ．①师…　Ⅲ．①散文集—中国—当代
Ⅳ．① I267

中国版本图书馆 CIP 数据核字（2018）第 143461 号

冲锋

作　　者：师永刚
责任编辑：张　霆　袁子茵
出版发行：现代出版社
通信地址：北京市安定门外安华里 504 号
邮政编码：100011
电　　话：010-64267325　64245264（传真）
网　　址：www.1980xd.com
电子邮箱：xiandai@vip.sina.com
印　　刷：三河市宏盛印务有限公司
字　　数：266 千字
开　　本：710mm×1000mm　1/16　印　　张：18.5
版　　次：2018 年 8 月第 1 版　印　　次：2018 年 8 月第 1 次印刷
书　　号：ISBN 978-7-5143-7212-0
定　　价：45.00元

目录

第一卷

枪机

弧度

腊月二十四的深夜，我在梦中奇怪地看到了我姥爷。这个长着一脸皱纹的老人，弯着一米八左右的大个子，走进了我的梦里。那梦想的门槛太低，他肯定又忘了弯他那一辈子都弯不下的腰了。我听到他被碰疼了，他在夜色中，有些暗淡地说：小子，你把我的枪放哪儿了？并且像往常一样，用他那双大手拍了一下我的屁股。

我在梦想的深处被他的那双大手拍醒。这时我才想起，我姥爷这么老了，还惦着他的那件破东西。那东西就在我的抽屉里躺着，像一段可怜的往事，又像一个深深的没落的人，散布着我并不喜欢的陈年的气味。那是不是姥爷的味道？我这样想着时，全然忘了他是如何地离去，就像我根本不知道他是如何推开我的梦中之门。我跑到屋外，打开那只抽屉。在这么深的夜里去看一件很老的东西，令人有种难以进入的诗意。我想着他老人家的那句话，打开了那只用红绸扎紧的小包袱。那里面是一把与姥爷一样老的旧枪。那枪旧得早没有了模样，它有的只是一支枪的躯壳。令人吃惊的是那上面闪烁的一层绿锈。那锈色是我见到的最美丽的颜色。我几乎都有些着迷了，这支谜一样的老枪，对我这样一个士兵来说，犹如看到一个上了年纪的老兵。我没有理由，不在这样一支枪面前，惊慌失措，不知如何是好。令我吃惊的是，姥爷这么老了，还藏了这么一个宝贝。这枪是他老人家在八十寿辰时给我的。那个寿辰他过得没有多少意思，但有意思的是，老人竟然在我要离去时，把这样一个宝贝，送给了我。

是在晚上，姥爷把这东西拿了出来，他看着这个生了锈的铁家伙，哈哈笑着说，小子，不要看不起它，这家伙是个地道的德国造驳壳枪，可以打 13 发子弹。他看着我，用那支锈了的、没有了任何战斗力的枪，向一只苍蝇飞动的方向瞄着。

我的鼻子一酸，我没想到强硬了一生的姥爷，在80岁的时候，拿着一支过时的旧枪，向着一只渺小的苍蝇射击。我忽然有种难受感，老人难道不是一支旧枪。他也生锈了吗，我有些吃惊自己会这么去想他。我把那支旧枪拿在手里，它的手感好极了，拿在手里就有一种藏不住的冲击感，从内心往外涌。我掂了掂它，它的分量很重，还有那些锈。我知道这就是那把枪了，那把跟随了我姥爷几乎一生时间的老枪。尽管我早已知道他有一把枪，但它却像一个不太可信的谜一样，对我们只是一种猜测，我们这个家谁也没有见过它。而现在它却在我姥爷80岁生日时出现了，这到底是为什么？我问他，这么多年你把这枪放到哪里了。姥爷似被问住似的，愣了一下，但继而不在乎地喊，我把这玩意儿扔地窖了。它在那下面待了有54年，没想到，还没坏哪。这家伙的命与我一样，够硬的了。姥爷赞叹。我说，你把它给我干什么哪？姥爷看着我，像看一个怪物。那双大眼看得我的心里直发毛。我说姥爷你咋啦，他才回过神来似的，低语：小子，记着，这是你姥爷的一辈子……老人说完，像回避什么似的，扬长而去。留下我一个人站在夜色中发呆。

我从小崇拜他。这个老汉像个男人，他走路从来是那种从容不迫的劲势。这种老军人之气是我对他崇拜的根源。一个人对另一个人的崇拜，其实就这么简单。哪怕他是你的亲人。姥爷的一对老眼时常闪射着一股肃杀。那是秋天最后的神态，可在他的身上出现，令我有些不可思议。我姥姥天生讨厌我跟在姥爷的后面转来转去。这个小脚女人70多岁了，一对老眼仍然明亮着，那眼睛中闪烁着的秋水如同我们村子边上的汾河水，一波一波地向前涌流着。我总是爱看姥姥的那双美丽的大眼，从那双大眼中我可以看清我的姥爷当年是一个多么有福的人，他娶了这么一个漂亮的女人，自然他也就没有理由不在我的姥姥的唠叨下过他的日子了。我经常这样想，还因为我的姥姥擀得一手的好臊子面，那面又筋道又好吃，我爱吃面并不因为我是个山西人，而是我那会做面的姥姥惯出来的毛病。我姥爷与我一样爱吃面，这使我们俩人的处境非常不好。那时候，我记得最多的便是，我与姥爷坐在饭桌前等吃姥姥下的面，而姥姥这时候就会不知为什么地骂起我的姥爷。姥姥不知为何会对姥爷有那么多的仇恨，她时常用我们的山西土话骂着姥爷，仿佛是为她擀面时伴奏一样。用山西话骂人也不是一种正常的理由啊？我经常看着姥姥那有些自言自语的骂人的背影发呆。而每到这时候，姥爷总是沉默着不说话，似乎是没有听见她的话似的。只是大口大口地吞咽着姥姥给做的臊子面。姥姥骂得越多，他吃得就越多，我有时候挺奇怪，骂人的话也是一种刺激人胃口的东西吗？当然这是不可能的，但我的姥爷就在这种骂声中吃了一辈子的臊子面，并且还没有吃够似的，临去世时，他还要我姥姥为他做一次臊子面，他是吃完姥姥做的臊子面才离开这个世界的，这个一生把醋与面当成自己最重要的爱好的老山西人。

但让我不能忘记的是，姥姥对姥爷的不理睬似乎早已习以为常。她一边骂着还一边为姥爷下着她扯了一生也扯不完的面。她骂完了姥爷就开始骂我，说你从小就跟着这么个人，你想干什么？是想去杀人，还是也想去一辈子受穷。姥爷杀过人，我这还是头一回听说，我有些吃惊地看着这个他。这么一个低声下气的老人，他还会去杀人？这么一个小时候常把我驮着去吃百家饭，我有时候把尿撒在他的脖子上，却仍然乐呵呵的老头儿，他怎么可能去杀人？

我就跑去问我娘，我才知道原来姥爷是个老游击队员。再后来，我从洪洞县志上，还看到了他的名字，那名字下面说他是我们县洪赵支队的一个队长，他曾经用刀劈死过 4 个日本人……这事把我吓了一跳。这个老人的传奇让我都有些害怕。有好几天，我都不敢去看他，更不敢往他的身边凑。要知道这一切对于一个 10 多岁的孩子来说，简直有些可怕。尽管他杀的是日本人。姥姥比我厉害，一听到姥爷咳嗽，就骂他，说，他有病都是那些人的冤魂追着他，有 17 条人命在他的手里，姥姥说这都是报应啦。然后她就又很辛苦地去为姥爷煎药。我经常很奇怪，姥姥怎么可能一边恨着姥爷一边又去爱这个人呢？

我就是在姥姥的这种令人不解的诉说中，开始进入了姥爷那传说般的一生。听多了，我才知道姥姥为什么生气。让这个老太太用尽一生也想不通的是，与姥爷一个村子里出去的人，都是将军了，都是一些大得不得了的官儿了。这些人还常开着各种各样的车子，回到村子里，来看这个当年曾是他们的队长，而今不过是一个穷得一生什么也没有的老农民。姥姥这样数落姥爷，当然是理直气壮的。因为这些东西本来就该是我的呀。说到这儿，姥姥就会哭出来，她的命太不好啦，她总是这样叹息。她说，要是你姥爷不跑回来，要是那颗该死的子弹，不钻进你姥爷的屁股里去，你姥爷也不会是这样呀！

我那会儿才知道，竟有一颗子弹，钻进了我这个没有一点表情的姥爷的屁股里！天哪，这对我可是一件奇怪的事，我整天像看怪物似的看着他。我一直想不通的是，那颗子弹为什么会就打进他的屁股里，一个人为什么会用一生的时间带着一颗子弹走来走去哪！我时常看着他的屁股发呆，那两瓣磨盘大的屁股对我来说，又神秘又可怕。但他放着好好的队长不干，跑回来干什么？这个问号我用了10多年才拉直。姥爷一生杀人如麻，据说有几十条人命交到了他的手里。当然姥姥说有17条人命。这个敢杀人的老游击队长，在1948年攻打临汾城时，当上了敢死队队长。那时候，进了敢死队，就没有人会再想着活命。姥爷那会儿望着秋天的平原，有些心绪不宁，离这儿60多里外，就是他的故乡师村，那会儿姥姥刚生下了我娘，从没有见过女儿一面的他，听姥姥捎信说，仗打完了，回来给孩子取个名儿。姥爷就一直想着给我娘取名的事儿，直到晚上，发起总攻，他也没给我娘想出个名字来。他带着十几个人，抬着三棺材炸药，乘夜暗，摸到了高大的临汾城下。那炸药是早晨开始炸响的，爆炸时，姥爷离城墙太近，巨大的声浪把他高高地抛向了几十米外的一块坡地上，把他给震晕了。他从土堆中爬起时，后面的部队还没有跟上来，姥爷把大刀片子一抡，就带头冲上了城楼。他那会儿杀红了眼，见人就是一刀。他也不知道砍了多少人，有多少血溅湿了他的衣襟！他边想着给我娘取名的事儿，边向前冲着。那会儿，他把取名这样的事儿与杀人连在一起，让我有些吃惊。但事实就是这样，我娘的名字就是他在冲上城楼的那一瞬间想出来的。那会儿城头上到处都是浓重的硝烟。无数的子弹流星般在阳光的间隙飞舞。那些闪烁的碎星可能打动了他。这时他看到有个战士扛着一面红旗向前冲。硝烟擦着那面大红的旗帜，到处都是一片鲜艳的红，满天都是无尽的血色。他的眼睛都被这面红旗给晃花了，眼前到处都是浓浓的红色，他想，红色是个好东西啊，我一生不就是为这面红旗来拼命吗？我的好幻想、爱吃面和喝醋的姥爷这会儿来了灵感。他想，日他娘的，就叫红旗吧！我娘从此有了这样一个大红大紫的名字。他回到家后，就像扔一顶破帽子一样，把这面红旗扔给了我的娘。我娘就这样成了他冲向城楼时所见到的一面红旗。这名儿我娘不喜欢，家里也没人去叫。有许多年，我都不知道她老人家叫这样一个革命浪漫主义的名字。

就在姥爷刚想好我娘的名字的时候，一发子弹，斜刺里打中了姥爷。那颗子弹带着一种优美的弧度不偏不斜刚好钻进了他的屁股里，大英雄我姥爷被这颗不识时务的子弹，一下子把仅有的一点雅兴给打没了。他抹了一把他的屁股，屁股上全是血。半个屁股几乎给打烂了。一抓，疼得哇哇直叫。他的眼前又出现了那种他从没有见过的血红，硝烟在他的身前到处乱窜。无数的战士呼喊着向前冲锋。他的眼睛里冒着与那些子弹一样的火星，它们来回地窜游着。他伸出一只手，试图抓紧那些他看不见的火星。这时又一颗子弹叭的一下擦着他的右肩滑过。那声刺耳的枪声一下把他从幻觉中惊醒。他下意识地向下一伏，把半个脑袋露出地面，向四下里寻找那个向他开枪的家伙。那个家伙躲避在城垛的后面，他露着半个头，右手举着支驳壳枪，正向他瞄着。我姥爷气坏了，他一个前滚，就滚到了那个敌兵跟前，手起刀落，那个军官就被他砍去了右臂。那支枪带着一种刺耳的响声掉在了他的身前，我姥爷看着那支枪，有些发呆。半晌，他才从地上，把那支枪捡起来，那支枪上全是血。但在血光中，闪烁着的一丝钢蓝，晃疼了他的眼睛。我姥爷强忍着疼痛拉开那支枪，那里面还躺着一粒子弹。那粒子弹小小地伏在枪膛里，如同一个白嫩的婴儿，那黄黄的皮肤多么地亮啊。那正是孩子的样子啊。我的姥爷有些无由的心酸和微醉般的幸福。但屁股上的刺疼一下就把他从想象中抽出来了，他看了一下在那儿呼疼的敌兵，忽然把子弹放进去，他就用那枚婴儿般的子弹，向那个敌兵瞄去。那个躺在地上的敌兵，有些绝望地看着我姥爷。他眼中的某些东西可能打动了姥爷，姥爷的手微微地抖了一下，那枚婴儿般的子弹飞了出去。那一枪，刚好打在那个倒在地上的敌兵的屁股上。这样才公平些，我姥爷有些满足地想。同时觉得全身力气耗尽般地空虚，他用无神的眼睛看着那支驳壳枪发了一阵子呆，就昏了过去。

我姥爷醒来时，是在野战医院里。这会儿他才想起已经给我娘起好了名字，他还没有见过我的娘呢？我姥爷与别人不一样，他一直想要个如花的女儿，在他有了一堆长得五大三粗的儿子们后，他就整天叫我的姥姥给他生个女儿。现在他终于有了个女儿了，但却不知道她长得什么样儿。那些日子里，他就沉浸在这种小资产阶级的情调中，不可自拔。到了 10 月 1 日，共和国宣布成立了，在医院待得烦烦的我姥爷想，革命都成功了，我还待在这儿干啥？那一阵子，他的老部队都南下了，一生从不怕死的姥爷这会儿却有些后怕了。他那会儿特想我姥姥，想他没见过面的女儿，想他家里分得的一亩二分地，总之，姥爷一个心眼想回家，就像那会儿他不顾家里人劝，去当游击队员打日本人一样。

那颗子弹在姥爷的屁股里，折腾了几天就不再动弹了，仿佛是一个闯了祸的小孩子，安静地待在一边，不敢出声。我姥爷对于那颗子弹根本没有放在心上。当时医院的环境太差，就决定让他去后方医院做手术。但我姥爷对这颗子弹已经不太在乎了，他想，一颗钻在屁股里的子弹能成什么气候？去意已决的我姥爷，带着那颗子弹，跑回了家。

我有时候想，人的一生总是有着各种各样的结局。你自以为在一条道上向前走着，并且这条路的末端可能就是你一生的终点了。但就在你要走到尽头时，却又走上了另外一条路。并且这条路有时候，还是小路。我姥爷就是这样。离革命成功眼瞅着只有几毫米了，他要是咬咬牙，坚持着走过去了，也许一切就会是另一个开始。但我姥爷选择了回家，这就使他选择了另外一种人生，成了另外一种人。因为他永远都不能不承认，自己是一个逃兵。姥爷离开医院时，把所有的东西都放下了，唯独拿回了射进他的屁股里一颗子弹的那支驳壳枪。他回到家后，就把那支枪扔进了地窖。他任它生锈，任它在另外一个角落中被岁月磨灭。如同他只能任那颗子弹跟着他，如同一种洗不清的耻辱。那颗子弹难道不是一种耻辱？但比这更让老人痛苦的，不是这颗子弹在寒雨飘落中悄悄走动时的疼，而是那些比子弹更重的人生。姥爷回到村子里后，生活比他想象的要难得多。姥爷一生背着这种重负，一会儿做小工，一会儿去山上种树，他养活着这个几十口的家，直到所有的人都大了，他的人生也就将尽了。那颗改变了姥爷命运的子弹，就这样跟着姥爷，在他那硕大的屁股里待了几十年。一到冬天，它就动了，带着一种小心的抖动，它似在沉思或者在散步。每当这时，我就看见姥爷的眉头紧皱，脸上洋溢着一种异乎寻常的疼痛神色。姥爷痛苦时，可能就是他的人生幸福之时，我这样想，是因为我看到那颗子弹所带来的痛苦，让他的脸上露出了一丝少见的欢乐。那种欢乐给我的震动太大了。只这时我才感到，老人为此所要担负的人生是多么地重呀。他只在这颗子弹颤动时，才有一点点的轻松。而这一切，真的可以减轻你的灵魂中的疼痛吗？我不止一次想问一问他。但我知道，我的问话，将会是另外的一种疼痛，我不想再让我的姥爷享受痛苦了。

我曾经很奇怪，他为什么不把这颗子弹从屁股里取出来呢？把子弹取出来，他一生的痛苦不就没有了吗？我问过我的娘，我的娘也不知道。我问我姥姥，姥姥也只是沉默不语。我不知道为什么她们会对这样一颗子弹，表现出这样的一种心情。但我谁都问了，就是不敢去问我的姥爷。我知道，这颗子弹是老人的一块心病，那是他身上最柔软的地方啊。我们都小心地躲着它，像躲着一段往事。

但我知道，老人肯定会把那颗子弹取出来的，因为我姥爷恨它。因为它不是我姥爷身上的东西。他人生的转折是在去年。他当年的一个兵，当然，他后来做过共和国的中将。这个老中将，在他也老得只有回忆的时候，打听到了我姥爷还活着，就来找他。这个当年他手下的兵，看到他的老队长的生活，老泪纵横。中将说，我不信一个砍死了十几个鬼子的人，会是逃兵。我更不信一个老兵，就不该过个好日子。两个月后，县里就把他的问题给解决了，姥爷成了老英雄。许多人都去请他讲当年去杀敌人的勇敢。但老人给我来信说，我不知道你们这些人为什么爱听人讲杀人。为什么他们要逼一个老人去回忆杀人呢？老人问我。我有些呆然。一个老人可以给这个世界上留下些什么呢？当然不只是可以去杀人。

老人在信中问我，他八十过寿时，能不能回去？他似乎感伤地说，那颗子弹现在经常动，像是在与他说话，它沉默的时间太久了。这狗日的子弹。他一动我就想起那些过去。我知道，自己没有多少时间了，我该走了，他们都在叫我哪。你回来吧，我有件东西给你。在信末，他似乎小心地问我，那颗子弹现在还能取出来吗？那狗日的玩意儿在我身上的时间太长了，我一想到有这么个东西在我的身上，就觉得不太自在。

这是老人头一回与我提起这颗子弹的事。我的手有些颤抖。我把那信看了一遍又一遍，直到泪水悄然滑下我的脸。这颗子弹早该离开我姥爷了，临回家时，我专门去军区总医院找了一位专家咨询，那位老专家听完我介绍的情况，沉默片刻，才对我说，那颗子弹最好不要取出来。他有些小心地说，一件与人相伴了 50 多年的东西忽然离开人体，可能同样是一种伤害。据考证，有时候，人体可能会在漫长的时间中，把不属于自己本身的东西纳入到自身的组织中，当成自身的一部分。我说，可那是一颗子弹呀？

他有些坚决地说，即使是一颗子弹，也是一样。现在把它取出，就像当初它钻进去时一样，还会带给他更深的疼痛与不适。我有些伤感地问他，那这颗子弹将永远无法取出了？医生深刻地点点头，最好不要再增加他的痛苦了，那子弹与他在一起的时间太长了……

我是带着怅然的心情回到家里的，我把那个老专家的意见转告给他。他似乎有些愕然，半天一语不发，那种沉默逼迫着我。老人无言地看了看我，低语：我会把它取出来的，这狗日的小东西，它跟了我 50 多年了，50 多年了呀……

老人叹息着，之后把我引到他的屋子里。我知道他要送给我那件他在信中提及的东西了，但那是什么呢？对于老人将要送我的东西，我一直在猜，我什么都想到了，但唯一没想到的是，他给我的竟是这支旧枪。他把那支枪从那块布匹中剥出时，我几乎快要喊出来了，我没想到老人真的还藏着这么一支枪。以前听别人说老人有一支枪，我一直不太相信，但我看到它时，竟一下就感到了另外的一种惊撼。我知道老人为什么会有那支枪了。我默默地期待着老人。他捧着那支枪，像捧着一种回忆。只是那回忆都成了什么样子了呢？它锈迹斑斑，已经看不出它真实的模样，并且还散发着一种奇怪的味道。那是往事的气味啊！我这时才发现，老人用了一生时间，像珍藏着一种仇恨一样，藏着这支枪。还有那颗子弹。老人把那支枪递给我，他的神情黯淡，仿佛有无限的伤感。他说，这支枪就给你吧，我把它扔到地窖里 50 多年了，它也没被锈坏。这狗日的，比我命还硬呢！老人叹息着，转身离去，留下我一个人发呆。

我努力地看着那支枪，试图从中看出些什么来，但我知道，对我来说，它太简单，又太复杂，如同我姥爷。

我就这样捧着这支枪回到了军营。这可能是这个世界上最贵重的赠品了，因为他是一个老人的仇恨与一生。

这个老人的一生只有一斤二两重。

我以为。

但这个梦只是一种征兆。3 天后，我收到家中来电，姥爷于当天去世，要我速归。天哪，3 天前，正是我在梦中看到他的时候，这个老人。我的心一下子揪紧了。我赶回去的时候，老人已经静静地躺在了泥土里。让我想不到的是，老人在临死前竟然留下一句话，要求将他火葬。大家都被他的决定给弄呆了，我们老家最讲究的是土葬，火化对于山西人来说，几乎是一种对祖宗的大不敬。他的这个决定几乎遭到了全家所有人的反对。而反对最厉害的是我姥姥，这位已经老得几乎只剩下一把牙齿的老人，哭着对我姥爷喊，你个没良心的，你把自己一把火烧了，留下我一把老骨头往哪里埋呀？我姥姥的担心有她的道理，我们山西人最讲究的是活着在一起，夫妇死后还要埋到一起，否则就无法超度。更重要的是，我姥姥不愿意死后一个人，那太孤单了。一生没对姥姥发过火的姥爷，勃然大怒。他叹息着说：我非得把那颗狗日的子弹给取出来。狗日的跟了我一辈子了，你还想让它跟着我到黄土里去吗？

姥姥在他的咆哮中，停止了哭泣。一双眼睛望着这个已经快要停止呼吸的老人，仿佛是看着一个陌生的人。

姥爷 3 天后，平静地离开了这个世界。

家人请示我姥姥，问她是把我姥爷火化了呢还是土葬？我姥姥用拐杖点着地，如同她的声声叹息。她说：罢了罢了，把他给烧了，烧了吧！我姥姥颤抖着喊。一行老泪哗哗直往外涌。

我回去时老人已经给烧了，他一米八高的大个子就那样窝在那个小方盒子里，他不憋屈得慌吗？我看着他的样子，眼泪悄然滑下我的脸。我的娘，他的小女儿红旗把我叫到她的房间，递给我一个小包。她说，这是你姥爷留给你的。我不知道，他又会给我留下什么来。但我有种预感，这可能是老人留给这个世界的唯一证物了。

我小心地打开那个小包，那里面是一颗已被烧得变形了的铜色的物体。它的样子已经扭曲，放在手里如同一个丑陋的小婴儿，只是这个婴儿多么地丑啊，在手里来回地弯曲着，如同它睡着后的一个小小的样子。我看出来了，它就是那颗跟随了姥爷一生的子弹。我的手抖动着，我觉得它是那样地沉，沉得几乎要脱离开我的手，我把它擦拭了一遍又一遍，把那颗子弹擦拭得明光锃亮，在灯光下发散着一种淡淡的黄色微光。我知道，我怎样擦拭，也看不到我的姥爷了，这颗狗日的子弹。

姥爷临走时，要家里人把这颗跟了他一生的子弹留给我，而把他辛苦一生挣得的几万元留给了我的舅舅。我听娘说，姥爷交代，“他是我身边唯一一个在军队上的人，是我的一个影子，就把这颗子弹给他吧。”老人英明，知道我爱什么。我的眼泪悄然流了下来……

我捧着那颗已经变形了的子弹，它在我姥爷的身上停留了几十年，再来到这个世界上的时候，竟是这样一种模样。我没想到，是它改变了我姥爷的一生，人的偶然性竟是这样的呀！我捧着那支枪，来到了姥爷的坟前。他的坟墓在寒风中显得多么地孤单，一只寒鸦停在一棵老树上，它的叫声太难听了，我忍受着它在风中的叫喊，但心情却十分地沉重。我不知道我来这儿干什么，姥爷在我心中的影子太深了，我坐在那里就可以听见他的咳嗽。这个老人，我叹息着，一种无由的疼痛让我难受。我把那支枪拿出来，它是那样的丑陋，是它毁坏了姥爷的一生。我的泪哗哗地溅湿着冬天的大地。我跪倒在他的坟前，把那支已经锈烂的枪，用石头拼命地砸着。我恨这支枪，是它改变了我姥爷的一生，我怎么可以原谅你呢？我边砸边在心里痛喊着。但是这支枪太强硬了，石头在它的上面连点痕迹也无啊，它能躲过石头的砸碎，可它却躲不过岁月的折磨。只有岁月是强大的啊，她轻易地就让这支枪锈成一种可怜的模样。我用力地用石头砸着那支枪，我边砸边听见它在风中咳嗽，那声咳嗽让我有些难过。这声音多么像我姥爷的声音呀，我把那声音听成了他哈哈的笑声了。

那支枪被我砸碎了。它碎了的时候，似乎才更像枪呀。那上面多年沉积在一起的铁锈被剥落了，深埋在铜锈深处的钢蓝爆发出夺目的光。我都被那支枪的优美给惊呆了。我小心地看着它，不知该说什么才好。我知道这支枪带给我与姥爷的不仅仅是痛苦，可它还给姥爷带来了些什么呢？我不知道，但我不想让它再在这个世界上打扰姥爷了，同时也不想让它再打扰我。

我跪在那里，用手刨挖着姥爷的旧坟，那些土都被冻结在了一起，土的颗粒相互粘紧着，仿佛一群流浪的孤儿，紧紧地抱在一起，那种坚硬的感受让我有种错觉，我不自禁地把脸贴在那些寒冷的土上，这时我闻到了一种熟悉的气味，那味道里有着一股山西老陈醋和臊子面的酸香。我闻着那些味儿，忽然想哭，姥爷这个老西子呀！我流着泪挖开了那些土，土里露出了他的棺材，我把那支枪放到了它的上面，姥爷一生都被这支枪所累，他死了，还是让这支枪为他殉葬吧！我把那枪用土埋上，就在我转身时，我仿佛看到姥爷咧开他的大嘴笑着对我喊：小子，给我端一碗臊子面来。我下意识地回过头，却看见冬天的风正从田野上哗哗地走过，那风扯着我的手，生疼，我看见那颗子弹，在我的手心里动了动，它很冷。

枪的灵魂

枪有没有灵魂，有没有充满疼痛的皮肤，有没有它的归宿？

如果有，那它的形状是什么呢？它有着怎样的气味，又有着怎样的感觉？

我不知道。但我却相信枪的灵魂，肯定会存在。只是它在哪里呢？它会像我的声音一样，在这个世界上留下自己的擦痕与锐利的诘问吗？我耽于这种盲目的追寻中，是因为有个与我不一样的人，他的一生都在寻找着一支枪的灵魂。

这个人是在什么时候出现的呢？我至今都觉得是个谜。就像我在行走中，遇到一位走在我身前的老人，我没有办法也不可能知道他为何就走在了我的前面，成为了我的路人。这个奇怪的老人就是这样走在了我人生的前面。

那天我又去那片奇怪的墓地散步。原谅我有这样的爱好。我不是个有什么怪癖的人，可是这片墓地的出现却对我有着一种怪异的吸引力。那时候我在这个军营中做着落寞的下士，整天的训练与对戈壁的失望几乎让我无力应对自己的精神。那时候，我唯一的娱乐就是去戈壁滩上看石头。戈壁就在我们的营房边上，我不知道为什么天生对这些荒凉的世界感兴趣。我从新兵连分到这儿的时候，看到那些铁一样的石头，竟有种莫名的感动，可让我不明白的是，与我一起来的那些战士，为什么看到这些石头竟然流出了眼泪。

我从来没有见过这样大的一片由石头组成的世界。那些石头不知是由什么人摆好放在那里，它们用无数种表情来说着一些我不懂的话。发现了这个秘密后，我就时常悄悄地溜出去听它们说话。石头的声音是一种沉默的哑语。它们只与你打着手势，与你悄然私语，与你有着无尽的距离，因为你总会发现，你读了它们许多遍，可却对它们一点也不懂。这种神秘的感受让我对这片铁戈壁产生了奇怪的兴趣。我就是在这样的阅读中，开始走进它的深处的。

那天我像往常一样，在黄昏时走进了这片戈壁滩。戈壁上的风好大，那些石头都被风撞得来回地动摇着，风声中有着一种怪异的响声。远处的一轮大太阳挂在天际的尽头，它的光线被风给撕扯得一缕一缕的。我还是头一回看到这种奇怪的天象。我在这种天象中，一个人信步走着，戈壁滩在眼睛中是弯曲的，它下滑着，仿佛是女人优美的腹线，我沿着那条腹线向下走着。这时风声响处，远处忽然出现一大片看不清的土包，它们在戈壁滩上一个一个地排列着，直到排列到天际的尽头。我被一种强烈的好奇打动。我跑过去，天，那居然是无尽的坟墓。那片坟墓太大了，大得让我有些小小的恐惧。

这时太阳已经快要触到地平线了，它的脸像一大盘血红的铜汁。一滴一滴地掉落在那些坟墓间。风在坟墓间来回穿行，它们擦着坟包前进，发出一种奇异的叫声。我的心里有些毛骨悚然，它们在叫什么呢？这时那些风声响得更厉害了，它们哗哗地在我的眼前叫喊着，那些坟包在夕阳中起伏。我没想到，这儿竟有这样一大片坟地。那些坟墓随坡起伏，仿佛是一群偶尔在这儿倒卧休息的人，他们走累了，就在这儿随便找个地方坐下，他们的姿势各异，有的像在沉思中睡过去的灵魂，有的则只是在一边想着个人的心思，还有的扎成一堆在说着什么。他们死去了仍保持着活着时的样子，令我惊异。但让我吃惊的是这片坟墓的巨大，它们太大了，大得都超出了我的想象。

我走上一片高一些的坡，从那里望下去，坟墓群如同许多起伏的山包。它们就在石头间走来走去。似乎漫山都是这些坟墓。我轻轻地走过去，我想看清这里有多少这样的坟墓，我像数着一个个的石头一样，数着那些坟。我不知道它们能否听到我喃喃的声音。我觉得这样数下去，对我有一种奇怪的诱惑。那些坟在我的心中有着一种神秘的暗示，我似乎觉得这片旷野中蕴藏着某种极为深刻的秘密。因为你不能想象这样一片荒野中，为什么会有这么多的坟墓，而且这些坟墓竟会在这样一个远离人烟的地方？那些埋在泥土中的灵魂究竟是些什么人呢，他们走了这么远，为什么会走到这样一块只有石头与风的地方呢？我边想着这些奇怪的问题边数着它们。已经数了快一天了，我也没有数清楚。它们一会儿是一千，一会儿又是一千五。它们就这样在我的心中来回地倒来倒去，却就是无法让我把它们数清。

我数了一遍又一遍，直到累了。

这些奇怪的坟。

那天直到夕阳化成了一滴戈壁滩上的铜汁时，我才悄悄地回到了营房。但这个地方像一个秘密一样，藏在了我的心中。只要一有空，我就会悄悄地跑到这片坟场。猜想这儿的每一个坟墓的故事成为了我的一种奇怪的爱好。陌生的东西总是有着一种十分强大的力量，让你无法忽视它们的出现。我对这片坟墓感兴趣，还因为这块戈壁滩实在空旷得没有什么东西，可以挡住我的想象力的延伸。而这种爱好竟成为了我一种很私人的乐趣。

我把那些我看过的坟墓都编了个号。我还给那些形象各异的坟墓，取了许多的名字。我不知为什么，竟把它们的主人都想象成是战死沙场的战士。我觉得只有战士才会把这里当成自己最后的墓地。所以在我对他们的想象中，他们都有了许多很壮烈的故事。我实在不明白自己为什么会染上这样一个毛病，竟然去花许多的时间去想象他们各人死亡时的样子。他们是些什么人，为什么而死，他们是怎样来到这个地方的等等，都是我思考的理由。为了表示对我想象中的这些战士的尊敬，我为他们许多人的坟头，都放上了一束有着一种让人窒息的花香的沙枣花。远远地看去，那些花竟都有着一种令人心惊的表情。

但没过几天，我就发现了一种奇怪的现象，那些沙枣花竟都被挪动了地方。那些花以前我都放在了每个坟的顶上，但现在它们竟都走到了坟前。这些自己走下来的花，让我有些莫名的心惊。它们为什么会走下那些高高的坟顶呢？一种让我心惊的感受从我的脊背上麻麻地走了上来。是那些灵魂自己放到那里的吗？我惊慌地环顾四周，那些坟都沉默着不说话，一丝风正快速地走过我的身边。它们太快了，让我的眼睛也追不上。到处是风与石头相撞击的呻吟。它们似乎在悄悄地喊着我们的名字。我惊恐地向那声音出现的地方看去。似乎是在远处的一个大些的坟面前，我看到有团黑色的东西正向我走来。戈壁滩上的地势与气象总是给我们许多无法理喻的假象。虽然那团黑影与我很近，但却像很远似的。我看不清它的面目。但我却看到它向我走来。我几乎呆住了，这儿怎么还会有人来，可那是人吗？我吸了一口凉气。但双腿像重铅般无法迈动。我的大脑一片空白。有好一阵子我就看着那团黑影发呆。似乎过了好久，我才看清，那不过是个老人，他一直在坟墓间弯着他的身子走路。像是在寻找什么似的，脸上一片枯色。从脸上已看不出他的年龄了，但我却感到，这个人与我一样，似乎也对这片坟墓感兴趣。不同的是，我只不过是个猜想者，而他却似乎是个寻找者，这个老得已经看不出年龄的人，他想找到什么呢？我想。同时暗暗松了口气。毕竟这个人是个老人，而不是一个可怕的灵魂！

那个老人看了我一眼，没有表情地对我说，那些沙枣花是你放的？我点点头。心里奇怪这个老人竟把我的花给放到了另外的地方。

他转过身，看了一会那些坟墓。似乎对着戈壁滩说，那些花会把他们的眼睛遮住的。知道吗？永远不要挡住别人的眼睛，哪怕是一个死人的眼睛。

我被老人的话给碰疼了，我没想到还有这么一个让人不可思议的人。我以为自己就够怪的了，但这个老人竟不愿意我的花把他们的眼睛给遮住！我的直觉告诉我也许这个老人知道这些坟墓的秘密。

我嗫嚅半天，问他，你知道这些坟里住的是什么人吗？

老人看了我一眼，似乎对我的话没有反感。“这里边埋的是一个团的女兵。”老人看着风说。“她们有 1600 多人哪。可惜只有 1200 多个坟。那些人到哪里去了呢？”老人长叹一声。风摸着他的脸，摸走了一滴老泪。

惊异的是我，我根本没有想到，这上千个坟墓里埋的竟是一个团的西路军战士，而且还是一个团的女兵。她们为什么会被埋在这里，这片旷野太荒凉了。这儿离家太远了，远得只有石头，而没有了回家的路。我的心莫名地揪紧着。我看着那些坟，竟有种寒意在全身到处窜游。我压抑着内心的不安，问这个老人，为什么这些女战士会来到这里，为什么她们都没有名字，只有一个个的坟头？

老人点上一支烟，似乎自言自语地说，这个地方啥，就是那个二十亩戈壁。知道二十亩戈壁吗？

我咀嚼着这个名字。我忽然想起来了，它不就是军史上讲的那支女红军团战败，全团战至最后一人的地方吗？我记得自己读到这个故事时，曾经泪水长流，这本来是男人们的战争，却以女人的失败而增添着许多的悲壮。但我没想到，这个地方竟在我的脚下，这儿就是当年的血火战场。而那些坟里埋的人就是她们了？我急切地追问。

……她们那一仗打了六天六夜，女人们一个个地死去，当年的血染红了这些戈壁滩上的石头。但她们没有一个人后退，没有一个人低下头去。只要交出自己的枪，就可以活命。但这些女人们都把缴枪当成对自己的侮辱。战斗到了第七天，全团只剩下了四个人，四个人手里有十发子弹。她们知道自己没有办法走出去了。四个人就最后商量了一下，她们决定给自己剩下 4 颗子弹，用那 4 颗子弹来送自己上路。敌人又向前冲锋了，她们打光了那 6 颗子弹。

最后的时刻来了。年龄大一些的那个女人，用枪指向了自己，其他的人也像她那样举起了枪。那些围攻了十几天的马匪，终于冲上来了。4 个人最后看了一下对方，满目壮烈地合上眼睛。枪响了。4 个女人倒下了 3 个。那个年龄大些的女人扣动的扳机，没有回声。她的那颗子弹是个哑弹。她一下子哭了出来，那一刻，她觉得自己有负于那几个先走的姐妹。但这颗哑弹为她指出了一条新的路。如果她愿意做俘虏，愿意苟且偷生，愿意一生承受活着的煎熬，那么也许她还会活在这个世上。这时那些马匪已经把她包围起来了，他们哈哈地狂笑着，用马鞭指着她，要她把那支枪放下。那些马匪此时已经在想着如何来对一个囊中之物进行一种精神上的占有了。这时一个马匪骑着快马过来，他的马刀上闪烁的血光让她有些心跳。那马匪呼啸而来，又呼啸而去。过了片刻，又一个骑着快马的马匪走了过来，他把马刀挂起在马鞍上，那柄马刀上闪着被血浸过的冷光，在土色的阳光中蜇着她的眼睛。那个马匪点燃一支烟，嬉笑着喊，小妹子，把那枪扔了，跟大爷走吧……旁边的马匪们就哈哈地狂笑着，他们根本就不把她放在眼里，也就是说，他们只认为她是一个女人，而不是一个战士。

这些敌人的胡叫乱喊激怒了那个女兵，她轻轻地把那支枪拿起，那是一支汉阳造步枪，上面的刺刀已经弯曲了，有半片卷着长长的刃锋，刺刀上还沾染着一点点的肉星。那个女兵看着在她面前点着烟，根本不把她看在眼里的马匪，一下子被激怒了，她死死地盯着他，那个家伙被她看得很不自在。她觉得心中有无限的愤怒正在聚集，她最不能容忍的是，那些敌人竟然不把她当成一个战士！她慢慢地抓紧那支枪，那枪在她的手里十分轻。她几乎是下意识地跳起来，端着那柄已经卷刃的刺刀向那个马匪刺去。她向前冲的动作犹如一只扑扇着翅膀的蝴蝶，只是这只蝴蝶带着一种让人害怕的勇敢。她的头发在风中飞舞着，阳光在她的发际间飘荡着一种动人的光。她身上沾染着血迹的衣服像一面破败的旗帜，在风中发出怪异的响声。那一刻，戈壁滩上一下子就静了下来，那些马匪们都被这个女兵忽然的举动给吓呆了，他们呆呆地看着她向前冲的样子，竟忘了去躲避。还没等他们反应过来，那支汉阳造步枪已经刺进了那个士兵的胸膛。那匹马惊慌地拖着那个被刺中的士兵向戈壁深处驰去。他身上的血迹在风中到处飘洒，梅花般落到了那些敌兵的身上。

女兵在风中看着那个被刺中的敌兵，浑身的力气耗尽般，在风中来回摇晃。那支枪被她拄在手里，支撑着她。风动着她的头发，发出哗哗的声音。

那些围着她的士兵都被这个女兵突然的举动给震惊了。他们有些不可思议地看着这个孤独的女兵。这时他们才知道，他们面对的不仅是一个女人，还是一个没有缴出枪的士兵。马匪们被激怒了，狂叫着向那个女兵冲去。这时那个女兵看着那些冲过来的敌兵，轻轻地把枪对准了自己的胸。她的脸上溅满了血，没有人可以看清她的表情，但所有的人都看清了她把枪对准自己的举动。那些敌人冲过去时，她手中的枪响了。那颗哑弹这时候又开始了发言。那颗最后的子弹，射中了她。那个女兵在一声沉闷的枪响中，踉跄着向前扑了两下，她似要抓住什么，但却只抓紧了那支伴随了她 7 年的步枪。那步枪被她拄着，之后，站稳了。那声枪响在戈壁滩上回响着，半天都没有消失，她似乎想最后看清这块戈壁，她用力拄着那支枪，直到力气尽了，她才轻轻地向后倒去。她倒下的时候，还有呼吸，那支枪轻卧在她的身上。有个马匪踢了她一脚，想把那支枪夺走。没想到，那支枪被她牢牢地抓在手里，并且抓得是那样地紧。那会儿，这个女兵只有一丝呼吸，但她全身的力量却似乎都集中到了那支枪的身上，她抓得太紧了。以至于那个马匪拖了好几次，都没能从她的手中把那支枪拿走。那个敌兵就把脚踩在她的身上，用力向外拖。那支枪就像焊在她的手上似的。一动不动，那个敌兵恼怒了，向她身上开了一枪。子弹从她的胸前穿过，一缕鲜血染湿了她身下的石头。那一会儿，她肯定是昏迷了过去。她的全身已没有了知觉，但她的双手仍然紧抓着那支枪，枪在她的手里攥着，如同她身上的某一部分。

那个高大的敌兵还是没能把那支枪取下，他有些愤怒地向女兵的身上踢着。那个女兵似乎是下意识地把身子蜷起来，那支枪在她的身下，像一个可怜的婴儿。这时围过来十几个敌兵，他们都被这个女兵身上的这种奇怪的力量给镇住了。但继而又被震怒了，他们疯狂地向这个已经没有了任何反抗力但却仍然紧抓着那支步枪的女兵大打出手。他们肮脏的皮靴踩击着那个女兵的身体。戈壁上传出一声声踩击时沉闷的回声。那个女兵的脸上已经看不出任何的表情。她的脸已经给踩得稀烂。那些马靴上都是灿烂的血迹。似乎有很久了，那些马匪们都有些累了，他们喘着粗气停了下来。那一刻，这些人已经不再把这个女兵当一个女人来看，他们只是觉得她更像是一个可怕的敌人。尽管这个敌人已经没有了任何的抵抗能力。

这些狂妄的马匪们，看着这个已被踩踏得没有了模样的女兵，竟都沉默了。那个敌兵又上去取那支枪。那枪上全是鲜艳的血，放在女兵的怀里，像一个婴儿般地睡着了。那个敌兵用手拉了拉那支枪，那支枪还是一动不动。这时候，女兵已经停止了呼吸。但她的手仍在最后一刻保持着她生前的姿势。几乎所有看到这一切的马匪们都有些惊慌了，他们实在搞不清这个女人为什么死都不缴出自己的那支枪呢？那个马匪有些惊慌了，但他还是想出了一个办法，他拿出自己的马刀，那刀子闪着寒光，向女兵的左臂劈去。那只左臂一下子就松在了地上。她的左手轻轻地向下摊开，那支枪仍躺在她白皙的手心。只有枪托仍在她的右手中紧紧地抓紧着。敌兵们有些呆了，他们都不再说话，那会儿他们也无话可说了，对于一个已经死去的灵魂，此时说任何话都显得有些多余。那会儿，他们都被一种东西给震撼着，那是一种士兵对于士兵的震撼。

戈壁上被一种罕见的寂静给充满着。这时那个不识时务的马匪又举刀去砍女兵的右手，但周围的人都用一种厌恶的眼光看着他。站在戈壁滩高处的一个军官模样的人一直看着那个女兵，他似乎被那个女兵给触动了，嘴角抽搐着，手中的烟支竟从手中滑到了地上。他看到那个小马匪走过去时，心中似被什么给刺了一下，他用双脚一夹马肚，那匹马受惊似的向那个马匪驰去，马到人到，那个军官模样的人，一鞭挥去，抽在那个小马匪的脸上，那个小马匪手中的马刀一下子就掉到了地上。军官跳下马，走到那个兵跟前，用马鞭指着他，大声喝斥：你他娘的知道吗？这是个死了的女人。那个兵呆在了一边不再说话。天色黑了，那个军官看着一地的人群，沉默了。

戈壁滩上的风声在夜色中如同冰冷的涌流，风在每个人的脸上摸来摸去，像要看清他们的表情。那个军官对身边的人说，挖个坑，把她给埋了。旁边的人似乎对他的决定有些愕然，但仅仅片刻，他们便不再说话，去到一边为那个女兵挖坑去了。坑挖好了，那个军官忽然把自己身上的斗篷解下来，他像是无意似的扔到了那个女人的身上，那只斗篷在风中轻轻地向下飘去，在夜色中如同一只黑色的蝴蝶，扑扇着两只小小的翅膀。只是在斗篷滑落到那个女人的身上时，人们都听到了一声微弱的刺啦声。那片斗篷被刺刀划开了一个长长的缝隙，那柄已经卷刃的刺刀，露在了斗篷的外面，在寒冷的月光中，十分苍白。那些兵们似乎都被这种怪异的景象给弄得有些紧张，他们半天不说话，看着那柄刺刀发愣。那个军官看了一眼，转过了身，似乎要掩饰什么似的，挥挥手，低语：把她给葬了吧！

这时那个兵问，那支枪怎么办，那个军官挥挥手，说，她是为那支枪死的，就让那支枪与她一起葬了吧。

兵们此时都有些沉默，他们执行着一个让他们无法理喻的命令，那就是去埋葬掉一个他们杀死的敌人。他们把那个女兵放好，那支枪奇怪地跟随着那个女兵，在她的身上静静地卧着，如同她们本身就在一起似的。兵们无言地往坑内培土。但让他们无法理喻的事发生了，那支枪的刺刀竟无法埋进去，它一直露在外面，已经卷刃的刀片上映着半个苍白的月亮，一丝丝地闪烁着我们看不懂的光环。那些兵们在离去时，竟都无人敢回头看一眼那座他们挖出的坟。

那一刻，戈壁做证，她是那个团队牺牲的1000多人中，唯一被那些敌兵埋葬的人。

我听得有些目瞪口呆。没想到这片坟墓中，竟有这样一个让人吃惊的故事。而那个老人竟对这片坟墓如此地了解。我问此时已经眼含泪水的老人，那个女兵是否就埋在这一大片的坟墓中。老人抬起头。看着那片空旷的戈壁，他似乎自言自语地说，那个埋掉她的军官，解放后被抓起来了。他讲了这个女兵的故事。审问他的人，刚好认识那个女兵。后来，他把这事告诉了女兵的丈夫。这个用了一生都在找自己妻子的人，泪水长流，他发誓要把她找到，但那会儿他已经病入膏肓。去世前，他对儿子说，一定要找到你的娘，要把她运回家乡，运回我的身边。

她的儿子找了她很久，才找到这块坟墓，可这儿太大了，哪一个才是娘的坟呢？

老人无力地说。

我惊讶地问，那个老人是谁呢？

就是我呀。老人长叹一声。我看着老人，竟有种无由的伤感涌上心头。一个一生都在寻找娘的人，他的人生会是什么呢。我问他，你找到了吗？

娘埋在哪里，我可能一生也找不到了。老人伤感地说，你见过枪的灵魂吗？

我摇摇头。这个问题太让人吃惊了。一支枪怎么可能有灵魂呢？如果有，那它的形状是什么呢？它有着怎样的气味，又有着怎样的声音？我不知道，并且我也从来没有去想过这个问题。但这话从一个老人的嘴里讲出来，却让我有种无由的震惊。

我见过，老人肯定地说。

枪的魂，它们在哪里呢？

它们就在那些坟墓里。

我望向它们出现的地方。我看见，那些坟墓间正有无数的风，来回地穿行着，它们在夕阳中，如同一个个我看不懂的人，它们说着我不明白的话，摆着我从没见过的手势，是想告诉我些什么呢？我真的没有见过那些灵魂呀，而我想知道的是，那支露出地面的刺刀在哪里呢？它的锐利和热血在哪里呢？

我就在这样的想象中，开始向她们走近，我看到她们仍然笑着，像我看不懂的风尘，我想，那就是她们。

左眼低右眼高

我的班长问我，你打过多少支枪。我说就打过一支，那是一支五四式国产冲锋枪，我用了它 3 年，用它发射过 6400 发子弹。最好的成绩是我曾经打穿过一个劫持人质的小子。我那次只用了一个点射就把他手中的枪给打掉了，而把生命给他留下了。我故意告诉他没把那个小子的头打烂，是因为我知道，这才是一个枪手的另外境界。

我从不愿意把一个枪手的生涯弄得血淋淋的。我想象中的最高境界的枪手是那种永远可以把生命把握得更好，而不是以此取人性命，或者只把人的消失当成一种快感的那种人。因为我以为那只是一个杀手而已。而杀手与一个真正的枪手是有着本质的区别的。但我没想到，我的班长会问我这么简单的问题。

我抬眼看了看他。我一来射击队报到，就对他有种说不清的感受。从我把那个小子的手打烂后，我就知道，我离到师里射击队的时间不远了。我一直对未能到射击队而耿耿于怀。我知道，自己去年就该到这里来了，而不是等到今天。去年也是他带人去我们连考的我。那会儿我的枪感不太好，尽管枪打得还是很不错，但我知道，这枪我打得太累。我有些不满地看着那张靶纸，上面全是些可怜的弹洞。我把那靶纸递给他。那会儿我对他崇拜得要命。他是我们这个师有些传奇色彩的人物。打我一到连队摸上枪，就有人给我讲他的故事了。有人说他用一支半自动步枪打穿过一只风筝的细线，因为那风筝缠在了高压输电线上。还有人说他用这支半自动步枪在全军轻武器比赛时拿过第二名，至于为什么没有拿到第一名，有的说法不一，最有名的说法是他在射击时，刚好有个报靶员的头露出了一点，他最后一发子弹没打出去。但不知为什么关于他的故事竟全是那支半自动步枪的。而我对这种已被淘汰成为站岗时的一种饰品的枪，早就抱着不屑一顾的态度。

我有些自私地喜欢着自己手中的这支冲锋枪。

但那会儿，这个有着一脸胡子的志愿兵，在我们这些新兵中，几乎有些神话的味道。我们就是在对他的一种猜想中开始了射击生涯的。而那会儿，我刚好看到一篇关于他的文章，介绍他的什么打枪的经验。那文章极臭。我实在想不通的是，怎么可以这样来写一个枪手呢？但那张配在报上的照片却引起了我的注意。那照片上的他普通得像一个农民，其实他本来就是个农民。但他的眼睛吸引了我，那是一双什么样的眼睛呀，那眼半眯着，似在看什么，但又永远是一种什么也看不清的样子。这正是一个枪手的眼睛。但我却总觉得他的这双眼里还有着一些其他的东西，那是些什么呢？最怪的是他的眼睛似乎有些不平衡，一只眼高一些，另一只眼又低了下来，左眼低，右眼高。我发现了他的眼睛的秘密。而一双眼睛中所蕴藏的秘密肯定是一个枪手最后的东西了。那会儿我把他的这张照片贴在我的枪位上。射击时，我一看到他的那个眼神，似乎就可以找到那种枪感，枪在我的手里也会出奇地听话。我悄悄地保持着这种爱好，而这个一脸胡子的人，他怎么会知道，有一阵子，是他的眼睛在看着一个新兵完成射击的。

可这个老兵却一脸的不屑，他看了看我的那张靶纸，一直用一种似笑非笑的样子来感受着那些弹洞。我想看清他的眼睛，看看他是不是像我看到的那样，左眼低，右眼高。但我却一直看不清楚他。但他却看清了我，他说，你这枪打得太紧张了，你看到没有，这上面的弹洞说明你对这支枪根本就不了解，而一个枪手的基本标准就是，必须去让枪了解你，成为你的朋友。他说完，转身就走，仿佛是与一阵风在说话，我的自尊心大受挫折。我没想到，这个人竟然有着如此可怕的傲慢。我有些气愤地说，可是我是最好的呀，我打了九十六环，你还要我怎么样？

他回过头，悄声说，继续练！

我就那样在去年的冬天，成了他的理论的牺牲品。那个冬天，对我的自尊是一种极大的考验。我没想到，自己这样好的成绩，竟是一个不懂射击的人，那真正擅长射击的人该是什么样的呢？我就在这种心境中，开始了这种锻炼。而现在，我终于又站到了这个人的身前，并且他问我，我一生打过多少支枪？

我看着这个一直低着头抽烟的老兵。他的白发好像又多了，但他在我心中的神秘也多了。他的一生都与枪相关，据说他终生未娶，从来到这个野战师后，他就一直是个兵。而我知道，他是这个师最老的士兵了。因为我从没有见过一个当了三十年兵的士兵。而他不离开这里，竟是因为他说，他不愿意到一个没有枪的地方。离开枪，他的生命就会枯萎。

我这会儿真想看清他的脸，看清他的那两只不一样高的眼。但他就是不看我。过了许久，他才对我说，你打了那么多子弹，可你知道最适合你的是什么吗？我有些不以为然地说，没有。我从来没有喜欢过一支枪，并且我喜欢的枪，可能一生也找不到。他似乎为我的话而震惊。刚抽了一半的烟，一下子呆在手里不动了。半晌，他才有些自语似的说，我一生只喜欢过一支枪，只喜欢过一支枪呀！我想起他一生中只打半自动步枪的那些传说了。我不知道，他为什么一生只喜欢打这种枪。枪只是一个人的外表，也是一个人对于一种事物的见解的外在的表达而已。但这个人告诉我，一个人一生只该打一种枪，他这是什么意思？

我当然不知道，就像我不知道他为什么一只眼高，又一只眼低。

射击队与连队的不同可能就是，一个只把枪当成众多素质的一种，一个只把射击当成你的重要素质。我的任务就是整天开始泡在靶场，这种工作的单一很快就让我有些厌倦。我不习惯于整天就这样对着一只靶子来度过我的每一天，以前对于射击队的向往早被这种感受磨平了。我的班长也就是我的教练。他经常不看我们，但我们却十分怕他的耳朵。我们打枪的时候，那只耳朵也就竖了起来，他只用听就可以知道我们每一枪的去处。这使我们又惶恐又有些不安。他身上的任何不同都是一种谜。但这种谜底是什么呢？而让我更为吃惊的是，这个传说中的枪王从我来到这个射击队后，就从没有见他打过一次枪。就是那种他一生只爱的半自动步枪他也从来不去摸一下。但我们的任何差错都似乎逃不过他的眼睛，那双与别人有所不同的眼睛尖锐得有些神秘。我们就在这种独特的训练中走向对于枪的另外一种了解。

我在这儿才发现，人与人对于枪的认识如此的不同，那会儿，我觉得枪只不过是一种工具，是一种杀伤人的武器而已。而我的班长却告诉我，打枪打的是一种感受，而不是一种力量。枪应该是人的第三只手，是你的灵魂的一部分。好的枪手分三个境界。第一个是只会打枪，把子弹打中并不证明你就懂得打枪。第二种境界是这个枪手对于枪有种游戏心态。枪只是对他本身的一种证明，是一种附属品。第三种就是把枪视作自己的生命，用枪来表达自己的人生，甚至这种枪本身就是你人生的一种证明。对于枪的态度就是这个人的人生态度，比如我，一生就被这支枪给困住了呀。他几乎有些长啸了。我听得有些目瞪口呆，这个怪异的老兵，这个一生只因为枪才在军队生存的人，他的人生究竟有什么不同。这时候，我想问问他，为什么眼睛会成为这样，但这时，我发现一个更大的秘密，他的那只右手的第二个指头似乎比我的短一点，并且还用一块布给包着。对于一个枪手来说，右手就是他的生命，而第二个指头，也就是那个扣动扳机的手，更是这种生命的灵魂。我有些惊异地问，那只手怎么了，正在说着他的对于枪的见解的老班长闻言，似乎被人痛击般地浑身抖动了一下，他的神色立即暗淡了下来，但仅是一瞬间，他的脸色就又有些涨红了，他抬起头，不屑地看我一眼，拂袖而去。我莫名地感到一种难受。但我还是看清了他的那双眼，那双眼一只高着，一只低着，但那束光却让人难以回避。

旁边的老兵孙才活看着老班长的背影，对我说，你呀你，老班长又得几天回不过神来了。我有些不解地问，他今天这是怎么啦？孙才活似对我刚才的举动有些生气地说，你说你怎着啦，你捅了人家的痛处啦。不过也怪不得你，他不能见对他不了解的人，见一次，就伤一次。看着我仍不明白的眼神，他又解释，在队里，你什么玩笑都可以开，但就是不能对老班长提手的事，也怪我们，没有提醒你。

我更不解了。孙才活说，老班长七十年代是闻名全军的神枪手，那会儿他打的半自动步枪的经验，都上过全军射击训练的大纲。可是就在全军换装五四式冲锋枪的时候，他舍不得这枪，就最后一次去射击场打这枪，他想用一次最好的成绩与一支枪告别。可就是在那次，那支伴他拿过十几个奖章的半自动步枪，竟然发生膛炸。他的右手的第二个指头给炸断了。孙才活看着我，问：知道第二个指头对一个枪手的重要性吗？我对这样的问题自然不屑一答。但却有着一种强烈的震动。我现在才知道他为什么从不摸枪，为什么他一生只爱这一支枪。而爱一支伤害过自己的枪，这又要多大的勇气。我一下子对这个可怜的老枪手有些同情了。因为对于一个一生爱枪的老枪手来说，最大的惩罚可能就是让他一生都远离枪。但残酷的是，他仍是这个师射击队的队长。我忽然想到，对于他来说，他只是在享受残酷。

我问孙才活。老队长的眼睛是怎么回事。孙才活大笑着说，这是一个枪手起码的标志呀。真亏了你还是个枪手，你没见到，咱们队上的许多人都是些左眼低、右眼高的家伙吗？兄弟，你自己照照镜子吧，用咱队长的话说，就是你啥时候练成了这副眼睛，你就会打枪了。

娘的，来射击队才知道自己不会打枪。我有些沮丧地低下了头。但我对老队长却多了许多莫名的感受。不知为什么，从我知道他的手指残废的真相后，我就很少与他再去谈枪。我像躲什么似的躲着那个话题。只是对于枪，我一下子有了许多的认识。我的转折似乎很快地来了。就在去军区参加比武的前半个月，我忽然变得不会打枪了。那几天我射出的子弹几乎不断地脱靶。我不知道自己是怎么了。我甚至都开始怀疑自己是不是这块料。我几乎就要对自己是否会打枪产生了深刻的怀疑。但只有他不在乎，好像他要的就是这样一个结局。直到离比赛还有三天了，他才对我说，从现在你停止射击，同时宣布了一个让大家吃惊的决定，那就是让我代表队里去参加军区的比赛。我有些不解地看着他，他只对我说了一句话，当你发现不会打枪的时候，可能你将会成为一个新的射手，当然也有可能你真的再也不会打枪。我说这不可能。他笑了笑，说，3 天后你出发前上靶场打完 300 发子弹就知道了。

3 天后，靶场上空无一人，我一人手持冲锋枪，走到掩体前就射。那天我的状态好极了，似乎连瞄准也没有，便把一梭子子弹泼了出去。从枪的抖动上我已感受到，那些子弹肯定全部上靶了。这时我的身后响起一声孤独的掌声。我不用回头也知道这人是谁。我心里有些发虚，我想回头去看看那张靶纸，因为毕竟我有些没底。但他说，你难道就对自己一点也不信任吗？我怔了怔，没敢回头。但那天的成绩对我却成了一个谜。尽管这谜随后就被他揭穿了。

在军区参加射击比赛时，可能是我一生中打得最轻松的时候，我从来没有用游戏的心态来对待一次对我来说很严肃的事情。但这种心态却让我在那场比赛时大出风头。我的冲锋枪一至三练习射击全部平了军区这种枪的纪录。那天打枪时我的状态好到了极点。我从没有那样的一种舒服感受。枪后座力轻撞着我的肩窝。子弹出击时的节奏与我的呼吸一样，带着金属的哨音，在空中画出一条条的优美线条。我可以看到子弹的弹道，也可以知道那颗子弹飞行时的亮光。打完最后一发子弹，我感受到一种极大的快感。那种感受使我充满微醉般幸福。我把头趴在枪托上，静静地享受着射击之美。

许多人都问我经验，我只是说了一句，没想到枪还可以这样打。

这时一个记者问我，你为什么打得这样好，我说，你看看我的眼睛就知道了。那记者说，你的眼睛有什么好看的，哎，我怎么觉得你的眼睛不太对劲，一只眼高，一只眼低哪？

我听到那句话时，竟差点涌出眼泪。我找到老队长，使劲地抓紧他的手，我说，你知道吗，我的眼睛左边低，右面高。

只有他明白我说的话。

而只有这一句就够了。这时，他拿出那张靶纸，对我说，我知道你还牵挂着这张纸，你知道你那天打了多少环吗？我说，当然是全部上靶。

他坚决地说，不，无一中弹。

我打开那张靶纸，上面光洁平整，只有折痕。而我没想到，那天我竟无一中弹。而更让我想不到的是，他竟让一个无一中弹的人代表全队去参加比赛？！

我吃惊地看着他的背影，消失在我的眼睛深处。

比赛完了，射击队也就到了解散之时。那天晚上，老队长把我们集合起来，他将要宣布解散命令。我的心忽然很不好受。我觉得有些不想离开这个家伙。他在队列前拿出一瓶酒。这种告别我还是第一次经历。我看到他给我们一人一杯地倒着，他的头低垂，似乎有泪水从眼中一次次滴下来。这时孙才活碰碰我，说，你知道吧，老队长这是最后一次给我们敬酒了，他今年的转业报告批下来了，送走我们他就要走了。什么？我有些吃惊地看着他，他怎么可能离开军队，重要的是，他怎么可以离开枪。没有枪，他的一生还像是一生吗？我问，是谁让他走的？孙才活吸了吸鼻子，说，是他要走的，他在报告上说，他是个没有用的人，他现在见了枪就有些头痛，他想离开这些枪，回到一种永远看不见枪的地方去。

我问，那师里就批啦？

就批啦，有人早就觉得一个射击队，怎么可以让一个不能再打枪的人当队长呢？孙才活又吸了吸鼻子。

我真想对这小子的冷漠猛击一拳。

我看着老队长的身子，我觉得他一下子老了，头上的白发在暗色中也闪烁着动人的光泽。这时他拿着酒走到了我的身边，我明白他不过是用这杯酒来告别他的军旅与枪的一生。我忍不住抓紧他的手，泪水悄然滴落在酒水中。他停住，等我自己擦拭完后，才轻声说，谢谢你。我不知道他为什么会来谢我，但我知道，就这一声，足以让我铭记一生。我举起他的杯子，轻声说，老队长，我能否有一个要求。他嗓子沙哑地说，什么？

我想请你为我们打一次枪！

这个要求一说，我就有些后悔了。我以为他会拒绝，可我的话未落，他就大笑着说，打，我早就想打枪了。说完，把杯中酒一饮而尽。

我的胸间满腑悲壮。

第二天大雨滂沱，老天爷不睁眼了，他难道也不愿意让老队长去打最后一枪了吗？

我们十几个人都站在靶场上，大雨狂泄。有人说，老队长还会来吗？我说，会的，这场雨还不足以让老队长放弃他一生中也许是最后一次与枪亲近的机会。就在这时，靶场上响起了爆豆似的枪声。枪声伴着雨声，在天地间回荡着一种稀世之声。我们都有些呆了，我们谁也没想到，他早就来了，并且一直就卧在风雨之中。我们都拥出了靶场边的小屋，我们看到，他的身前一溜摆放着十多个靶牌。他用那只右手打着枪。这时孙才活惊叫起来，说，老队长的右手还能用。而更让我没想到的是，他用的竟是他从手伤后，从没用过的冲锋枪。他一会儿坐着在那儿打点射。一会儿抱着打冲锋，那苍老的冲锋着的姿势，让我的鼻子一酸一酸的。老队长今天是想把他的军旅复习一遍啊！这时我才发现，打枪对他早已不是一种问题，问题是他的那只扣扳机的手已经残废。他几乎把所有我们队里最新式的武器全部都搬来了。他用一支枪打一个靶牌。那靶牌在风雨似的子弹的泼射中，来回地摇晃着，他好像在品味着一种独特的感受。边打边看着那些靶子晃呀晃地，但到最后，他总是一下就把那只靶牌打断。就这样，从早晨打到中午。他打了十二种枪，直到把十二个靶牌全部打断。他几乎用尽气力般地瘫坐在地上，我们冲过去，想把他扶起来，但他却一把把我们推开了。他踉跄着向前走去，并且不要我们帮助。

他在我们的注视中走到那些靶牌前，他走过去，每揭下一张靶纸，就喊一个人的名字。这时我才发现，那每一张靶纸上都是一个队员的姓的字母的首写。老队长就用这种方式来表达着他的意思。我们都吃惊了。我们捧着有个人名字缩写的靶纸，看着他，竟不由得泪流满面。

老队长看着我们，半天没说一句话，之后，挥挥手，独自一人向前走了。

他把自己连同他的一生都扔给我们了。

弹道

子弹的滑行曲线可能是这个世界上最精彩的一种意境了。向守忠离开那群猪，独自向前走了几步，他每次观看那些子弹的飞行时，从来都不愿意这些脏猪打扰自己。这些猪懂什么呀！他点着一支烟，坐在那块高些的缓坡上，仔细地向着天空看。

那些子弹肉眼其实根本看不到，它们贴着空气的腹部滑动，如同一些闪烁的光线，从空中穿越。那种铮然之声让他常常有种微醉般美感。这种感受因为太过于私人化而使他拒绝与人共享。他享受着这样一种可怕的意境。尽管这意境只靠想象力来完成，但他总觉得，自己一听到枪声就会把想象力给捅破，那些散乱的思维总会迅速地化成他所看见的每一点现实中没有的东西。

比如弹道。

比如看见那些子弹的飞行。

但他的想象力总会与那些射击队的人发生冲突，他们从来不相信他会看见这些东西。因为这些东西只在理论上存在，想亲眼看到就是一种妄想了，尽管这妄想有些诗意的美感。但这种诗意发生在其他人中间还情有可原，但发生在他身上大家就把这当成了一种笑话。因为他们不会相信一个从没有摸过枪，甚至不知道如何射击的只会放猪的兵懂得子弹的飞行，并且还会看见弹道。

向守忠起初还与他们说几句，到后来他就闭嘴了。因为他发现，这些人除了会打枪外，他们根本就不懂得射击是什么。这是个原则问题。再去争论只会证明自己的无知。因为对一个根本不相信奇迹的人谈论奇迹如同说一种笑话。

向守忠在射击队感受到了一种深刻的孤独。

他在这种孤独中开始了自己更加寂寞的听枪生涯。每天他都早早地远离那些整天打枪打得生厌的战士，去戈壁滩上听他们的枪声。他很吃惊自己的这种爱好，有时他故意不去听那些与自己毫无关系的枪声。但那些枪声一起，他就会被深深地吸引。每天看着空中那些看不到的子弹的飞行对他成了一种习惯。习惯的力量是强大的啊。听久了，他已经可以从枪声中听出那是些什么枪。哪种枪的枪声脆弱，哪种枪声有着杂音。并且到后来他从那些枪声中甚至可以感受出那是谁在射击。他不会打枪，可他总是可以感受到那些枪像极了射击队的某某人，因为某某人性暴如雷，那些枪也就打得充满雷雨般的节奏。轻松些的肯定是个老兵，叫什么来着，等第一声枪响起时，他就想起了那个兵的名字。回去后，他装作闲聊，说到某人今天枪打得如何如何，而那人总是惊呼他说得正确。如此几次下来，向守忠才知道，枪其实也是有个性的，什么样的战士就会打什么样的枪啊。从此，他一听枪声就知道是谁在射击了，那些枪声这时就成为那个射手的脸，呈现出来。

只是他不知道那人打得准不准。

只是这时他就会有种淡淡的失意，泛上胸腑。他看着那些猪想，我天生就是个枪手啊，为什么倒与这些猪成了战友？他从来无缘打过枪，在新兵连时，他与一大帮新兵一起立正稍息、五公里或者紧急集合地折腾了一个多月。眼看就可以开始射击训练了，一大帮新兵与他一样，早就盼着能够过过枪瘾。能够成为一个枪手，早日拥有一支枪，几乎成了每个新兵最初的梦想。新兵们在一起谈到最多的就是那些对他们来说，如同梦想一般的枪。向守忠几乎就是这些兵中间的民间枪支爱好者和民间权威人士。他从小爱枪，在学校就订了几十本兵器杂志，对世界上所有国家的轻重武器了如指掌。他来当兵，就是为的打枪。每当那些兵在一起议论枪时，他几乎是这儿的唯一的发言人，从美国的最新式的轻重火力到前苏军装备的武器，他都可以说出它们的出处，而一个没有用过一次枪的人，却可以对枪的各种功用谈得十分在行，这使他在这群新兵中成为一个十分出色的家伙。但杰出也是要付出代价的，好不容易快摸到枪了，连里把他与其他十几个人一起抽出了连队。那十几个战士与他一起被分到了全团几乎最好的单位，那几个人最不济的也是个团长或者是政委的公务员，但他却因为在新兵连时那种民间枪支爱好者的身份，被好心的连长推荐去了射击队。

能来射击队几乎与他的梦想太一致了。他一来就看到了那些只在书本上才看到的枪支。这儿简直是个世界性的轻武器库，各种武器几乎都有。他认为自己太幸福了，这种幸福接近了某一种理想。但他没想到的是，射击队不会要一个从没摸过枪的轻武器爱好者，但却缺一个炊事员。而炊事班里还喂了一群猪。放猪这活儿就成了他的职业。

向守忠几乎想自杀。

他在连队受到的训练是：只能服从，而不是抗争。因为在连队抗争没有任何用处。

向守忠那些日子就赶着这些猪在射击场周围转。那个射击场就建在戈壁滩上，千里戈壁滩不用担心伤人，所以也就没有封闭起来。向守忠每天就把这群猪赶到距靶场很远的地方，让猪们随便四处寻草，他却躺在那里听那些人射击。这样听啊听啊，没想到还上了瘾。他觉得这样听比打枪有意思多了。后来久了，那种耻辱与对枪的渴望反而有些暗淡。他的这些发现只有一个人可以共享。那家伙是这个射击队里表现最差的一个。最差的当然也是最孤独的。唯一同情他的是向守忠。向守忠听过他的枪声后，发现他的枪声喑哑没有冲击力。那些子弹总是在最后一刻改变了前进的方向。这证明他的心理素质极差，心理的暗弱是一个枪手的致命弱点。他因此而面临被退回的危险。就在队里决定对他进行最后一次测试的前一天，向守忠装作无意似的找到他，对他说，你敢不敢让自己放纵一次，反正你他娘的就要被开回家了，生也是它，死也是它。你怕什么？本身已被这些心理负担给压得喘不过气来的邢小利，听了这话，竟有些松弛。这种松弛使他觉得全身舒服。第二天，这小子就带着那种赖皮劲儿，上了靶场。向守忠早早把猪赶到了靶场边上。那小子第一声枪响了，向守忠笑了一下，知道这枪肯定打不好，因为他是在故作轻松。这比不轻松还要命。但第二枪响起来时，他就放心了。因为这小子可能有些孤注一掷了。那些枪响得赖劲十足。向守忠竟忽然间有些感动。他想自己也许还是个好枪手，如果能真的摸一次枪的话，该多好。他听着那些枪声，竟有种虚幻的微醉感。他仿佛觉得那枪是从自己手中射出，枪在他的手里，带着他自身的某种冲动，向前射击着。枪声真远，他的手微抖着。射击真是一种享受啊，他想。这时一头猪走到了他的身边，那猪在一边若无其事地哼哼着，那刺耳的叫声将他从幻觉中惊醒，他看看那头猪，一鞭子把它抽走了。这该死的猪，他骂道。内心竟强烈地渴望拥有一支枪，哪怕只打一次也行啊！

晚上，邢小利提着一只鸡和一瓶酒，与向守忠一起来到了戈壁滩上。这小子说，我算服了你了，你是个不会打枪的枪手，我倒成了一个会打枪但不懂枪的人。向守忠有些不屑一顾，喝了一口酒。指点着刑小利说，我在心里至少打了各种枪十几年，你说，我能不了解枪吗？说至此，他竟有种心伤。泪就出来了。他想，一个爱枪的人，沦为一个整天听枪的人，是可耻的啊！

那一晚，他们两人都大醉。

此后，有事没事，邢小利都爱与他吹枪。这个最差的枪手现在已经变得让人刮目相看了。这种变化他又没办法向人解释。因为你能说自己的进步是一个不会打枪的人指点的结果吗？这样没人信，也说不出口。所以邢小利总觉得有负于他。向守忠对此根本就不在意，他被人误解了这么多年，还怕你再增加几十天吗？让他庆幸的是，从邢小利口中他知道了许多他根本就没法懂的一些实际操作经验。尽管这些经验与他的想象并无二致。他仍然有种强烈的新鲜感。对于枪，他觉得，他已经操作过了。

只是需要去用枪实践一次就行了。一个人了解得越多，就越渴望占有某种东西。

他想。给我一支枪，我肯定会成为这个队最好的枪手。

但队长却不这么看，队长总觉得他有些神神道道的。这个战士尽管只懂放猪，但内心埋藏的东西太多，那些东西随便溢出一点就让人吃惊。但连队要的该是与武器一样的战士，而多余的东西只会损坏连队整体的勇气。队长因此一直警惕着他。所以向守忠提出想去打一次枪的时候，队长就有些毛了。他觉得这个战士根本就不懂枪，而万一出了事，这可比他去拿回一个全军的射击奖牌严重多了。可向守忠则说，他还敢与那些队里最好的射手进行比赛。这分明是对一种东西的不满啊。队长看了半天他的脸说，不行。他只用两个字就把向守忠打发了。

向守忠觉得他的一生将再无缘亲身体验一下那种击发时的快感了。因为再有一个多月他就将离开军队了。因为他的服役期将满。没有人会把一个只会放猪的战士留在军队的。

向守忠叹口气，他听着那些枪声慢慢稀薄，太阳悬到了戈壁滩的上空。它是那样地红，像一滴铜汁，滴落在他的眼睛深处。兵们都回去吃午饭了，戈壁上一下子就空了出来。他带着猪们走进靶场。当兵三年了，他是第一次到这块靶场来。他一直觉得当年决定在这块戈壁滩上修这个靶场的人确实伟大。竟敢用这么一个大戈壁来做自己的靶场。靶场上空无一人，地上偶尔闪烁着太阳映照着的弹壳的反光。他没想到，那些弹壳竟有这么多。靶场上布满了子弹的残骸。几乎遍地都是。旁边有一个半人多高的弹壳组成的方堆。他有些吃惊地看着它们。这儿几乎就是个子弹的坟场。他想。同时惊异于这儿竟打出去了这么多的子弹。几百万发子弹就这样消失在了戈壁滩上，而不是战场上，他不知道该伤感还是庆幸。

那些猪似乎比他还要惊奇。它们用长长的嘴拱着一个个的弹头，它们用不同的表情来感受着这些钢铁的味道。有只猪还在嘴里来回地啃着，那不是你们的食物啊。他有些伤感地嘲笑那只猪。这时，有几只猪似乎发现了什么似的，它们挤在一起，你争我夺地撕抓着起来。有只猪还使劲地咬着另一只猪的尾巴。向守忠讨厌它们这样地不安静，走过去踢开了它们。但那只猪仍咬着那个长长的东西不放。他走过去一把夺下，拿在手里，竟呆住了。这不是一支枪吗？这不是一支八一式突击步枪吗？他把那枪抓在手里，半天没有回过神来。

他抱着那支枪，点燃一支烟，坐在那堆弹壳上。这肯定是队里不知道哪个粗心的家伙给丢下的。他想，不用过太久，这枪就会被发现丢了。而在部队上丢枪意味着什么呢？他不敢想了。但他觉得这支枪的出现也许是天意吧。我也终于可以拥有一支枪了，他抱着那支枪，来回地看着，这枪真好，尽管他觉得八一式步枪的性能不错，但这枪总有些生硬，尤其是抓在手里的时候，也就是说他的枪感不好。他下意识地把枪的前刺拔下，之后，又退出弹夹，枪套筒，他几乎不用想，就把那枪拆下来了。它们放在阳光中，如同一些单纯的孩子。他看着就想哭。他没想到，自己竟会在这样的地方与一支枪相遇。而且是在自己最渴望枪的时候。他一次次地把那支枪拆下来又装好。不用几次，他已经可以熟练地把那支枪轻易地装好了。枪到了他的手里，如同一个听话的孩子。他把那枪端起来，瞄准。那枪的准星一下子就套住了一只闪烁的玉石。他移开眼睛，发现那竟是一颗北斗星。白天也可以看到这颗星星吗？他有些奇怪地看着那颗星星。天空睁开了这只独眼的时候，天气就会发生变化。而这只北极星出现的时候，难道不是人生发生变化的时候？他想。

猪们静静地伏在他的身后，它们用一种异样的眼神看着他。那种注视让他的心里有种无由的感动。他端着枪的手抖动起来，他发现当一个人真的拥有某种东西时，可能表现最多的就是对自己的一种不自信。他抱着那支枪，就像抱着自己的一种理想。只是那枪在他的怀里冷得吓人。他不用抚摸它的钢蓝，就可以感受到它的冰冷。枪也是有生命的啊！他用手轻轻地摸索着那支枪的每一部分，枪在他的手中充满着新鲜的质感。他几乎可以感受到自己的血液在触到枪时短暂的疼痛。那种疼使他忽然有种新鲜的冲动。他想，我为什么不能用这支枪去打一次呢？他想到这里，身子竟有些颤动。他知道如果自己把这支枪藏起来意味着什么？但那会儿他的内心有种无由的悲壮感受。为什么不打一次呢？我是个战士呀！

他这样想着的时候，身子竟悄然抖动起来。他把那支枪的枪机打开，那里面空荡荡的，一丝小风从那儿路过，竟发出一种空洞的回响。他出神地看着那支没有子弹的枪。一支没有子弹的枪还是枪吗？他的内心涌出无尽的伤感。眼睛竟有些茫然。那支枪在他的注视中似乎活了起来。一阵风吹了过来，那些黄色的沙土在靶场上来回地啸叫着。他回头看了一下那些猪，它们不安地看着他，好像知道他会打出那发子弹似的。他想，猪们与他相伴了三年，现在最该分享他的理想的就是它们了。那些猪卧在他的身后，它们仿佛期待着某个重要事件发生似的，静等着他。

他伏在地上，把那支枪抱得更舒服些。它伏在地上的手感真好，看着就让人有种要击发的欲望。他把手指轻轻地放到那支枪的扳机上，他的手一下子就嵌在那儿了。眼睛轻轻地贴在红外线瞄准具上，眼睛一下就把对面的那只靶子给套住了。靶心中间那一圈空白似有无尽的内容。他的全身都有些颤抖，射击的感受竟是如此。

就在这时，他隐约听到了一声喊叫，那声音在空旷的戈壁滩上传出了很远。

他本能地一下停在了那里。他听清了是队长厉声的呼喊。他没有回头，也可以看清队长那张因为激动与焦急而变形了的脸。他的呼吸急促起来了，连他也可以听清自己与大地一样急促的心跳，那些声音如同鼓声，一下下地敲击着大地。他的手出汗了，汗水把那支枪的枪机给浸湿了。但他却定在那里似的，一动不动。队长的脚步停在了他的身边。那双擦拭得雪亮的皮鞋在他的眼睛下停住了。队长让他把枪放下，他的声音几乎都快被他的焦急给弄得变形了。他没有敢把枪从向守忠的手里夺回来，是因为他不知道那里面有没有子弹。

他继续而又坚决地对向守忠说，你把枪给我放下。你给我站起来。在他的声音中，一大堆战士们也围了过来，他们都有些不敢相信地看着向守忠。他们没想到是他在那里拿着这把丢失了的枪，并且用他从没有打过枪的手，抱着那支枪，在那里一动不动地瞄准，并且在队长的厉声喝斥中，仍然不动声色地伏在那里，仿佛没有看见他们似的，在那里想自己的心思。

向守忠在队长的声音中，眼前出现无数虚幻的影像，他的眼睛直直地看着对面的那只胸环靶。那靶子在他的面前晃啊晃地，几乎晃花了他的眼睛。他一直希望可以亲手把那个靶子击碎。像那些新兵一样，把打中的靶纸揭下来，寄给家里，但他想的是，这靶纸他谁也不会寄，他只会把它留给自己。那才是一个战士一生最重要的财富啊。如果这也算。这种潜意识中的声音一直在鼓励着他的右手，他根本就没有听见队长的话，队长的声音更像是一阵风，或者是一种想象。他已进入到了一种虚拟的射击状态中，在想象中，他把子弹推进枪膛。那种轻轻的脆响让他的内心怦地一动。那是枪的心跳呀。他把脸贴上冰冷的枪托。那儿真舒服呀。

队长用手指着他，命令他起来，把枪收回。否则就要处分他。向守忠的手指稍稍犹豫了一下，但又更紧地把手扣紧了。他轻出一口气。手指扣动了扳机。子弹在耳边炸响的声音是那样地尖锐。他吓了一跳，那颗子弹一下子就飞出了他的眼睛。它是那样地远，他抬眼看了一下那颗子弹的弧线，它走得太快了，使人根本就不知道它去了哪里。猪们都被惊得站了起来。向守忠把头低下来，他觉得自己重又找回了那在想象中的感受。他像在想象中那样，打出了第二枪，第三枪……那些凄厉的枪声在午间的戈壁滩上传出了很远。向守忠觉出种发泄般的感受。每一发子弹似乎都有着一种深刻的含义蕴藏。他不用感受，就知道它们全部都上到了对面那只胸环靶的中心了。这可能是他一生中最珍贵的一件礼品了。他想，把最后一发子弹扣出了枪膛。

子弹将尽的一瞬间，他觉出一种胸中块垒尽消的快感。他久久地趴伏在那里，全身瘫软，似乎用尽了最后一丝力气。他呼吸着戈壁滩上那些石头的清凉，那些丝丝冰气抚摩着他的全身。那一刻，他觉得自己真累。他真的困了，是因为他的想象力燃尽了。

过了许久，他觉得自己的身子被人抬起了，一个人把枪从他的身下抽出，枪被取走时，他觉得那是在抽走他的骨头。他抬头看了一下那个人。那个人是队长，他的脸上凝固着霜般的表情。他似乎大声地喊着什么，但他什么也听不见了，他的耳中全是不断的枪声。

在梦中，他看见，那支枪，像一棵树。

那树上写着他的名字。

一个月后，他被处理复员了。他比那年的许多兵早走了三天。那天走时，他只要求把那张靶纸留给他。那张靶纸已被风撕出了许多裂缝。更确切地说，那上面无一中弹，只是一张白纸。

狙击手

狙击手古典是在射击场上被叫走的。

那天他正在靶场上练习瞄准。一个人伏在大地上，用一只眼来看对面的胸环靶，对他来说，已成为了一种习惯性的个人感受。他每天必来这块靶场，不是他爱这儿，而是一种习惯。习惯的力量是强大的啊！从他来到射击队后，他就养成了这个习惯。这个习惯他保持了十年，有着十年习惯的人，都是些精神上有着强大的孤独感的人。这种孤独感成全了他作为一个狙击手的基本素质。

他是个不爱交际的人，与人说话对他来说，是一种负担，而不是一种享受。他一直喜欢与自己在一起，与自己在一起使他觉出种很深的安全感。他深吸一口气，把眼睛套在那支枪的缺口上，对面立即充满了一面小小的靶心，那个地方他太熟悉了，那儿几乎就是他一生，不，是他十年从军生涯的终点。他的眼睛一旦套中那里，内心立即会出现一种怪异的不安，似乎那只靶子里有着许多他无法理喻的光点。他一直想看清那些光点的来历或者它们的样子，但他看了这么多年，也没有看清那些光点的样子。他不明白自己为何一看到这些东西就会全身颤抖，眼睛如同蒙上纱般地难受。而一旦经历这种怪异的感受，他的枪法几乎就再也打不中任何东西。但这些东西一经消失，他又会立即恢复原状，甚至于打得更好，这种怪异的感受他没有给任何人讲过，就是讲了也没有人会信。他一直觉得这几乎像极了某种寓言。而找到和体验这种东西于他却成了一种爱好。这种奇异的感受对他来说几乎是一种幸福。他来这里练习射击，其实就是为了体验这种幸福。他的这种天赋式的感受，使他在这个师成为了一个独一无二的射手。他的狙击枪打出过全军最好的成绩，并且曾参加过半国际性的军用枪比赛。他的成绩仅比那个小个子的美国人，少一环。为了这个成绩，他曾要求退役。但师里不会因为他是个亚军就让他离开军队，因为在全军他还是最好的。但一个狙击手的战场肯定不是靶场，而是在战场。但他的一生却就是在这块大小不超过一里的地面上。他待在这个地方 10 年了，这里就是他一生的战场。

古典觉得今天的太阳有些过于亮，太亮的阳光对于射击是一种障碍，但他的眼睛已经不太在乎这些，他可以在很亮的太阳下找出那一瞬息的阴影，之后击发。这就是天赋吧！他轻轻地呻吟一下，右手已经钩动了扳机，枪针在枪膛内轻声滑动，之后又快速缩回。就在这时，他又看到了那些奇怪的光点。它们如同一群不安的萤火虫儿，到处飞舞着，它们身上像蕴有着某种巨大引力，吸引着他手中的枪支，他上下左右地来回跟踪瞄准，并竭力不使自己受到诱惑，但却控制不住自己，他就在这种来回的瞄准中，下意识地扣动了扳机。那声空洞的膛响让他的内心一动，一下子就从刚才的慌乱中醒了过来，他知道，这一枪肯定打飞了。好的枪手有时候并不要一发子弹来证明，因为他信手感，一旦那时间一样疾速的子弹从他的枪中飞出，他就知道，子弹的弹道呈现一种什么样的飞行姿势。而现在那子弹没了，但它的弹道还在，并且他也能知道它在靶心上的最后样子。他最爱看的是那颗子弹击穿靶心的那一枚小洞。那个小洞会带着一种新鲜的弹香扰着他的呼吸。每次他都爱呼吸那香气，如果这是一个枪手的不良爱好，那他想保持终生。他一般一天只打一枪，而那一枪的瞄准时间足有半个小时，用半个小时的瞄准时间，才放出一枪，这一枪也真够漫长的，但他却能把这一让人不可思议的动作保持十年之久。可见他对于这种个人式的爱好保持着多么强大的惯性。每次击发完毕后，他都会选一块干净的场地，坐在那里吸烟，仿佛享受刚才的整个射击过程。今天的周围静得可怕，没有一点声音。除了他的呼吸。他很满意这种情境。但今天他却有种不舒服的感觉，射击时出现的这种感受让他对自己有些小小的不安，他抬头看看天，陷入深深的沉默中。

队长就在这时出现了。他们动静很大地坐着一辆吉普车向着这个安静的靶场而来。那吉普车上闪着一只吱吱乱叫的红灯，向着他驰来。他的心境被那辆吉普车给搅乱了。他回头看着那辆吉普车停在自己身边，不明白它为什么会来这里。

车上下来了队长，他与一位便衣模样的人来到他身边。队长介绍说，这就是古典，我们的狙击手。那个便衣有些夸张地抓紧他的手，说，古典？你就是古典？我是公安厅的。

古典有些不舒服，公安厅的来找我干啥？但他没说出来，他是见过世面的人，当然不会对那个便衣有什么意见。但他知道，肯定出事了，不是他，而是别人，可这人是谁呢？他没有向下想。队长便把情况对他讲了。

三天前，有个犯人从监狱跑了出来。那小子打死了三个警察，但现在被警方围在了一个居民区。那个犯人劫持了一个妇女做人质，要求他们为他提供一辆车和10万元钱。这当然是不可能的事。上面决定把这个家伙用狙击的方式给干掉。公安局的人抽了本系统的两个人，进行狙击。为了加大一枪制敌的保险系数，他们又请示上面同意把他请来，做狙击手。古典没想到是这么一回事，打了10多年枪，现在终于有机会去打一个活生生的人了。他想到这里，心里竟有片刻的抖动。能用枪去打死一个人，当然是敌人，对他来说，几乎如同梦境般遥远。现在竟然轮到了他来实现这个梦想，他有些颤颤地问，现在就走吗？

那个便衣冷静地说，当然。

古典直接提着他的狙击步枪上了那辆吉普车。

那个犯人躲在一栋楼房的四楼。周围到处布满了荷枪实弹的警察。古典赶到时，已是下午了。他下了车，看到另外两个枪手已经到了。他们都一脸嬉皮样儿。嘴上叼着支烟，仿佛在说一件什么开心事儿似的，随便地坐在一边。他们都套着一件防弹背心。这时那个射手随手扔给他一支烟，算是打过了招呼。他把烟点起，听那个来接他的便衣介绍情况。那个便衣讲，那个逃犯在四楼一个向阳的房间里，他们将从三个方向对那个家伙进行狙击。古典将在距那栋楼房60米处的一栋楼房里对那个犯人进行伏击。另外两个人分别从另外两个方向对犯人进行狙击。当然是指一旦古典狙击失败，他们才有机会对那个犯人实行狙击。古典临上楼时，在心里嘀咕，你们永远没有了这个机会。

他的狙击位置在五楼的一个房间，已经有人在那儿等着他。古典眯起眼稍微看了下对面。那扇窗户内黑黑的，没有任何人影，但凭感觉，他可以感到那人就在对面，并且也在看着他。他不知道那人在何处，但却可以感受到也被注视的危险，因为他感受到了一种被窥视的灼烧。他迅速地回过头来，心中竟出现片刻的惊慌。这对他可是第一次。他抽了支烟，内心静了静，才有条不紊地把枪架好。那支枪是八一式狙击步枪，放在阳光下有种细腻的质感。他用手摸了一下那支枪，检查了一下它的所有的性能，然后把那支枪的瞄准具套上。他半跪在窗子跟前，把眼贴上那只瞄准具，内心一下子沉在了一种宁静中。

时间在他的眼睛里悄悄地走过去了。古典一动不动地在那里寻找着那个人影的出现。那里一直黑暗着，只有寂静在行走。旁边的人早已沉不住气了，但他却焊在那里似的，不动。那只瞄准具里的对面，是一间装修得很不错的房间。他用那只瞄准具慢慢地寻找着，他几乎是在欣赏那里面的布置了。沙发上有只猫，它坐在那里一动不动，他看到那只猫的眼睛里流露着深深的惊慌。那种恐慌来自右面的远处。他顺着那只猫的方向，看到在靠近窗子的地方，有一片阳光被隔断了，那儿刚好是一个人形的黑影。他的内心动了一下，把枪对准了那里。这时那个便衣走了进来，问他准备好了没有，他点点头。那个便衣说，上级决定在天黑以前把那个人干掉。没什么问题吧！

古典点点头。

他的心里涌出种异样的颤动。手中的扳机竟浸出了汗液。他轻出一口气，把那扳机上的汗液拭净。又把眼睛套在了枪上。那个黑影这时悄悄地向前移动了一下，他的眼一热，枪立即就跟紧了过去。右手一下就扣紧了扳机。这时他看见从窗子边出来了一个人头。他下意识地把枪又抓紧了。但接着就松了口气。那个人头是个女的，那女人头发散乱着，一双眼睛满布惊慌。他定睛看着那个女人，那女人眼中的惊慌打动了他，他看到那女人的双手被反绑着，身后露出半个头。那半个头正是那个劫犯。他的眼睛模糊了一下，用瞄准具套中了那个头。那个劫犯来回地移动着，他似乎要看清对面什么似的，把头向前看了一下，那个人头正好走进他的枪口。他下意识地扣紧了扳机。扳机似乎焊住了似的，不动。他一慌，看到那支枪被锁了起来，而他还以为那支枪是打开的哪！这在他这个老枪手来说，可是件少见的事。他有些稍稍的惊慌。把枪放下，长出了一口气。这时那个便衣递过来支烟，给他点着。古典却不知为什么不敢看那个便衣。他的心里有种说不清的感受，这可是他打枪以来的第一次。他看了那个便衣一眼，那个便衣什么也没有说，但眼里却装满了无尽的疑问。古典的心里咯噔了下。他心神不定地把那支枪抱起。那枪奇怪地沉了起来。他是第一次面对活着的人射击，以前他打的都是那些死去的靶子，瞄准它们当然不需要什么心理上的负担。他以前以为打枪只要瞄准就行了，但没想到，当他把枪对准那个人时，竟然有种紧张。这种紧张使他的心理产生了许多的压力。他把眼睛套在了对面。这时他看见那个犯人似乎察觉出了他在进行瞄准。又把头缩了回去，并且还提出了更加凶恶的要求：30分钟内答应他的要求，否则就把那个女人给杀死。

那个便衣把一支烟递过来，说，10 分钟解决问题，行吗？

他把烟给掐灭，点了点头。现在已经不允许他有时间来考虑什么心理上的问题了。他沉了沉气，把头埋在了枪上。红外线瞄准具清晰地过滤着对面房间里的情况。他的眼一下一下地感受着那个家伙的气息，这时他又看到了那片阴影，凭感觉他知道那个小子就在那片窗帘的后面。他把枪靠近那片窗子，屏住呼吸等待那个人的出现。过了片刻，那个阴影又移动了，之后又露出了那个女人质的半边身子，那个家伙显出了半个头，他在那女人的后面大声地呼喊着来给他送东西的警察，让他们必须在 5 分钟内把东西送上来，否则他就要枪杀人质。

古典把枪口往他说话的地方瞄去。他有些强烈的不适应，以前他打靶，几乎不用瞄就可以看清对面靶子的高度与那个靶心的所在，而现在他竟有些不知所措的感觉。那个人一直动来动去，他的瞄准也就显出一种强烈的动摇感。一支不稳定的枪，如同一颗不安的心一样，令人没有什么安全感可言。他的手有些抖动着寻找那颗头颅，但那头只有半边，再有半边就是那个女人质的，他的枪稍稍一偏，就有可能打中那个女人。犹豫着计算那个劫匪在什么时机出现耽误着他的果断。就在这时，那种奇怪的光点又出现了，那光斑闪着一种奇怪的色彩，他的头一下子大了，他最怕的事发生了。他把眼睛从瞄准具上挪开，用手抹了一把汗。他想，我这次完了。他沉默片刻，把枪重又抱了起来。他看到那个人的头稍向前挪了一厘米，对他来说，一厘米几乎是个很大的空隙了，在靶场上时，他只要看到那一厘米的宽度，就几乎能感觉到自己的胜利。他几乎是下意识地扣住了扳机，枪响了，但他在扣动扳机的一瞬间，就后悔了，因为他觉出了一丁点的晃动，那个晃动太微小了，几乎让人感受不到，但那一动，对他来说，却是一个致命的弱点。那枪声带着他的后悔向前唰地扑去。一两寸长的弹头如同一个走错路的小孩子，从容不迫地撞倒在那个窗台的铁栏杆上，子弹与铁栏杆相撞的声音带着一种可怕的惊叫，吱地撞了一下，又带着巨大的响声掉到了楼下。几乎所有的人都被这声突如其来的枪响声给惊得呆了一呆。几乎是在同时，那个女人吓得哇的一声尖叫，下意识地向窗子下面挣去，一下把那个家伙给露在了外面。那家伙可能也被这突如其来的枪声给吓住了，竟忘了向下躲藏。在他刚回过神来时，从另外两个方向射出的子弹扑了过来，几乎是在同时击中了他的头颅的右面与左面。

那家伙就在这种奇怪的枪声中倒在了地上。

古典一直没有说话，他一直在那里看着那个窗子，他的脑子里一片空白，那支枪待在一边，此时仿佛是多余的。古典这会儿真想吸烟，可烟都吸完了，他想，这个世界真是残酷呀，连可以掩饰的东西有时候也没有了。他把脸捂住，对于今天这样的结局他还是第一次遇到，他没想到，自己竟然连枪也不会打了，当然是不会向一个活着的人开枪，这是他的悲剧还是喜剧呢？但有一点是肯定的，他是个只能面对靶子的人。

因为那个便衣在身后对一个人说：那家伙只是个用子弹喂出来的无用的枪手。

这句话让他的眼泪都快流出来了。他没想到自己的尴尬是不能面对真实的敌人。他那天回到靶场后，悄悄地把枪拿出来，去打靶。奇怪的是，他一到靶场竟一下子变得又自信又舒服，一切那样地熟悉，又是那样地充满着一种新鲜。他一伏在那个靶位前，眼睛如同充电般地闪烁。那支枪几乎不用瞄，就果断击发。每一发子弹都长了眼睛似的听从着他的意志。它们全部鸟儿般落在了那个靶心的中央。那里才是它们的家啊！他的眼泪一下流了下来。他在内心自语，完了，我只可以打中那只靶子，而却打不中那个敌人了。离开了靶子，我的一生也就完了。因为他下意识地想到，他可能再也打不中其他的东西了。

我的一生就是这只靶子和这么一片小小的靶场吗？

他想着这个问题，直到在靶场上悄然睡到了天亮。在梦中他看到，他的枪只是一颗心脏，那颗心脏跳动着，如同他感受到的大地的心跳。

授枪礼

那支枪在冬天土黄色的夕阳中，闪烁着一种锐利的暗旧光亮。它沉静着，依在墙边。那面墙上刷满了深重的暗红色。那种暗红因为随意的流泻，而使这个冬天显出种莫名的暖意。

我注视着那支枪。站在队列里，一片脏臭的汗臭弥漫在大家的目光中。我清晰地感到了大家的欲望。那种欲望在空旷的阅兵台下倾泻。我就站在这批新兵中间，到处是不合体的宽大衣服。那些略显青春的脸上显着强体力劳动之后，而迅速充满的一种营养不良引起的虚假肥胖。但这些都掩不住大家那积蓄许久的欲望。

这一天，开始授枪。

这就是说我将和这些人一起结束自己的百姓生涯，开始真正的军旅。虽然来到部队已一个多月了，但那身军装赐予我们的新鲜和好奇，只是瞬间感受。我们在操场上踢了三个月的正步，跑了几十个五公里，读了许多的兵书，但这种感受毕竟是不完整的、残缺的。拥有军装仅仅拥有了一部分军旅。真正的军旅始于授枪的那一刻，只有拥有枪的士兵，才是真正的士兵。否则，这个士兵在心理上永远无法真正进入军旅深处那真正的极点。

我这样想：

我要拥有一支枪
许多人都这样喊
我要有一支枪
枪是最忠实的伴侣
像狗　不会轻易狂吠
像狼　缩在我的袖筒

如受惊的玫瑰

收拢美与善的花蕊

那些日子我做梦都沉浸在对一支枪的渴望中，这种渴望炙烤着我的心情，使我变得又脆弱又孤独。因为在我们这批士兵中，几乎每个人都在梦想着这一时刻的到来。但在这个产生出无数英雄的乙种师里，授枪已成为一种光荣。而对于我们这些新兵来说，最大的最优秀的奖赏不是那些一、二、三等功类的奖章，而是一支枪。

这支枪已经很老了，上面被粗手捏摸出许多滑润、流畅的凹线。它的枪柄上的刺刀已折弯了，甚至布满了许多粗涩的缺口，那些缺口都有着令人惊异的过去和浸着血液的故事。在它的枪托上，刻着一行小字：杨冲锋，1949 年。它是一支老式步枪，在我们未出生前，它仅有 100 多天属于英雄。这个四川人用它射击过、战斗过，后来它的枪托碰折了。它便成了英雄用过之后，留给这个世界唯一的一支战枪了。它有很多年，蒙尘在这个部队的旧弹药库中，如同一片尘埃，与许多的旧钢铁拥挤着。直到有一天，军械师在查枪支档案时，发现了它。

它已经被遗弃在这个地方 50 多年了。50 年，是一个新兵逐渐变成老兵甚至退出现役的年龄。

可一支枪呢？

我们的师长，那个目击杨冲锋死在冲击之前夜被炮弹点燃的草丛中埋伏的湖北老兵，捧着那支老枪老泪纵横。他的乌发一夜霜白，帽檐下一堆银雪灿烂得让人惊异。他做出了一个决定，将这支残枪授予全师当年度一位最优秀的士兵。多么辉煌的荣誉，一支残枪，一支无法使用的老枪，将成为这个士兵最无法忘却的至高无上的奖赏。

它才是举世独一的士兵勋章。拥有它，成为每年一度的老枪主人，成了我们这些新兵许多人梦中的呓语！而想要把它作为士兵一种最高荣誉的老师长才真正懂得它的价值，他用一支老枪就把一个士兵一生中最重要的欲望给填满了。

现在，它就倚在那红墙边，在300多双粗浊的充满欲望的眼睛中，如同一个孤单的婴儿。它太沉静，因为它太孤独。

我第一次发现了一支枪的美。它满身都飘浮着淡淡的枪油味儿。我迷醉般地盯着它，我觉得它也在盯着我。一瞬间，我下意识地觉出，它应该属于我。而我也该属于它。我的手将握在英雄握过的地方，我的气味将与英雄的一起，渗合成一种感觉。而这感觉，则因为我的加入，而显出一种奇怪的味道。

最后的时刻终于来临了。我看到师长庄重地托起那支枪，他呼喊的是我的名字。我清楚地跑上台去。这荣誉是属于我的。从我知道这支枪的第一天起，我就发誓要成为这支枪的主人，那上面也将刻画有我的名字的字母。它与英雄的名字一起，将串成一种新的士兵传说。

优秀其实可以创造，我坚信这一箴言。因为我用努力做到了。所以，我站在台上，接过这支枪的时候，一下子感受到，那枪已嵌入了我的灵魂。

我就是枪。

这一天是1987年3月16日，天上没有下雪。

那支老枪锁在连队的武器库中，它属于我。每天休息时，我都会陪它坐一会儿，静静地让它依在我的怀里。我经常听到那支枪冰凉的心跳，甚至它欢悦的惊叫。那种铁器相击的声音轻轻地敲击着我的皮肤，我觉得这支枪是有灵魂的，至少该有一颗心脏。

只是那灵魂在哪里呢?

我坚信我感觉到了，可我却看不到，能够看到的人，其实是有福的人！他的心因为与这支枪的亲近而使自己变得忧郁而敏感，但心中却日益地坚硬着。拥有这支枪的那一刻，我就觉出了一种奇异的感受，似乎枪已经融进了我的灵魂和骨骼深处。我总觉得在自己懦弱的时候，那枪口就会顶着我向前。一个士兵其实最无法容忍的是回头，我没有向后，是因为这支枪已成了我坚强的根源，它是我的骨头和勇气。那一年，我只觉得自己的一生都该为这支枪而战。

这支枪成了一个普通士兵的座右铭和警句，甚至箴言。

可你会阅读一支枪吗？我坚信那半年我已学会了阅读。读一支枪如同读一个士兵的经历。那上面无穷的各种痕迹，调动着我的想象力和巨大的对于另外一种物体的认识。

那是一种刻心铭骨的前进和锻铸，只要你爱它。你就无法躲开它的影响与推动。我无法想象离开它之后，我该是一种什么心情，但我肯定没有勇气面对这一切。无法面对的事终于发生了。这支枪在一个早晨消失了。它在连队的那张大铁皮柜中，神秘地消失了。它是一支残枪，它甚至已无法射击一颗子弹，如果不是它还代表一种荣誉、一种对我来说，如同生命和灵魂的实证。但它对其他人来说，肯定一无用处。可就是这样一支枪，一支几乎无用的枪，就这样出人意料地被人偷走了。

那张存放枪支的大铁皮柜上，留了一张字条。那个偷枪的人竟然留下了几句话：这支枪也该是我的，我无法看着它被你一个人拥有。我爱它，它该回到爱它的人身边。我取回了它。但不请你谅解！

我把那几句话看了一遍又一遍，内心处于极度的不安和愤怒中，我被这个家伙的话给深深地震惊了，这个世界上用枪来表达自己的理想的人并不仅仅只有我一人，这个为了自己的爱，而从不虑及他人感受的家伙，根本就没有觉得自己有什么不对。他可能只是觉得，取回自己想要的东西，如同拿来自己的理想，这只不过是极其正常的小事而已。我悲愤地感到，这支枪肯定被一个士兵给偷走了。这家伙肯定也是个爱枪如命的人。但我却无法容忍，因为他偷走了我的荣誉，偷走了我的光荣和梦想，甚至感觉！

我有种被掏空了般的空洞感，这感觉如同慢性疼痛一样，一直伴我到现在。它常常驻留在我的骨髓深处，或者在夜深时分，把我从梦中惊醒，并且一语不发，如同一件沉默的往事，令人惊异！

枪失窃的报告呈报到了师长那儿，老头儿沉吟半晌，转身对旁边的参谋命令：将此枪从军籍中消除，永不追究。

我惊异至极，这惊异一直伴随我到今天。尽管这是一支早就退役的无法射击的老枪，可师长却说：永不追究。那支枪在属于我 100 天后，悄然消失。它刚好与英雄拥有它的时间一致，而这难道说只是一种巧合？我在极度的失落中，悄然地为它祈祷，可我又能从中找回多少安慰呢？只有我至今仍在寻找它，因为我在寻找我！

只是你见到过它吗?

这支枪制造于汉阳兵工厂，枪号：054376541，初始服役于1940年，历经战争情况不详。1988年失踪，枪龄47年。

它比我大。

枪吟

……哦，那支枪终于从我的生命中消失了，它伴了我有 8 年了，哦，不，它已经等了我有 11 年了，那支五六式冲锋枪，从我还没来陆军时，便在这座兵营中的武器库中等着我，等得仿佛只是一种机缘，一种与生俱来的爱情。因为人只有一次生命，而它也似乎命定如此，两个都会走向消失的事物，在中途相遇了，而现在，我还在向前走。可是它却要退出我的生命了，要退出我的理想和战场了。

我只觉得左手一阵空虚，我的右手只剩下它一个朋友了，我与它一起觉出了离别的感伤和怀念。哦，枪，我太喜欢这支枪了。1986 年 10 月 18 号的初雪在凉州如此静美，它们纷扬在我的草绿色的棉布外衣上，并且只用一种轻轻的注视来分享我的内心那种珍藏了至少 17 年的愿望和想头。我要有一支枪，一支真正的用铁铸成的枪。它应该如同我在童年时代里就已经视若圣物的武器。铮亮的钢蓝放射着令我诧异的暗光，粗糙适中的枪柄。我的粗手优美地握住它的后背，它是那么合适，那么天造地设、那样令人动心，那样的一种痒苏苏的冷铁冻指的轻微快感。这种幼稚的幻想犹如一枚小小的刺，它几乎没有什么理由，便轻轻地闯入了每个稚儿顽童的内心，因为心灵深处的柔软，那刺便静静地伏在了我们的骨骼中，偶尔伸一下头或叹息，便让我们那些小小的愿望给刺疼了，那种刺刺的感觉，几乎伤害了每个从少年向前走的人。它们向老年时代……向生命后面每走一步，便延续着个人被愿望抛弃的痛苦。

而这疼却并不是每个人都可以轻易触摸到的，因为它太隐蔽了、太神秘了，所以便成了每个男人最后的一个理想据点。而这据点，却因为自我的渺小，而只有在内心轻轻地叹息，甚至终生无奈，而现在，我终于掐住了这刺的抖动。我从山西老家来到了凉州，来到了它的身边。我有时想，我这样义无反顾地要告别父亲和已拥有的一切，难道就是为了与一支枪的相会吗？一想到这，我的心就一阵颤抖。

在这个陆军乙种师，我们已经在砂砾和戈壁上徒步行进、正步转换、5 公里越野地折腾了 3 个月。已经从军 3 个月的陆军列兵，却没能看到枪，没有机会去趴在凉土上向那棵没有意思的胡杨射击。没有枪的士兵还是兵吗？这种自我的人生终于可以结束了，我看见上尉开始授枪了，一阵军号声响过。士兵们神经绷紧。我牢牢地盯住那支枪。哦，上尉喊我了，我箭步上，双手紧握。呀，这枪真新，比我的军衣还新，上面包着一层厚厚的枪油，枪柄和铁管处于蒙昧中，它只是一个处子，一个枪族中的新兵吗？我被自个儿吓了一跳，这枪与我一样，被送到这儿，难道也只是为了从军，为了在这儿找到发射和战斗的机会？这时我听到上尉说，0453724。哦，这是你的名字吗？我一遍遍地念着，在这个拥有 300 万支轻武器的世界中，你被排在长长队列的那一个排头。我看看自个儿的高个头，对它说，伙计，咱们是二连七班的，我是七班排头的。我听见枪在我的左手心呻吟了一下，铮，真是缘分，它居然也可以听懂我的声音？

我用了一个早晨，便用布把它清理了出来，它身上的油把我的衣服都给弄脏了，斑斑点点的如同迷彩军衣。而它就这样一点点地在我的手掌中，仿佛一个金黄但基本上听话的婴儿，一下下地给我打开了、拭净了。这真是一支好枪啊！被我弄得干干净净的枪放在我的床上。它躺得真舒展、真大方，仿佛不是一件杀人的武器，而只是一种令人心动的尤物。我把它抱起来，像抱着自己某种时刻的感觉，抱得真舒服。抚摩着那些还处于静止的钢蓝，觉出了一种心跳和幸福。我终于拥有了你，我有了一支枪了，我写信给一个朋友。我的这个朋友真正地心高气傲，又令人讨厌地俊美聪明，她的聪明和漂亮几乎就是一个令人难以攻破的据点。我一直想冲进去撕开她，让她投降，可我有什么呢？貌丑才低还不会写诗，写的字丑陋错得太多。我怏怏着，这个世界上我只是一个空手的人。我曾经固执地询问过，一个男人最好的装饰与内心深处悬浮的那种东西究竟是什么？倾世柔情，万千江山，左右尘世还是风花雪月、诗词文章？问遍布满 20 多年简单足迹边的各种行色，翻完所及的千万文章，所看到的不过是这些一片灿烂又十分单纯的人间假象。直到今天，我才发现，男人一生喜欢的不过是一支枪而已。我在这个异乡，因为这支枪的到来，而变得一下子快乐起来。思乡的疼痛以及孤独的莫名，它们忽然消失了。我几乎被这枪迷住了，我打开它又把它装上，然后用力抱住它，把它暖热，觉得自己真是幸福。我体会着一个男人在找到一个有质量的对话者时的快感。而现在，我与这枪，甚至不用说话，就可以听到对方的心跳。我觉得真美，真快活，只要一看见它，一想起它，我便会兴奋。而那种真正的射击，却在日复一日地锻炼着我。趴在堑壕中，我握着它开始了瞄准。这时我觉出手有些抖动，眼睛一会儿真一会儿虚，就要向那个敌人射击了，就要去杀死我内心中那个最憎恨的人了，我却觉出了空虚和茫然。一种说不清的恐惧和紧张抚摩着我。我身上冷汗直淌，哗哗，五发子弹我打出去了三发，并且全是飞弹。我更加茫然了，枪不知为什么就响了，它们不是我的愿望吗？为什么全飞到我不希望去的地方？枪也如同人一样，用一生去干某件事，结果生命耗完了，而这件事仍杵在那里，嘲笑着你。妈的，我懊丧至极，教官踢了我一脚，说你小子一生连个敌人也没有吗？你看清，那靶子就是你的情敌，是你的杀父仇人，是地主。我心里说妈的，是我情敌，是……我低头认真地瞄着。这回你跑不了啦，我一枪一枪击发着，两个十环，还差五环，我就及格啦！可我已经没有子弹了，我只好望了一会儿蓝天。

我知道，枪是人类隐藏着的精神，一种令人血脉偾张、热汗贯顶的雄性荷尔蒙。我清楚自己喜欢这枪的由来了。我的书生般的懦弱、乡村渺小的自卑和远离故土的恐惧……就是这些东西在影响着我吗？而这枪在这时救了我。哦，爱这枪，不过是我在爱着我自己，我重视着我。那一刻，我被自己感动得流下了热泪。

这以后，这支枪在我手里，哦，不，它就是我的手。我只要一摸到那些细腻的枪柄，便觉出一阵轻轻的感动。我喜欢射击，一丝不苟地抚摩，让我的心情舒畅。因为我知道是这枪，帮助我把心中郁积的某种东西打开了，这种感觉的极致，使我的射击成了一种习惯。我只用了一年，便成了这个乙种师最老练的射手了。我最大的光荣是用不到 100 发子弹打了 985 环，弹着散布是一个大写的嘴唇。

此后的军旅生涯中。我还经历过 10 多种枪械，我用过机枪、火箭筒，打过苏联的 AK-16、美国的 M-13 等。但每次都不及我用这支枪打出的成绩。我知道这就是缘分，缘分是无法拒绝的，而缘尽便离分。这支枪逾越了服役年限。不，是新的一种枪族要成为我们的武器了，它奉命离开我，退出我的生活了。我含泪把它擦了一遍。并让人给我们合影。它被下士接过去。那个年轻的脸孔把它的枪针卸下了，我听见它痛苦地呻吟了一下，一支被卸去枪针的枪是什么呢？我含泪想起去年到西安看望一位已经离休的中将，他戎马一生，至今孤身一人，但我说出孤独时，他拿出了一支小小的左轮。那是1972年的美国货。在从日本人手中夺来后，与老人相伴了已有62年。老人离休时，唯一的要求便是让这支枪伴他走完余生，组织上同意了，但那枪被卸去了枪针。卸去了枪针的手枪，就已经失去了一种威慑。如同这位战功赫然的老将，卸去那明亮的将星，离开他的军队，便只是一种工艺，一种装饰，一种象征。闪着温暖的艺术似的光泽。但这光泽与血腥相距太远，我此时觉出了那些温暖和失落。

我在后来的岁月里，仍可觉出这支枪，被锁在一个隐藏的地方，在那里的思念，时时地击中我，击中我的左手。

第二卷

人树

河西堡

西北在这个时代，可能是唯一让人感到敬畏和充满回想的地方了。我常常悲哀地想。在这个异地，在这儿各种各样的地理、历史与文化，不是写在文字中，也不是洋溢在脸庞中的表层。它的孤独的石头是诗、荒瘠的远山和零散的州名古城是诗是词，也是一些令人战栗和感怀的实证。即使偶尔路经的风也让人触摸到寒，连飞鸟也让人低头沉思，连孤鹰也让人发现英雄。英雄主义的血啊，在这儿的每一片石头缝里都溅着各自刚直的声音。可河西堡是什么呢？那是另外一个人的面孔吗，还是一些人群留在那儿的感恩？

我离开河西堡那个小镇，离开那儿的戈壁、石头、孤树、焉支山已经好久了。可我却一直像在回避什么似的回避着它。我是在躲什么呢？躲我留在那儿的不堪回首的 3 年，自己的失败，个人的落拓，曾经飘落的往事？这些碎片样的东西组成着我的经历，可这些经历为什么像那些渺如往事的彩虹，它们只是远远地挂在这座土色兵营的后方，偶尔闪一下就消失。可彩虹消失了，往事就会消失吗？

我这样无缘由地被这个小镇打扰许久了。事情的起因仅仅是因为我忽然收到了一份讣告——那个我曾经讳莫如深的人，被洪水给冲走了，他的尸体被冲到了一片远远的田野上，离开了我们，离开了他曾经给予我的最深刻的烙印。我知道自己无法躲开往事了，就像无法躲开河西堡的存在。它已经像一把闪亮的快刀，插在我的骨骼中。偶尔的动作，都让我觉出疼痛。

这个人在我刚到河西堡时，是我的班长。他是个撒拉后裔，额头开阔得让我觉出明媚。这种起初的欢悦加深了我对他的好感。但 16 岁的我，对于西北的感觉与对人生的深入一样浅薄。这之前，我只有盲目的理想支撑着自己向前。我迄今也无法说清热爱西北，迷恋这儿的一切的狂热缘自何处？但有一点，这个人的出现几乎是命定的对于我的冶炼。

1986 年 10 月 7 日，他把我领进了他的班。

我们是炮兵，对于那种高昂的气势如虹的炮膛与雄拙古朴的大炮，我几乎有种盲目的崇拜。他让我做三炮手，去搬 152 毫米加榴炮的炮弹。失败的世界从此打开了一扇窗户，我坠入了个人主义最暗淡的时期。我那时骨瘦人弱，45 公斤的大弹丸无异于给我的打击。它们太沉了，我几乎不可以搬动。而这个人的粗暴和率直的不屑一天天地轰击着我的年轻，我被他罚着干了许多有违我自尊的工作。我在他冷漠而单调的训斥中，一天天地打发着内心寒冷的历程。我觉出了人生 16 岁的劳累与苦。却又无法去诉，我只有一条路，那就是去干、去干，而这几乎就是我对他仇恨的源起。

等弹丸在我手中运用自如时，等我终于可以用轻蔑的目光与他相对视时，另一种受伤也同时开始了。他又推荐我去放羊，去到后面的焉支山上牧放炮团养的一群山羊。我自小讨厌羊腥，不吃羊肉，对羊怀着天生的偏见。天，就是这样的差事，为什么又轮到了我的头上？我几乎就要拒绝了，但看到这个人眯缝着的小眼中泄出的那一丝轻蔑的笑，我一下觉出了侮辱。我扭头把羊赶上了焉支山，赶上了这没有多少草却只有石头的山。整天与羊群的相伴，几乎完全击伤了我。我在四季的寒热孤凉中默默地走在戈壁上，讨厌的羊们只把我当成了外人。我坐在石头上，常常望着山下的河西堡发呆。这个土灰的小镇呀，你为什么仿佛我宿命中最后的克星，让我成为军营中这样一个不合群、不合拍的人？而且 3 年就这样要转瞬成为往事，成为伤口吗？有许多次，这个人用嘲笑的口气对我说，不行就服输吗？你只要说声不行，我就给你换回来。我几乎就要妥协了，可那眼睛令我觉出难受，我扭身而去。很多时候，我也可以觉出他木木地瞪着我的背影的痴呆劲。

这个几乎冷血的人。

时间久了，羊群成为我鞭杆指挥下最听话的战士。我喜欢上了这儿的寒凉和默想。但孤独使我的心灵脆弱，为了什么，我终于摸出了这支笔，写下了关于人生、命运和西北的三行诗。写作和放牧，这种寂寞的战斗我已进行得太久。

可这个人给我的打击却是无限的。我刚适应这种生活，他又把我推荐去了步兵连，做一名负重的重机枪手。这一切究竟是为什么、为什么，我真的想问一问这个人，可我还是隐藏起这几年在外奔跑而造成的身体强健，去了那个班。终日像只鸵鸟似的跑着 5 公里、10 公里，可一切还未安定，我又被推荐去做饭，这些军中最累、最下层、最苦的活计，我几乎干了个遍。而河西堡做证，我真的不知这一切是为什么？这个几乎已成为我心中最大的敌人的人。我已把反抗化作了沉默。每一次的反击只不过为了证明我的优秀。而三年过后，我只是惊讶于自己的强健、沉默、执行命令的坚定，一个被无数次表扬过的优秀士兵。幼稚已成为回忆，我觉出了军旅真正的美丽，可这一切，不会属于这个人。

但还是这个人，在第三年，他要把我推荐去考学。我说，你不要以为我什么都会做，我会让你失望的。他只是仍然嘲笑地看着我，这个撒拉后裔，他的胡子已经许久未刮了，他此时已成为了我的连长。从士兵到军官，他几乎一气呵成。

我会超过你的。在他的就职演讲会上，我瞅着他的那把坚硬的胡楂，内心充满一种从没有过的自信。这种信念使我在经过了一个冬天的努力之后，终于又去了军校。临别时，他想握我的手，可我却把手放进了自己的衣袋。但我看见，他的尴尬让一种莫名的兴奋给掩住了。直到火车走远了，我也没回头看一下这个人，甚至河西堡。我不知一个人对于自己曾遭受过的失败环境作何感想，但我以为，他肯定终生都会回避，而不是回忆和自豪，如数家珍般地告诉你，当年自己遭受苦难时的模样。

我也一样。

但这种逃避犹如一层虚忘的纸，而那份讣告也像一支针，一下就把这纸给捅开了，而捅开后，我又怎么办？

时光也许会轻易抹平许多人间的鸿沟。而我对这个人的仇恨，也似乎已慢慢地演变成了许多另外的东西。我忘记了许多人，但唯一没有忘记这个赐予过我失败的人。他总是若隐若现地提醒着我，在每一个失败的关口。但我却不知为何，他要把这些东西给我，而却把友谊与怜爱藏起。

我在这种犹豫的心境中回到了河西堡。那个人现在躺在镇东的戈壁上，石头坟在风中如同他孤独的背影，清冷而又寂寞。上面放了许多的沙枣花，那花散发着强烈的淡香，清清渺渺地刺入人的心肺。

他是为救一个人而被河水冲走的。这个人据说因为被他常指示去干各种各样不适合的事而反目过，但他在洪水来的时候救了他，代他去了另一个世界。那个被救的人凝立在他的坟前似乎已经许久了。许久了，他才对我说：他是一个用失败让你成功的男人。你还恨他吗？恨他把最好的东西给了你吗？

天，我的心尖一凛。不可抑制的泪水几乎悄然而下。一切的隔阂就在这由衷的泪水中化成了思念。而误解和仇恨，仅仅因为这个人要给你这些东西。而这些你所回避与逃离的东西，却如那些磨刀石，把刀子磨利了，石头却越来越小，并且被快刀砍伤。

这个人！

我在回到凉州许久，才明白，河西堡为什么比任何一个地名都具有一种感情色彩。那只是因为有一个人在那个地方告诉过我什么叫失败。而一个保存着灵魂与失败的小镇，又怎么不是一种纪念或碑？

人树

我对传说天生持怀疑态度，你不能容忍，那些无聊的人，单纯的过客，为了表白自己的一点真实或者虚假的情感，而制造的一些虚幻的花，是那样的美的一种梦想，又是那样虚无的一些过程。某种时刻，传说不过是一种借口，是一个天真的人讲给另外一个天真的人的一句诗，而这诗，没有一个人可以读懂，可人们还是坚持要读，就像一些愿望，不可以实现，但却不会也不可能就此消失。

目睹到传说终于出现，却是在1987年那个冷极的冬天，我这个对西北一无所知的晋南小子，穿着军衣来到了甘肃，到了河西走廊一个大土围子之后，有人告诉我这里曾经有过红军，而且就在我们住的房间里，他们就曾住过。这是真的吗？我怀疑甚至惊惶地看着这些不太旧的土房子，我觉得脊背上麻凉凉的，我知道不好了，“历史进入了我的身体”，晚上躺在干净的床铺上，我几乎不敢呼吸，我清楚地看见了那些人，听见他们在说话，那些人的汗臭弥漫在午夜的深处，我惊叫一声醒来后，呆呆地一直到天明。

那个老得超过实际年龄的老班长，嘿嘿地笑着问我看见了什么，我说我看见了……他们。我看见了他们，那个班长不再笑的脸上开始冷若冰霜。他神神道道的眼睛开始迷茫。他瞅着屋外远处寂静的公路，喃喃地说：那些人活着，你看见了吗？就在公路上。

那一天我们鬼使神差地走到营区那条平静的路上，128棵老得没了形状的白杨站在我们的视野里，憔悴冷寂。我按照班长的示意，折开一节干枯的树枝，呈现在枝中的红五星，弥荡着鲜艳的光芒，一下糊住了我的眼睛，我的脊背又开始发凉，历史那根大虫子，又伏在了我的胸口，我又看到了那个百思不得其解的传说。那个班长说，每一棵树，就是一个人，是那个人的眼。天呀，这是真的吗？我握着树枝的手开始发抖，我又看见了54年前那奇异的一幕，108名被俘的女红军，她们在临刑前的枪口下默默地栽下这奇异的杨树，那时她们的泪水浸湿了4月干涸的土壤，那时一个少女，与我同龄的妹妹，她扑倒在树的身边，用血浇着那株幼弱的树。那树如今神奇地长着，她高得已经要让人望不见了，可她还在长，她要长多高，她又要到哪里去呢？没有人知道，人们只是在雨天的枝节中，看到艳红的五星，一点点浸出细细的红血，那些血至今仍发出淡淡的腥气，许多嗅到这气味的人，一天天地在沉默中看到它沉默的身影，就不由得想哭。

我的泪开始汹涌，我又被传说击中了。传说，这个硕大得无形的鞭子，抽得我的全身疼痛。这之后，我经常在平静中走过她们的身边。每次我走过她们的时候，我的步子就不由得放慢，我不能惊动她们，惊动她们就会惊动历史。这个无法回避的梦魇，她是那样无情，又是那样神秘，一天天追击着我们，要么让你留下欢乐，要么使你成为悲剧，而这些真实的死亡与新生，就在我们每个人的身边游荡，在我们简单的认识里流浪。而那些蕴藏着许多复杂情绪的树，她们又是什么，是一个人对另一个人的追忆，还是一群人不想放弃的历史。我总觉得，是有一种神秘的东西在流传，是有一种真实的事物传递着我们内心中柔软的部分。而历史，它就藏在这里。

认识树或者认识一种真理，都是很残酷的练习。那些树后来有人考证，说是一种极普通的白杨，而考证传说的那个人，却成了孤独的人，人们仇恨着他，仿佛仇恨着举起屠刀的那个人。是的，揭去一层伪装，比让世界总朦胧着好受得多，可揭去了那层布，就等于揭去了人们的寄托，撕去了人们多么真诚与美好的认识与怀疑！

那个残酷得居然不信传说的人，

那些热爱传说又将在传说中活着的人。

那些依然站在公路边，默默地倾听世界的话语的树呀！

在没有传说的世界里，我们将会多么孤独。

孤狼

戈壁上尖似的利嘴，玉石似的长齿，竖立的小耳，满身飘拂的长毛，在暗昏的落日中，似一团燃烧着的烈火一样，唰地映亮了我注视的眼。我与许多久居戈壁的士兵，都被这幕奇异的景象惊呆了。我们都有些晕眩地看着那梦样的一幕。

那匹狼，它站在夕阳的寂静中，孤独的身姿贴在岩壁上，它忧郁单纯的回望，一下使我们宁静了下来。那一刻，我觉得一种巨大的和谐与宁静，在整个戈壁弥漫。人与狼，天与地，世界平静了下来，我甚至要伸出手，去抚摩它的红棕长毛，像抱住我的宝贝小狗一样，搂紧它，互相盯视，告诉它我今天的不安和高兴、狂妄与安宁……

这时，夜色唰地淹没了它，淹没了我们的脸和卵石。星星的微光出现了，那两只玉石般长明的亮眼出现了，望着它，我觉出了一种无法言述的美，一种伟大的亲近，让我感动。

我喃喃地向它走近，它开始后退。

我伸出手，它向岩石后隐去。

我试图要找到它，可满眼全是夜色和巨石。那些日子，我们天天都在戈壁上会面。它远远地蹲伏在红柳的身边，看我们嬉戏，看我们训练，在戈壁上孤独。如同要看清我们的一切似的，显现着一种神秘的感觉。令我们的心灵震颤。

不知为何，我竟有些莫名地喜欢看它这样忧郁地注视着这个干涸的世界时的表情。沉静、忧郁和一种少见的异常，在戈壁上冲刷着那巨大的铁色。

孤独的狼与我们一样，也渴望朋友和亲情吗?

我把这奇异的发现告诉了我的朋友，她的偏激使我回忆起以前对于这种动物的憎恶。狼外婆的童谣和恶猛狰狞的外表并未消失。那时我对狼的恐惧，像悬空的鞭子，一天天地累积着我对它的憎恨。可现在，狼出现了，在这片遥远的戈壁海上，它与我们一样，独居在外，是否需要安慰和关怀？

而人是不需要它的鼓励和安慰的，不需要一只狼成为自己的朋友。人类需要的只是征服和消失、美和欢乐。就像敌人只会要自己的皈依者，而不会容忍和放弃。就像不会容忍一只狗，会与自己坐在同一张餐桌上，表现莫名的绅士风度一样，同样不会容忍这只孤狼，一天天越过它固有的防线，站在我们心灵的塄坎上。

就在冬天的雪花刚飘起来时，厄运像乌云样飘在了狼的上空。几位小伙子合谋击杀它。那个黄昏我是有罪的，那个黄昏，我参与了这次血腥的围杀。狼刚从遥远的戈壁深处出现，一只地闸就绊中了它的前爪。剧烈的疼痛使它发出了惨烈的哀叫。但这哀叫却成了我们的冲锋号。我们拿着木棒、棍子，那一刻，我们脸上的狰狞和恐怖，使它的哀叫一声比一声尖厉。我照着它的头就是一棍子，但它拖着地闸的身子灵活地躲开了。这重重的一击，使它愤怒地咆哮起来，玉石般长明的大眼喷着火，浑身的红棕长毛到处乱抖。它的身躯在棍棒雨点般的夹击下，一点点地抽搐着。但它的顽烈使它充满了更加猛烈的搏击。它疯狂地转了几圈，咬开围击的人群，一声长啸，低头撕下自己的长腿。然后头向天空，悲哀地低咽着，之后，一个腾跃，向远处的山深处窜去。那一刻，这骇人的一动，使在场的战士们惊呆了。大家呆呆地看着那匹狼疯狂地蹿跃而去，雪花在那些迅速滴落的热血中溶化。

我喃喃地看着它的背影，一点点地消失在风雪之中。

那一刻，我甚至以为它就是英雄，一匹狼群中的英雄。英雄主义的血啊，你留存在多少真正的雄健的战斗的躯体中啊！我有些感叹地回望着它远走的面容，内心竟充满了许多的感伤。

那段时间，我常被自己这种怪异的想法，弄得浑身不宁，夜不安寝。许多时刻，我常常久久地站在空旷的戈壁上，向它常出没的祁连垭口仰望。我下意识地期待着它的出现，可我失望了，有 3 个月了，我们再也没见过它的孤影。我们在一起闲聊时，这匹孤狼总成为我们的话题。从大家大张着的惊讶的嘴中，它已经成了我们心中的英雄甚至传奇般的物象。

日子就在想象和期待中一滑而过，转眼到了第二年的一个冬夜，雪花刚遮住了卵石。士兵们在火炉的热烤中打盹儿，我坐在昏暗的烛光中阅读。这时，我听到一阵阵的哀鸣和低吼声响在窗外。是狼，是它的声音，不知为什么，我一下子就断定是那匹狼来了。那一刻，我有些期待又有些惧怕，但肯定更多的则是期待。我悄悄打开窗子，雪光中，那只狼趴伏在窗下，身边围坐着 3 只小狼。那只狼明显老多了，长毛凌乱，眼神疲倦，唯有一双小耳耸立，让人着迷。狼看到了我注视它的眼神，一动不动。一双大眼里滚着两滴浊泪，3 只小狼则哀哀地低声呻吟着，饥饿正在让它们低下高贵的头。我看着狼眼中的祈求，心中竟有些莫名的伤感。我拿出吃剩的半斤排骨，几片干馒头，从铁窗上扔过去。3 只小狼欢快地扑上去。那只狼眼有些怪异地回望了我一眼，随即蹒跚而去。我特意看了一下它的那只腿。它悬吊着，走起路来一趔一趄，像个跛腿的乞儿。我的眼一热，有泪似乎流了下来。

随着这只狼的重新出现，再次刺激了士兵们的捕杀欲望。他们又在商量着用新的方法去猎杀它，士兵们要我也参加时，我似乎又一次看到那两滴混浊的泪。但那一刻，我却神使鬼差地点头同意。尽管我马上就后悔了，但我又怎么可以原谅自己，原谅我内心深处隐藏的对于另一种动物的鄙视和仇恨。这使我明白，人类其实是容不得除了自己以外的物种的，除非它会像狗、像猫、像套轭的牛马一样，俯首成为自己的奴仆，否则，就是死亡与消失。因为它们的存在本身就是对人类的一种挑战，许多人一直就生活在这种莫名的个人的感受之中，那种盲目的对于其他物种的敌视主宰着它们的心灵，这种可笑的认识就这样一次次地成为他们拒绝这个世界的理由。而我们这些整天以寻找敌人为使命的战士，又怎么会把它们作为自己的朋友？那个昏暗的一幕终于出现是在一个雪后的黄昏，几个胆大的士兵，去后山狼穴中，把那 3 只小狼杀死了，还剥下了它们艳黄的绒毛皮，炖了鲜美的狼骨汤。那皮挂在屋外，像招魂的幡。不知为什么，看到那在风中一掀一掀的皮毛，我似乎预感到了什么？

晚上的暴风雪吹起来了，喝过了狼骨汤的士兵们一个个地休息了。这时伴着风雪的暴吹，我们被一阵阵怪异的吼声惊醒了。透过窗外的雪光，那只狼，它在雪中像一团炸裂的火，愤怒使它的吼声哀怨而又凄长。它瞅着悬空的 3 张狼皮，疯狂地向树枝扑去。树很高，它一次次地跌落，身上的血已染湿了大雪。红色的雪呀，映着它飞跃的姿影，它就那样徒劳地跳起，又重重地落下。那在风中传来的沉重的扑通声，一下下地震撼着仰望着它的每个士兵。这时有个士兵喊道，快去杀死它。随后拿起一块砖片，隔窗扔了出去，砖片击中了它的躯体。每击中它一次，士兵们都会大声喊叫起来。但那只狼丝毫不加理会，仍一下一下地向小树上的狼皮扑去。它越跃越高，有几次都叼着了皮毛，可却就是没有拉下来。我有些不忍地看着它，内心竟涌出一种莫名的怜惜。我几乎忍不住要用木棍去为它把那张狼皮给拉下来，我怕这匹狼也留不住自己的生命。可还没等我细想，那狼又是一个奔跃，那种上升的姿势闪烁着绝伦的亮光，仿佛是道闪电，在空中划了一个长弧，一下就把 3 只小狼的皮扯了下来。我与士兵们都被震惊了，被狼的这种突如其来的举动给弄呆了。

那只狼围着 3 只小狼的残体绕来绕去，悲伤使它的哀鸣嘶哑、干裂。它就那样呆呆地围着小狼的残体，转来转去。这时一个士兵又扔出了一块砖片，这似乎又在老狼悲愤的伤口上撒了把盐，那只狼先是呆呆地盯着我们拥在窗口的十几张脸，大眼中涌动的仇恨，几乎要将我们焚烧。荡气回肠的一幕终于出现了，那只狼忽然一个鱼跃，向我们扑来，它跃得太高了，一下撞在铁护拦上，头骨碎裂的爆响和鲜血，溅湿了我们的脸和衣服。它轻轻地掉落下去了，但他又迅速抬起头。那哀怒和无奈的一瞥，几乎融进了每个士兵的心灵和骨骼。

这只狂傲、孤独、美丽的狼呀，它死在了戈壁最寂寞的时刻。被狼的雄壮和视死如归的风度震撼的士兵们，集体为狼默哀。我们杀死了一只狼，同时也杀死了自己心灵深处那片最神圣最优美的愿望和善良。每到夜深人静，我总可以觉出这匹狼，它静静越过我的梦境的身影。这只高贵孤独的灵物，一直踏得我的心灵疼痛。这使我常不由得喃喃，不由得怅惘。那时我最深的感慨就是，人啊，多么需要那种彻骨的血性，需要一个自己的图腾、心灵的图腾，让它成为引领自己的圣婴啊！而我又是多么需要一匹狼、一匹孤狼，成为自己的圣婴啊！

在梦中，我看见，它就站在极远的戈壁上，默默地向着陌生的人间瞭望。

如火黑睛

我走得越近，它离我越远。

这句近似于悲剧的话出现的时候，我肯定是悲哀的。我记得那是个平静的深夜，贫乏的阅读已使我开始觉出疲惫。这句话的偶然出现，一下照亮了我的双眼。我拧熄床灯，可暗夜中仍有光明。我闭上双眼，那双如火黑睛，仍在熊熊燃烧。我的脊背开始出汗啦！我觉得不安与负疚，已经开始涌上我的心头。我快要被他看穿啦，被他那张脏脸，那个夕阳中简单的10岁儿童伸出的手，把心摁住啦！我忍不住吃惊地叫起来，我觉得那声惊叫是那样可耻，甚至有种要掩饰什么似的淡淡羞愧。也许悔意就是从那一刻开始进入我的心灵。我不知这种自我的忏悔，能否使我的心稍稍平静一些。尤其是你发现你竟有负于一个少年，有负于一位可怜的孩子。并且像个无意进入花园的观赏者，为了满足自己的一点可怜的虚荣心，而下意识地掐去了一朵生命蓬勃的玫瑰。我就是这样的傻瓜。傻瓜可以原谅，而结束一个少年单纯的想象的人，又有谁能够原谅他呢？

那是个炙热的夏天，太阳整天流泻着令人无法逃避的炎热。我与许多士兵离开凉州，到了古浪县一片巨大得令人不可想象的山坡地带宿营。我们住的地方有个古怪名字，叫积魂堡。这块地方的奇绝古怪让我摸不着头脑。一踏进古浪县的地界，我就被一种强烈的好奇心给占据。古浪，这名字太古典、太忧郁了。像个被远弃的古代高客，偏居在祁连圣山的右面，孤独而没有声音。我在河西走廊的几年里，时常遇到一些隐藏在深山中的带有某种深刻意味的古城、残缺的遗址和许多令人百思不得其解的优美地名。而古浪不过是这些优美的代表。只是这积魂堡的出现更带着种怪异的宿命的意味。这种感受使我在一看到这个庄子，听到它的名称时，我的脚就不由得慢了下来。我东张西望着，试图找到这种感受的由来，至少不使我被这种东西所遮掩。而找到了这种对应物，感觉上就不会发生变异吗？就在这时候，太阳一下挂在了我的身后，许多光芒顺山坡滑下来，把积魂堡照得金光如梦。大地呈现着怪异而新奇的梦境。这时我发现那双黑眼睛在一大堆冷漠、好奇的人群中出现了，那是个10岁左右的小男孩儿。他牵着一头瘦猪，上短下长的短袄遮住了他的瘦骨头。他就那样仰着身子，靠在土墙上，迷迷蒙蒙的眼睛像要穿透什么似的，盯住了我迎向他的眼睛。我下意识地一躲，还是受到了灼伤。一个10岁小孩子的眼睛在盯着我啊！我不由得走向了他。他极艰难地呵呵着，用手牵着我，两只眼睛透着渴望的火苗。我就这样跟随他走进了一座小院。

那个小院整洁而又舒适，用土墙围住的三间土屋四周、苹果与玫瑰正在成长。他把我带到厢房，整洁的土坑上写着我与另外3个人的名字。这就是我们住的地方吧！那小孩子的嘴呵呵地嚅动着，两只手相互比画着，这时我才发现他居然是个哑巴。我的心忽悠沉了一下，又开始轻浮。我奇怪地问他是怎么知道我住在这儿的？我与战友们渴询的目光扫向他时，他的小脏脸一下子红了。他有些羞涩地笑着，露出一口纯正的白牙。那一刻，他是多么地美啊！因为，我和战友们都被这美征服了。

我们借宿的这家人共三口，一对极温和的回民夫妇与这个不说话的孩子——马格。说他不说话，其实是这个才10岁的孩子以前讲了许多年，可是现在忽然不说了。为什么呢？是什么力量，使他失去了说话的权利呢？我在听到马格的母亲含着泪水讲述时，内心开始发出颤抖。马格母亲抽泣的声音一直让我不宁。她说：那是个下午吧，马格和他爷坐在这喝茶，进来一个恶人，大嘴阔牙。一头乱发像个夜叉，主那时不知去了哪儿哈。那恶人狠狠地进了来，拿一把大斧头，把马格的爷爷就给劈了，脑血缠了马格一头，马格那会儿才6岁，一下就呆在了那里。我们回来后，马格就成了这样，主让他闭上了嘴哈。我与倾听这故事的3个士兵都给听呆了。万恶的罪犯，不但取走了马格爷爷的命，还让一个6岁的小男孩儿永远闭上了嘴。那一刻，我愣愣地盯住马格那双黑亮的眼睛。那眸子透彻明亮，里边有一个极蓝的天空，也有一个大恶的罪人吗？不知为什么，我一下觉出这小孩子的神秘和不凡。也许就是从那天开始，我总是在他双忧郁的眼睛里不敢停留。

起初我们总是极忙，整天去野外的山上练习射击、冲锋和演习，或者一次次地长途奔袭。每晚回来时，总是月上中空，而推开柴扉，坐在静夜中等候我们的总是马格。他闪着一双在暗夜中同样明亮的眸子，快活地帮我们打水，有时还把一个苹果放在我的手心，那种莫名的温情总让我心存感激。有几次，我捧着他的小手却不知该讲什么，只好把他长久地拥抱于怀，长久地沉默。

马格的聪明和独特总是令人难忘。失去语言之后，他跟村中一个去过麦加朝过圣的年老阿訇学习哑语与汉文。他的手语很好，写出的字总是在幼稚中透出种沧桑。他非常喜欢我带的许多书，有一本插图本的《神曲》，他翻来覆去地看，我起初很好笑，但他的神悟般的奇思却让我始料不及。他给我写在《神曲》的扉页上歪扭的字，让我琢磨了许久。那句话是：姓但的人什么时候到积魂堡？天哪，我拉过小马格，不知如何解释。后来，通过笔谈。他讲了许多我记忆深刻，甚至触动心灵的儿语。比如：后山上草们与鸡在开会……马的儿子与我一个姓吗？

如此种种，有的成了笑柄，还有的刻在了我心中，与马格一起。后来笔谈深入，我讲了许多外面的事，讲了电视、城市、外国，还有一些可以铭记的笑话。每逢此时，马格那张小脸上就会显现出一种向往和热爱的光芒。而在这光芒的燃烧中，我不由自主地写下了那个我将负疚终生的许诺，我说我要带马格去外面看看，看看城市与电视，打一次电话，去看看长城与黄河。像我散漫的性格一样，这些轻易的许诺我并没有记住。没多长，我就开始忘光了，像忘记许多的话一样，我在不经意中把它们忘光了！可就是这句话，却轻易地伤害了一颗童真的心啊！那个恶魔，扼杀了马格的纯洁，可我却扼杀了他的希望。

随着野营的结束，我们就要随部队回到城里了。那几天，沉默的马格整日不宁，他像尾巴似的跟着我。而我因为忙碌已经顾不上那双眸子了。我只是渴望那久别的城市，那里有一个等我的人和我更为熟悉与向往的现代生活。送行的人群挤满了小道，可那人群中却没了马格的黑睛，他去了哪里了呢？这种询问这会儿才开始在我的心中明晰起来，我下意识地寻找着他的那双眼睛，可却什么也没有，一种淡淡的失意悄悄涌上我的心头。这种不舒服的感受一直在我的心中缠绕，我看着车后的尘土发呆，我不知自己在什么时候忽略了小马格。

就在我们走出祁连山好远了，忽地从远处一个山堡上，一个小孩子的远影出现了，那是马格。他终于出现了，他没有忘了我，他还是那个可爱的孩子。我的眼泪悄悄地滴落了下来。我们走出十几里远了，那只摇动的手，仍牵着我的目光。一位战友给了我一张字条，说是马格给我的。我看到洁白的纸上，一行小字在跳：

什么时候可以看到那个城市?

我的眼睛酸楚了。我当时就想，小马格，等着，过了夏天我就接你出来，去看看那座城市。但仅是一瞬间，诺言就被汹涌的事务给冲刷得了无踪影。

离开那个夏天有 4 年了。这 4 年，我四处奔走，仿佛很忙似的，过着一种物化的生活。直到有一天，一封遥远的信，将我扯回了积魂堡那梦样的山村。

里面是一张小照片，一看就是马格的。他长大了，两只眼睛在纸片上依然闪烁，我的心一动。信很短，是他父亲写的。说马格死了，白血病杀死了他。你走后，他常到山崖上去望你走的方向。他说你要来接他。他去世那天，下起了大雪，他说你会来接他，并要我把照片给你，说他不能去看城了。我的头轰地炸了一下，呆在了一边。我又看到了那双黑眼睛，他闪亮着、游动着，在古浪那个忧郁的小镇上，他流尽了一丝希望的泪和血。而我，却是那个可恶的轻易忘记诺言的人。我为自己的散漫和轻诺流下不可原谅的泪水。

这之后，那双明亮的眼睛，跟随我走了无数的行程。我知道，不论我身处何地，我是躲不开那双黑眼睛了，就像躲不开心灵的疼痛。我的手将永远感受到那只手的体温。因为，他在我的手心写着：

我走得越远，它离我越近。

深城

谁也别指望逃离，

谁也逃不出这座城。

在祁连山左右的旷原上，有许多高大坚固的土围子常常挡住我的视线。那些囤积着各种神秘和传奇的土城，常常隐藏在我们偶尔的旅途中，如同一些奇迹与诫语，它们每走一段路就会出现一次，每过一座山就有一座城出现。我说的这个土围子，它其实在西凉古城武威的东方。

它那样孤独，在一片绿色田野的围困中像个最后的堡垒，闪着暗淡的微光。我在看到这片微光的初始，就觉得似乎一下找到了一种久寻不得的依靠。它那样高大、坚固，有着一种罕见的强硬和沉重。而那高巍的用米粉汤铸就的墙，还有什么不平的风沙、凄苦的严寒、内心的风暴可以逾越呢?

那时的我正经历自己那个年龄所无法回避的灾难和痛苦。孤身一人独走西部，父母因此而与我断绝音讯，甚至要断绝那种多么伟大的血缘。初恋爱人与我反目成仇，困苦与流浪已使我身心憔悴。我甚至觉得就快陷入了绝望的深处。而就在这时，这座土城出现了，是储存在这里的一支陆军收留了我，使我停止了流浪。感恩与平静使我一下就爱上了这座幽深的城，在这里的安全与舒适迅速淹没了我。

这座城准确地说不能称作城，它只是一座囤积士兵和粮秣的兵营。一座用黄土筑成的土围子。当地土著把它叫作满城，从清朝开始，主宰这里的旗帜就不断更换。唯一换不掉的却是一茬一茬的兵士，从 7 年前开始踏入它的大门，我就觉得自己开始进入了一种氛围或者是一种环境。它一直都那样安静，静得在夜深时分，你都可以听见一片如潮起伏的呼吸。它是那样单调，每个生存在这里的人，几乎都一个面孔。人们穿着统一的制服，迈着相同的步伐，唱着一样的歌谣，甚至连晚上都做同样的梦。偶然从偏居一隅的靶场传来的枪炮声也惊醒不了每个正在沉睡的心灵了。人们都在自己的轨道上滑行，偶然变化的是，随着天气的冷暖，不断地有新面孔出现，而旧面孔像流水一样离去时，我就觉出一种惆怅与冲动。我知道自己已成了这个氛围中的一个，并且不断增加着它的色彩。有一段时间，我去外面帮助工作，住在宾馆，走在繁华的大街，觉得世界变化真快，变得都快让你忘了自己还存在于这个世界上，就不由得有些异样的感受，甚至后悔当初的幼稚和冲动。可我发现，当我决意离开这座土城时，我的内心已与这个浮华世界拉开了多么大的距离，我已经不太习惯了，对于那些万能的金钱，美丽而世俗的爱情，掩蔽在夜色中的秽迹，甚至他们的行为。走在大街上，我多么像个单纯的过客，从另一个地方来到了这个蓝色的星球，我奇怪地打量着它们，他们奇怪地打量着我。世界呀，人类呀，是我一天天地远离并抛弃吗？这种感觉在我踏入土城之时，一下就消失得无影无踪，仿佛有一种强大的过滤作用，一切都是那样静，静得让你怀疑自己那些曾有的浮躁和漫想。是否曾经存在过，或者说出现过。我依然在这个平静的世界读书、写作和上班，与许多优秀的人拌嘴，在繁重的事务中偶然抬起抒情的头颅。我知道自己离不开这个地方，这个隐藏着平静与危机的土围子，它隐藏着我脆弱的灵魂。

可我的女友嘲笑这座土城是一个壳。一个巨大的脆弱的壳，它埋葬了许多人的雄心、骨头甚至血性。而我不过是个懦弱者，女友的话像一束火，一下烧掉了我的伪装，一个男人、一个雄心勃勃的男人，身披征衣的军人，被撕去一切之时，他还有什么武器可以拿起？我迷茫的眼睛，在寂静中也逃不掉那个孤苦坚硬的思想，它们像一些潜伏的火苗，动不动就蹿出来，烧灼着我。这时我就听到外面的风沙。它们在旷远的尘世上奔波了许多年，也没停下来。而我只行了几步，就开始躲避。我躲得了贫困、动荡，可我能躲得开过去的人前来的敲门吗？等我终于可以坐下来，认真地想一些事情时，我发现这个世界已经陌生了，明亮的眼睛已看不清自己。我的身体、我的双脚，他们与我一起，被这个世界忘记已经很久了，而我只是一个陈旧的人，一个蒙尘的灵魂，一座陈旧的城。

寻找一种活着的方式就是躲避吗?

我问着自己，我问着那城之时，我已经决定离开它，离开那个已被我的衣袖磨破的办公木桌。是的，我要离开它了，离开那四面墙，离开我已经死水一样平静的心灵。

那天早晨的大雾掩盖住了那座城，我低下头，默默地把它遗在了身后。我觉得，我是在遗忘自己的一些灵魂和肉体。

这之后，我像个爱挑三拣四的猴子一样，在每个地方都留下了自己的气味和手印。可夜深人静之时，我却觉得常常软弱无依，这时我就看到了那座城，那座土里土气掩藏了我8年青春的深城啊！你为什么常常出现在我的梦境深处，一天天地压逼着我，让我在匆忙中一回头就看见你的身影。

这时我才发现，自己曾经多么地脆弱，可我也曾经多么地坚强。在拥有土城的一刹那，我实际上找到了固守自己、保卫自己的方式啊！而每个无依的灵魂，每个孤寂的身体，孤独的军队，我们的一生，谁不在寻求保卫，寻找自己的军队！

可我还在仰望中，寻找那座消失之后重新出现的深城。

我听见自己的手，在发出迥异的声音：人啊，砸碎那座心灵之城。

祁连

祁连在那个冬天出现时，我还是个17岁的少年。那时我像所有离家远游、弃乡从戎的热血小子一样，看惯了内地干净广阔的平原和地理，忽然被一些凌乱结实、强大的无边无际的山岩地貌所充塞，那幼小狭窄的心感受最厉害的就是一种压逼，似乎有一只手从远处不动声色地按住我的胸口。我下意识地把手举起，但祁连在奔驰的窗外不断地涌来，我的推动显得多么地幼稚而又无力。但我还是拼命地退让着，祁连就在那一刻，成了我永远无法推卸的压在胸口的石头啊!

火车喘着气，离开了兰州，在过乌鞘岭时，海拔显示出了自己的威力。我的耳朵给堵住了，一种强烈的耳鸣让我不宁，我厌恶而又无奈地看着那些在冬天戴着白色雪帽的峰峦尖峭。那些被塑成各种形象的峰岭直插在青天。有一刻我觉得，只要攀上峰顶，就可到达天堂，见到那个无所不在的上帝，并在它的客厅俯瞰这边地的人间，与我故乡晋南的迥异。不过我很快发现，祁连并不因为冬天与雪就很丑陋，相反看久了还有一种异端的峭美。群山一律静肃着，更远处的凹凸处，站着一匹独马，那马仰着脖子，咴咴长鸣直扑我的心窝。我的心一动，那马转身消失在雪中，一行蹄印使我发现了大坡起伏的脸，一群羊因为脏垢而充满生气。山在眼深处孤独而又神秘，一种傲慢、自尊、孤独而又忧郁的情调漫溢在祁连的脸上。我迷醉般地顺山仰望，机车缓缓地行进，给了我充裕的阅读机会。在异域的风情和山强大忧郁的氛围中，我深深地醉了。

那一刻，我是孤独的。那一刻，我是忧郁的。因为祁连的忧郁给了我。

祁连就这样在我还不知道准备和接受时，侵入了我的肌肤、心灵和骨头。那时我最爱干的一件事，就是在每天不同的时刻去看它。我喜欢高巍奇绝的山，尤其是在远秋那辉煌成熟的阳光中望去，祁连是那样近，近得让我几乎可以听到它的心跳，看到它的折皱中我起伏的伤口和隐伏的往事。风雪被形容了，诗句被他吟出了，还有那些表面的历史，一行行堆积在那一闪即逝的时光中。

有一座自己心灵间的“物”，是多么奇妙的感觉。有许多次看那些别人镜头与思想中凝成的大山昆仑、神妙黄山、美极大河大江，我心里就不舒服。毕竟，它们与我隔着一层多么远的距离，不是我自己的。而现在，我找到了祁连，是否就是找到了自己梦中的家园？这种疑问和山下的生活，一天天地锻炼着我。在这种锻炼中行走，我已经失去了单纯的寻找和无奈。我爱祁连，我对许多人讲，是因为我实际上永远不懂它。不懂一座已经经历尘世多少年的醒世者。那么，我也终将是孤独的。

实际上，我离祁连很远。

好多时候，要站在我所在军营的土地上，选一个好的角度，才可以望见它低头沉思、雾满白雪的大头颅。而青色枯焦的山，已经成了一些隐约的颜色，无法看出丝毫的形状差异了。这种感觉常常使我悲哀。接近的同时你已经开始远离，来这里许多年了，我在靠近深入它的同时，也在远离它。我先是离开了祁连山深处的一处哨所，又到了一个它脚下的小镇，又到了这座城。我觉得，那不断拉长的视线，已经使山变得矮小了。就像我已从周围的环境中拔出，站在了另外一座很高的山上，那里真孤独，但在那里很舒服。是因为祁连在教会我仰望的同时，也告诉了我平视的理由。在生活中，我那样崇爱自尊和独立，难道都是祁连的原因？

祁连就在每个人各自的注视中长存。它几乎对每个仰望他咒骂他的人都不感兴趣。永远亮着一种冷漠、自尊近乎于自爱的表情。显得那样地不合群，那样地偏执，又是那样地忧郁。是这种忧郁传染着我，也传染着生活在这里的人。直到有一天，我在自己的书上写下：

冬天里的一只羊
在贫瘠的雪山
寻草

这几句话时，我才恍然如醒。

我们都是一只孤独的羊，在自己的山上。我们看见了那一种草，又看到了那些还在绽开且亮如花朵的伤害与梦想？

撕开那些遮住了我多年的树林，打开那扇门，我们又有谁看到了那座山，真实的存在，又有谁听到了它至美的叹息与无谓的失去？

多么想认识真正的山。我们需要的时候，它们出现了。我们离去时，它们还存在。过客匆匆啊，潮起也在潮落啊。可山仍在逝去的时光中隐现，在万丈的寂寞中，在滚滚的柔情中，我看到山出现了，像一粒坚硬的沙子，嵌在了每个男人的骨头中，心灵中，并且闪现着冷峻苍茫的血性。

那也许只是我的祁连！

橘色火焰

腾格里的枯燥与干枯的表情已让我麻木了，我与随行的许多战士坐在硕大的太阳底下，每个人都披着厚重的沙漠色伪装服，炮车就在身后，每个蹲伏在沙丘上的人都叼着一支烟，似乎每个人都有一种无法发泄的压抑的怒火在熊熊燃烧。这是那个难忘的秋天，我与许多第一次来演习的士兵，看见沙漠。这传说中平野漫黄的奇异世界，就这样摇着橘黄的手势。干燥发亮的黄色，灼得我不断地闭上了眼。

天气实在太热了，茫茫沙海中我有些艰难地躲避着平野干净的沙丘，太阳的反光几乎要让那些一颗颗的沙子燃烧起来。在迷离的白光中，我的胸腔全是飞散的沙石，无孔不入的黄色火焰呀，我在疼痛中发出难以抑制的呻吟。那天我几乎忘光了古诗绝句，妙文大著对于沙漠的赞美。天，我在心里一遍遍地询问，这些人，这些写诗写文、这些过客，这些情调乱闪的心灵，你们以为自己真的看见了沙漠，认识了沙漠的美吗？孤烟、长河、圆太阳、古道、弯曲的腹线，流传的驼铃，它们在哪里呢？它们在哪一粒沙子中呢？在诘问中，绝望使我开始闭上眼睛。沙漠一出现，就让我感受到了世界可怕的结局。我不敢相信，不敢对自己说，这里除了我，除了那些偶尔过往的心灵，这里是绝境，是最后的象征，是末日。

那些干净得无声无息没有任何动静的沙啊
那些安宁地重叠着相连着的寂静
那些死去的足印干枯的驼骨
单薄的草束的尸体
空中落下的飞鸟啊　是什么让你倒毙

什么让你在沙石中成为遗迹

我就在这种橘色火焰的焚烧中行走，一日日地不宁和艰辛折磨着我，天黑下来的时候，跟着早年的足迹，我看见了一眼小小的水泉，一滴滴亮晶晶的水银，在橘色中叮咚着。我望着它流动，望着它行走，望着它没走多远，就神秘消失的影子，我的泪就淌了下来。生命在阔大的强暴的覆盖中，显得多么弱小，多么微不足道，小得甚至超过了微细的沙粒。而一粒沙呀，它居然比我的灵魂还大，而无数的沙粒，它们滚动着，压挤着，生命绿色的汁液被强暴的身体压没了，甚至没留下一点点它们本来的影迹。想到这些，我就觉得心一阵阵地疼痛，我竭力不让自己的腰弯下来，不让一个男人的泪滚下来，是因为，我恨沙漠。恨这些压逼了人类花园中每一束花的沙石啊！

它们，要拿走我们的生命
要让一切归于平静
让世界黑暗
让灯熄灭

腾格里，一个幻想中的水渊。念着你的名字，我觉得悲哀开始涌上心头，人类为每种没有可能改变的事物、自然，都染上了自己的色彩。人们给这片土地，取了一个吉祥的名字，这里没有水，没有生命，可却要给它一个象征生命、象征水流的名称，那些过于善良的愿望啊，除了对此表示善意的微笑，我们还能做什么，还能把人们愿望中的绿荫也遮掉吗？不，我在沙地上行走时，就觉得是行在万里大海，无数的沙粒就是无数颗水珠。而山丘，则是那些凝固的浪山巨水，风暴梳洗的手臂。后来，每次走近腾格里，我的鼻孔就会嗅到一种干涩的水腥。这时，我就有些感动地望着沙原，就像望着一座沙海，眼里渴望着巨帆海浪，还有鱼的惊叫……

单纯的愿望容易使人改变自己的固执，尽管腾格里末日般的幻象令人悚然，甚至惊惧，但每次靠近它，我却总是会得到新的发现和感知。1990 年夏末，燠热刚让河西生动起来，我就与许多战友去腾格里演习。那次我们走的东边，演习结束后的一个下午，我一人在乌云满布、狂风未吹的时刻，沿沙行走。转过一个巨大的沙丘时，我一下就被眼前的奇景给慑住了，无数的沙粒围着一大片的树林，狂妄的沙石挤围住了那些树的身干。风削去了树的王冠，皮在干燥的风中一片片滑落，许多的树已被沙子埋住了一半，有的树仅露出了一点枝丫，却暴着勃勃的绿色，那一点点地伸出在沙石压挤中的绿色呀，一闪一闪地摇着生动的手，它们那样顽强，那样坚硬，沙子高一点，它就长一点，一寸寸地高扬着生命的花朵。那一刻，我疲倦和凹的眼闪亮了，连日来的灰暗心理在这枝绿色的映照中，焕发着惊喜和激动的光彩。我发疯狂地扑上去，仿佛扑在神圣的面前。那一刻，绿色的生命活跃起来，绿色的阳光明亮了起来。我长久地跪倒在那株小树的面前，内心平静而坚硬，生命在每一种艰苦凄清的挤逼中，都是最美的啊！我用手刨去身旁的沙土。我知道，这些无所不在，可恶至极的微弱而强暴的沙粒，很快又会将它淹没。可为一株生命，为一株绝望中奋争的树，伸出一枝微弱的手，将是我一生自豪的本钱和骄傲的原因啊！那天我拼命地挖着，沙石磨开手指的皮肉，鲜血沾满了小树，我的泪打湿了沙子，也染红了那株在橘色的沙子中延伸的绿色啊！

这以后，我走过许多地方，也看到好多沙漠，可每次一踏进腾格里，我的心就颤抖不已，就会激动不宁，因为，在茫茫沙原，竖着一棵树，一棵燃烧的树。

它就是那朵沙原上盛开的橘色火焰。

环山大雪

雪抓紧岩石，贴在那些艳红的山体的纹理上，压在我的胸口上，我忍不住这致命的压逼。我抬起头，大步走向它。祁连神山就在这一步步的压逼中呈现。我走近它的时候，心开始颤抖。我记得当时我站在一个低矮的地方，连大雪也无法遮住我的视线了，那些纷飞的不留缝隙的雪片啊！一下就闪开了。它异样的面目呈现着末日般的恶果，每一块巨石都耸立着，每一块山体都呈现着可怕的伤口，被雪压住的是山，压不住的是它的灵魂。连那些积雪也呈现着神异的怪象，我狂傲孤独的心惊悚着，我不知道这山为什么竟埋伏了这么多的怒火，这么多的炸药。我走近一些，就可以看见那火冷冷的焰头，就可看见炸药沉沉的爆破哟！

在那个孤独的时辰，我相信了自己的无助，在那个寒冰冻结大地的冬天，我有许多天是个无助的孩子，是一个试图在迷路中找到回家的路的孤独的过客。我不能忘记，在那次的行军中，是好奇与神秘的召唤救了我。我在片刻的迷失中被急匆匆的集体遗失了，直到天黑，我枕着行军背包，燃着一堆火，啃着压缩干粮，被那只孤狼注视得怒火中燃之时，我知道自己迷失了方向，找不到前进的路线了。

那一刻孤独像山一样，默默站在我的身边，在黑暗中，我没有大声喊叫，没有泪水迸溅，没有因恐惧而卸下我的勇气，是因为我觉得当一个人，尤其是一个男人，站在这样一座伟猛、一座经历了巨痛的山的身边，还要再去找回那些懦弱的人的武器，那人就是可耻的，就不是一个男人，至少不应该是个士兵。

就这样奇寒一直使我清醒着，我有一刻看到星星忽然从我的身后眨了一下眼，后来，那枚蓝月亮就出现了，大山在星辉中遥远而又神奇。我毫无睡意的眼睛在迷离中开始了望山的过程，我一遍遍地读着那些峰尖低谷。我用“读”

这个字来表达5年前那个深夜看山的经历，是因为我第一次觉得山其实是些有思想的怪异的东西。那一刻，我觉得环绕着我的这些黄土巨石，比一首诗更美，它散发着异端的无羁的野性，那颗显得多么昂扬的头颅，似一柄锋利的剑，一下刺开了青天和大地。它直耸的思想一直是冷幽幽的，没有风，也不可能有风与雪，可以折弯它，因为它不可能被折弯。而它的内心多么温柔啊，绝伦的曲线勾勒着美好的雏形，又与之区别了出来，甚至像圣母，它睡了，甜润的笑使她呈现出慈慧与博爱……我醉了，我一次次地读着这诗，这伟大的诗我们一生甚至遇不到一次，可那天我遇到了，我是否就是一个幸福得应该傻笑的人，在这无尽的阅读中，我醉入梦里。风雪开始终止了咆哮，阳光悄然晒醒我冻僵的躯体。是远处的炊烟救了我，我活过来时，正躺在一群羊的包围之中，一只老羊的舌头舔着我的双脚，美丽的牧羊女，天使一样把我拥在怀里。我哭了，我在群羊与牧女的拥簇下开始行进。我看见祁连圣山那样冷，那样远，她们的面孔我至今也没读懂，可是神山做证，那夜奇异的心灵游历，已经使一个没有高峰的人，找到了前进的路。因为，是它在10天内教会了我至纯的人生功课，是它悄悄地更换了我的血液。

我看见祁连的时候，我说那其实是一首诗。

每个人都应该去找一首属于自己的诗。

找到它，就是找到了打开自己与世界的途径。而我找到了祁连，找到了这座山，就是否找到了那首致命的诗？那诗啊，你写在那一块碎叶上，还是巨石上了？

我看到，在遥远的呐喊声中，祁连群山出现了。

第三卷

西边

诗地图

西北从哪里开始？

一位老人告诉我，西北是从诗开始的。

老人一生都在研究边塞诗，那些押韵的语词如同他的一生。他打开一本诗集，指给我看。他说："这就是我们所能找到的中国最早的边塞地图，当然我把这叫作诗地图。"

沿着通往西北的公路向前走，我们可以遇到许多古老的地方，它们站在那里。

我打开那本诗集，很惊奇地发现，那些古老铿锵如同玫瑰的地名，躲在每句诗的夹缝中。它们有的就在我的身边，有的我曾经就在那里生活，那些地名站在那里的姿势让人生疑，也让人感动，因为我看到它们，一直就在那里等着我，并且很可能将与我相伴一生，这使我很感动。

因为我发现了一个秘密，一个真实的依据。那些诗因此而有了张力，也有了弹力，更有了一种存在的真实。

有很多人在很多地方，在很多年前，就在那里期待着你。

凉州：关于想象力的一种解释

最初与诗的相遇令人生疑。如同我对自己的感应至今仍然有着一种不信任与可怕一样，因为那时候我 7 岁，在遥远的山西乡村，智商因为连年的高烧而有些迷离，但我的姥爷，一位退伍的老军人，却给我念了这样一句诗，那诗可能是他无意中哄我时的一种手段，还是一种偶尔的宿命？因为他老人家的去世，我无法查询，但有一点，我却坚信不疑，一个人一生中所做的某件事，总是可能与你的命运相关联，很多东西，很多你无法预知的未来，很多你在多年后才可印证的东西，其实在很多年前就已发生了，并且在多年后，你发现，你陷入了一种命运，一种生命的故事中，一种可能是偶尔发生但却不幸你是主角的戏上演了。你在很多年后，吃惊地发现，童年时一些别人偶尔教给你的话，不过是你在若干年后，需要表达的一句小小的台词。

而这一切，不过是你所做的一种人生的预演。

这可能就是我对这个城市的一种感受与想法。因为很不幸，我被这种生活验证了。我至今仍可以清晰地想起，当年的姥爷无意中的那句话，但这句话只是一句，葡萄美酒夜光杯云云，其余的就记不太清楚了，当时的我对葡萄美酒有种动人的想象，可以说，那会儿因为穷，我还没有听说过葡萄与吃过它，更谈不上对这种东西有所了解了，但很可怕的是，我却对这种东西很感兴趣，我不断地问姥爷，葡萄是什么，酒又是什么？酒不好玩，姥爷时常一个人喝它，那会儿我以为那是个很好吃的东西，因为每次只有他一个人喝，我总在想，那是一种什么东西呢？因为姥爷不准我喝，所以那酒就在我的心中成为了一种充满想象的味道了。而葡萄我几乎从来就没有听说过，姥爷想了半天，告诉我，说那种东西如同珠玉，悬在树上，透着种暗亮的光，很好吃……葡萄与酒加在一起的味道成了我所向往的一种可能最美的东西了，我记得当时下意识地问姥爷，这样好吃的东西在什么地方呢？姥爷说了一个很远的名字——凉州，那个名字比我们的村子远多了，也陌生多了。但这样一个出产如此好吃东西的地方，在哪里呢？

姥爷说在很远的地方，他说那个地方有着无数的沙子所连接成的沙漠，还有很大的风，很多的葡萄，这才是我感兴趣的地方。那些东西对于一个 7 岁孩子的想象力是一种考验，也是一种提升，我记得当时下意识地说，那个地方我去过……

姥爷的表情模糊了，因为我想不起来，他当时是一种什么样的表情。但我却在当时就下意识地认为，自己终有一天，会找到那个地方，会去看到那些沙子，看到那些葡萄……凉州开始成为了一个 7 岁孩子心中最近的地方，也是一块最远的地方。

我开始背熟了那些诗，开始记住了那个写这句诗的诗人，当时我肯定很妒忌他，因为这个叫作王翰的家伙，竟然可以吃到那么好吃的东西？我想，他可能一直就躲在那里，吃着所有的葡萄，喝着葡萄酿的酒，像姥爷似的，一天一杯，这让我很心疼。

多少年后的今天，当我终于知道，王翰不可能一直在那里喝着葡萄酒时，我才感到，诗可能会通灵，当然也可能是一把烧得通红的烙铁，当你无意间与她相遇时，你很快就可能会被那些语言所造成的一种情境给袭击，同时一种可怕的东西就已经种在了你的心里，它如同一个小小的方位仪，悄然引导着你向一个未知的地方走去。直到某一天，你看到那个地方早在你的心里时，你可能会吃惊地发现，自己从一出生，就开始向着那个地方走去。

我就是一直在向着那个地方走去的一个被诗追击的人。那会儿，我已经 17 岁，凉州仍然在我心中是一块模糊不清的地方，那儿只有葡萄，有一些过去的诗人，他们在我之前写诗，在我之后，被人诵读。这样到了一年后的秋天，我忽然听到了一则消息，说是正在进行的征兵，将会去西北。西北对我只不过是一个遥远的梦想，我从来就没有想过要去那里，因为沙子与风对我来说，太可怕，一点也不浪漫。但一个人无意中的一句话，却把我点燃了。我无意中问他，可以看到凉州吗？

他好像很惊讶地看了我一眼，说，我就在那里当兵……我似乎一下子找到了某种依据，我说，我能去那里吗？

他说当然能！后来这个成了我的师长的大校问我，说，你去过那里……我说，当然，我 7 岁时就去过了，我把自己想象中的凉州开始讲给他听，我说，那里有一大片沙漠，还有一圈大大的城墙，里面住着无数的军人，在沙子上种植着一望无际的葡萄。一到晚上，田野里到处都是葡萄的清香……那位军人吃惊得说不出话来，他说：对对对，你什么时候去过那里的呀……

就是这句话，让我下定了去那里的决心。我稀里糊涂地报了名，确切地说，我觉得自己可能根本就去不了，但却是最早一个接到录取通知的人。后来我才知道，这一切都是那个军人帮的忙，因为他没有想到，还有人知道凉州，并且他认为我像是一个诗人，因为只有诗人，好像才更应该去凉州，多少年后，他解释原因时说，西北是个适合诗人的地方，因为西北的军人，都具有一种诗歌气质。

这是我听到的一种关于士兵气质的最好的解释，大校说，如果想写诗，就去凉州当兵吧。

我当然是个对于诗意不太在意的人，过分在意诗意可能会导致自己的失败，而且影响自己的感受。当我于十年前那个风雪浮动的冬季来到凉州时，才发现，这个城市远远地离开了我的想象力。那一时节，我的心里被风雪给刮得寒凉不已，因为我看到的凉州如同一个老得失去了面容的老人，满街上只有风声在动，还有很多的黄沙，开始把天空给弄得很脏。破败的民居小土房子，以及冷漠地看一眼我们，然后就回到屋子里去的蒙着小花头巾的女人。葡萄与酒呢？还有那块传说中很大的沙漠呢？我的心冷冰冰的，想哭。

向营房走的路边两排老杨树上，立着几只黑黑的乌鸦，它们不叫，只是站着，好像被冻结在枝头上。慢慢地开始让我找到一点儿迹象的可能是那座兵营了。城墙用亮黄的土高高地垒起，中间是一个大门，上面有红旗，像是一个古代的兵营，下车时，我下意识地看看周围，期待出现几位着当年铁甲的战士手执长矛，冷着昨天的脸，向我走来，但没有，我看到的只是几张笑脸与女兵，很温暖，也让人失望。

我吃完第一顿面条，打开背包，找到自己的床，摸到了那本书，我看到了那首诗，我悄悄地对王翰说，我来了，老兄。可是你在哪里呢？寻找一位诗人的足迹很可能太可笑，而我发现，当年的一切，对我来说，可能只是一种想象力的失败，因为很多东西，都在开始告诉我，我只是一个陷入自己想象力的病人。我看到的越多，越在否定自己。

那些诗人开始消失了，我曾以为，在这里，可能随时都会触摸到他们，听到他们的声音，或者与他们相逢。可我相逢的只是一种回忆，一些残存的断片。我找到王翰时，才发现，他竟然从来没有来到过凉州。这个写出如此美的诗句的人，竟然是一个从来没有到达过目的地的人？我几乎被这个发现给弄呆了，我记得那天我坐在那位老人的身边，老人才是一个城市的存在的厚度呀，他说，王翰一生从来没有到过西北，但却并不妨碍他在梦想中到达过这里，这是个在梦中走路的人，他到的地方，可能我们从来没能抵达，而我到达的地方，他早就看到过。

这就是诗人。

这就是他告诉我们的这座城。

这座城属于想象力，而不属于现在。

我还是愿意从这个词说起，这个词对我来说，可能早就不再是一个具体的地名，当然它现在已经不叫作这个名字了，公元某年，一位将军将这儿改成了一个我认为很俗的地名……武威。当然他想炫耀自己的武功，这并没错，可是一个城市的另外的一种情境，一种感觉，却一下子就丢失了，我说不出来那种丢失的东西是什么，但有一点，我想，我一生会记住的只是一句诗，以及那个很美的只会在梦境中才会出现的城市。

车至古浪：遇见李白

车至古浪，大团大团的雪花开始飘荡，天地间开始被一种白色给挡住，我们什么也看不见了，包括路。这是去年的一个冬天。那个冬天的一切都有些怪异，仿佛是预示着什么似的，过黄河时，天色还是那样的亮，大地上到处是一种温暖色泽，两边黄干的山也显出一种温温的冷漠。就是在到前面时，还可以看到太阳，但稍微一停，我们的车在开始走近古浪时，大地就开始变了色彩，远远的云层把大地弄得黑了下来，好像太阳蒙上了一层头巾。我们都有些不安地把头伸出窗外，太阳早就不见了，而身后好像还是一片亮色，只有我们的前面是一片沉沉的黑，风带着干寒，吹打得我们的眼睛发紧。我们把头缩回来，紧张地寻找着地图，脚下就是那座古城古浪。

古浪的地势一下子高了起来，从地图上可以看到，这个地方竟然海拔达到了近两千米，而它的最高处乌鞘岭好像更高，同行的一位先生说，可能要下雪。似乎他的话没有说完，大团的雪就开始掉了下来，那些雪团好大，我们都有些吃惊，雪团快速地撞到我们的车子上，惊叫着又迅速地滑落。这时我清晰地看到有一团如同落叶似的雪花，粘到了我们的前窗上，它呈现着一种安静的美丽，如同一只雪白的蝴蝶，它伸出的四肢与它微纤的羽毛都那样小心地抖动着，好像在轻轻地喘息着。我被那只蝴蝶给弄呆了，我说，呀，是蝴蝶，是真的雪蝴蝶，但没有一个人听到我的叫声，大家都把头伸到了窗外，看着那些大朵大朵的雪开始从空中掉下来。

他们没有在意我的惊叫，是因为他们被满天的蝴蝶给吓住了。司机停下了车，因为车子根本就看不到了前面，他看到的只是大片的雪。我们都静静地坐在车里不动，满天硕大的雪花塞满了天空。我们被雪花给淹没了，我们都不说话，只是吃惊地看着那些雪唰唰地从空中滑下来。我们从来没有见到过那样硕大的雪花，我伸出手去，试图等待一片雪花浇到我的手心，我想看看它有多大呢？那些雪仿佛认识路似的，晃晃悠悠地绕开我的手，向前走了。后来终于有一片雪花落到了女孩子的手上。女孩子吃惊地叫了起来，因为那片雪刚好盖住了她的手心，天，我们都吃惊地叫了起来，一片大雪花趴在她的手上，硕大的雪花暴露着一种纤毫毕露的美质。但美总是与人相距太远，而且太美的东西只应在想象中生存，而不是在我们的面前出现。没等我们的惊讶回到内心，那片雪花就消失了，只有一点点的印痕，女孩子看着手心的那一点的水珠，喃喃地说，我现在相信李白了，他确实看到过雪花，看到过那些如席的大雪花。

在这儿想起李白来让我们有些不知所措，女孩子是个诗人，她从来没有到过西北，她来这儿的唯一想法就是她相信诗人，相信那些留在过去的文字与诗句。当然我们对她的想法只不过认为是一种少女心态，只是一种笑不出来的对她的宽容，毕竟边塞上那些诗人都走得离我们太远了。当然我无法拒绝她的理由是她手里拿着一本厚厚的书，那书上全是边塞诗人们的诗句。她比我们浪漫，因为她想在当年的那些诗人们吟咏过诗句的地方，也如同他们一样，写下一些新的诗。当然她还没有来得及在这儿写诗。因为当年的诗人们没有在这个叫作古浪的地方丢下诗。我们下了车，大地上只有一种可怕的苍白，站在雪的掉落中，我发现，雪竟然有着一种声音，当你静下来时，就可以听到它们触地时的惊叫，我呆呆地看着眼前的雪花，我不知道它们在说什么，也不知道它们可以告诉我们什么。我呆呆地看了一眼远处，县城还在几里地的前面，这个叫作古浪的小县我从来没有做过逗留。我很多次从它的地面上路过，如同一个过客，也没有问过这个地方叫作什么，它为什么叫作古浪。

而让我难为情的是，女孩子又开始发问了，雪花似乎使她很兴奋，她不住地在雪地里转着圈儿，她身上红色的大衣在雪中舞动着，如同一团火焰。那团火烧得我的眼睛疼。女孩子说，这个地方叫什么呀?

我下意识地说：古浪。

古浪，古代的浪花，这么美的名字。女孩子似乎被这个名字给碰了一下，她半天不动了，似乎她被这种名字带来的意境给撞疼了。诗人总是如同雪花一样敏感的小兽，我知道对于一个敏感的心灵来说，任何偶然的东西可能都会使她找到一种感动。

女孩子半天才喃喃着说，这个取名字的人太可怕了，简直是个有着巨大想象力的家伙，你知道是谁给取的这个名字吗?

我当然不知道。我只是一个小小的过客，如同这片小小的雪花。雪花在天空与大地都留不下任何印迹，而人就可以把自己的足迹给留下来吗？如同这个名字。

女孩子很认真地说，这个名字肯定与一个人有关。

我下意识地问她：是谁?

她看着远处移动的一片雪说，李白。又是李白！我的心颤了一下，这个人，这个唐朝的老诗人，竟然在这样的雪中出现，并且让我们一下子就看到了另外的一种诗意。我无法去干涉一个女孩子对于一个县名的猜测，但他怎么可能与李白有关哪，我想象着这件可能有些奇怪的联想。同时对她的这种猜想不屑一顾，因为这简直是一种更大的想象。但女孩子却用手捧了一把雪花，说，肯定与他有关。我直觉地感到他来过这里……

天，我看了她一眼，觉得她简直就是在一种想象中生活的人。因为这片雪，因为这个有些浪漫的县。这时我看到了前方出现了一个小孩子。那个孩子身上全是雪，他走在一群羊的前面，那些羊跟在他的后面，如同一群移动的雪堆。小孩子走过我们时，并不看我们一眼，我觉得他走过我们身边时，如同走过天上正在掉下的那些雪。小孩子的出现让我们感到一种舒服与温暖。我想我们应该跟着他向前走。小孩子的路总是通往家的。我想。

我们的车跟在羊的后面不动声色地走着，羊们走得很慢，它们低着头，如同在沉思的一片雪花。偶尔用嘴去吻吻那些路过它们的雪花，那种生命行走时的冷静与安静，让我们的心静了下来。我觉得跟着羊行走，就像跟着一种生命行走。后来还是女孩子忍不住了，她走到那个小孩子的身边，从小孩子的手里拿过那把扛着的小鞭子，羊鞭上悬着一束红色的布。女孩问小孩子。她的问题总是奇怪而又让人无法回答。我记得那天她问那个孩子，你放羊呀？小孩子看她一眼，认真地走路。

她又问，你回家呀？孩子不高兴了。把帽子从头上拿下来，孩子很脏，一双眼睛亮得让人吃惊。更让我们不解的是，那个孩子竟然是个藏族的孩子。他说出的汉话很婉转，也吃力。他说，雪下来了，孩子当然要回家了。雪下来了，羊就想家了。

这句话让人吃惊。我想，是呀，雪下来了，我们都要回家。只是家就在雪的前面吗？孩子不回答。只有女孩子吃惊地在那里把孩子的话来回地大声地念着，我后来忍不住告诉她，那句话是一首藏族人唱的歌中的一句话。孩子告诉你的是一句诗。

在这样的地方遇到孩子让她吃惊。她不住地与孩子说着什么。当然她关心的还是，那个县名的来历。

孩子听她说了半天，忽然说，从我出生的时候，这个名字就有了。我母亲说过，名字是父亲取的，小孩子记住就行了。这个名字可能是他的父亲取的吧？

孩子的话让我们呆住了。我吃惊地看着他。直到这个神秘的孩子消失在前面的雪中，后来雪更大了，大得我们看不到他的身影，仿佛他从来没有出现过似的，大雪把一切都给藏了起来，包括孩子。再后来，我们终于到了县城。县城不大，只有一条街，我们坐在一家羊肉店里吃着羊肉，到了这会儿我才知道，这是个藏族自治县。在这儿生活的竟然全是藏人。我问羊肉店的老板，这个县为什么叫作古浪？他笑笑，说，一个人怎么会知道自己的名字的意思哪？

还有一个人，倒是告诉我，他说，古浪很早以前曾是个驿站。传说当年的很多到边塞的诗人们，时常路过这儿，好像在唐朝时，李白路过这儿，那会儿古浪比现在好多了，到处都有山有水，还有着很多的人。当时的店家让他给这个地方写句话。他在墙上就写了古浪这句话。后来叫的人多了，人们就把这儿叫成了古浪。

又是李白。我的心动了一下，我发现，似乎从一开始，那种隐在心中的某种东西就开始出现了。李白，这个过去的人，他竟然会在这样一个雪天，在这样的一个地方等着我。并且与这些雪花一起，挡在我的前途。当然我相信这可能只是一种传说，因为传说是一个地方的深度，也是一个地方的想象力的尺寸。我没想到讲出这个故事的竟是一个藏人。听一个藏人讲述一个过去多年的传说，让人有种奇怪的新鲜感受。

女孩子好像被这种感受给点燃了。她走到深夜时分的街上，大街上什么也看不到，雪花蒙着层黑色的白亮。她小心地对我说，我不会碰巧走在李白的脚印上吧？

我吃了一惊，我们有多少次总是在无意中走到了别人的路上呀。我知道，传说开始发生作用了。而所有的传说都会使一个地方充满新的内容。只是我好奇，当一个人被一种传说给吓住时，那又会是一种什么样子的哪。

第二天，太阳开始出来了，我们看到了真切的古浪，街上没有行人，也没有炊烟，只有一个孩子赶着一群羊走到了我们的身边。他手里拿着一本书，那正是古浪的县志。孩子把书给我们，我们才发现，那孩子竟然是昨天那家羊肉店的。店主可能找到了古浪的权威的解释方式。

我打开那本书。古浪竟然只是一句藏族的话，古浪的意思是水草丰美的地方。也就是说，古浪与什么都有关，但却与一个诗人无关，并且没有人知道李白什么时候来过。并且也没有人知道为什么李白要给这个县起这样一个名字。

我的心里沉了一下，我发现，李白竟然在雪花中出现，并且在这样一个好像与他没有任何关联的地方出现，似乎有着某种难以解释的缘由。也许在这条路上，诗留下的气味已无意中渗透到了人们的想象与梦中。我把书给女孩子，女孩子没有看，她说：你知道李白为什么要给这个县取这样一个名字吗？我摇摇头。

她告诉我：每个人都可能会成为古代的一朵浪花……

他什么时候告诉你的？

昨天晚上，我梦见了他。

1999：凉州辞

这个城市像极了一颗葡萄。

她在那张丝绢地图上如同一只天蚕。天生曲蜷，内里透明，蒙在她身上的可能是一种神秘的羽衣。无数的毛茸茸的细节在阳光中轻微动摇，我发现了一个可怕的秘密，那就是这个城市竟是透明的。它的全身缠绵着清澈的酒香和秋天的甘醇。你不用接近，一个城市的气味就从那种遥远之处透露了出来。只是那种香气无法用肉眼抵达，肉眼所抵达的可能是残缺之境。

而想象力可以抵达的又是一个什么地方？

我静坐在那张旧丝织成的地图前，那张图所传达给我的感受让人吃惊。上面的那个城市真远，有一些暗旧的光正从纸上透射出来。那可能是秋天，寒意悄然浸散。烛光被风动来动去，好像那上面浮游着一双目光，在某一个地方悄悄地注视着我。我早就看到了那个背影，因为他总在我的眼前晃来晃去，他与我一样想看清什么？只是那个背影我老是看不懂，他是谁，一直就在那张图前来回行走？他走了多少年了，那双脚竟还没有走出那张地图。我有些吃惊，一个人走了一生竟从没有走出过一张小小的地图，他的一生是什么？而那比地图更远的是什么？我当然无法知道这个人的心情。但有一点我发现了，也许他可能在这个地方埋藏着自己人生的隐秘，只是那是什么呢？是自己的想象力还是一个人一生的终点？

这些都是让人伤感与好奇的原因。

我把那张图放在自己的眼前，再次嗅到了葡萄的味道。那应该是红葡萄酒的浓醇，就像是这个城市的味道。一个城市有一个城市的气味，而这个城市的气味竟是葡萄的香气。我的呼吸中全是葡萄的味儿。我在这种气味中寻找着那个人的身影，那个人当然就藏在这张图上，因为我发现他与我一样，很爱葡萄。

而更让人好奇的是他在那张旧丝织成的地图上竟隐藏着几行小字，那小字写在那张地图的左上角，那些字的时间可能都太老了，所以那些墨水在上面只是模糊的一片，如果不仔细去看，那上面可能就只不过是一片残垢。我在秋天的光中辨识着那行小字，那上面写的竟只是一行诗，那行诗太遥远了，但又太熟悉了，因为熟悉我竟对它有着一种深深的陌生。那是句什么样的诗呀？我轻轻地吟咏：

葡萄美酒夜光杯，欲饮琵琶马上催。
醉卧沙场君莫笑，古来征战几人回。

有多少人回来了呢？那些当年的老诗人们？与一首诗的重逢就是与一种意境的相遇，那个夜晚我手捧一杯红酒，当然那天的一切都与葡萄相关。那酒正是凉州的葡萄所酿，我嗅着那种现在的香气。那酒甘红如血，透过酒杯轻微动荡。仿佛是一首诗的产生。当然我看见的可能是那首诗的一点点的颗粒。因为我看见多年以前那个人正在我的身边路经。他正在一首诗的节奏中，所以他的目光闪烁着我看不懂的明亮。那可能是公元 734 年的春天。进士王翰收到友人的来信，那个人从军在西凉。当然那时候这个友人是个不大不小的将军，他刚刚打了一个小小的胜仗，就给王翰写了一封信，那信中当然讲到了葡萄，还有那种发着日月精华的黑黑的夜光杯，并且还给了他一张自己的地图。当然还有着自己的胜仗，那可能是最让王翰感动的事，那时候，多少诗人战斗在遥远的边城，而那时候的凉州更是一个让他感到神秘的异域。王翰就在这封信的情境中来回地行走着，他拿起那张地图一遍遍地看着，仿佛可以从那里来感受到一个城市。他的嘴里嚼着友人送给他的葡萄干，风在沙子中打磨着牙齿，春天试着绿刃。万物掩在暗旧的风沙中。我听不到那个时代的声音，那个时代的声音全都淹没在诗的节奏中。

在那夜的灯下，我看到诗人手举烛光，照着那天暗夜的黑，他握笔的手微微抖动，在那张地图上写下了这四句诗。

我看到那诗是写在一张旧色的地图上的。

是多少年后呢？也许是距那个写诗之夜的1264年后的一个秋天吧？我来到了凉州，在那个当年的旧军营中穿上了甲衣，做一名炮兵。这使我有机会时常外出到凉州郊外的许多地方去野营。野营是我们士兵的节日，也是最让人感受到战争的一种气氛。我喜欢这种让人血脉偾张的时刻。也是人心中可以找出内心胜利的依据的一种古典行为。因为你无法在那种车辚辚马萧萧的列队出征的雄迈中而无动于衷。我的情绪肯定是古典的，从小读书或者经历这种时刻，我都会被那些悲壮的东西打动。我很奇怪自己小时候读到那些神秘的边塞诗时全身的那种紧张感。神秘之火也许是那一刻之间就开始进入了我的血液。因为不知道为什么，我一经历这种场面，一读到那些雄厚粗糙的诗句时，全身的血就会往上涌，我时常可以听见血液在我的身上前进的节奏，那种节奏感就是军鼓的声音。我总是在这种声音中深深陶醉的最后的那个人，到了最后我的鼻孔一酸，眼泪就会涌到我的眼眶。

我常常期待着那种时刻的感动。

我其实总是相信那种深刻的感动的，而且每每在这一刻，我都会无法自制。我时常很奇怪我的这种感受，但却又找不到什么深刻的理由。只是那种东西很快就融入了我的内心，成了我的一种皮肤，一种感情。只是这是种什么样的感情呀，来到这个古代的旧城后，我很快就陷入到了一种新的奇异之中，因为很小的时候我就读到过这个小城。这个小城在历史上太有名了，当然我知道她则是因为诗，她在诗中多美呀，长河落日圆，大漠孤烟直，当然还有葡萄还有那醉卧沙场君莫笑的背影。这几乎就是个传说样的一个城。我一想起来就有些深深的陶醉。可我来到她的街上时，却发现，这个城真破，那些让人在诗中见识的城已经消失，一切都是今天的还不太发达的样子，它太小了，也太破了。我那个冬天来到这个城时，只觉得失望开始侵入了我的心灵。我在她的街上走来走去，当然我什么也看不到了，当年的诗只是一种回忆，押韵的只是过去。而现在呢？我看到驴子与羊群在街上左顾右盼，一只破旧的猪在墙下散步。而更多的人，他们操着新式方言在这个城市悄然出入，过去一下子就成了过去，没有人会保留对于过去的回忆的，对于一个城市也是如此？而对于一个怀旧者呢？更深的可能就是强烈的失落。我那会根本就不相信这就是那个让人吃惊的城市，那个十里连营，到处鼓角相闻，铁剑如林的梦境般的古代。但我却不得不相信诗。诗成了过去与现在唯一的联系。而我却总是试图通过那些点滴的东西找到我曾经相信的那些过去的传说。

我就是在这种想法中开始进入了这首诗的秘密。

那个秋天的大地上到处都呈现着一种干枯的诗意。我们这支炮兵到了与凉州相距几十公里外的焉支山下的草原进行演习。千门火炮在草原上一字摆开，我的心都被揪紧了。焉支山下的风利如刀子，我时常听到风擦过炮口轻轻的口哨声，那种声音让我想起这儿的方言，紧张而又带着强烈的金属音，如同刀子在铁器上擦过，这就是这儿人说话时的语气。我一直想学，但一直没有学会，没想到这千门火炮竟然不用学，就带着这里的口音。

当然我不吃惊，是因为我天生对这种铁音有着特殊的爱好，那几天我时常跑到炮场来看那些火炮。看炮其实该看的是一种气势。巨大的炮群在千里草原上如同一个个埋伏的士兵，它们露着钢铁的头，在草中一隐一伏，如同一群青色的虎群，只是它们什么时候会一跃而起呢？当然草原上是深藏着隐秘的地方，那天早晨我起得很早，太阳只有一点点的红色，搭在焉支山的一个山腰上，看着我。我则看着那些炮。它们全身红暗，闪烁着沉默之色。这时一阵雷开始打击着我脚下的大地，我听到大地被无数的铁器相击时的疼痛了，因为大地在急促地呼吸，而那些炮也在微微地抖动，远处的草原没有了色彩，而那些如雷的又是什么呀，我向那个地方看去，这时我看到一群黑色伏地而来，天地间没有了相连的边缘，只有声音的起伏，我看出来了，那是一群野马，那些野马扑面而来，它们哗哗地向前进逼，我竭力握着自己的枪，而不敢有丝毫的动摇。那种扑面而来的气势几乎把我扑倒，我下意识地躲避着，但我不能就这样被一群马的气势给压倒，我轻轻地靠在身后的那门炮上，我的腰一下子就直了起来，我觉得自己的身上也有了一种钢铁的气质。那些马闪电似的拥了过来，我感受到马群如同流水样地涌溢在我的身边。它们哗哗地流动着，我看到那些马了，它们的头高扬着，而轻轻的马嘶就成了我可以听见的节奏。万匹马与千门炮，这种千年难见的场面就这样出现了，我可能在那一刻被一种神秘的节奏给震惊了，我的心里来回鼓荡着那巨大的震动。我在那儿呆立着，时间在一瞬间消失在了剧烈的轰鸣中，世界没有了形状，生命开始了悄悄的行走。

……不知道过了多久，我才在一种寂静中苏醒过来，我的眼中全是大颗大颗的眼泪，我觉得刚才的一切恍如梦想，而这个梦就在我的眼中发生了。我看着那些炮，它们仍然昂立着，而那些马群，它们如同水一样消失在了时间的深处。我向时间的尽头看去，那里只是一些绿得让人发昏的绿色。而绿色就是我看到的最深处的色彩。

它们出现了，可是又有什么东西消失了。

当然我感受到了，这可能就是我至今仍在寻找的一首诗。

而这正是我所感受到的凉州的诗意。

跟着诗意向回走，我觉得今天真让人感动。这时我看到了一个人赶着一群羊走了过来。那些羊脏破不堪，身上散布着我不喜欢的腥臭。那个赶羊的人是我的房东，他今年五十多岁了，唱得一口美妙的花儿，当然那些歌儿又与花儿不一样，似乎还有着一些我听不懂的语言。但有一点，我喜欢听。人就怪了，总是对自己不明白的东西有着一种深刻的好奇。还有一点更重要的是，我与他都有着共同的爱好，那就是我们都喜欢喝草原上产的一种青稞酒。那种酒让人成为朋友。我与他打着招呼，今天下午我休息，刚好与他一起回家。赶羊真是一种好玩的活计，我们一起走回了他的家。

草原上的人家基本上都是一顶帐篷，而他的家则挺怪，是一幢似乎很老的汉家房子，那房子用石头垒成，似已有很长的时间。这也是我们为什么选择他的家宿营的一个主要原因。只是他住的地方我很少去过。后来我想起住了这么长时间了，竟还不知道这位老人的名字，这可是个挺让人不好意思的事。那天我的情绪很好，就顺便去他那儿看看。他的房门很小，但到了里面就不一样了，那里面很大，四壁上挂着巨人的画幅，中间的一幅在微暗的烛光中竟是一个很老的老人的画像，我看了一下，就被吸引住了，画面上的那个老人浓眼虎头，一脸长须。威中带严，让人望而生冷。这个老人的气势太盛，我感受到了某些东西正在扑过来。我一下子就呆在了原地，那一刻我竟忘了自己来这儿的目的。过了很长时间，我才问那个老人，这人是谁？

老人淡淡地回答：那是我的祖先。

你的祖先？我略为吃惊，一个人供着自己的祖先，当然没有什么可以奇怪的，只是那个老人给人很多神秘的感受。他会是谁呢？

老人说他叫哥舒翰。

哥舒翰？这人的名字太熟了，我似乎在什么地方见过，但却又一时想不出个所以然。老人给我倒了一杯奶茶。说，不用想了，他就是那个唐朝的陇右节度使，那个打下过凉州的唐朝人，他是我们家的大英雄。呵，我想起来了，这个人就是中唐时那个有名的大将军，此人为统一河西几乎立下绝世奇功，据我所知，哥舒翰出自一个古老的部族哥舒部，先世本突骑施酋长，降唐徙河西五地。哥舒翰本隶河西陇右节度使王忠嗣麾下，累积战功而擢大斗军副使，后来又取代王忠嗣为陇右节度使，我在史书上看到过他的名字，但更多的情况就不太了解了。唯一让人意外的是，竟然可以在一个陌生的地方，与他的后代相遇。而这个已经五十多岁的人，他还在这个当年的地方，他是想守住什么呢？

我看着他的眼睛，竟不知道再去说什么？我没想到在这儿会一下子就找到历史，而且凉州的一切一下子就显现了出来。那个城，我的眼睛湿润了，我看着老人，老人一句句地讲着自己的先祖的故事，所有的东西都像是一个传说，没有了文字的历史让人充满了无由的神秘，我知道我开始了一种新的阅读，因为我很可能就要进入到那个传说中了。

其实传说从一开始就出现了。老人没想到我会知道哥舒翰，他的眼睛一下子就亮了，他热烈地说，没人知道他了，那些年代太远了，远得都像没有出现过这么个人似的，你信吧，人们都不想知道过去了。他喝一口茶，感叹：过去这个话好呀，过去了就是过去，走远了，就不会存在了。

老人似乎很伤感。而更伤感的人可能是我，面对一个战将的后裔，我可能多的就是一种无由的疑惑，他为什么会孤身一人在这里放牧，他想在这里找到什么呢？这一切当然都不可能有答案，但没有答案的死守比那种功利明确的理想更让人崇敬。我忍住没有问他这个问题。但老人似乎也不想解释这件事，有时候过多的解释只会削弱一种信念的力量，甚至想象。

后来老人问我，说，你怎么会知道哥舒翰？我不想让他失望，我说是因为一首诗，那首诗很多年以前我就看过，好像那首诗是送给这个人的，但后来我看到的所有刊出这首诗的书却并没有讲明，我不知道是不是这回事？

老人的手一下子就抖了起来，我的话肯定打动了他。他沉静片刻，忽然说，你跟我来。我被老人的举动给吸引了，我下意识地随他来到里屋，那间屋子的后面竟还有一个地下室，那个地下室黑暗如墨，我向里看了一眼，就被森森冷气给扑回来了。老人点亮了烛光，一豆红光在黑暗中太亮了，黑暗一下子就消失了，仿佛根本没有似的。我随他步下那个地下室。室内干燥得厉害。我看到在那里放着一柄断刀。那刀竟没有一丝小锈，在火烛中闪动着碎光。我用手摸了一下，铮然有声，吓了我一跳。这时老人打开一个锦盒。从中抽出一个长卷。然后打开，放在我的眼前，说，这就是那首诗。

那幅地图如此地轻，上面沾染着一股深深的羊腥。我嗅了一下它的气味，我一下子就感到了年代的久远。那张图历经如此长的时间竟然还没有坏，我感到一种惊奇。是呀，这个世界总是如此，制造者总是比他留下的物品先行消失。做这幅图的人也不例外。

当然我还是从这幅地图上看到了那首诗，这首诗有多少年了一直被作为《凉州词》来相诵流传。这当然就是这个城市的诗，关于这个城的诗我从小就开始无数次地背诵过，因为我很少见过有哪个城市的名字竟可以作为一种诗的名称，被无数的诗人来写过，并且背诵过。这是否是这个城市的幸运？

但更幸运的可能就是我了，因为我发现了这首诗的秘密，我看到了在那首诗的下面写着一行小字：诗赠陇右节度使哥舒翰，王翰 784 年于凉州。我仔细地看着那行字，这竟然是这个诗人的手迹。我读过了无数的唐诗宋词，但却没想到可以见到一个诗人的手迹，现在这一切终于出现了，我是否应该表示深深的沉默？

因为此时说任何话都是一种多余的表达。

我一遍遍地看着那首诗。这几句话我早就可以背诵了，但此时看去竟有着种深刻的陌生。老人把他拿到屋外的亮光中，对着太阳晒那张图的背面。他自言自语地说，这是我所能收藏到的他的唯一的一件东西了。王翰一生没有见过我的先祖，但却不妨碍他给他一首诗。而这首诗是写在一幅地图上的。他用手一指那图，说，这块地方就是一个将军的领地，而这幅图却是一个诗人的土地。

我当然无言以对，那天的一切都出现得太突然了，那几千匹马，那上千门火炮，还有那些神秘的诗句，一切的传说与神秘在今天都不再是神秘，而那些隐多年的东西此刻再次显现了出来，它们没有踪迹，也没有归宿，没有了自己的方式，但是它们又是什么呢?

我读着那句诗一次次地想。

那个地方可能根本就没有出现过，或者一切都只是一种传说。我站在那个旧址前有些深深的无奈。当然那个地方根本就不可能给人提供什么新的想象力。想象力到此只会被终结，而不是被伸延。因为你无法对一个几乎什么也没有的地方产生任何的感想。那个被称做旧址的地方其实就是一片土墟。地上只有偶尔的片瓦残渣，那些夹杂着黄土的残迹散卧在地上，没有人可以看出这儿发生过什么，更不会有人认为这个残迹就是当年的那个巨大的曾经在很多人的诗中与古书上出现过的著名的凉州会馆，但那个哥舒翰的后代，那个很老的老人却指着这个地方对我说，这儿就是。当年的许多过往的将领与一些诗人就住在这儿，曾名震一时的高适、王之涣就在这儿住过。那时候这个地方到处是楼台亭阁，远处就有一条很有气势的小街，那街上是一些美丽的女人，当然她们都是一些很漂亮的妓女，那些诗人们在打仗之余常来此饮酒。

我有些纳闷，那条街在哪儿呀，这儿只有一些小小的断垣，还有更多的残瓦。一切的繁华可能都是一种梦境，而让我奇怪的是，这个老人竟然对这条街如此地清楚，这有什么样的意义吧?

我是在与那张图分别多年后的一个冬天来到凉州的，那会儿我对边塞诗的一些事很有兴趣。来到这里后，却像到了另外的一个世界，我再一次对一个明确的古代找不出了界限。并且那些东西离我是那样的远，远得让我一下子就陷入到了新的无奈之中。因为我找不到任何可以来让我找到与诗人接近的证据。这时我想起了那幅地图，还有那几句真实的诗句。我想也许老人可以为我把那个谜语揭开吧?再见到他已是6年后了，老人的头发全白，他的眼也是白的，只有一双手是那样的黑，他可能一生也没有洗过自己的手，我握住他的手，内心中有着一种小小的冲动与伤感。

老人还是认出我来了，这个大英雄的后代，他拍着我的肩膀大声笑着说，我就知道你会回来，只是我等了 6 年，6 年不算长，你还幸运，我还真活了 6 年。小伙子，你没忘了我这个老头子，是因为那首诗吧？

我说那是，不过我还是想你呀，你知道吧，你与那首诗很像，也与一个地方的气质像。或者说那气质像你。

老人这回不笑了，他听我说明了自己的想法后，说，我告诉你个地方，你去看看，可能会找到些什么的？

我们每人骑了一匹马，来到了凉州的街上。这当然是一种不合时宜的做法，但骑马上街却是一种独特的感觉。我们走在高楼的下面，穿过很多人群，直走到月亮都爬上来了，我们才来到了这块小小的地方。这地方离城足有十多里地，在月亮的下面想象一块当年的地方，是否是一件很诗意的事？但那天我却有种莫名的失落，人总是会被时间给埋葬的，即使是诗人，也是如此？只是那天的月亮太大，那个孤独的老人的白发在月光中闪着一种我不熟悉的光。同时这个老人的怪异也让我心生神秘，因为你无法想象一个老人竟会对这么一些诗人待过的地方了如指掌，如数家珍。可是那些珍珠似的诗人们都遗落在了尘埃，而只剩下了我们对着一些当年的尘土发呆。

我们一起坐在那些诗人们的旧址上抽烟。看着老人的身影我忽然对他的故事产生了兴趣，我说你为什么会知道这么个地方？那些诗人为什么就住在这里？

老人笑了一下，说，这还不简单，当年的那条街与这个会馆，那些诗人们写了许多次，而这个方位我是凭感觉找到的，他们应该在这里，还有一个原因是，我的祖先哥舒翰大将军就住在距这个会馆几百米的地方，而当年的那些大诗人都是他的朋友。隔了片刻，老人低语似的说，你知道吧，那时候的诗人们都很尚武，他们爱的是剑，而不是从文。

可他们都写出了绝世的好诗呀！我不解地问。

写出好诗的人可能都是理想实现不了的人，你知道吗？一个人太爱某一样东西了，他就可能要受到更深的伤害。你信吗？这些人都是不如意者——那些诗人。

为什么？我再次受到伤害。

因为他们太优秀了。他们的诗写尽了自己的失败。当然我说的是精神上的失败。而这几乎是那一代诗人的最后结果。

诗人不幸家国幸。可是这些当年掷笔一笑，而执剑西行的诗人们，他们的不幸真的就是对于个人的失落吗？我被老人的话击中了。老人太可怕了，他的话似乎一下子就打开了谜底。可是那种冥冥中的东西究竟是什么？

这时候那个月亮已悬到了我们的身上，那些银粉似的月光，在大地上涂抹着水银似的灰色。我看着它，当然这个月亮照的已不是诗人了，它照亮的是那个寻找月亮的人。那些残迹开始与大地融到了一起。大地上撒满了碎片似的诗的影子，在沙子上发出水流的声音。

只是那些诗人是谁，他们谁又是诗人？

我当然做不了。当年的诗人都顾不上写诗，他们想的是仗剑西征，西出阳关，看尽天山。祖国在他们的心中如同块玉，而边塞成了他们想洒血与报国的理想的代码。没有比用剑来写诗更让人激动的了。当然那时边关烽火正在日夜狂燃，连大风也扑不灭狼烟了。狼烟淹没了那轮玉月亮。我见过他们所写的月亮，那会儿他们常以月亮为题，相与唱和，到处都是美丽与风情的出现。但当月亮没有了的时候，诗人只能为梦而战。我有时候想，那些诗人可能都是完美主义者，他们只是为月亮而战的一个战士。

那个爱月亮的人可能要算高适了。这个河北沧州人，少负奇才，早就有睥睨四方、建功边塞的大志，他十几岁时即赋句：结束浮云骏，翩翩出从容，万里不惜死，一朝得战功云云。他想凭本身的才气入仕封侯，但一个人的才气给他带来的有时并不是幸福与机遇。高适少年便不得志，长安求官不遇，壮游四方，曾两次赴边塞，以图执刀屠敌。只是他的理想在现实的战场上总是不会闪烁出太多的火花。诗人更多的时候只是历史的感叹者，而不是创造者。这个在长安纵酒驰猎，狂狷之处不亚于李白的人，这个在十里长亭吟出莫愁前路无知己，天下谁人不识君的人，他手中的刀与剑闪出了什么样的光呢。

我看着暗夜中的凉州，那会儿就是在这样的一个地方，竟有多少的诗人来来往往。他们骑着古代的马，在一个个的春天来到这里，又在一个个的春天离开。那会儿的诗人手中的剑沾着我所看不见的血，他们的唱和中全是热烈的刚性与强烈的愤怒。就是在这样的月光中，高适来到了凉州，他那会儿刚从嶷州归来，与突厥的战斗使他变得又忧郁又狂放。他在北方待的时间太长了，那会儿西北的战事与那个地方令人吃惊的风情一天天地吸引着他，凭着一个诗人的敏感，他感受到了那里的不同。就在这时候，早闻高适诗名的哥舒翰延请他为自己的幕僚，高适于753年来到了凉州。他来的时候，可能正是春天。他来的时候，哥舒翰的骠骑正不断地向匈奴进军，大军奏凯。高适作为一个参与者与胜利者不断地享受着这种快乐。他那几天无事，就来到了凉州城中的七级浮屠塔，边塞的风轻轻地掀动他的袍袖，远处狼烟正在晨阳中消散，他心情难平，在塔上赋诗一首，那诗即《和窦侍御登凉州七级浮图之作》：

化塔屹中起，孤高宜上跻。
铁冠雄赏眺，金界宠招携。
空色在轩户，边声连鼓鼙。
天寒万里北，地豁九州西。
清兴揖才彦，峻风和端倪。
始知阳春后，具物皆筌蹄。

这诗写得太得意了，完全是一种初到边城的喜悦与惊讶。那一个阶段，可能是高适写诗最多也是最好的时机。有人说，痛苦产生思想，而快乐呢，更能激发一个人巨大的想象力与创造。高适整天就淹没在这样的奇异的感受中，他的好诗当然就开始离开了他的灵魂，开始了一种新的创造。现在打开他的诗，我还可以感受到那种不寻常的兴奋与快乐，以及一个诗人在战争中的天真状态。

我曾经去过高适所登的那座高塔，那塔历经了多年的风雨，早已只是一种老态了，它默默地蹲在那里，像一个过去的老人。它可能什么也记不得了，可不知道它是否还可以记得那天高适与窦侍御一起的脚步声，那声音是沉还是重，为什么有些像那在塔间来回行走的风？

当然听过那风声的还有另一个大诗人岑参，岑参于745年来到了这里，他当时已是二次出塞了，这位把英雄主义当成自己的骨头的诗人，比高适更有着一种不一样的心情。他来过西域两次，这是他最后一次进西北了，西北在他的诗中与理想中几乎就是一个最后的终点。他对于功名与理想的追求，几乎到了一种让人悲叹的程度，这位一生把笔当成武器的诗人，一直渴望着带兵打仗的机会。当然从政不知为什么会成为那一代诗人共同的理想，似乎做一个诗人并不重要，做一个官场中人，比这有着无穷的吸引力。只是多少诗人就在这种无望的理想中，成了一个更为伟大的诗人，只是他不知道，可能正是这种巨大的失落酿成了他们更大的成功。可我们的诗人那会儿，却还在这种落差中黯然。他那天也是到了这个巨大的凉州会馆中，看到那些锦带玉袍的判官们，心情极度不平，不由得发出“花门楼前见秋草，岂能贫贱相看老”的悲叹。可能就是这种失败感才使他把志向移到了军事上来了，那时候，诗人这顶帽子对他来说，并不能让他满足。就是在凉州，他认识了几位以武进身，少年得志的朋友，如年仅二十多岁而挂印的张朗中，就是凭借一把宝刀杀出功名，得酬斗志。岑参在赠诗中，大发感叹：中郎风一毛，世上独贤豪，出身唯宝刀云云。岑参的感叹可能是那一代人共同的感受，只是这种感受更多的是一种巨大的失落。岑参曾在凉州与高适相遇，历史没有留下两人见面的证据，两位同样伟大的诗人都没有赋诗相与，但是俩人肯定会惺惺相惜的，因为他们那样大的诗名，也只能在百万军中，做一个佐幕而已。两个佐幕级的大诗人就这样离开了凉州。凉州也只成了他们回望某种背影时的一种心情。

那会儿我一直有种奇怪的感受，那就是过去的将军们总是喜与那些诗人们交往唱和，一种极让人称道的和谐在唐朝的大地上弥漫。当然也最让人不容忽视的是，那些战争化成了另外的记录，成了这个世界的一种证明，从那几行诗里，我们总是可以看到那种当年的血与战士的征衣，只是我们还能透过那些马蹄扬起的灰尘中找到多少他们的背影？

这时星星仍闪着陈旧的光，开始在我们的周围升起。老人沉默着吸他的烟，那些烟多么地无力，它们一会儿就消失在了黑色中，像是其本身就是黑暗的一样。那些诗，那些诗人，那个太远的唐朝。也隐在了时间的黑暗中吧？

当然凉州作为一个过去的城市，我一直感受到一种可怕的诗意的神秘。我仿佛早就在梦中来过这里，或者从一开始，我就感受到了它轻微的呼吸。我一直相信，每个人都有一块属于自己的土地，那块土地几乎与你有着一种可怕的亲密。只有到了这里，你才能找到自己，找到那些理想的原因，找到你所无法认识的一切，包括开始与结束。这样的地方也只有在偶然中，才可以看到，能找到她的人，都是有福的人呀，他们一下子就发现了时间的秘密，世界开始给他打开了一扇门，而那门多么像是上帝之门呀，当你轻轻打开它的时候，你发现，人生被另外一种可能给点燃了。

高适与岑参，他们是多么不同的人呀，他们到了这里，似乎一下子就发现了诗的秘密，诗在很多时候，成了他们与时间对话的工具，而那种神秘的韵律围绕着他们的手，我清楚地读到了那个时代这个地方另外的一种诗性。那些诗，那些写于凉州的一切声音，像是一种飞翔，它们走了很远的时间来到了另外的一个人的眼里时，世界缩小在一个小小的乡村，我记得是在小小的暗淡的油灯下，我看到了另外的一幅画面，巨大到没有了生命与叹息的沙子，白色的圆太阳，还有那些胡人，那些征战者，那些传说样的风光，就这样一下子扑进了我的心灵，那种感受是在读了许多的边塞诗后，才找到的。那天晚上我肯定梦到了这座城，我走在那个城的街上，我看到了那个在诗中隐藏得太深的唐朝，还有无数的诗，那些诗被挂在所有的地方，我是读着它们才看到这座城的，这座城的出现让我一下子就呆了。梦想为我做证，是从那天开始我爱上了诗，是从那天的梦想中，我找到了我一生的路径，以及梦。梦想说出来都是一种笑柄。但我知道这个城肯定与我有关，因为那天我醒过来后下意识地想到，我将会见到它，见到那些诗人，那些当年守城的人。

十多年后，当我站在这座城深冬的大街上时，一种陌生的熟悉一下子就击中了我，我看到了，它正是我在梦中到过的城，只是街上没有了胡人，也没有了持刀的战士，还没有了当年那些诗人，诗人们都成了一种回忆，他们的脚印被大风给掩蔽了，可是我总是可以感受到他们的气味。那是在我偶然看一本古老的书时，或者是被一块古老的城砖给吸引的时候，那种感受就一下子击中了我，当然我相信自己是被诗击中了。

在这儿待的时间长了，我感觉到自己发现了这个地方的秘密，那就是它的一切都有着一种怪异的韵脚。过去的东西一下子就成为了一种感受，仿佛是一层外衣，时间一次次地脱下过去的一切，陈旧的开始成为了一种回忆，有的可能连回忆也没有了，有的只是偶然间看到的古书中的一行文字。这使我常常感到一种无由的伤感。似乎忽然间，所有的一切都成为了可怕的结束。这时候，那些诗就成为了一种理由，寻找每一首诗的出处与那些当年的诗人的脚印对我成了一种爱好。这使我有机会把所有的尘土都给搅起，那些诗人们开始走入了我的心中，只是那种与我不一样的表达总在一瞬间让我吃惊。每到这时，我便只能以战士心情去与他们对话，因为那时候，凉州的街头上走的不是诗人，是一个个挂刀的战士。他们走在胡人的血中，想象着胜利与光荣之心比我们更甚。岑参来到凉州时，是拿着父亲的刀来的，他的父亲曾是一个有名的将军，那刀在他们家传了好几代，到了他的手上时，他说，现在到了该用血来为它解渴的时候了，那种豪迈之情一下子就透过纸背传到了我的手心，我的手颤动着，继续读他的诗。据史书记录，凉州在唐朝时，就有高适、岑参、李白等大小诗人四十五人来过这里，就是没有来过这里，人们也把这座城当成一种精神上的边地来歌咏。那时候，凉州不过是祖国的前线，也是一个狼烟直上云天的边地，但它却成了诗人的圣土。很奇怪的是，那些诗人们来到这里后，似乎一下子就发现了诗的秘密，他们的声音中染上了这里的粗犷与巨大的感受。一个诗人能够在这里发现自己精神上优秀的地方是一种胜利，也是一种幸运，而所有到过这个城的诗人们，他们都发现了自己了吗？

这难道不是一件奇怪的事吗？

就像那个老人一生恪守着一种我所不能理解的东西一样，我谜一样地望着这座我曾经生活了八年的城。

老人说，你看这个城市像什么？

我说，它像极了一颗葡萄。

老人说，它只是一个脚印。

老人的声音在夜色中很神秘，就像他这个人一样。人有时候更多的是一个拒绝别人分享的一个可怕的个体。他们总是用各种各样的东西把自己伪装起来，直到连自己也认不出来为止。当然老人不是这样，可他的身上又有着什么样的不属于自己的东西呢？就像那些诗，好像也只是另外的一个人的面具，而不是他本身所追求的精神。他们只是一种标记。

想这样的问题让我感到时间的无力。时间总像是一个巨大的筛子，我们在它的不断的抖动中，不知道哪天会成为那漏下来的最后一粒沙子。这种恐惧感可能不该是我怀旧的理由，可我不知道为何，总在一天天地看着那个遥远的城，发呆。那是一首诗的命运吗，还是一个诗人最后的归宿？

我看着老人在夜色中独自骑马向黑暗深处的家中走去的背影，眼泪悄然而下，他带走了我的眼睛，还有我的心灵。

而夜色尽头，我想那个地方正是一首诗开始的时候。

西凉之象

我说的是我伏在武威以南的地域
我想用暂时的沉默
来酝酿我即将爆发的渴望
而现在我只是用身体伏成一个理想
什么才是沉默的力量
什么才是你我对于这种游戏的想象

我依然留在那个寒苦的早晨，那个异常奇怪的时刻。那个一身绿色戎衣的小子，眼含惊异与呆痴的时刻。一切均在长途跋涉和孤身西行的最后发生了。你舔舔嘴唇，唇皮已经干裂，头发被沙子和尘土弄得干燥脏硬，鼻血悄然流下来。你望望这个矮小的车站，那列军列已经开始蠕动。很快地，这儿只剩下了孤远的祁连群山与你面前的这条土色小街。

你眯起了一双小眼，你看惯了山西老家汾河边缘的秀丽嫩草，你习惯了热和亲人，习惯了马匹和耕种，做工也使你觉得幸福。而现在，在这里，在这个陌生的城市。冷漠使你孤独，拒绝使你开始无助。你看见无数的雪花粘在枝头和卵石上，乌鸦像黑色的征兆，又像厄运的形状，翔起于一片孤寂的杨树上，你听到老式汽车可怜的轰鸣，淹在这干寒的气象之中。就不由得一阵心疼，你一遍遍地回望车站上的站名：武威。又看看自己肥大的军衣。这是个冰凉的城市，是武器和兵士相互流传的地方，是我的西凉。你在心里说。

在汽车行进的途中，你奇怪地打量着这座寂静的小城，低矮的房屋全睡了，几座小楼像炮塔又像烽火台，胡思乱想一直使你不宁，在转过一条街后，你终于想起来了，想起了那句曾背过无数次而终于未记住的诗：葡萄……美酒……夜光杯，醉卧沙场几人回。你断续的吟咏引起了多少少年的回忆，你们这些少年，这些新兵，这些为流传的战争而惊异的人儿。许多年后，你躲在一个阴暗的房间深处，一回忆就使你叹息，使你抓紧自己的日记。

你知道自己一下车站就站在了一个与自己命运攸关的地方，这个地方你相信它一定等了你许多年。为了等你，它孤零零地在这里等了无数的时光。一想到这，你就激动，你也信自己是为了这个等待，为了一个神秘的承诺，而来到了它的腹地。许多年了，你像个没事人似的，寄居在庞大的兵营里。军号与刺刀整天充塞着你的心灵。你快忘记了那些诗，那串葡萄。忘记这是在一个农耕时代的兵要小县。你常常不可思议地在一些田头地角找到历史的证据，并且又留下了你。

这时候军衣是一种绝好的证明。这时候你内心中的血开始发热。你常常冷峻地对自己说：握紧拳头，不要松开手。之后就在城的边缘徘徊。许久以前，流传在这个城中的王朝叫西夏。那些首领和胡人已成了简单的记号。你对此开始着迷，你坚信，每个陆军的健儿，都应该知道一支古老的军队、死亡和新生、残绝与凶暴，哪一种更古老？

这之后，又在一个阴郁的黄昏。你悄然离开了这个地方，这个忧郁的地方，它皱着眉头。这时你奇怪地回忆起 1987 年冬天那个寒极时刻。你觉得自己离开了武威，就离开了自己。你在梦中，一次次地被吉祥的乌鸦叫醒。那只美丽的鸟儿，它喊着你，让你流泪，你常常找来许多的关于这个地方的书，这个地方的诗来读。你为此一天天写诗，写了许多消闲的日记和札记。你一看到凉州这个名字，就会颤抖。像久别的情人，死死盯住它。盯住那个遥远的梦，那串葡萄。你终于明白了，在自己低首沉思的时候，每个人都无法逃掉，逃离自己的灵魂相系的圣地，就像你无法脱离爱情，圣徒无法离开耶稣，穆斯林离不开麦加，而一个军士，你又如何可以逃离战争和苦难，离开兵血相传的神秘的陵园？

这时你就想，为什么自己要离开这里。每个人都应该在自己的圣地留存。

像一枝长在西凉的沙蓬，那么大的风，那么久远的历史，也压逼不了它，使它成为一个坚韧的风物，一个强硬的灵魂，甚至一面旗，一只鼓，是它们，才使我们恐惧，使世界永远充满诱惑。

我沉默了，在狂野的风中，我又凝望着那个黄土丛中伟大的圣城。它那么小，那么亮，像一朵老了的血花，闪着奇异复杂的圣光。老去了的朝代隐伏在草丛中，可怜的饥民仰望着天。只有风暴和雪花，是些残忍的刀。一次次地砍削着我们的青春和生命，可就是在这里，我看到了历史的遥远和生命的卑贱。

夜深时分，我最后一次遥望西凉，我看见葡萄和无数的马，我低下头，在自己的手心，刻下它的姓名。

它真像一杯醇极的葡萄美酒。

传说之马

观看一种失去依据的事物时，传说可能就闪光了。那种不可御防的光芒，直接切进你的灵魂，让你在它巨大的光环面前，垂下你高傲的头，并且让你无法抵挡，直至你被它所伤害。这时，我说，那种传说，它出现了。

在那个没有云和风的时刻，祁连静得像个独隐的居士，天蓝得让人不忍看第二眼。这时，那匹马，那匹铜奔马，它在隐居多年之后，忽然扑进了我的眼帘，我吃惊地站在凉州广场的中央，痴迷与沉醉让我呆立在游动的人群中。那一刻，我似乎听到了它孤独的啸鸣，迅急的蹄声，正从我的内心漫起。而这匹马，它就那样独立在高高的空中，三蹄腾飞，一足独踩天雀。我望着它站在天空中的神态，觉出了一种被征服和震撼之后的异样的疼痛。我恍惚感受到了一种神秘和不可触的光，它是那样地……美，美得我甚至觉得多望它一眼，就是一种亵渎，就是一种罪。在仰望中，时间已经消失，世界开始被远弃，只有那匹马，还在独自行走，在离开我们。

体会美就是体验心灵破碎的过程，我站在它的身边，好久没有动，如果不是一起出来的朋友告诉我，这就是那匹汉代的青铜奔马，就是那匹传说中的神骏。我几乎不敢相信，一千年前就有一双伟大巨灵的手，使这匹马保持了永恒的神异之姿。它静静地站了一千多年，一千多年的美已成为了一种非凡的境界，一种尺度，量度着我们每个人审美的目光和民族的心灵。

当我在一瞬间被那匹马征服之后，隐在内心的探寻欲望，激发了我对传说的接近。那天，我走进城郊一块土里土气没有任何生气，被当地土著称作雷台的古庙群中。我想要找到奔马的源头，看看它的草原和大山，甚至没有留下姓名的主人。我总觉得，那个铸马者与他所铸的马都有着一种神秘的渊源，那个铸马者多么像一些大隐隐于市的高人，留下了这些生存和自我的证据，而自己却做了粮仓中的一粒米，永远都新鲜，永远都迷人。而那匹如同梦想似的马，它的出现又会给我们这个平静的尘世带来哪些惊奇或者伤害呢？正想着，老人躬下他板硬的身子，打开一把电筒，一柱雪光刺开暗黑的墓道，左扭右转之后，就站在了墓的中央。那墓是由汉代有名的薄砖垒砌而成，那些薄砖散发着一股淡淡的朽味儿，一种巨大的空旷围护着那墓主的试图不朽的一生。可现在，墓中空空如也，棺木已被移走，唯有那匹仿制的青铜奔马，在人们的想象中重新站在一起出土的兵车阵中。它站在兵阵的前方，从正面看上去，散发着阳勇无比的光，一双小耳耸着，仿佛在倾听我与那位老人的讲话，又像是在深思中敛起的暂时的平静，那样地放松，那样地轻柔，没有一丝造作，一丝的痕迹，那种自然开阔的形象在提升着我，仿佛那个古拙大朴大开的东汉，一种朝代的影子和气味弥漫开来，一种对于自然之马极端的还原和升华，真正的艺术就在那样的心境和人子的手中诞生了。这使我又一次感到了震动，汉代留下的何止一匹马，留下的同时是一个朝代对于艺术和自然的一种态度。一种真正值得留传的态度，竟由这匹马来表达了，来倾诉了。

在沉思中，我想到老人讲述的一段传说，河西盛产名马，西域有名的汗血天马，就在西凉有过蓄养，东汉西凉太守张氏为给汉武帝祝寿，命人打造铸了两匹青铜奔马，一匹在送往洛阳途中神秘失踪，另一匹就留在了这幽深的墓中，陪同张氏在暗夜中的世界沉睡。听到这里，我沉默了，我不知人为何要让许多奇异的瑰宝陪同自己一同死去，难道生前拥有它还不够，自己死了还要让它们消失？这种可怕的贪欲掩蔽扼杀了多少宝物的异光啊，而在1969年的寒冬“深挖洞”的岁月里，几位村民看到了这些已经被灰尘蒙垢的价值连城的宝物时，竟用麻袋装了，要去化成铜水，如果不是两个文管所的人拼死护住，如果不是郭沫若老先生鉴赏发现，这匹撼世宝物，还会出现在我们的面前，告诉我们，青铜艺术和名马的异彩吗？那种凝神敛气、天马行空般散漫放达的气势，那独足踩踏飞雀的神姿还会流传，会让每个人在真正的马面前，低下自己的头，从马鞍上下来，去仰望它的美丽和杰出吗？

站在院中明亮的氛围中，我几乎不敢想下去，有时思想的纵深，往往就是一种更久更无法抵御的伤害。可这匹神异的马，它出现了，就是我一生永远无法防御的侵犯。而被一种美，一种极致的圆满的艺术侵逼，这个人肯定是幸福的。

这时夜暗了下来，老人与我握别时，我嗅到一股异样的气味，在空中弥散。

那匹马，那匹超世之马，正飞过天空，掠过树梢。

它的足，在梦中踩疼了我。

我抓紧那条缰绳，一生也不敢抖一下。我不敢惊醒它，就像不敢惊醒一个时代的美。

是什么在流传

当我在最后
我才想起秋天
卵石幽暗　羊齿嚼透草汁
战士的赤脚在尖刺中
肉体的拼搏成为单纯的决斗
暗夜让我听清
是风　是蛇的滑行
是我的咳嗽

风用力地扯动着我的目光，我下意识地回过头去。这儿的风太硬了，从我一进入这片戈壁开始，就到处是它们的声音，我试图看清它们，但在戈壁滩上要找到它们真的太难了，因为在这里你除了可以被它打动，可以感受到它，但却真的看不见它，它们像病了似的在你的身边喘来喘去，已经很久了。那种哮喘声折磨着我，但我却发现，风竟然没有影子，一个没有影子的东西怎么可以表达它的存在呢？

我好奇地看着这片戈壁。巨大而又空旷的戈壁上到处都是干枯的铁色。那种色彩把天空涂得十分地脏，天上悬浮着许多沙子的颗粒，太阳只是一点。我什么也看不到，越远处越让人悲哀。

我可能也是一块小小的铁色的石头？

这时风更大了，石头挤着石头，它们在戈壁滩上流动的样子十分奇怪，我看出来了，那不是石头，那是风，就是它们在那里走来走去，并且如同一声叹息。它们不倦地在这片戈壁上行走着，好像一群可笑的人，可是那些可笑的人会在哪里呢？当然戈壁滩不是他们的归宿，也不是灵魂所能行走的地方。

我与一大群人在这块戈壁上待了已有好几天了，但却仍然没有走到过它的尽头，一块戈壁的巨大与神秘感一天天地显现出来了。越在这儿待的时间长，就越有种巨大的无奈感压迫着我，它们几天来像那些无形的风一样淹没在我的身边，我似乎感受到了某种东西正在出现，但却又一天天地与我拉开了距离，它们在哪里呢？

书上说，那些人就在这里，他们就在我的脚下。在我的脚下是一大群巨大得让人找不到边缘的坟墓。听到这个说法时我都有些无言的吃惊，因为你没法相信有许多天你都踩在这些成群的灵魂的身上，他们一直沉默着，只是我走得太重了，不知道他们是否感到了疼？

我的眼睛就在那些无数的石头中走来走去，那些石头似乎都长着一双我看不清的眼睛，它们想看清什么呢？这些石头样的灵魂，我感受到了被注视的痛苦了。因为你无法在一种过去的灵魂中找到什么新的平静。我就坐在那里，我真的想看清它们，找到那些寂静的人。石头与石头总是让人绝望。它们就那样压在一些过去的人的身上，那些人会感受到与传说一样的压力吗？

一群巨大得没有了数字的坟墓的出现几乎像是许多神秘的故事。一个人踩在这上面就像是踩着一堆看不见的灵魂。它们与那些风一起在戈壁滩上轻轻地徘徊，他们讲着我们不明白的方言，说着昨天的声音，它们说着的话就是风声吗？看不到它们，却让人时刻感受到。

我下意识地听着，我来到这里就是为的看到它们，当然想看清它们的思想几乎像是一种梦想。但人不是为了梦想才来到这里的吗？我几乎是下意识地选择了来这里，我当时就想，这么大的坟墓，这么多的人的灵魂为什么会埋藏在这片巨大得没有了边缘的戈壁滩上呢？它们为什么来到这里，为什么把自己的最后放到了一片戈壁的下面？

对于神秘的接近几乎是每一个久居西北的人下意识的想法，那天我站在酒泉以西 30 多公里处的这块坟场上，内心被某种强烈的东西抓紧，一种宁静的疼痛正在我的心里漫起。我不知所措地看着那颗被涂得有些模糊的太阳，这会儿它正站在我的头顶，远处的祁连雪山寂静着，只有我一个人和一群安静的灵魂，还有无数的铁色石头。

什么东西就要出现了，我想。

酒泉在我的感觉中，是诗句与传说堆起来的一个城。从来到河西后，我就像躲什么似的躲着它，我不想见它，或者说是不敢见它。我有些保守地爱护着自己的这种私人癖好。我不是个怪人，但却不妨碍去试着做一个浪漫的人。我读过这里的无数诗句，那些故事与传说堆起来的文本上的城可能比这座真实的城要有想象力多了。但相信了诗人与传说，你就会对你见过的无数的地方后悔了，甚至让你会对自己的判断力产生怀疑了。我承认自己是个天生的迟钝者，在这种事上，我天生是个炮兵，对于另外一处存在的文本与想象中的事物，总有着莫名的亲切与感触。隔着山，隔着时间，甚至于生命来看那东西，我总是会被无数次打动，但让人无法理喻的是，当我切实地站在这个真实的地方，用手去摸，用眼睛去看时，却总是无动于衷。我就是这种想象力的受害者。我用那些书本上告诉的事实去看那些地方，当然不会有多么大的收获。因为你不能容忍那些人讲的什么仙山不过是一个秃子似的假山，龙潭不过是一摊浅水而已，这时你还能再对这个地方有着另外的好感，对她吟诗唱歌，舞之蹈之吗？当然更多的时候，是我对那些诗人的失望与不以为然，而那些诗与传说是多么地让我陶醉呀，让我兴奋呀。我在那些真实的失望与那些诗句面前，选择了诗。还是书本上的东西容易让人满足呀，很不幸，酒泉就成了我的这种想法的牺牲品。

为了那句诗我放弃了一座城，但命中注定我要与她重逢。

这个初春我与一群人来到了这里。他们来这里是为了看一群坟墓。这些人天生对于坟墓有着一种深刻的爱好，我把这叫作爱好是因为他们一辈子与这些坟墓打着交道。这是他们的职业，我实在无法把一生来研究坟墓当成一种职业来看，可他们就是这样一群人。那天是那个教授的一句话打动了我，我去他那儿看他从墓中拓印出的一幅画，那画据说是刻在砖块上的，有着十分怪的情节和我想象不到的传说的结局。人真的悲哀啊，看惯了世间的各种画后还要再去找找它的源头，原先可能是一个人无意间在一块砖石上留下的手印，一个即兴的玩笑也成了我们今天所非常尊重的艺术的源头了，当然每一个人对于源头都不能忽视，都不能视而不见，不能不在那些东西面前低首。那个教授就是这样一个人，他发现了这个东西然后就说是惊人的发现，就说是触到了一种感受。我就是在他的惊呼中来到他的书房中的。那里有着坟墓的气息，原谅我对此直言，但实际上就是这样，那个人一头白发在那些砖画当中低着头，在那里用一个小小的刷子刷着一个土坯，然后用一个大号的放大镜一次次地看着一粒土，一颗尘埃，并且向你说着那粒土的来历，向你说这是哪个诗人用过的毛皮，哪个匈奴人喝过酒遗下的银器，你还会无动于衷，无法被他打动吗？当然那个爱写古诗句的老教授的可爱，还在于他让我扔了这块压了自己多年的石头，或者说是一种偏见。当老头儿向我说，哪儿新发现了无数的坟墓时，我的第一个反应就是这有什么意思？因为动不动就把那些过去的人从地下挖掘出来，让他们在时隔多年后出土，重新来到这个与他们不一样的世界，来到这个正在越来越现代化的历史中，是不是有些过于残忍？

当然这话有些可笑，但可笑的事情有时在人道上是胜利者，因为我就不敢想象多年后，别人为了找到我的一些东西，把我从地下挖出，然后说，就是这家伙，他写过诗，反对过这个世界。天，那可如何是好？我认真地把我的笑话讲给他，当然是想说，这个世界上还是有人对你的工作不以为然的。但这个一生挖了不知道有多少座坟的老头儿，对此根本就不以为然，他甚至都不屑于对我进行解释。

他拿出了那幅画。那是从一块砖上拓印下来的。那上面当真是一个手印。那手很真切地印在一块薄薄的砖石，那块砖上呈现着一种幽深的青色，那可能就是历史的色彩呀，我吃惊地看着那个手印，我想那个人可能就是个男人，因为那上面的手印压得太用力了，深深地刻画在了那块砖的上面。那只手掌的纹理非常清晰，上面的老茧几乎让人感受到那个人的力气。让我不可思议的是这个在砖上留下手掌的人，还在自己的掌印上用一种不知名的色彩给涂上了，那色彩是一种深刻的干红，至今竟完好如初，这是否是色彩的胜利？

我长久地看着那个手印吃惊，过去的东西总会在无意中留下一些深刻，让你无从回避。只是那种深刻总是有着无由的神秘出现在我们的认识中，那天我就陷在了这样的认识中不能自拔。因为我被那个人给吸引了，那个神秘的只在这个世界留下手印的人，那是什么年代的人，那个人是谁，他为什么会留下这么一个很大的手印，来与我们说话？与那个手印在一起的还有更多的画，比如那块大些的方砖上刻着一只我不认识的动物，那动物身边是一个小小的女孩子，那是谁的女孩子呢？让我吃惊的是那个动物比那个女孩子大，这种比例为什么会在那时候出现，当然如果现在有人这样画，连我也会给他一个小小的分数的。但这幅画出现在那个年代，它向我们说明着什么呢？

教授说，他也在找答案，但是那个答案没有人可以告诉我们，知道这个秘密的只有那些古代的与他们一起在地下的人知道。而那些人都像秘密一样埋在了极深的地下。我们在春天就要去叫醒他们了。

因为谁留下秘密，谁就要把真相留下。老教授看着那幅画，忽然对我说，你信吗？他们把真相都留在了地下，很深的地下。

我说，你是说他们都有自己的存留秘密的方式吗？

当然。老教授果断地说。你那种想法是过时的，现在用诗去找一个城可能就像一个人自己在梦中看见了某种东西，最后想找到一样，是一种梦想。不过有些保守而已。

他如此评价一个人的梦想当然是我不能认同的。但他的最后这句话却让我放弃了自己的固执。因为他说，去到地下看看吧？那里可能就有你在今天看不到的那座城。

这当然极富想象力。

大家都坐在戈壁滩上喝水。没有人说话，当然，在这儿说话似乎有些不合时宜。他们在这片戈壁滩上插满了许多的小旗子，那些小旗子在风中游动着，方圆十几公里全是这种东西。它们招展在我的眼睛深处，像是一些孤独的人的影子，事实上，它们又何尝不是那些人的影子呢？因为在每一面旗子的下面都是一个坟墓，每个坟墓中都有那些我们不知道姓名的人在那里睡着，他们不知道在下面待了多久了，他们为什么要躺在这块荒凉的戈壁滩的下面，而且是那么多的一群人。

这么多的一群人在一块戈壁滩上睡着，本身就是一个很可怕的事实。那几天我与这些与坟墓打了一辈子交道的人，就在他们的头上走来走去。我与这些在野地里工作了多年的人一起，用一种小小的铲子在石头间不停地向下插着。

那是个很怪的小铲子，每次下去，它都能带上一大堆土来，如果是有腥味的土，那就表明下面可能会有坟墓，如果是些硬土，那可能什么也没有。我当然希望每一次下去都会有所收获，找到那些我们想找的坟墓。但一踏上这块戈壁，我就被一种可怕的事实给弄呆了，因为那个地方仿佛就是一个巨大的坟场，几乎每一次勘探都可以找到一种新的发现，坟墓一个个地出现着，好像他们早就在那里等着我们似的。我不知道你有什么感受，反正当我不断地看到那些坟墓的出现，我就有种怪异的感受，那是一种什么样的心情呢？那些与坟墓打了一辈子交道的人，这会儿比我还吃惊，因为谁也无法说清楚自己看到的将会是些什么样的奇迹，如果是奇迹还好说，可如果不是奇迹呢？

当然我与他们一起都被这个事实给吓了一跳。那个地方竟有上千座坟墓，它们大大小小，星罗棋布在无数的石头下面，它们也像石头一样藏在我们的脚下。这可能是中国最大的，不，也可能是世界最大的一个古代坟场了。这个古坟场占地达十三平方公里。十三平方公里的下面可以埋藏多少灵魂哪！我与考古队的人都被这个数字给惊呆了。我有好多天不敢看身下的戈壁，一想到有这么多的灵魂就在我的笑声里睡着，我的心里就有些下意识的抖动，我总是感到身后有着无数的眼睛在盯着我，他们为什么不出来，他们这样看着我，难道是我惊动了他们？

当然不是我，把他们叫醒的，是风。

我呆呆地看着那些坟。当然我看不到他们，他们仍然待在我看不清楚的地下。坟此时成了他们唯一的表情，那种表情有着不能容忍的冷漠，一个人死去了，就该回到地下，就该离开有光的地方，但那里的黑暗有着如何可怕的过程，此时如果发问，当然该是痴语。可我真想知道他们的另外一种生活。坐在那些灵魂的身上，去思考他们的故事当然是一件有意思的事。那些人可能就是你所一直在找的诗人，或者就是一个美丽的匈奴人，但这一切都不重要，重要的是那些人为什么总是会引起我们的注意，他们为什么吸引着我们？人哪！对于未知的东西总是有着一万倍的好奇，是好奇引领着我们向前。只是我们一路这样走下去，比如惊醒一个沉睡了几个世纪的灵魂，他又会告诉我们什么呢？是情仇爱恨还是江山美人？假如是这些，我可能会失望吧？也可能会对此不屑一顾，因为那故事可能也就是一个重复着的传说，你说那又有什么？

老教授这会儿正画着一个小小的坟场分布图，他一下子就看清了这个地方，他的那双老眼在这儿就是一个探触过去的雷达，那些感受正在张开向地下延伸。一个老人接近这些坟墓的感受可能会与我的不同，因为他能嗅到泥土的味儿。而一个可能接近泥土的老人，他是否听到了生命最后的另外呼唤？

但我不敢问，因为问一个老人这样的问题，是不是有些残忍。老人可能看出我的想法了，他那天淡淡地对我说，东边有个墓已经挖出来了，你到下面去看看就可以找到他们了。

他们？我有些吃惊，他们在哪里呢？

那个墓早就被挖开了。它只有一个小小的出口，上面有一座小小的房子。它能被挖开，纯粹是偶然。这使我有些怅然，为什么很多东西，都是在偶然中来到这个世界，又因为偶然的原因来到了我们的身边。难道在我们看不见的地方还有一双眼睛，一双手在操纵着一些我们不知所以的东西吗？就像我也在偶然中，因为一句话就来到了这个地方，来看这些千年以前的世界与他们的历史，或者说仅仅是一种影子。只是那些岁月是不是也留下了自己的气味哪？我这样想着，走到了那个墓的门口。似乎所有的墓都是伸向地下的，一个人的最后归宿都是在黄土的深处啊，只是这个人，不，这些人为什么会选择一大片铁色的戈壁滩作为自己一生的落脚地，并且那些石头都沉静着，像一些历史的形状。历史是谁说的，都是被风吹圆了的石头。他们的头上放着这么多的石头，那就是他们的历史吗？

当然不是，那个解说的小姐告诉我，这个墓是魏晋砖壁画墓，这个解释当然也不能让我满意，我早已知道了这个墓，当然也包括那些所有的坟墓，都是魏晋时代的产物，他们早在公元220年到420年间就存在了，这段历史我早已听教授说过了，他对这个墓没有兴趣是因为他早已知道这个墓的情况了，但他与我一样，并不知道这个墓的主人是谁，那个解说的小女孩子当然也就更不清楚了，只是我对她把这个墓叫作砖壁画墓感到有些兴趣了，因为没有主人的墓并不是说就没有留下我想知道的线索。因为我早就闻到了那种让我有些眩晕的干干的气味了。在那味道的尽头就是那些传说。

传说是什么呢？传说可能是一个地方的深度或者就是那个地方的文化尺寸。只是这个墓的尺寸是多少呢？又是什么呢？我低下头走过那很低的过道，一股森然之气开始淹没了过来，顺着灯光看去，到处都是薄弱到极处的青色小砖，那正是汉以来的所有砖石技术的特征，它们在很多地方都可以看到，不知为什么这些砖有着那样的形状，它们很薄，但却都完整地镶在那里。我想起来了，似乎所有的与汉有关的墓中都有这些砖的影子，它们镶在那里的壁上，历经千年仍然没有什么变化，变化的只是当年那些把它们作为一种陪衬的人。我用手摸了一下那些砖，它们的身上有着一种我不太熟悉的冰冷。这是砖的另外的表情吗？它们很像一个朝代，那个朝代当然就是汉朝了，这个朝代似乎带着一种强有力的自信在与每一个拂动它的人对话，那种自信连砖瓦上都有着强烈的迹象，因为似乎这个朝不仅把自己的功勋留下了，也把这样的一块砖瓦也留下了。

这个朝。

当然那些做砖的人不在了，但他们做的东西还在，这使我忽然有些伤感，好像我们来到这个世界上只是为了留下一些自己的创造，自己的影子，这难道就是我们的命运，人类的命运？

只是我们可以留下的是什么呢？那个小姐这会儿已带着我们来到了那个墓的中央，这里一下子宽了起来，光线此时开始有些迷蒙。当然这座墓中的四壁还是那些青砖，它们成拱形地环围在我们的头顶。当年的那个主人已经消失了，他的墓显得有些空虚而又更像是一个陈列着什么东西的地方。四围好像还画满了什么？那个小姐说这就是著名的砖画。砖画，一个太奇怪的画种，以前我可从没有听说过，现在看去，倒一下子有些吃惊。顺手看去，那些砖上确实涂满了各种色彩的画面。这个墓的主人难道是个画家还是文艺爱好者？我看到过许多的墓，但在一个墓里看到这样多的在砖上涂写的画，倒是头一回。我把眼睛凑上去，那个墓的主人会在这里留下些什么样的画面呢？那些砖到了近处看去，仿佛一下子被光照亮了，鲜艳着我的脸。我的天，那是些谁的手笔哪，那种色彩的运用让人有些受不了，我从没见过一个人会这样用一些俗艳的红来表现我见惯了的农家的东西。比如一头猪，它的身上是红黄色的，低着头在那里的神态有着我从没见过的安闲，当然那是魏晋时代的猪，我没有见过，只是觉得那时候的猪可能都比现在的猪更有些尊严，更有着艺术上的一种亲切。接下来我竟又在一块砖上看到了这头猪，它这会儿正被一个人——天，那个人似乎比猪个子高，被涂成了绿色——在那里用一只手牵着，走到一个木头架子上，后面有个人拿着一把刀子，站在猪的屁股那儿用力地比画着。我看出来了，这是个故事，因为在下面的那块砖上，那头猪正被用力地按住，这幅画画得很精细，那头猪可能已经感受到了死亡的声音，它咧开嘴大声地呻吟着，它的眼角竟有着一滴泪，一头猪竟在临死时落泪，我还是头一回看到，那滴泪竟然用一点冷色的白来表现，更有一种深刻的悲哀涌了出来，我被这几幅图给吸引住了，原来这是讲一个杀猪的故事，但让我奇怪的是，那个手里拿刀的人，竟一直在那头猪的屁股后面比画，他这样子能把那头猪杀了吗？我被一种好奇打动，接下来又在另外一块砖上看到了那头猪，这回我更有些不可思议了，因为那头猪的屁股上插着那把刀，那个人从一头猪的屁股上把那头猪给杀死了，这不是太可笑了吗？我觉得这可能是一个有违常识的做法。那个小姐没笑，她说，民间不是说，杀猪杀尾巴，一个人一种杀法。这几块砖上讲的就是这个故事。

是吗？无知往往会使一个人失去更多的良好感受的。我没想到，那幅画还有着这样的内容。这个连环画式的砖画内容，讲述了一种过去的哲学，一种极朴素的生活哲学。那个小姐还告诉我们，说这个画面是中国包括世界目前为止发现最早的连环画。我一下子就对那个墓主有了种好感。这个几千年前的人，竟在死后用这几幅画来告诉我们一个我们所不了解的世界。这个世界太不一样了，几千年前的生活其实就是我们所隔膜的世界。我无论如何想不到那些流传几千年的话，竟都是一种过去的生活。那个过去的人，他竟有着一种心情把自己忘了，而告诉我们一些他的生活。仿佛是他的生活自传，那墓里的四壁上涂满了各种各样的一些故事或者就是他的经历。我们可以看到一个人挤奶的样子，还可以看到一个人出行时，华车彩队的奢侈。有一幅画可能更有意思，竟是表达一个人在那里想着一个女孩子的感受。更妙的是还有一个人与三个女人在一起生活的样子。那可能就是这个人的一生吧！他关心的每一件事似乎都有着一个很有意思的结局。这个人可能是一个不小的官，可能相当于一个现在的市长吧。因为他关心的是一些农业、气象及民俗这类的东西。并且还怕人不信，还用这样的画面来表达出来。那时候的酒泉还地处西域，没有归入中国的版图，从这上面可以看出当年人们的那种自由心态，一种牧歌式的政治态度在一块充满野性的土地上的存在，让我觉出了一种新的认识。

但这个人，这个留下几十块砖画的人，他想对我们说些什么呢？没有人知道，也不会有人知道了，但是他把这样的生活留给这个未来的世界究竟是为了什么？

步出那个空虚的墓，我的心被那个人给紧紧地抓紧了。他的消失证明了另外的一种存在，那就是他还留下了自己的影子。在每一个人离开这个墓的那一刻。这使我想到一个奇怪的问题，为什么人们在离开这个世界的时候，总想把自己留下来。能留下来的既然不是生命，那还能留下些什么？每个人都在找着自己的方式，但这种方式却又都有着一种深刻的悲剧意味。

我们好像都想到了一个地方，那就是大地。

那些人，不，包括我们现在的人，却都给自己选取了一个共同的方式，那就是用一个墓把自己给装起来，写上自己的名字，还要把自己的故事与一生都留下来，告诉后来的人，不要忘记自己。

我们是不是害怕自己被人们所忘记？

一种共同的缺点就这样被当成了一种传统给流传了下来。我们好像都应该有一个墓，不管自己究竟在这个世界上如何存在，如何生活，生命被当成了一种过渡，但没有谁不在乎以后，我们怕什么呢？而我们又为什么会在他死去多年后，来到他的墓中，来到地下来与他会晤，寻找他的每一点小小的踪影。难道我们所能进入的只有这样的一个地下世界吗？

他们为什么要把那些东西留下来，那些东西就是他的发言吗？

我来到戈壁滩上的阳光中，干燥的风很快就把墓中的气味给抖落了。风开始吹起来了，但我的心却有着更深的不安。那个墓给我的不安太多了，太多的不安叠在一起会是什么呢？

我在风中想着这个问题，这时我看到又一个墓口出现在我的脚下。那个墓开始渗出一种深深的寒气，我被那个墓口的形状给吸引住了，看了太多的墓后，我有种感觉，好像每个墓都有着那个死去的人的气质，因为那里太多的东西都呈现着一个人的个性，甚至他的宣言。去年我去乾陵看那个武后则天的大墓。远远地在关中平原上，就可以感受到一个女人的王气。那种气从一开始就已经扑面而来，让人无以回避。因为你没法不对一个把一座山弄成一座女人的形状，不，也许那座山就是她的样子，作为一个墓，并且把那座墓也弄成一个女人睡下的形状而称奇。那个山，那条河都成了她表达自己的一个附属品。一个女人最可怕的东西并不是她当朝时的威严，而是她在死去多年后还用另外的东西来影响别人。尤其是一个女人。当然让我无言的是那个太有名气的无字碑。那碑上青光如日，遍地都是可怕的平静，没有文字形成的大海，更无那些赞颂形成的高山，有的只是一种冷冷的表情。因为那上面没有一个字，没有字，就没有依据呀，一个女人竟一下子就把后人的目光给挡住了，她没有任何心情去看别人对她的说法了，无一字，但比所有的字都让人看到的内容多。我长叹一声，内心竟有些对她的气愤，因为她强大到了竟不在乎我们的目光与对她的任何的评价了，拒绝就是一种自恋，这个可能是中国历史上很美的女人，竟有一颗如此强大的心，难怪她就是一个让人吃惊的皇帝了。

在这样的女人面前，任何想法都有些多余。我就是看了那个碑后，下山的。我没有爬上山去看那个巨大的墓顶。是因为那块碑把什么都说尽了。像我脚下砖墓中那些用砖拼成的连环画吗？我忽然发现历史的传达有着我们所不可理喻的方式。似乎那些看似我们从正史中见不到的东西，总是在偶然中来到了我们的身边。那些我们所不明白的传说，比如那个让人不知所以的“杀猪杀尾巴，每人一套杀法”，在人们都认为是一种近乎于谬论的时候，它忽然出现了，告诉你，喏，你说得不对，那种杀法是对的。而那个女人竖的这座碑哪，干脆不著一文，却代表了则天大帝对于后人的极度不信任。因为她觉得可能我们只会误读她，只会对她误解。这种蔑视可真是够深的。现在一想起来，我就有些伤感。为这个天下一字号的女人，也为我。因为我错过了阅读她的机会，而她则是造成这一遗憾的人。

对于一个死去的人来说，那些坟墓可能就是他们最好的外表，而那个遍地埋藏着皇亲国戚的陕西，则几乎就是一个灵魂的坟场。而我的脚下也是无数灵魂游走的一个世界。在这里埋着多少游动的影子呀，人的另一个世界就这样出现了，并且像活着时一样，享受着生前的一切命运带来的险途与幸运。其实那个世界就是我们的世界，当然也是人类的世界。

这可能就是每一个人对于坟墓，那个最后的归宿的一种狂热与好奇的原因吧。当然有人造墓，就有人来掘。我脚下的这片无垠的坟场，就是被盗墓贼给挖开的，当然他们都是一群对于财富有着深刻的嗅觉的人。他们所掘开的每一个墓都是财富的坟。我有时候，都有些奇怪，那些死去的人为什么会对一堆无用的黄金感兴趣哪，他们生前为这些东西所累，死后更是摆不脱财富所带来的灾难。这在某种程度上是个极有意味的结局，追求财富其实就是在寻找灾难和不安的源泉。那些东西在给你带来幸福的同时，不幸也就开始了。在这个坟场，那个可能最富有的人，被盗贼给挖得最厉害，他的骨头被扔在了戈壁滩上，而那些坟中的字画与金银都被从他的白骨下找了出来。他的白骨压不住那些财富的光。

当然那个坟里还是留下了一些东西，我在那里的砖面上看到了一幅怪异的画，那画就是五根手指，所不同的只是那一溜墙上竟有十几块砖上都印着一个奇怪的手掌。那些手掌有大有小，就那样深深地印在那些砖面上。我觉得很有些奇怪，那可能是谁的手呢？那些手大小不一，肯定不是一个人的。那些掌印有着什么样的意思呢？我不知道，每一个人无意中留下的随意的印迹对于一个不知情者都是一个深刻的谜。那个写谜的人留下一个莫名其妙的东西就走了，而另一个无意中来到这里的人，就开始了对于它的寻找。这是否是件很好笑的事？

教授也被这几幅印满掌印的砖给招来了。他把眼凑上去，看了半天，才对我说，你说那些手有什么意思？

我想了许久才说，不知道。

老教授拍拍手，无意似的讲，是呀，这些东西我们都不知道，你看出来没有，这些人是些麻烦最大的人。他们经常设一些谜来考验后人，可是他们没想过，如果这个谜猜错了，又会是什么样子呢？

那你们这些考古的都是些猜谜的人了？

老教授看了看那些砖，轻轻地自语：我不过与你一样，只是那些死去的人故事中的一个读者而已。

是这样吧，我看着他的背影发呆，历史总是一部让人无法说清的事实。他所赋予的每个人身上的故事总是有着千奇百怪的开始与结局。可以遗忘的东西都留下来了，而那些带着个人色彩的东西却都被自己给涂掉了。这就是我们所见到的历史吗？当然历史是不可靠的，可是什么是可靠的呢？

其实就是这些墓了，那里面埋藏着的并不仅仅是一个人的尸体，他还埋着一个人自己性格中的一切弱点，比如对于黄金的占有，对于女人的死后心仪，让天下最好的东西随自己死去。但最死不了的就是那些东西了，还有每个人身上最重的贪欲。人最后的形状其实就是自己欲望的样子，人总是无法摆脱掉欲望的追讨，可是我们在这里所看到的又是他们的哪一种表情呢？那些伸向我们的手掌，它们全部伸开着，一只手可能就有一种心情，但一只手给我的只是一种可怕的指向，我当然愿意顺着那只手的方向向前走，可能走向一个新的世界，也可能再次触摸到死亡的开始。那里的终点并不是我的终点，当然也不是想象力的终点。我有好多次看着那十二只临摹下来的手掌发呆，一千多年前的人的手，显得是那样地真实。可以想象的是，其中一只很纤巧的手，似乎是一个很纤弱的女孩子留下的，那只小手掌在砖上调皮地稍弯着，看得出她当时的心情很好，但我想，她如果想到自己的手会有上千年的时光被掩在土地的下面，见不到那些光，整天就是那些可怖的黑，她还会呈现着欢乐的笑脸吗？

猜测永远都是人类接近过去与走进未来的唯一通道。那个道路上最多的就是这些一个个地深埋于地下的坟墓，在墓道中向历史的前列行进，我们是在与那些人的身体与气味接近。这种接触提供了一个新的可能，那就是没有一个人能被忽视。就像是一个过程，所有的东西，都在一种命定的秩序中出现，剩下的就是一步步地去在那些程序里开始你的出现与消隐。因为所有可能开始的故事都会被重新叙述，我们接触到了那些人，就是在续写他们的命运。

该说的可能都是些多余的话，有时你可能无法分清，是你看到的真实，还是那些已经知道的东西虚假？

在这样的感觉里你可能想象不到那些坟墓在我心中的感受。我觉得它们只是一个器皿，那里边放着的其实只是一些我们身前灵魂的影子，那些影子只在一些偶然中出现，它们更多的时候可能是一些灵魂的秘密，也可能就是某个我们从不信的事实，更多的时候，它们只是在一瞬间成为一个历史的证据，或者告诉我们，瞧，你是错的，而历史是对的。而这些小小的让人期待的证据，却躲藏在那些深深的地下，与它们的相遇可能是一种误解，但更多的如同是历史对于我们的暗示，那种神秘的笑我们可能永远都不会捕获，但我们所捉到的就是那些让人惊喜的历史的碎片，它们闪着一种暗色的光泽，幽幽而来，一片一片地把那些历史的缺角处连缀起来，那些暗示让人对于一切产生新的不信任，同时一种期待也就开始在我们的内心萌芽了，因为我们总是可以在一个个小小的角落找到那些我们不明白或者需要证明的东西，但它们有可能就埋藏在那深深的墓底。

那天的考古很快就完了，可心灵的考察才刚刚开始。我在戈壁滩上走来走去，那些下面的人会听懂我的脚步声吧，我用力地走动着，那片墓地再次显示出了一种巨大的神秘。我看着那些石头发呆，那些石头仿佛早就被摆好似的一个劲地睡在那里，它们每天都被风吹着，那些风，它们刀子似的削着石头的每一个面，能把石头吹圆，并把它打磨成我们所不理解的样子，可是那些风又是什么样子的呢？它们不断地在土地上驰骋，像一只不知疲倦的小鸟样，飞来飞去，它累不累？

只是那些风被吹成什么样子我不清楚，但它把石头吹成了一个个圆润的形状，却是真的。只是风永远都看不见了，我们可以看见的只是风的想法。如同那些坟墓，还有那些坟墓的主人。

大地上的灯

而西边　这些土
而水边　这些沙
而手边　这群小蛇
而草边　吃喝的黑猪
而暗夜　怀念焚心的时刻呀
焚烧的手　已经映亮了我的祖国
照着这无人的古代
这寂静的戈壁

……路在夕阳下的戈壁上如同一根小小的细线，那抹红亮的光淹没了我的眼睛。感觉高速奔驰的车在被光吸收，我被这种奇异的风光给弄呆了，我有些吃惊地看着被光吸收得干干净净的世界。大地上仿佛只有光，如同上帝说的，要有光，于是就有了光。神秘开始涌现了出来。戈壁上的石头蒙着黑暗的背影；如同一些陈旧的叙述。风声吱吱地滑过，偶尔可以让我感到，我还在道路上行走着。

路轻轻地挪了一下，那轮小夕阳被分开了，光亮的中间只有黑暗的一片，光从黑暗的边缘滑过，如同柔软的风。是什么把夕阳给挡住了哪，我们都惊奇地下了车。挡住夕阳的是一个高高的破败的土墩，那个土墩子的背面一团乌黑，好像被光给涂黑了似的。这使我相信光竟然有着很多种的色彩，它竟可以在一瞬间把这个土墩子的一面变成亮亮的暗红，又一下子让那轮暗红的背面，成为纯纯的黑色。这时我们都发现了在那个土墩上蹲着的那个人，他好像在那里等着什么，手里拿着一根长长的烟袋，青烟在他的身上来回飘浮。而在那个土墩的下面，好像还有着一群羊，它们静静地围在那个土墩的周围，像在等着什么，如同一群小小的安详的孩子。我们都被这忽然的一幕给吸引了，呆呆地看着那个蹲在土墩子上的老人，他蹲在一个很老的破土墩子上，看啥哪？

这时与我们一块同行的老教授，看了一眼那个老人，说，那个土墩子是一个烽燧。这个人的背影好面熟哪。他真的走到了这里哪。他的语调忽然有些变异。我有些吃惊地看着他，我这次出来，是随一个沿长城考察的小分队去玩的，他们这次将要沿着古代的汉长城进行一次行走。当然他们的任务我不明白。我只是一个旁观者。我们走了好几天，看到了许多的地方，明天我们将要到达张掖，那个城市的边沿上到处都是古长城的残缺的样子。老教授的样子让我们有些不解，我直觉到，他肯定认识那个人！

夕阳开始弯曲起来，烽燧上的那个老人，慢慢地下来了，他好像根本就没有注意到我们似的，走在了那群羊的前面，那些羊如同流动的石头似的，缓缓地向前走去，直到走到了黑暗的深处，我才听到老教授低低的呐喊，这家伙明天肯定又会在我们的前方出现。我说那个老人是谁哪？他长叹一口气说，那个老人是一个牧羊人，只是他放的这群羊竟然走了有一年多了。

我越发不明白地看着他。那个老人的出现与老教授可笑的神态，一下子都成了一种很怪的事，如同刚才我们看到的那一切。我们上了车，老教授点燃一支烟，过了半天才深深地吸了一口。他说那是个很怪的老人，他的一生好像就在这条长城的边上行走着。我去年就遇到过他，他好像一直在沿着这条长城放牧，我都有些奇怪，他怎么会一直在长城上放羊呢？

是啊，一个老人怎么会一直在长城的边上放羊呢？我看着车外，大地闭上了眼睛，天际瞬间暗黑，有个人把世界的窗帘拉上了。我使劲地看着那个老人的背影，那个老人仿佛从来没有出现过似的，消失在了暗中，而我使劲看到的，却是那个古老的烽燧，那个烽燧在夜色中明亮着，刺着我的背，我感到有些疼。

那段长城只有一些残渣似的遗迹，黄土被风吹得一颗颗地支棱着，上面压覆着一层干干的硬皮，我用手抠了一下，大地的皮肤发出嘶哑的呻吟，如同撕裂一层肉皮，发出嘶啦的响声，一片亮亮的黄土出现在了我的面前。我被那种声音吓了一跳，那些黄土如同婴儿似的，散布着新鲜的土腥气，大地的气味开始漫延。这条残缺的旧长城的遗址，已经老得看不出它就是当年高耸数米的那座旧城墙！它立在通往山丹军马场的路上，这个军马场已有两千多年的历史了，曾是当年河西四郡最大的草场。汉代名将霍去病曾带五千锐骑驰骋于这里，在这里我听到了当地人用土话给我念的那句很古老的歌谣，那歌谣被他们用土语唱出来时，有种深刻的怪异，我与教授呆在他的面前，因为这个穿着一身奇怪的民族服装的撒拉人，唱着：失我焉支山，使我妇女无艳色。失我焉支山，使我无马骑。这被改过的词听上去有种遥远的陌生，我们俩人长久地望着这个撒拉人的脸，他的脸上全是黑色，连眼珠也是，只有一口黄牙闪着烟草的怪味。

历史瞬间来到了我们的身边。可他却是与我们一样的人，只是他却唱着昨天的歌谣。那个撒拉人开始走远了，远远的草地上只有草模糊的浪头。而那些草丛中隐伏着那条细线似的古老的残缺的城墙的影子，那段长城真的是一种影子，如果不仔细看，还以为是一条在风中起伏的蛇，它越走越远，直到我们的目光被一座高高的土墩子给挡住了。我们的眼睛就在那里停住了。

我们都隐约地感到了什么。我们把望远镜打开，看到远处的那个土墩子竟又是一个奇怪的烽燧。那条隐伏着的奇怪的长城从这里竟然开始分了出去，远远地消失在了我们的视线的尽头，那座城墙伸到了那里，我们一下子开始好奇了起来，因为在我们这次要找的地图上，竟然没有那条消失的城墙。

老教授似乎也对这段长城的出现感到一种突然，他慢慢地打开地图，在上面列量着，寻找着，从他的眼神中我感到，可能我们遇到了一种新的奇迹。只是那种奇迹是什么哪？我问他这段长城的来历时，他却有些含混不清，他说，这块长城太陌生了，他根本就不像是汉时的人筑成的。我说，那像是什么人筑成的，他有些喃喃地说，我也不知道。也许有一个人知道？

他是谁哪？

就是昨天那个奇怪的老人，我听他说过他见到过一段伸出去的长城，不过我根本就信他的，因为我在所有的地图上都没有见到过他给我说的那段长城，也许他说的是真的，可是我总觉得很可笑，因为他还说过，这条长城像是一个人家里的院墙。可是谁家的院墙会修到这里哪，这个人的家有这么大吗？

老教授从来没有对一个人这样困惑过，他沉默了一会儿，说，我去年就是在这块烽燧的边上看到他的，他那会儿好像很怪，我向他去打听这块长城当地的一些传说，他告诉我说，长城没有传说，有的只是想象力，很怪的一个家伙。并且对我的研究根本就不在意，好像他对这条长城研究了多年似的。他究竟想干什么哪？老教授晃晃头，无奈地说，猜测一个古怪的老人，可能比研究一段过去的历史，更难，我感觉那个老人好像在寻找什么？

一个老得没有了形状的牧羊人，会在长城上找到什么哪？

这时远处那块黑黑的烽燧上，忽然升起了一股淡淡的狼烟，那股狼烟在草原上笔直地向上升腾着，我们都被这忽然出现的一幕给惊住了，大家呆呆地看着远处的烽烟，这时老教授喃喃地说，那个老人，他又出现了，走在了我们的前面……

烽烟在空中被风拦断，我们只能看到那个老牧人的背影，他静静地坐在离那块烽燧不远的地方，手里拿着一支铅笔，在一块布板上认真地画着什么？我们的忽然到来，好像早在他的意料之中，只有羊们不安地看了我们一眼，向远处悄悄地挪动着，一边吃着草，一边轻声地咩咩着，仿佛在呼喊着自己的主人似的。那个老人根本就不看我们一眼，他在纸板上疾疾地画着，那种对我们的无视似乎使大家一下子安静了下来，我看到那块纸板上呈现着一座烽燧的样子，那座烽燧上正冒着长直的狼烟，那种简洁的线条与他对于烽火台的理解，挺有意思。但更让我们吃惊的是，一个牧羊的老人，竟然赶着一群羊去画一座烽火台？

老教授悄然点燃一支烟，给那位老人点上，老人看也不看地把烟接过来，仍然继续着画他的烽火台。教授悄然告诉我，去年遇到他的时候，他也在画一座烽火台，不过那会儿他好像更怪，根本就不喜欢有人看他画，并且很讨厌人们靠近他。

我更加不解了，一个老人从去年到今年，赶着一群羊，沿长城走着，就为了画这种没有多少意思的烽燧吗？

烽火台怎么可能没有什么意思哪，这些残碎的遗迹，可能与人心中的某种诗意更加接近，我从来就没有相信过他是一个真正的牧人，因为没有一个牧人会离开自己的草场而四处浪迹的，并且连续数年赶着羊群行走。我觉得我们可能会遇到一个试图看清某种真相或者寻找某种奇迹的人？老教授叹息着说。

我听得有些糊涂起来。

老人的画很快就完了，我们都凑过去认真地看着，那是一种简单的描，那块古烽燧的残缺直逼我们，老人的绘画功底很深，他总是可以一眼看透那座古烽燧的真正刺人的部分。老人眯缝着眼睛，看看我们，那种不动声色间，仿佛蕴藏着很深的冷漠。我走过去，指着那幅画，说，刚才的烽火是你点的吧？

他点点头。好像并没有要回答我的意思。只是用眼睛继续瞄着那座视野中的古烽燧，忽然在上面加上几笔，那几笔好像是风的印迹，哦，不对，那是风的手呀，画在纸板上的那座古烽燧一下子生动起来，有了生气，仿佛是风使它活了起来。我吃惊地问老人，这是些风吗？

当然，只有风才可能让这些死去的过去生动起来，你没有看到，是风把这座烽燧给吹破了吗？老人淡淡地说。我们都认真地看着那座烽火台，烽火台上到处是风走过的迹象，一粒土被风吹起来了，又一粒土被风吹落，风如同一把时间的扫帚，认真地打扫着人类留在大地上的尘土，哦，我们会不会也像是一粒尘土被风吹走哪。我的心中一激灵。

老人似乎并没有在意我们的伤感与对他的好奇。他开始收拾自己的东西，羊们似乎看到了他的表情，开始望着他。这种很怪的情节开始再次出现，我说，你会去哪里呢？

去有烽火台的地方。知道吗？小伙子，只要有这样的烽火台，就会看到我的羊与我。

你不能与我们一起走吗？我已经看出来，他不是一个纯正的牧人，而更像是一个有着更深的隐情的某个地方的城里的人，因为他身上有种独特的气质，而那种气质太容易让人受伤。

我习惯了一个人走路，小伙子，明天也许我还会出现在你们的前面，只要我们走的是一条路。老人慢腾腾地向前走着，我看到他在走出很远后，回过头深深地看了一眼教授，那一眼，似乎有着很多的东西。他身后的羊群踏出一地的尘烟，把他的背影给淹没了。

我们开始跟着他向前走。他的背影很像是一种孤独，那种孤独让人看着，就有一些心酸。我开始跟在教授的后面，我想也许他知道老人的一些秘密，因为我看到老人看他时，那处眼神里全是一些我们看不清的内容。

老教授不说话，但我知道，那个牧人肯定把他刺伤了。

我说，那个老人很像是一个过去的画家，不过我真的想不明白他为什么会来画这种怪怪的烽火台，看样子，他还得画下去，他画这些干什么哪？

老教授说，他画了有一年多了，据说他将沿着长城把所有的烽火台画出来，他走了有三年多了，我去年见到他时，他已走了一年多了。

他把这些画完干什么呢？这有什么意义哪？

我同你一样，对他为什么要把这些烽火台画下来，一无所知。也许只有他一个人知道为什么吧。老教授有些茫然地望着老牧人。

那他为什么要像一个牧人似的，赶着一群羊哪？

当饭吃哪。他饿了，就会杀一只羊，据说他从山海关出发时，就卖了一百只羊，我刚才数了一下，那些羊只有三十多只了。

我听得目瞪口呆，这个怪怪的老牧人，竟然赶着这样一群羊，做自己的伙食，就这一点、就够让人心惊的了。我喃喃地看着远处的老牧人的背影，那背影很神秘。

我们是在走到草原的尽头时，与那个老人分开的，他一直向着前面走。我说那里不可能再有烽火台了，因为在草原的尽头就是无尽的戈壁滩，戈壁上的石头一个个好象被摆好似的，躺在那里，谁会在戈壁滩上再去造一个个烽火台呢？我看着地图对老人说。

老人对我的说法根本不以为然，他说，我现在走的这段路，在地图上根本就没有，画到地图上去的那些长城你以为就是我们所看到的长城吗？你知道吗？小伙子，前面的路上肯定还会有烽火台，烽火台只是长城的眼睛，也是大地上的灯。

我有些惊异地看着他。你说那些烽火台是大地上的灯？

不是吗？老牧人对我缺乏想象力的问题好像有些不耐烦，他开始把地上的石头一个个地拿起来，垒着，那些石头垒起来的样子，很怪，很像一些文字，更像是一种随意的感受。我忍不住地问他，你走了有多远了？

不知道？

听说你要画完天下所有的烽火台？

老人好像被什么击中了一下似的，不动了。

天下的烽火台不是一样的吗？

老人的眼睛动了下，说。天下所有的东西我们都认为是一样的，可是我却看到了天下所有的东西的区别，你说昨天的那个烽燧与今天的这个一样吗？

我摇摇头，我看到眼前的这个烽燧破得没有了形状，它的半面被风给碰碎了，只有半面还呈现着一种站立的样子，烽燧的中间竟然还露出一些怪怪的芦苇草来，它们一层层地压着沙石，又一层层地站起来，我现在才发现，这个烽燧竟然是用沙石与芦苇草给垒起来的，而我还以为天下所有的烽燧都是用黄土筑成的哪？我呆呆地看着这个怪怪的烽燧，实在想象不出来，当年的烽燧竟然可以如此筑成。老人似乎对我的吃惊早就不以为然了。他说，你看出它们的不同了吧？小伙子，遇到过去，我们总会觉得自己知道得太少了。因为过去经常出乎我们的意料。

你就是为这才来画这些烽燧的？

我什么也不为，我只为自己。我想看看它们，看看它们在每一个地方的表情与想法，还有这些烽燧最后的样子。这个理由行吗？

可是你要画多长时间才会把它画完呢？

也许我永远也看不到这些烽燧的尽头了……这些烽燧太多了，多得让我都有些数不过来了，可是命运却会把我的生命数尽。小伙子，也许我永远看不到这些烽燧最后的一个，可我却会找到那个可以作为我的墓地的烽燧。老人说完哈哈大笑，他的老脸上闪过一丝快速的悲伤。我的心惊悸了一下，我看着这位怪异的老人，一时竟然无语。

老人说，我要走了，小伙子，也许我们还有见到的那一天，你信吗？

我信……我几乎是下意识地说道。

老人把自己的画板扛起来，向着戈壁滩走去，戈壁上升腾着一片白雾，那里会是他的新的路径吗？这时我看到有头脏羊的身上，捆着一捆小画板，那可能就是他看到的天下所有的烽燧的样子了吧，此时它们全部浓缩成了一卷，背在一只羊的身上。我被瞬间涌起的一种情感给击打着，因为我第一次看到一种神秘。而那种神秘竟然是一种力量。

我们开始走上了自己的行程，奇怪的是，我们从此竟然再也没有遇到过那个老人，那个老人仿佛从来没有出现过似的，一下子从我们的眼前消失了。但我们却不断地听到关于那个老人的故事，许多牧人告诉我们说，那个老人曾经出现过，但他去了那里却没有一个人知道。还有一个牧人指给我们看老牧人留下的一行诗，那诗写在一座烽火台的边缘，当然那只是一句话，那句话被用一块块的铳石摆成。那句话是：我点燃了大地上最后的一只灯。

那句话只有我看懂了，考察队的人都认为那句话有些莫名其妙，甚至认为这不过是老牧人开的一个玩笑。可我直觉老牧人就在我们的前面走着，可是他走得那么快，是为什么呢？他想找到什么，还是想看到什么呢？

我不知道，只是我隐约感到老人在寻找着什么？或者在被一种心情给驱逐着。我们在走到酒泉附近时，停了下来。因为在那里我们可能要停留十多天。那十多天里，我的心总有种隐隐的不安，那位老牧人的身影总是悄然地出现。我把这种感受给教授说了，教授无言地摇摇头，不语。

到了第六天，县上一位文化馆的同志告诉我们，说在距这儿六十里地的一座烽燧下，发现了一人——老牧人的尸体，那个老牧人临死时，留下了一大卷怪怪的画稿，那上面画满了几千个烽火台……

我与教授听得呆了，我们迅速让那位文化馆的人，取来那些画稿，画稿被用羊皮捆着，我们解开，把那些烽燧铺在地上，满院子都是烽燧的样子，一座座地延伸开，我仿佛看到无数的狼烟开始燃起，风声吹来了战鼓声，那种咚咚的击打，一下下地让我的心动起来，而在那鼓声中，那位老牧人正赶着羊群，孤独地行走着……

我的眼睛开始模糊起来……

我们是在下午赶到老人的坟前的，他的坟正好在一座残碎的烽燧的下面，远远地，一只羊站在坟头的上面，它一动不动地看着远处的夕阳，它偶尔低头啃咬着头发样尖细的芨芨草，又偶尔看着风声发呆。夕阳就挂在它的羊角上，如同一点泪。

老人的墓上什么也没有，没有人知道他叫什么，也没有人知道他是谁。因为那坟上干干净净的，如同他的一生。我把一瓶酒放在他的坟前，又用石头写下了他的那句话：我点亮了大地上最后的一只灯。

这是他的话，只是不知道这是不是他的一生。

这座坟在酒泉的西边，离长城很远，但离烽燧很近。

走向灵魂的高处

每个人可能最想看到的是梦想所在的地方了，因为灵魂在高处，而生命绝佳的灿烂也在高处。我所说的高处是青藏高原。高原与我所在的兰州相距300多公里，而这块远古时期的海底最深处，如今平均海拔比我高4000多米，最高处达8000多米。我时常用眼睛去触摸那块高原，用脚去走遍高原对我成了一个梦想。

实现这个梦想是在1998年9月。我随一个剧组去青藏高原采风，而行走的路线则与一个很神秘的人物联系在一起，他就是十世班禅确吉坚赞·额尔德尼大师，我们将沿着大师当年首次由青海返回西藏的驻锡地日喀则的路线游遍青藏高原。沿着大师当年的路线行走对我们来说，有着更深的神秘感与新奇。

剧组一行6人于9月12日从兰州坐火车出发，我们带足了所有的可能与各种高山反应有关的药品，做足了一切的行程准备。当晚10时到达西宁。西宁海拔高度1100多米。才仅仅3个小时的路程，西宁已比兰州的气温冷了很多，我们都换上了毛衣。当晚去一家很有名气的羊肉店大吃一顿。羊肉最好吃的就是清炖肥羊，当地人俗称作“白条”。但第二天，那几个嗜吃白条的同行，便开始打起了吊针，他们的胃口很好，但身体却不能承受羊肉之美。在此休整一昼夜后，我们决定于当天赶往距西宁200多公里处的黄南藏族自治州，在那里听当地的喇嘛诵经与看看当地的藏戏表演。

当晚听一位朋友说，路途中有一座叫作坎布拉的森林公园，很美，山上还有座黄教的尼姑寺院，那里的尼姑很美，因为剧组搞音乐的同行想去录诵经声。尼姑、诵经、森林公园，以及李家峡黄河水电站等等的诱惑，让我们下决心在去黄南的路上改变行车的路线，去那里看看后，再去黄南。

高处的尼姑、蓝得让人发呆的黄河。

驱车4个小时后，我们到达李家峡水库。我们沿着一条小路向山上走，山如同直立起来似的，远远地看到一片望不到边际的大水，蓝汪汪地在那里晃悠着，同行的一位搞宗教研究的青海人，大声地说：黄河，那就是黄河。我们把眼睛都贴在窗子上，使劲地看着，黄河蓝得太不像黄河了，而更像是一片大海。可在什么地方，它又让自己变成了黄色的哪？

车子越走越陡，几乎是在直贴着向上走了，黄河小得如同一条细线，我们的呼吸都提起来了，旁边就是深不见底的深渊，路越来越窄，丰田面包车怒吼着，向上慢慢地爬动。大雨把路面给冲出一条条的深沟，我们的车在快上到山顶时，给陷在了沟里。我们的心一下子就提了起来，大家跳下车，赶紧抬车，寻找土块与石头，往车轮下垫。这时从山上冲下来一辆东风车，那车上坐着一大群的农民，他们等了我们几分钟，看我们的车一时出不来，那个司机竟一打方向盘，车直直地顺着我们前面的陡坡，向下滑去，我们都被那个司机给弄得呆住了，那辆车在滑到坡下的路面上时，竟猛地一打方向盘，车子猛地一拐，又颠上了公路。那司机的技术虽然高超，可却让我们吓出了一身的冷汗。半小时后，车子终于给弄出来了。前面的路已经非常不好走，我们只好从山上折下来，转到李家峡水库的大坝上。这儿又是一片让人吃惊的现代化的场面，我们参观完大坝，坐船沿黄河向坎布拉进发。黄河水透着一股少见的深蓝。水边的山呈现着很美的亮黄色，太阳都被大水给吸收了。我们觉出一股冷意。半小时后，我们的船抵岸边。此地距南宗寺还有五公里，路只是一片山洪冲出的乱石滩。有几辆车在那儿等着招揽生意，我们分坐三辆吉普车，向山上走。在石滩上行走，让人感到很不好受。我们不断地被抛起来又颠下去，全身都快被抖散了，刚刚被黄河给弄得兴致盎然的我们，一下子没有了情绪。

半小时后，我们到达山下，南宗寺远远地悬在一个山顶上。我们喘息着折到山上时，刚好听到一声响亮的钹声，这时从一个院落里出来了很多的尼姑。她们一个个好奇地看着我们，我给她们拍照时，她们才用手挡住自己，似乎这样就可以让自己不进入到我们的镜头中来。但有个方脸的小尼姑却好像很大方，她竟然走过来把我们的一台索尼数字摄影机拿去，看着自己在镜中的样子发笑。这时一阵钹声响起，我们闻讯赶到那个院子里，看到一群尼姑在开饭，她们蹲在院子里，一个个地看着我们嬉笑。我们请她们一起合影，那些尼姑竟很大方地走过来，当然她们的光头在阳光下很晃人眼，如同她们的美。

我们见到了南宗寺的住持，那个住持是个男喇嘛，这倒出乎我们的意料。我们向住持提出，想听一下那些尼姑们的诵经声，竟被他拒绝了。之后，这个四十多岁的住持，带着两个尼姑匆匆下山去了。

拉易、长达六千米的唐卡。

是日晚，我们抵达了黄南州。天空很安静，可以看到无数低垂的星群，悬在我们的头顶。路上不断有着红袍服的僧人在我们的车灯前走过。其时已是晚10时左右了，我们在晚上抵达时，竟还看到部分僧人在那里打着台球。恍然进入了另外一个世界。第二天早晨，黄南州出现在我们的面前，我们才发现这个州竟如一个小县城那样大，只有一条街，横在整个城区。下午去采访州歌舞团的藏戏演员。有个叫作南拉巴的小伙子给我们不断地唱着“拉易”（情歌）。他用一把三弦弹奏，边唱边跳，而他一唱起来，几乎所有听的人都可以跟着他相和起来，后来听南拉巴介绍，我才知道，拉易竟然是一种情歌。他的歌唱得很好，他在藏戏中时常扮演很多的角色，而他的女朋友爱上他，竟然是因为他会唱情歌。晚上吃饭时，最后的高潮竟然是酒歌。南拉巴开始敬酒了。他一边手拿着酒杯，一边高声地唱了起来，每唱完一支歌，被敬的人就要喝一杯酒。晚饭直到晚上11点多才完，而我们每个人都喝得有些醉。

第二天早晨起来，又去群艺馆看唐卡。唐卡是青藏地区较有影响的一种手工艺品，在青藏地区流传很广。而我们去看的那个唐卡，据介绍，是世界上目前最大的一幅，大约有6600多米长，名字叫作《中国藏族文化艺术彩绘大观》，据说此画做成后，将申请世界吉尼斯纪录。那个做唐卡的人叫作宗者拉杰，他几乎把整个青藏地区所有的唐卡艺人都集中到了黄南。这幅唐卡几乎汇齐了所有的关于西藏的文化、历史与传说。我们参观时，感到一种强烈的冲击力，只是宗者拉杰先生不让拍照，才留下一点的遗憾。据他说，这幅画将于明年10

月去拉萨大昭寺，请高僧开光，之后在全世界展出。我们比很多人早看到了那幅画，那幅还没有完工的巨大的唐卡。

喇嘛的野餐会、教民家中的法事。

9月16日，我们听说距黄南20多公里处的一个小村子有法事活动，就驱车前往。在那里看到一座很高的法轮塔，那座塔与我们在藏区见到的不一样，很宏大也很壮观。我们赶去时，正是中午，做了一天法事的喇嘛们全部都集中在村南的一个小树林中野餐。野餐地不远，10多分钟就赶到了，只见树林中搭起座白色帐篷，远处几个喇嘛在那儿正在埋锅造饭。炊烟开始飘浮起来。在帐篷里有几个小喇嘛在玩耍，一个个地互相推搡着，看到我们后，都向我们做着鬼脸。他们的饭是白菜炖粉条，里面还有部分的羊肉。这时在不远处的晒经台上，传来一声响亮的螺号声。有两个喇嘛在台上很认真地吹着。随着号声，更多的喇嘛从村子里走了出来。原来喇嘛们开始吃午饭了。

喇嘛们到齐后，开始诵经。喇嘛的诵经声很有层次感。有个低沉的经声先起后，大家跟着小声地哼哼。而那个经头的声音始终很沉浑地浮在经声的上空。那个领经的人叫经头。据说经头的声音是经过特殊处理的，有的寺院还用一种树木的烟，来把经头的声音给熏成这样，但我们都觉得不太可信。

那天好像喇嘛们都与吃饭有关系。下午回去的时候，我们又遇到了寺院的喇嘛们在一家信民家中吃饭。据说是为了犒劳那些刚做完重大法事活动的喇嘛。那家人家里很富，有上下两层小楼，喇嘛们坐得满满的，在房顶上竟还有上百人坐在那里。喇嘛们的伙食很好，上面摆满了酥油茶与各种点心、羊肉。

最后寺院的住持给那户人家的主人赠送了哈达与砖茶。

他们吃完饭时，我们才想起自己看了别人一天吃饭，自己却饿了一天。

被困山上四小时、邂逅大师母亲。

9月24日，我们离开黄南州，取道直向班禅大师的家乡青海省循化撒拉族自治县。我们行走的这条路是条山间的石子路。丰田面包车在离开黄南不久，胎就被利石给扎破了。我们一行人开始趴在车下换胎。几个女孩子却去旁边的戈壁上寻找好看的石头。换好备胎，继续前行。车子行驶50多公里，驶上一座高山。那座山上随处飘浮着一些经幡。那是当地人敬山神用的。藏族人有着见山拜山，见水敬水的说法，他们崇拜一切的自然神。当然这些神不保佑我们。就在走到山顶时，我们的车的右胎又开始漏气。下车一看，车胎已经被划破了一条长长的口子。我们再无办法，苦等一个多小时，等来一辆公车，我扛着车胎下了山。下山足用了两个多小时，才走到县城，我把车胎补好，打了辆车又上了山。等把车胎装好，已是下午3时了。大师的家乡就在路边上的一个村子里，我们赶到时，一眼就看到当年寻访大师灵童时的那棵著名的树。在树前坐着位老太太，她不动声色地在门口晒着太阳。词作家妮南直觉这老太太很面熟，但却想不起她是谁。我们还向她询问了一下大师的情况，老太太不断地用手指点着。我们进到大师的家里时，一位招待我们的红衣喇嘛对我们说，那就是大师的母亲。剧组一行人欣喜若狂，我们在西宁时，曾多方找人想去当面采访她，但却因大师母亲太忙而终未能如愿。没想到今天在这里竟遇到了她。我们纷纷赶过去与大师母亲见面，并合影。

遇到大师母亲的狂喜，使我们把那天汽车坏了的不祥感，一下子就给扫掉了。告别大师母亲后，已是傍晚6时，天色已近黑暗，大地隐在一片暮色中。我们连夜往西宁赶，当晚12时，赶回西宁。

告别格尔木、那曲遇险。

9月26日，我们从西宁出发，赶往前往西藏的必经之地格尔木。列车很慢，一路上不断地看到一些奇怪的地名，第二天早晨起床时，看到青海湖出现在我们的面前，看够了大片大片的深黄，忽然看到一片水，大家一下子就惊叫起来，我们的眼睛一直跟随着青海湖向前走。列车行驶一昼夜后，抵达格尔木，天气一下子干燥起来，太阳把眼睛刺得几乎睁不开，我们纷纷把墨镜戴上。格尔木的太阳确实让人有种受不了的感觉，到了中午，太阳光白晃晃地照得人发呆。我们休息了两个小时，即与驻军医院联系，检查身体。同行的几位都有些心脏等问题，来自南京的苏先生进入高原后，一直感到头疼。但检查后却没有什么问题。据医生说，这可能是刚到高原时产生的一些不适。我们不敢大意，按医生的提示，我们拿了两袋氧气与一些药品，以防不测。

9 月 27 日早晨，我们分坐两辆桑塔纳从格尔木出发了。格尔木距拉萨市共有 1200 公里，据司机说，24 小时内可以抵达。我们决定不在半路过夜，晚上车子不停，直上拉萨。车子出市区不久，却被一支车队给挡住了，原来前边竟然发生了一起车祸，有两个人被撞死了。我们一下子就沉默了。自称居士的苏在一边默默祈祷此路平安。

青藏公路出人意料地宽平，路上车子不多，我们的车一上路就是时速 120 多公里。下午 3 时，我们的车驶出格尔木 300 多公里后在一座无名小村停住。大家开始吃饭，那儿竟然全是藏餐，我们要了几斤羊肉包子，味道十分鲜美。远处已可以看见大山上的积雪，只是路上风声已有寒意。重新上路，车子又开始前行，随着公路的伸延，是海拔表的上升。400 公里后，海拔一直就在 3000 米左右不动。车开出 10 多个小时后，大家都有些困，开始在车上睡觉，我睡不着，就一直看着外面的风光出神。一路上随处可见经幡飘荡，高原安静得可怕，似乎只有我们在一种寂静中行走，偶尔有个老得看不出形状的藏族老太太，走在我们的车前面，不知她要走向哪里？神秘开始出现了，更让我们吃惊的是，车到玉树地界时，竟然开始随处可见无数的湖泊出现，好像这儿根本就不是高原，而似到了江南似的。随行的老金告诉我，青藏高原是黄河与长江的发源地，这儿据说是世界上地下水最多的地方。

下午 4 时，我们驶过五道梁。此地海拔 3600 多米，才是初秋，这儿已到处都是积雪，外面的风很冷。司机告诉我们，五道梁是进西藏的一个较为有名也是很可怕的地方，当地流传着这样的一句话，说过了五道梁，难见爹和娘。我们一片默然，此行的艰难好像才刚刚开始。车过五道梁不久，看到路边出现一座很别致的刷成红白两色的活动房屋。这儿是索南达杰自然保护站。站里有几名从北京来的自然保护人员，我们还看到了那个一直在致力环保的硬汉杨欣。告别他们后，我们开始向昆仑山口进发，此处高达 4767 米。我们从上山开始，就开始感到一阵胸闷。抵达山口时，看到一块石碑，我们下车准备拍照留念。这时居士苏脸色苍白、口唇发紫地从前面的车上下来，他几乎把前面车上的那只氧气袋中的氧气吸完了。大家在山上停留了 10 多分钟后，就往前面的另外一个巨大的山峰唐古拉山进军，这座山更可怕，海拔 5231 米。我们都为居士苏担心。把很多药品都放到他们的车上。傍晚 6 时，我们终于走上了可怕的唐古拉山口。外面太冷，我们下车时如同踩在棉花上，大家都开始出现不同程度的反应症状。我们打着哆嗦，在山口上的石碑前合影。照片冲出来一看，才发现身后有一道美丽的艳黄。居士苏坐在车上，痛苦地张着嘴呼吸。

高原上的天暗得晚，好像直到晚上 9 点左右天才完全黑透。车子开始进入夜间行驶，一轮孤独而又金黄的月亮一直跟着我们行走。月色中可以看到外面的山体。但车子越走越让人害怕，在驶上念青唐古拉山时，大地全黑了，天上下着巨大的冰雹，把我们的车子打得啪啪直响。从车灯前可以看到，地上全是闪烁的冰晶。车子大约驶出半个小时后，又开始下起了雪，似乎地下的热能非常大，我们看到路上冒着一股股的热气。司机小心地开着车，车子的时速一直在 60 多公里，不敢像白天一样跑快。一天的行驶大家都有些累，腰疼与高山反应集结在一起，让人非常难受。我坐卧不宁，后来感到头疼开始了，有好几次我差点就把那只氧气袋子给拿过来了，但我想看看自己的身体素质如何，一直忍着没有去拿。我把眼闭上，进入到假睡中。

凌晨 3 时，我们抵达那曲县城。天空中下着大雨。我们去一家四川人办的小店中吃饭。这个地方海拔 3600 多米。司机很困，把车停下，就睡过去了。我们不忍心叫他们，吃完饭也就在车上睡了过去。大约半小时后，我们的车忽然被猛地撞了一下，我下意识地大叫一声：车子被撞了。拉开车门出去时，远远地从雨中看到一辆大卡车风驰而去，那辆车把我们的后厢给撞得稀烂。玻璃都碎了一地。我们 4 个人都呆呆地看着车发愣。我的心里有些后怕，居士苏他们的车在我们睡着时，已经先走了。再去追寻那辆肇事车已不可能。那个司机一声不吭地蹲下身子察看着车情，幸运的是，车子的后厢撞坏了，但车子竟还可以走。我们无言地上路了，车子走走停停，一直就在时速 20 多公里的速度上走着。雨越下越大，前硐直在修路，我们就这样一直慢慢地向拉萨走。直到第二天上午 10 点多，我们才到达拉萨。

1200 公里的路，我们走了 30 多个小时。

第四卷

黄土大梦

黄土的味道

起初，我嗅到一种干枯焦黄的味道，这味道那样熟悉，那样迷人，撑开你的鼻孔，打开你的肺腑，使劲地在你五脏中打滚，幸福得你直想打个痛快的喷嚏，却又怕失去它美好辛辣的味觉。

这是黄土的味道。

你感动地看着窗外，厚沉的土在车轮下一碾而过，蔓延广大的土呀，伸展着宽大的前胸，那一刻。你脑中奇怪地想到故乡，想到山西，那同样具有无穷魅力的黄土。今天，它们重又出现了。你真想不顾体面地喊一声，土，土，土……

这时候绿树开始迅速地消失。天变得高大宽广。西安高大的城墙已经被抛在几百公里之外。羊群开始在公路边孤独地散步。一头毛驴车在我们车前踽踽独行。满车的人都目不转睛地看着那个白发白服的老汉与那头毛驴，像看着自己的父亲。他吆喝的声音，让我觉出一种难忘的亲切，我甚至在一瞬间想到，要是我有一辆车，有一头驴，后边坐着我的婆姨，抱着小儿子，我是否也会张开漏风的嘴，唱一曲信天游呢?

这样的想法让我微笑。

这时候仿佛从梦中醒来。我听到那声在我耳中积淀了几十年的绝唱：黄土粉儿黄面儿，黄土山上跑马仔儿。土捏的女子眉眼好哎，土打的汉子揽羊玩儿……这几句我 12 岁时接受了的天真的歌儿。它们钻在我心灵的深处，仿佛就等着这一刻的到来。我一遍遍地在心中长吁短叹，我怕我的多情会使黄土失去原有的沉默。你无法想象一个人，一个生活得平平庸庸，在生活中无波无澜的人，在这样大的一块父亲般的土地上，会放肆地吟出自己可怜的感恩与萎缩的铁血气概。

可我还是唱了。站在沙家店西面的一个山冈上。我体味到了那种浑朴、深刻、独到的思想交汇。我有些走调的童谣融入这块几十年前的硝烟与枪声中，它们的旷远与孤独，让我坐在土塬上，一声不吭。

那些黄土在我的眼前飘浮。那些黄尘，它们牵着我的手，涂抹着我的眼睛。我什么也想不起来，什么也看不见。硕大的土蔓延在我的足下，它们的行走让我觉出自己的渺小。面对如此广大的厚土，如此沉默的高原，每一个人，哪怕是伟人，他也会觉出自己的渺小的。

不愿承认渺小的人，都是与理想作战并被梦想埋葬的人杰。他们行走在高原，行走在竹简与史册中。在阅读中，他们扑打着满身的尘土，走到你的时代。你不敢相信，古中华的文明史上，最值得怀念的人物，竟都在黄土中打过滚，唱过歌。他们的名字，就足以证明这块黄土的不可比拟。能够产生这些伟大肉躯的源地，又该是一种多么神秘的象征啊！

站在暮色中的土山上，乘着一抹夕阳，审视他们的面孔是幸运的。秦王嬴政22岁的脚步，在这里与他的同龄人不同，足以让我汗颜。22岁的春天，秦王嬴政创造了帝国，而你创造了什么？是微弱的梦一样的失恋，是一些不切实际的夸夸其谈？被另一个梦中的面孔，将面具撕裂，这该是一个令人多么可怜的失败！而这失败增加了我的憎恨与战斗的激情。20岁东征的李世民，不肯过江东的项羽，一声长叹的范仲淹，在这块黄土上，你们也觉出了自己的无力吗？禹可使黄水畅流，秦可修起长城，黄帝可留下声名，范仲淹可留下警世恒言，李白可让人称颂，杀伐的帅士可留下武功，而却唯独没留下思想，没留下应与这块黄土一样的博大精深的思想的光芒！留下思想的人，都从这片古土上发现了帝国的根。那位儒家的先祖，也许未曾料到，2000多年后的毛泽东，在这里的窑洞中，开始了另一种思想的游泳！

黄土在你的注视中陷入回忆。它巨灵的手触抚了每个人的脸孔，包括我的心灵。我无法在沉默中对它发出深刻的赞美。河水带着它混浊的血，浇灌着我们的生命。大风在沙土中，一次次喊着我的姓名。在黄土上的流浪，增强了我对土地的挚爱。我无法失去那些蔚蓝的天，明媚的脸孔，深刻的窑洞……“为什么我的眼里满是泪水，因为我对这土地爱得深沉”。吟出这一诗句，我的心灵在春天的风沙中失去律动。那些伤口般的沟壑，是我泪水的长壑呀！我看见你最优秀的儿女，它们的骨殖在风中显出清白与正直的光。

怀念和感想，回忆与旧梦。这些人类普遍的感怀，在黄土中我们是否还会拥有如此真切的感受？人类那些优秀的思想，是在这块土上萌出幼芽，还是黄土本身长出了人类这些树？在寻觅与失望的路上，我们总是些可笑的探索者。可真正的人杰思想，真正的博大体系，真正的爱恨情感，一开始就在远处闪烁着迷人的光芒，被这光击中是幸福的历险，被这种黄土塑造，是人最大的蜕变。

我开始着自己的蜕变！

我的壳在风尘中覆没。

我靠紧了这巨大的肉体。母亲，伏在你的怀里，黄土开始漫起，它们淹没了我，也淹没了过去。

倾听

雨下得更猛了。到处一片水意，绥德县在雨中显得有些江南水乡的雅致。对于黄土高原的印象随之淡化，路边大理河沟中泥汤滚涌，有一种浮动的意识，霍霍地从我心中淌过。盯着它，我想到了不久前涉过的另一条河，那河叫黄河！大理河就是直奔她而去的吗？

雨水渐稀，天空中开始呈现少有的蔚蓝。我与当地驻军的曾中尉去散步。迎面就遇见一捆柴，柴下面埋着一个人，看不清他的面目，只见柴一点点地移。曾中尉说那就是李高志，他会唱信天游。我看着河水滚动的眼亮了，进入陕北以前，想象中这块“上上土”上生活的男人女子，个个会赶毛驴。坐在床前炕头，立于山头崖顶，便亮开嗓子，倾诉爱情，憎骂权贵，唱着来唱着去，潇洒得像黄风，厚实得像黄土，浪漫得像流水，无拘无束。可深入高原一月，每日里张开耳朵，睁大眼睛，却未听到一声儿这黄土上的大音。它们陷在哪个山头上，又埋在哪个人心中呢？无奈只好在延安街上，买了十几盘陕北民歌手冯健雪的带子，甚至连说书艺人韩起祥的板话也买来听了个够，却终觉不过瘾。对于民歌，我一直把它看作是一方土地上民众的灵魂，是一个民族最好的外貌。深入民歌，也就触摸到了这块黄土上的一个活得认真洒脱的人。可我听了这么多歌，就真正接近了黄土，听到了它的心跳吗？真正的歌属于民间，属于那些热爱自己与这块土地的心灵。而今，这个低矮丑陋的拐老汉，他真的理解信天游吗？

李高志缠着一方头巾，白白的绒上面黑秽满布，衣服长短不太合身。他瞅着我们几个身穿制服的人，半天嘿嘿着不知是冷笑还是傻笑。他的眼睛在夕阳的斜照中，眯起。我怀疑他并没看我们，而是若有所思地看着什么。农民“狡黠”的深刻与轻薄，甚至自以为是的风度，让你有时真摸不着头脑。这种感觉一瞬间甚至让我有些惊慌。

李高志说：“我唱个啥哩？天黑暗下了，我要回家哩。”

“你的歌好听啊！我们这位是从兰州专门来这里听你唱的，你不唱，人家来这会说咱绥德人欺生。”曾中尉很会说话。

“那就唱一个吧，我唱啥哩，想不起了。”

“拣酸曲唱，好听的。”

“那我就唱，有的曲儿我自家给编下了。”

李高志把柴放下，站在河边上就“喊”了起来，那声长啸类似于“喊山调”，但实际上是在吊嗓子。

头一回看妹妹呀你不在
你的妈妈给我一个长烟袋　亲亲爱

二一回看妹妹呀你不在
你的妈妈给我吃的扁豆捞饭酸白菜
亲亲爱

三一回看妹妹呀你不在
你的哥哥把我打了两锅盖　亲亲爱

四一回看妹妹呀你不在
你的妈妈拿起扁担翻过调过直打坏
亲亲爱

李高志的四周围了一群人，大家听得十分认真，无人起哄。这中间有穿裙子的少妇与套牛仔衣的少男，他们听得神往的“醉态”让人起疑，他们也懂李高志的这种苦酸的爱情吗？

他的门牙漏风，那些字字珠玑就从那里飘出，在风中回荡。在大理河边与滚滚而去的泥汤缠在一起，发出一种混合的味道，绝对是一种味道，那是黄土的味道吗？黄土的味道就是信天游吗？

李高志眼闭着，头摇来摇去，深黄的脸上十几道皱纹开始挤压在一起，像漫漫黄土山岭中的伤口，那样深的伤口里，为何不见他生命中的血溢出？每一个历经沧桑的人，每个受尽生活磨难的人，只有他们才会理解这方土地上这一种另外的情感吗？包括这个陶醉在民歌中的人，对于生命，对于爱情，他就没有自己不可言状的难言之隐吗？走在这块黄土上，他的脚印是怎样的形状。他歌唱爱情，是在渴望还是憎恶？他唱黄河，是希望她一泻千里，还是千曲百回？他的吟咏、悲叹、哭泣，都与这块黄土相关，与这条水流相关。黄土的倾诉在于沉默地展示自己的伤口裸露自己的情感。而生长在他胸膛上的人们，则在风沙的吹动中，亮开了自己的嗓子。

爱情是他们的雨水，苦难是他们的风沙。民歌就是他们倾诉自己裸露自己的铜号吗？

哥要拉妹妹的手　妹要亲哥的口
拉手手　亲口口　咱二人旮旯里走
墙头上跑马还嫌低
面对面睡下还想你

李高志的大胆与周围的静寂让我惊叹。这就是黄土上的爱情！我看见李高志唱得那样自然，那样流畅。听唱的男女们神态安详，对于爱情的认识，人们是多么地赞同啊！

民间的寓言，民间的法则是多么奇妙呀！人们在生活里受道德的压迫，而在歌唱中，他们那种如醉如痴的神态，又是多么令人神往呀！我想，李高志这个形貌琐曲的拐老汉，是不是这个世上真正理解爱情的人！听曾中尉说，他 18 岁上赶牲灵，唱一手好歌儿，引得四处的姑娘妇人飞媚眼，老汉 28 岁上娶了个如玉的大姑娘，却掉下山崖死了。拐老汉此后再未娶。这样的故事叫我黯然神伤。真爱就在伤痛之中，也许是这些伤痛铸造了李高志，李高志才真正理解了这一份流传最久、最具生命力的情感法则！唱歌。

他唱情歌就是在诅咒爱情歌唱自己吗？许多地方他自己的影子在歌声中飘浮，那是一个人伤痛的灵魂，而这，没有什么比爱的伤害更加强烈了。

黄土上挖下一条沟
想你五更又起哩
天杀的黄土可恨的雨
把我的婆姨埋那里

李高志还在唱，他的黄板牙在夕阳中起伏，大滴的泪珠淌在皱纹中。

我哭了。

告诉我。李高志，爱情一旦死亡，生命的血还会起伏吗？告诉我，李高志，我可以把手伸向你的手中，握紧我们看不见的苦难，一起唱吗？

我听见如血的黄土的呻吟。

我听见黄土在我血液中沉滞。唯独听不见爱情。看不见爱情，看不见你给予我的最好的食粮。

这些年，李高志走遍了万里高原，可我唯一受到引领的却是你的手。听着那些天籁似的悲吟，李高志，我记住了爱情，记住了苦难与灾祸，记住了怀念与报答，因为，我是爱情的崇拜者。

俯视红尘

我沿着这条破败的黄土路，踽踽独行。路上羊蹄印纵横，牛马粪抛在尘埃中，还有大脚印与小脚印。人们就在这路上生活着，行走着，而我则似乎也是拥有这种大脚印的人，尾追着什么，来到了这山上！

这时候站在宝塔山上向下看最让我感动，那些与我一样忙碌一样过日子的芸芸男女，他们隐去了各自的面孔，像一只只忙忙碌碌的黑蚂蚁，从一个个方盒里钻进钻出。炊烟升着，没有风，就直直地伸向空中，像人类的一只手或一面旗，风来了，又散浸漫溢而去，没有一点痕迹，像我们每个人的生活。谁走过去了，可以回首自己的背影？谁又能看清昨天剩下的一些光荣或梦想？

继续走下去，我发现延安的天不是想象中的那样蓝，春天的风沙在绿树的缝隙，常常速度很快地化妆着昏黄的色调，弄得周围的山水城池，像个老妇人焦枯的脸，云彩就是皱纹，很快落下的雨，则就是些浑浊的老泪吧？

往上看，宝塔立在黄土中，像一根昭示风雨的柱子，什么也有什么也无地看着什么！只有我憨笑着看山下。延河已经干枯。可仍有浅浅的细水，绕城北去，旧时的浩荡之势已无，唯听见当年记忆中诗句里的水哗哗地流。五颜六色的俊男俏女，你们望见了一个痴情的人，对你们注视了吗？望见了风雨中这个渺小的影子，内心涌动的超世之感吗？

我笑了一下。那微微一笑中，我瞥见了北门额上的四个小字。那四个字像有眼睛似的，斜睨着我。我惊讶了，心像被什么碰了一下又跳开了，酥酥的微疼绵延全身，血一下开始了急促的流动。真正有一种不可名状的穿透力，可以让你惊悚，愤怒，惊泣乃至自绝于尘世。而现在，我觉出了一种心灵上的光亮，就像蹲在教堂里的唱诗班里，听见耶和华轻轻地咳嗽，万能的手传达给我福音一样，内心充满一种明亮感。那四个字是“俯视红尘”。

多么奇妙的四字。生命的造化定有许多奇妙的偶合，这四字几乎写尽了我此时的心态，此人是谁？他怎么会知道几百年后，有个叫师永刚的俗气汉子，来到这山这塔上极目四方，心中暗点江山，光天化日之下被人剥掉遮羞布的尴尬之态，重现在我的脸上，当时的我一定是面目赤红，血液激涌。在手足无措中，却惊叹生命中偶然的启示，是多么让人惊讶，甚至于恐怖。

我望见了青天上那轮突破乌云的太阳，冥冥中那个神秘的力量，你也可视见我的一切吗？

这时候，我想到后来那次独特的经历。不幸的昭示出现两次，是否就是对这个人无情的宣判！

到了绥德，我与小个子秦去南边的合龙山，看那些被当地人尊崇与奉颂的寺院。这样一座光秃秃的山，屹立在一片浓得近乎深刻的绿色中间，凭空高出几百米，连同那些神怪志异与金碧辉煌的寺庙，一起高出凡俗百姓的心灵，也有几百米吧？后来无论在什么地方，我都发现神似乎一直喜欢高高在上，并且喜欢好山水，因为他们选择的住所一律在高山绝岭，且风景优美绝伦，总显出与平凡人的不同。

合龙山上的神，选择的却是一块秃子一样的土塬，庙大部分是新修盖的，没修的全是一副土里土气的小气样。风在脚下的川里嗖嗖地乱窜，对面的塬上，一人一犁一牛全淹在风尘中。

在漫起的黄尘中，我们的衣襟被风拂着，思绪被揉来揉去，还有眼巴巴的迷惑！

在正殿的中央，一群年少的青春男女，围着一个闭目的老道一下一下虔诚地磕着头，偶尔从道长摇动的签筒中，掉在地上的签条就成了他们的惊叹与哀怨！

凡人的生活要让本身以外的人来指点，来启迪，来预示。这似乎并不是我们自身的过错。总有一些智者站在我们的身外，甚至我们的心灵中，指点着迷津，揭示着我们内心的隐恶。而在这个偏僻的地方，这个“神”真可以用他没看过电视的眼睛、没接受过男欢女爱的处子心态，看清我们的一切吗？

包括对于黄土的尊崇。

包括对于母亲的热爱。

包括面向黄河的细微轻叹。

在一片黄尘中，静听一个孤独的牧羊人，用一声叹息似的信天游，抚摩我们湿润的眼睛，在心中极力接近那永远看不清的神！

一同结伴拜山的秦是位诗人。他对民俗与鬼神的研究，对于建筑与生命的描绘，让我一下沉在宗教的风尘中。心在鼓乐梵香中，觉世界静穆妙然得像一片一掠而过的风。

秦嬉笑着让抽一次签。我跪倒在尘埃。我不觉得是为那位神道而拜，因为不了解他们，所以我的浏览便多了份欣赏的味道。我知道实际上我是在“跪”自己，拜自己。只有本身，才是最为珍贵和值得崇拜的呀！这样的结果竟使我不知道要为自己抽什么，问什么？问自己要干什么？我想起前不久的失恋，那是我近来的最不堪忍受的奇怪损伤。为什么真心付出反而空落无回？为什么一腔真诚，却得不到回报？多幼稚可爱的伤感，我坚信与我同龄的朋友们，不会笑话我的这种可怜的认识。

我说：看爱情。

于是，签筒中跳出的一支竹签，就概括了我的一切。谶语为落花流水。是一支真正的下下签。我哑然一笑，落花有意流水无情，春风吹尘黄土不移。多么奇怪的结论。我站在这些高大的神像前，内心若有所思。在下山的路上，我没有为这一结果而难过，反而一直在想，生命果真如此相似，果真如此切近我的生活？

好在我不在乎谜底，因为我已知道了结局，而我本身就是过程。走在拥挤的人群中，我的举止显得轻松和谐，滚滚红尘中，我也是那些颗粒中的一种。

高处的俯视与低处的仰视，这就是人生的两种活法，我站在别人仰视过的地方，是否就拥有了另外的态度？此时，我再次看到了宝塔上的那四宇，看到了高处的神，他们的眼睛，正穿越过时间，斜睥着我们。他们笑得那样坦然，那样自信。似乎，世界上的一切，都藏在一些格言似的警句里，昭示着人们在凡俗中，寻摸这些结局的根源。

从那些笑声里，我触摸到了自己的灵魂。我坚信自己找到了对于世界的认识，对于人生的真诚！这些展开像一幅画，卷起是一道伤痕的日子，我永远都将珍惜。

站在山上，我唯一看不见的是自己。站在山下，我就听到了自身的呻吟。行走在尘埃中，伟大的土地，只有你明白，我在这个世上应该的样子！

悬城

回忆一个完全陌生的地方，犹如在暗夜里寻找光亮，可你不论怎样使劲，却就是无法摆脱她对你的吸引，这使你有时也不由自主地心存疑虑，这究竟为了什么，为了什么呢？

没有人回答你。

回答你的只是那在你心中日益沉重的原形。它们埋伏在你的心灵中，就像一颗颗沉重的地雷，引爆它的却是你的心。

那是一座城。确切地说更像是一个城堡，站在山下黄河岸边瞭望，炊烟从高处向云端飘飞。恰好那是一个阴天，硕大的乌云在五月的黄风吹送下，浮游着向我们飞来。城在云中浮，云在城中过，那些隐约呈现的各种奇异景观，把山下的两个呆傻小子，惊得目瞪口呆。

多么美丽的城啊！

它就是佳县。

一座悬在山上的城。它站得那样高，那样轻浮，呈现着一种完全不同的大家风度。

一路上穿越高原，看尽了黄土坡谷中的县市，心中全是黄黑的印象与灰尘的味道。而一过米脂，山就开始呈现更深的血黄，路在极深的沟谷边缘绕行，七上八下地就把那些黄土山岭抛在了身后。迎面而来的山，全是裸着的石头，它们狰狞地看着我们，从十分寂寞的公路上穿过，一路上心惊肉跳真是极妙的享受。

后来，就站在了佳县干净的石板街上，一场小雨在清扫街道。撑伞的人不多，来往的男女极少，大家都平和地望着雨中的风物，只有极少数的人注意我们，那是一群卖小吃的小贩。

这样干净的地方令我惊异。我小心地选择着拼接得十分规则的石板。它们润滑的脚感让我想起江南水乡，那个春天我也这样行走过，在杭州的小雨中，我一直都没走出那个枯寒的日子。

下午雨中，我站在城的北面，黄河从脚下环行而过，它浑浊的浪涛击打着一片片的石崖，我几乎可以感受到水与石头的决斗。这是一种多么激烈的作战呀，无休无止的浪冲击着高耸千丈的崖头，又无奈地东折而去，它们会把这座山冲击掉吗？水与山的交战是多么持久的创造呀！千万条细流从黄土上杀出一条条血路，它们沟壑纵深的伤口，让人触目惊心，荡气回肠。黄河就这样形成了。我们心中最伟大的母亲，就镌刻在了我们的内心。

这时候你才可真正明白莫名其妙的战争，它们的存在，流血、牺牲，均为一种神秘的力量所主宰，所左右。没人可以揭开它的谜底，看到那只神秘的大手。而一切都发生了，一切不可思议的浪漫与悲伤就出现在你的心灵深处，而你却不了解它，不知道为了什么。就像不知道为了什么生存、死亡、爱情，就像这座小城不知为何却要建在这样高巍的山上？人生呀世界呀，你的谜底在哪里呢？

没有人回答。

时间被水吸收了。夜像被突然拉上的窗帘，一下就把我淹没在了黑暗中。风声更急，身后昏黄的路灯若明若暗，我恍如梦中。偶尔的行人喁喁着我听不懂的方言。在一个陌生的地方，语言是最好的通行证。我听着那些粗涩的方言，它们的不同与我拉开了距离，就像这个城我怎么也不可能深入进去，我只是个流浪的人，是个被新鲜的山水吸引的人。对于山水的崇拜几乎使我成为一个游手好闲的浪子。这样四处充满欣赏与品评，使我注定是一个局外人，一个远离山水的人。而一个远离山水却又渴求山水的人，在这里究竟可以看清什么呢？

夜雾更浓了，我听到雾中的涛声，黑乌的城像只小船，我的身体觉出了一种漂浮感。摇晃着走回酒店，我几乎不敢再向外瞥一眼，我害怕自己被另外的不可理喻的景象击中。这种“叶公好龙”的感觉增添了我的好笑，我几乎就可看见那个叶公也在玻璃外，看着我呆呆的神色！

一夜无眠。

我的身体在波涛中漂浮。我觉出了自己鱼一样滑动的快感。山在浮人在动，多么奇妙的感觉。

我一下懂了城南的白云观为什么聚了那么多有名的仙士，那么多的传说也不足以填平这种优美绝伦的自然享受呀！我打开窗帘，阳光刺目地穿室而过。小城仍然陈旧矮小地存在着。一双妙人正携手走过。油条的气息弥漫了早晨的空气。

我又去看黄河。

一河金块烁着灿烂的光。它要流到哪里去呢？你想起沿河奔走流浪的日子，那些艰辛的岁月已像河一样流走，而洗净你的疲惫的却是“逝者如斯夫”的日子。

离开佳县的那一刻，你猛地回头一瞥，你知道自己心中的那点小灵魂，它来过这里，站在山上望过黄河，领略过奇异的山水，最后，它又丢在了那里。

那里一定是你生命的观照所，一定有你刻骨铭心的内心天堂，你无意中打开了它的门，闭上的却是自己的心。

它留在了那里。这就是原因。这就是你在梦中惊醒，并莫名地伤痛的根源。

看来，谁都有自己心灵的感应物。我的却留在了那个悬浮的城中，像一阵风似的来回荡悠着。

扭秧歌的人

那个人在月光中飞腾着，他的手足掀起一片片梨花样的碎片。他的眼闭着，像含了一口玉液琼浆的脸上，显着醉入梦里的微笑。身边的河水开始在他的长袖中起舞。黄河呀，你飞腾着，跳跃着，那些吼声震着黄土，一些风从你的伤口中，尖啸着冲出来。那是一支勇敢的军队。旁边敲大鼓的老人一下下把鼓敲得轻重缓急，硕大的音乐鼓舞着你，它们在你的身上显出河水的形状，又显出风的张狂。是音乐在动还是人在动，我呆呆痴望的神色，也不足以道出我对你的震惊。

那个人还在扭动。他的腰，他的手，那张与父亲极似的脸上，酒的气味在尘土中飞扬。他跳得多么舒展、多么自在呀！我被那些狂放飞扬的神态吸引。我的步子踩在他的脚印上，我的手舞在凌空的音乐里，咚咚咚，我也踏上了黄土的脉搏，也经受了河水的洗浴，但是，我看清了空洞深处的秘密了吗？

我就这样来了。

我来到安塞。那个扭秧歌的人从遥远的壶口边缘赶来。这个 50 岁的老汉，他舍弃了温暖的窑洞，离开妻儿，就住在那个有飞腾的河水与生命跌撞相击的地方。在生命窄如壶口的狭谷，他体会到了融在血脉中的千曲百回、奔腾直啸的悲苦了吗？河，你以什么样的腾跃吸引了这个阅尽人生沧桑的老人？亲爱的老人，你真的触抚了灵魂，剥开了那些深入千年的黄土了吗？

那个扭秧歌的人，他就站在这片旷远的山冈上。他刚才踢起的黄尘扑在他的袖口和白衣领上。他的浊眼在月光中肯定有一些更多内容的泪水。他不须再去在漫漫红尘中寻找什么了，也不需要再用另外的形式来叙述自己的生命了。那个扭秧歌的人，他说：秧歌子嘛，就是我的命。以舞为命的老人，我随着你飘飞的步子，踏着我自己阅历的脚印，我看清了身前，可你却看透了一切的身后。

那个扭秧歌的人，他手捧一本线装的舞谱，犹如捧着自己的灵魂。那是老人的圣经。他一天天在祈祷的舞步中，表达自己的情感。他的忏悔、泪水，他的爱情，就全在这一阵阵魂扬魄飞的境界中吗？望着老人的矫健，我看透了自己的瘦弱。生命蕴在更深的苦难中。真正的美沉睡在老人的皱纹里。一阵战栗使我浑身激扬起不可抑制的悲楚。生活在这块土地上的人们呀，朴素的黄土，可否写尽你们的一生。有多么深的悲痛就有多么远的狂欢，千万双踏动尘土的脚，你们隐在土中的歌谣，让我听见了一个人流血的嘶喊！

更多的人来了。

老人踏动着脚。女人围在一边肃穆地观看，清秀的脸上隐现着类似朝圣的惊恐。高原上这旷古巨大的集体舞呀，我噙一把泪，也站在你们中间。那些丰收的歌子就在周围的手上传递。婚嫁的轿队踩碎十月的坚冰。而祈雨的人，跪倒在尘埃。感恩的庄稼，伸着无数的手，向天空欢呼。我就是谷子地里那穗糜谷，我就是那个要娶亲的人，我就是那个唱信天游爱兰花花的揽羊汉哇……那个扭秧歌的人，他睥睨着这些轻狂的世界，狂动的手呀，一点点地缩起，他抓紧了什么又抛弃了什么？

告诉我，那个扭秧歌的人。以舞为米，以歌为水的民族，你们是如何失去了自己，找到了黄土的根源？

你们是如何长久地留传？像一部史诗，从一个人的口中传到另一个人的口中，操起的三弦，只是后辈简单地卜算与猜测，而谁主宰了这一切？

那个扭秧歌的人，他隐身而退，他的舞姿消失在红尘。他的笑声响在腰鼓中。一生以舞为命的人，你没留下名字，也没留下你的传说。多少人就在民间留传，像一尊精美的容器，收藏着自己的传说与民间的宝贝。他们是些活着的宝玉，活着的历史。只有他们是扎扎实实的生命继承者吗？”只有你，找到了被黄金紧锁的雷霆。”我想到了一句话，一个诗人的痴语。

我又到了壶口。

我没找见那个扭秧歌的人。

他就像是个乌有的梦。可这个梦中藏了多少无法言叙的隐痛与生命的秘闻？而要找到这一切，却要用一生与一世的沧桑作为路径，要用自己精粹的思想敲门，你才可以看见。看见那幕高原上盛大的民间祭奠，看见黄河岸边那个扭秧歌的灵魂。

那个扭秧歌的人，是我父亲。

采铎者

我一直对民间的音乐、民间的美心怀敬畏。这些天籁我在乡间的时候，就把它们奉为圣经。而在那些没有风琴，没有心灵的桥岸的日子里，站在唱诗班里我也只能瞥见天堂的屋顶，而触抚不到那些大音的边缘。

我错过了它们，犹如错过了春风。它们擦肩而过时忘了拍拍我的肩膀，而我则忘了向他们问声好。十二三岁，一轮大月亮下，睁着一双清澈得能照见二胡的音乐的眸子，听一个走村串乡的瞎子，唱着来唱着去。他的音乐和美得近乎无瑕的哑嗓子，唱着我不懂的语词和历史。生命在弦上动，而歌在血液中流。后来还听过许多民歌，最喜欢的一种则是我们山西晋北与陕北流传的信天游、爬山调之类的词曲，那时随口唱的音调已经随风而去，但随着年龄的增长，它们的根是否还在我的血肉之中？

现在想起来，当时那么迷恋的音乐，却未能记住，未能记在自己的心灵中。一晃 10 多年过去了，带着这么一种莫名其妙的忧伤和感慨，陪着一位对信天游虔诚崇拜的作家，一位脸很瘦却很痴爱民歌的中校，来到了这块高原。我不知自己可怜的民歌知识在这里会得到多少尴尬的回应，但一见到黄土，一见到那轮太阳、血液中的音乐就开始复苏。

当我与中校一起穿过延安陈旧的街道，在市文化馆一间脏破的二层楼房里，找到刘海泉时，这位 50 岁左右的老汉正一手抱着孙子，一边唱着一首歌：

鸡窝窝里下蛋母鸡愁
我娘养你割下几斤肉
脆云里落下雨点子
我娃就是娘身上的肉

这歌像一支火把，迅疾点燃了隐在我心中多年的“炮捻子”。我真切地听到了它在我心中哧哧的燃烧，之后，轰隆一声爆炸，我的心开始打开了一扇门，一扇真正的音乐之门。

刘海泉不会唱民歌。但他“懂”民歌。因为“懂”，我们找到了他。40 年间，他独身一人行遍高原，搜集整理了近 2000 余首民歌和乐谱，同时还带回了无数的传奇。

听一位传奇式的老人讲述民歌是一种真正的启蒙。你听着，听着，就会发现，民歌原来就生存在我们的身边，它们长在路边的小树林里，飘在炊烟里。它们几乎就是一部部这块土地上每个活着的人的心灵史，是这些灵魂的晶体映亮了我们的心。而这些灵魂的声音，怎么会不是黄土的声音？

那天上午，坐在宁静的窑洞深处，倾听他讲述在边远乡村的炕头上，被民歌与跳蚤夹击的往事时，我脑子里忽然闪现出这样一幅画面：一位白发白袍的老人，他叫什么名字已经无人知道了，他走在乡间的炊烟丛中，摇着木铎，背着锦袋，向人们“乞讨”民间的音乐和歌声。这是古时朝廷委派的采铎官。铎，音乐也！采铎者，就是采集民间的美的官。民间的美，有多少散落在尘埃中呀！刘海泉就是这样的采铎者！只见他骑着一辆破旧的自行车，带个沉重硕大的燕舞收录机，在土路上颠来颠去，一颠就是 40 年！哪儿传出歌儿，他就像只老蜜蜂，浑身抖响着破车铃飞去。飞在哪儿，就开始向人家“乞讨”，厚着脸皮让人家唱歌，憨厚的人坐在土炕上就唱了，还管一顿好一点的小米子饭。有不屑一顾的人就把他关在了篱笆门外，听他 50 多岁的老音在尘土中一声声哀求，听完还得扔上几十块钱。乘着夜晚回去的时候，狼还喜欢撵着他玩，让他的独眼在黑暗中落下浊泪，之后翻下土坎，跌断肋骨。多么逞强的老人呀！为了做官，人们可以推翻政权，可以流血，并且朗笑赴刑场；为了富足，有人可以出卖亲朋，杀人害命。他们的理想多现实呀！而你为了什么呢？为了听人家唱一声歌，为了这些民间的璞玉，成为宝石、金子，让它们发光。而用生命换回的 170 盒民歌带子，200 多本曲谱，2000 多首民歌，就是你的理想吗？

那一刻我的泪水肯定钻出了眼皮。我无法不在这位拥有民歌的老人面前肃然起敬。热爱美的人们，又有谁珍惜过美。老人手中捧的可否就是我的梦中的大音，生命的光芒！

老人唱：端起饭碗记起你，眼泪掉在饭碗里！

老人又唱：天上的云彩风吹散，什么人你把我的路掏断。

老人的泪就涌在这些独白式的语言里，他的每一句唱得很轻，很轻，让人听着像是在叹息，又像在安慰自己。一个人要达到自己的天国，什么才是最好的梯子？中校望着窑洞外。那颗大如轮的黄月亮，照着我们三人的脸，地上的阴影越拉越长。

中校长叹：智者乐水，仁者乐山。

刘海泉捻须微笑：愚者乐歌，蠢者乐金。

我知道刘海泉为什么这样说，因为他是个情种。

寻找白龙庙

那天，望着硕大无比沟深壑高的一片黄土，我心里充满一种浮躁和厌烦！尽管这很可能是在陕北见过的最好的一块黄土，澄黄柔软，硬峭直耸，蔓蔓延延，诱惑得你几乎要为他写诗，为他吟咏，为他传扬。但你却无法不为要在这块大海似的土地上，寻找一个叫白龙庙的小村子的想法和命令，而觉出一百倍的艰难与失望。

你只知道这个小村子在一部回忆录上是个挺有意味的地方。当年的军队和领袖们在这里拴过马，喝过水，你的爷爷也在这个地方擦过枪，对着黄土撒过尿，唱过信天游，可是这个村子许多人遗忘了，许多人对你的发问觉得难堪。后来在街上，你遇见一个老得已经失去原形的老汉，是他告诉了你，告诉你，白龙庙是在佳县城极北的一块地方。

从公路边一条认不出痕迹的小路穿进，你就觉出进入了一种氛围。那一刻，你奇怪地想到了故乡，想到爷爷临终前趴在床上的喘息。他小声的哽咽里，满含着无限的遗憾，他几乎喊着道出了自己的心愿：我还没回到那里，那里呀……那里就是这里吗？偶然的机会，你的孙子来到了这里，重回陕北，我是为爷爷还愿来了吗？这一个老人当年的梦想与可怜的愿望？

那个小村子隐在哪里？随着一条小径，我们在土地的沟壑缝隙穿行。在黄土地的伤口里，多少人这样行走过，而今我们也来行走了，零落的羊只在塬上觅草，天空蔚蓝如洗，绿树成为遥远的梦。我开始听到一种若有若无的吟唱，那吟唱使我们心情开朗。翻过一道沟，小径深浅地刻在黄土上，行人开始稀少，鸡犬之声已经成为遥远的音乐。遇见一个人成了我们极大的鼓舞与感动的事。偶遇见一村妇，背一捆柴，缓缓地从崖顶上过，赶紧问路，妇人微笑答：过山顶就是哦！又问还有几里？那边又唱答：不远哩，五里吧！接着又问我们从哪里来是干什么的找什么人为什么找他，问题提得尖锐缜密，远超过一个新闻记者的水平，许多问题不好答，便作未听见状，低下头走路。一路踏得尘土乱飞，到山顶，却只有一路往前走，而不见树与人，炊烟成为我们的消息树，可那消息树就是不倒！

这时又遇见一个陌生老人。他赶着一头驴突然就出现了。仿佛他就未曾从远处的路上跋涉过。问其路，他惊答：你们走错哩，路在那边一拐才行哩，这么走绕了大路了？接着又问我们从哪里来到哪里去，找什么人是男是女有什么事，问我的肩章什么意思火车通到延安城没有……一问再问问得我几乎有些不好意思。想这人多热心多诚恳，想完便沮丧地从山上往下走。却久思这现象，想必山高沟深人稀，村野人遇见陌生人，甚异之，也是常事，不足为奇。同行者老秦说：山外多年，人们是见异不惊，此处是见常而惊了。

我们终于站在那个有座白龙庙的塬顶上时，太阳已经西斜。极目处，一片树木郁郁地长着。我们疲惫地坐在地上。对面的山梁上一个后生在唱一首简单的歌，无人拉二胡。这儿的人不吼秦腔唱晋剧！我爷爷特爱听的戏剧，今天我又听到了。走在村中脏破不堪的土路上，几只小猪守在一个门洞里，惊异地看着我们。爷爷，你的孙子回来了，来到了这个你念叨过多年的地方。这个小小的村子里，你隐藏着什么呢？

在那些破旧的石房石屋里，我们似乎看清了什么，却又什么也没看清。山村还是那样穷。领袖与他的士兵们住的那座石窑，已经翻修了。如今住着一对新婚的夫妇。撩开门帘进去时，新娘张开嘴唇给了我极富魅力的一笑。一位当年接待过重回这里的爷爷的老人李树谋，还能记起我爷爷长长的髯须，忆起他的浓重的山西口音。他讲那一切时，我的神情开始恍惚。村里的人围了他，他们对遥远的过去的怀念远胜过对于现实生活的热爱。在这样的地方，老人活着似乎就为了看护领袖住过的几孔窑洞与门外的那棵被马啃过的榆树。在回忆中生活，是为了守住过去还是要把自己留在从前？

我把爷爷的一点骨灰，站在塬上凌空撒去。我似乎听到爷爷的笑声在风中行走。在白龙庙的三天，我竭力要找回爷爷对这块土地的热爱的根源，可却一无所获。这，对我永远是个谜。而对那位年过花甲的老人，面对整天拉着我的手问长问短让我坐在他们的土炕上吃红枣，看大娘剪窗花，看小姑娘绣鞋垫的乡亲，也会是谜吗？

走在回去的路上，我望着那条小路一语不发。我并不认为人们永远应该守住回忆和往事。可往事与回忆可以让一个人回到思想的圣地，回到心灵的家园。望着身后渐渐缩小的白龙庙村和那些在暮色中挥动手臂的人们，我的内心却深感刺痛，我似乎看清了事物的谜底，又似乎触摸到了当年爷爷的足迹。

黄土深处的小村呀，是你，在某一刻，曾收留了爷爷的灵魂，又打动了后来的这个内心忧伤的人。在极遥远的外省，我也时时认定，你就是我心灵的故乡，就是我永远无法摆脱的苦难，坚忍，善良与伟大忧郁的记忆。

英雄

那天我走进窑洞的时候，一群麻雀扑棱着翅膀，喊着我听不懂的语言，喳喳着掠起一片陈旧的灰尘，扑棱棱地飞走了。

我浸在那种不可名状的情绪里。窑洞已经破损，无法遮挡的风雨抽打着这些优质的黄土，并且淌出一条条细小的鏊沟。窑里光线暗淡，几乎看不见任何东西。一盏生锈的油灯站在还不太坏的桌子上，它昨天还照亮过这窑里的黑暗，而今它已经熄灭了。不会熄灭的是那点如豆的火焰，那灰尘里散浸的油烟，我还可嗅见。而坐在这里的人，已经如那群麻雀一样，掠飞而去，找到了天空大树或其他的一些主义、信仰的宫殿。

当年的英雄，黄土上的传奇，就隐在这简陋的窑里吗?

坐在枣园的深处，我久久地徘徊在这不可思议的氛围之中。我的眼睛更深地透过那些提要式的文字介绍而直达深处。

对于英雄的寻觅一直是我这次延安之行的最直接的愿望。1936年的高原上，中国因为出现了这样一些简朴而平凡的人，而发生了奇异的变迁。他们的声色举止，我早已熟悉，不熟悉的却是这块黄土。

高原上这个神秘的市镇，涌聚了多少难解之谜。它是华夏的边关，兵戎相见的汉蛮民族，如今已成为共同的一家。镇守这里的范仲淹，在先天下、后天下的格言里，同样在这个地方简陋的崖壁上，为自己挖了一个巢、一个洞、一个窑。比他稍后的李自成，在路经这里的时候，首先想到的是找到自己的家，他为自己修了很排场的行宫，却终生热爱窑洞。似乎，惊世的人杰们，在这块深如千年的土地上，都找到了自己打通历史与未来的驿站——窑。

当我真的走进窑洞的深处时，我的内心一下子就听到了大地的心跳与它惊讶的谶语。这使我一下就明白了，当年窑洞中的人杰，他们的真实心情。深入黄土，就触抚着了大地的脉搏，回到了母亲的身边。一个接近母亲的人，他还有什么可以畏惧，还有什么可以使他惧服，使他失去自信，失去坚强的骨气？

我的心被风吹开了一扇窗户。少年的热血使我停止了对历史的追踪。走在延河的岸上，我听到了毛泽东吟诗的声音。这棵湖南的竹子在北方的厚土中，一天天挥动着不可比拟的才气和方略。军团的交锋全隐在一行行的文字中。无畏的逃离是胜利的路线。最后的诗全是在这里吟成。

夜晚开始拉上窗帘。窑洞的灯亮了。当年的英雄走了，走了之后再没回来。可有一个人他记得，那天离开窑洞时，只有一个人把自己留下了。他留下了诗句、兵法，还有浓重的湖南口音。那天我在那几孔窑洞中穿梭，坐在他当年的地方，我看到了这个人挥笔疾书的侧影。那年枣园的灯光一天比一天明亮，秋天的风抚着硕大的枣，成群的谷子站在山上，这些都是他笔下的景物。

后来我看到成群的老人，他们扭着秧歌走进我的视野中。我与那些年好多穿布衣的人站在一起，他们笑着，被风吹黑的脸上溢满可爱的笑。秧歌的步子一天天陈旧起来，只有我远远望着，这种民间巨大的赞美诗，多少人为它陶醉过呀！

可是，他们如今都走了。可是，他们的旧居泛着过去的光芒。

可是，在我的寻觅中，多少陈旧的人生动起来。像黄土上生出的优质谷子，低着谦卑的头，屹立在茫茫高原；又怎么会不是一棵无与伦比的树！

我关上这些一扇扇打开的门。他们如今都休息了，我还去打搅他们的灵魂，就像一个挖窑的人，一镢头挖出来无数的英雄、人杰和黄金。

是他们！

粟颂

一粒粟一粒米，一粒最饱满的黄金，黄土上纤瘦的美人。我被你低首含眸的孤傲打动，我的内心闪着你迷人的光亮。

它是多么美啊！

站在黄土最后的边缘，孤独地想着什么！那么多思想的颗粒在风土中显出与你的纤瘦多么不相称的深刻呀！那一刻，我听到生命的血液中开始回响一首低回曲缓的音乐，那是土壤在风中的粉末的交响，是农人们敲打土块的手动的形状，是米在我的对面向我讲述的历史。

米，这种深黄的颗粒，它们藏在毛茸茸的长长的包裹中，这使它显得多么与众不同。它的坚强、柔韧、谦虚、大度、与世不争等等，噢，这些形容毕露的美德，简直就写尽了生活在这块黄土上的每一位黄土的子孙。

黄色的土黄色的金子，这些深黄的颜色，它在华夏这个文明古国中具有多么不可想象的神秘力量啊！几乎每一代人都染上了黄土的颜色，黄土孕育了这个民族，却又生出了另一种优秀的植物。它的出世便宣告了黄土的动荡与安宁。人们赞美这种天珍。这种比金子更有诱惑力的米，从一开始，就成为统治者的奠基石。谁拥有了粟，谁就拥有了政权、江山、宝马、美人、黄金。为此，这块黄土上才有了羌笛，有了金戈的交响。而横空出世的秦长城，却不过是秦嬴政为了米而修的一道粮仓的围墙。无数的人民抛下哀怨的号角，不过是维护这些生命中最宝贵的财富和自卫。

粟啊！我一直对这种孤独而高傲的植物深怀敬畏。

它们平凡得让人觉出渺小；觉出对它的不屑一顾。人们在捧起小米饭时有谁想到它的来源，平凡的人们有更多平凡的事要干。作为一种平凡的植物，它隐藏在我们看不见的山沟岭壑，它顽强的生命在任何一个地方都抽动着生命的青枝长穗。它并不会去要求什么，也不会像我们人一样，密集在一起的头颅们只会生产流言、内讧、诽谤，也生产极少的自以为是的智慧。可密集在一起的粟子们，它们的团结谦逊几乎让我为我们每个人而羞愧！

许多时候，瞭望它们站在我童年的尽头，我内心中的天真成分也会化为那片丰沃的土壤。在山西南部汾河的边缘，父亲赶着一匹老牛犁地下种的情景让我刻骨铭心。一粒粒米像瀑布一样钻进犁沟，我几乎听到了 12 岁少年为你们在泥土中安睡的鼻息。我为你们打开土壤，你们吸到了母亲的乳汁。我呆呆地看着那幕奇异的景象。那个黄昏粟的谣曲再次飘逸而出。而今，你就长在五月的高原。我像穿行在绿色的童话中。一丛丛一队队的队伍在风中踏响唰唰的脚步。它们涌在我心灵的回音壁上，它们滋长着你孤独的形象，敲打着世纪的大鼓，只能是你，唯一的珍玉。

在行走中的阅读里，粟的形象开始压迫我的神经。我几乎在每一处都被这种拥有沉甸甸思想的灵物惊醒。我知道，做一种深刻的植物也要付出终生的代价。而它，就以这样纤瘦的躯干撑起了社稷，民族，它的无数黄澄澄的颗粒是否就是每一个活得沉重如它的人？而沉重如土的哲人，却在对天仰叹：

米兴国盛，米衰国暗。

壶口观河

从遥远的甘肃，取道西安，再驱车北进，我一路上都被一种声音追随着。一种异样的东西，闪着碎裂的光，哗哗地行进着，即使在深夜，我也摆脱不了它的追赶。

黄河沿着我们的路线，终于走过去了。不，是我们沿着黄河，走过来了。我知道，我离不开黄河，躲不开它的袭击了！黄河，我喃喃着。这条蜿蜒宽大的河哟，在每一个地方，我都无法摆脱你。她流在每个人的心里，流在黄土高原巨大的血管里。在每一处的回头，你都不可能被遗失。仿佛母亲，走在哪里，你身上都有她的印记、气味和母语。

在甘肃的旧河岸上，黄河水滋润了我 8 年。后来在宁夏，我仍然在这些河水中倾听。黄河已彻底改变了我的血，我的肤色。但我不敢说我已听清了它的全部，这位巨灵的母亲啊，她只给自己的儿子以沉默的启示，而却没有一句话，一句诗。

进入高原，先走安塞。我们的车在公路上驶得极缓，到了下午，才在一个破旧的村落边吃饭、休息。我坐在一个极狭小的炕前抽烟。这时，我忽然听到了一种类似于神灵的声音，那声音轰隆隆地响着，仿佛战鼓，一下一下敲击得让我的心发疼。那是黄河的声音，是黄河在对我说话、在召唤我吗？

我痴痴地听着，悄悄地循着那声音的指引，向前走。当时是下午，夕阳在黄土上金黄如梦，我的行走十分轻盈，这时，一条河拦住了我的去路，凌空凹下的两面直崖，耸切如立地竖在那儿，中间的一线细水沉缓而滞弱地漂浮着。令我奇怪的是那声音，忽而消失了。我奇怪地看着这河，我不知道为什么一下子，那声音就消失了，至今我也十分奇怪，那声音呢？那声召唤呢？

这是黄河吗？我疑惑了。

这时一个牧羊人，赶着一群羊，悄悄挪过来，我低声问那牧人，这是什么河？那牧人淡淡地说：黄河。

黄河？

黄河又一次出现了。

我沉默地看着它，那蒙尘的面容。你要说什么呢？我低低地吼着，有一刻，我觉得自己仿佛要愤怒，要呐喊，我狂啸着，奔腾着，可河依旧不动声色。它沉默的行为，令我羞愧。啊！人有时竟不如一条河，不如一条在沉默中察看了千百年人世风尘的河啊！

那晚上，我流泪了。一夜无眠中，我觉得自己多么弱小，人世中的风尘已经改变了我的面孔，我曾经多么无知，在小小的自娱中认知自己的成功，在无数的打击中寻找功名。而许多的地方，我已不敢承认，自己的自尊，可怜的孤傲，以及单纯的挚情。而这条一直流淌在我心中的河啊，却依然像个顽固的个人主义者，不动声色，沉默向前。看吧，它走过了多少坎，它容纳了多少浊沙浑浪，从青海，再到甘肃、宁夏，流到陕北、山西还要到河南，到许多奇异的地方，可黄河就是如此沉静，如此从容不迫，像坚韧的宗教，同化着每一个灵魂。

还有比这更伟大的河吗？

还有比这种流动更能打动人的灵魂的物象吗？

在疑问中的沉默里，我们走到了壶口。

滔滔河水流转百回，终于走到了这里，也走到了自己的受难日。那么温驯的河，在这里失常地狂吼着，腾挪着，就像一匹野马，在草原上奔驰惯了，一下给套马杆扣住了脖颈。那种痛苦，黄河已经表演得淋漓尽致了。

站在岸边，我的眼开始湿润了，水与土的决斗，是一种自杀的最后方式吗？河一点点地进攻，土一次次后退，进攻是无休止的，防御也是无休止的。可是，是谁在这个地方，挖了这么一个大坑，他要把黄河装到哪里呢？

装黄河的人是禹。

这个人的像如今塑在这水的边上。伟大的河需要伟大的人前来认识，前来疏导，两个伟大的名字系在一起，是否就是一种史诗的开始？

我已经认识黄河了。我对飘拂我的头发的春风说：黄河其实是一个人，是一个伟大的人啊！

黄色光亮

黄土漫涌着、起伏着，像一块无垠的黄绸，或是大河中凝铸的板块，那种随意行走的印迹让你如浮如游。你伏在车窗前，睁着一双因讶异与色彩的压逼而眯起的双眼，心中的感觉奇怪而干燥。你几乎听出了黄土的浪啸，发觉了黄土在奔跑时发出的喘息，你觉得一刹那间自己更像一个一文不名的水手，沉浮在动荡的海上，而这海却是一片黄土，因为它的无声静寂，因为它的博大，你的灵魂一点点被它的种种行为涂抹。你几乎要流泪了，你无法摆脱这种漂泊中的内心安慰，你发现你离黄土那么近，近得你几乎听出了它的叹息。

车拐过一个旧村。你居然看见树开始零星出现，还有山丹丹花在车轮边摇晃。再往纵深，还有一些枯草乱长。你一下觉出黄土的丑陋，那几棵草破坏了那种土黄色的纯亮与无瑕。你几乎有些愤怒地看着它们。感到那一个个接踵出现的塬，更像个破旧的揽羊汉，那些草就是它的破草帽，而偶然吹拂的怪风，难保就不是他的豁牙露出的笑声。我有些怪异地笑着。黄土却更加可疑地呈现着自己的种种表情。像个清纯十足的小姑娘，外面一副清亮纯情，扒开内心却让你觉出她的无限复杂与不可理喻，黄土也是这样的吗？仿佛为了印证这句猜测，平静的土地开始莫测高深。树全部死亡。塬像一块块的枯坟包，扣在荒地上，起伏的却是那些一会儿显出一点白一会儿扔出一句歌儿来的牧羊人与脏羊群。

这时候夕阳开始下落。一抹粉红使远处的高塬出现一层细微的金黄光芒，像刚生出第二瓣花叶上嫩嫩的茸毛，照耀着站在塬下的我的心灵。我一下子就被征服了。金黄的微光笼罩中的高原，多么像我遥远的心灵中的故乡。那么美，那么亮，那么安详。我看见一个七岁的娃娃与一只挂鼻涕的三月小羊，它宁静地注视着那轮夕阳。它们全身金黄，像一个神秘的黄金使者！

那是我。

这时我沿着炊烟开始寻找村庄。三孔窑在暗夜中亮出淡淡的灯光。窗户上的剪纸奇异纷呈。一匹年老的驴回望着磨房。而一只羊羔跪着双足。硕大的谷子迎风摇曳。在这些吉祥的眼睛中我沉入睡眠。在梦中的路上，我看到一把把的泥土变成黄金，它们闪着财富的光源，在人类的足下安眠。

我被河水的涛声惊醒。

站在村庄的顶头，那扇磨盘的上面，我看见了什么？无垠的黄土凌空裂开，一线细亮的大水轰轰地在峡谷中行走。对面有人在唱一首极难懂的歌。不像信天游，也不似爬山调，有些神秘的氛围。太阳就站在河那头更高一些的一块土塬的顶上，红红的。

那是黄河！

就是它行走在这块黄土的血脉中，行走在我们的仰望中。而土地，却裂开自己的内心，撕开最后一层掩盖。它这样赤裸，无拘无束，讨厌外衣，是要告诉人们什么呢？

那一条条深及肺腑的沟壑。

那突兀出奇惊世骇俗的表白。

那纵横交错的皱纹。

那一望无垠的灵魂。

还有那些单纯的人们。

这就是你要告诉这个世界的最后一句话吗？简单得让人不屑一顾。高深得令人止步不前。唯有接受你的指引的灵魂，唯有在你的尘灰中打过滚的人，才会在你的面前，垂下自己高贵的头颅，领受你的颂词。

这该是一种多么巨大的生存动力及灵魂的安息所。人类所有生存的奥秘就在黄土地高贵的光亮中显出最公正的回答。它是怎么样的一种精神呢？高贵博大的气势与粗糙廉价的豪硬；巨灵无垠的智慧与低劣的种族素质；大智若愚的出世态度与忍者为上的可怜形象……够了。从这种光芒中，我们看到了一个民族不可逃避的源头。那种无垠的魅力与精神，就在这块土地上隐埋着深刻的精液与强大的传染性。

从那些单纯的吟咏中我脱开身。隐在村庄后的这轮阳光，你的光芒已将我与地照亮。

那是圣光。

米脂观美

一踏入这片高原，就有一个愿望开始在心中发芽：去米脂看美。看看隐蔽在山野乡村的美人，倾听她们干净的唇吐出优美的民谣。这几乎是我酝酿了多年的美梦。自小就被她的美名所牵，12 岁时，在天真与幻觉中接触到《三国演义》。我至今还可想见自己为貂蝉的惊人美貌与风流男子吕布动人的爱情所惊叹所向往的小模样。那时就开始记住了米脂，记住了美。

现在想来，美实际上是一种无可回避的病，对于美的向往几乎是人类的弱点，大家都是美的患者，都是美的崇拜者，没有哪个人可以逃脱美的蛊惑与吸引。

去米脂的路上，我的心始终被一种莫名的东西抓紧着。窗外的黄土笼罩在细雨中，一掠而过的树木显示着一种暗示性的阴郁。我不知道在路的尽头，是否就有我想象中的美，会出现我愿望中的画面。对于自己理想经久不息的自我塑造，使我开始怀疑现实的陌生……

带着这种矛盾的心理走在米脂的街上时，一切早已存在的事物迎面扑进我的眼睛。它们那样朴素，那样娴静。没有高楼挡住我的视线，天空高阔蔚蓝。破旧的房屋站在公路两边，纷繁的方言土语和商店中飘出的音乐交汇一起，折磨着我的听觉。街中没有我认为应该塑的貂蝉像，她的美被另一个叱咤风云的英雄李自成所替代，同是米脂人的李大闯王，跨在铜马上，手中举起的刀似乎要劈砍什么。一辆毛驴车过去了，灰色的驴子留下一摊冒热气的泄物。

美在哪里呢？

这就是那个传说中因地有“流金之水，沃壤安壤，米汁渐至如脂”而出产美女的地方吗？过往的妇女，或高或矮或胖，她们的脸色或黄或黑或白，可那让我们一见倾心的蛾眉，长发，樱桃小口，又在哪里呢？米脂的女人并不是我想象中的腰如细柳，口如樱桃，一笑醉天下。可不是还有流传的“米脂的婆姨绥德的汉”的佳话吗？不是还有史书上“多出美女，其貌上佳”，“以美其名”吗？

我几乎在街上徘徊了一上午。街道脏破，尘土乱飞，五月的空气中荡回着一种羊腥气。我有些出神地看着米脂的男女走过视线。这个农业城市，还保存着古老朴素的气息。男人循规蹈矩，女人节守道德。从与他们说话中你就可体会出这种留传古老的传统。向女孩问路，她未说话脸已红，羞怯的脸上，一抹红云衬出极妙的动人效果。在这一刻，这个女人是美的。而目睹这一切的我，也体会出了美吗？

夜晚住下后，我乘着夜色去逛夜景。街上人稀车少，只有街中的电影院有些男女人群，坐在县城唯一的小茶馆里，一位年老的汉子与我拉着闲话。我开玩笑讲在街上找了一天也未遇见一个漂亮的女孩时，老头儿哈哈笑起来：“我说你个后生娃，米脂美女多得很，这几年全被外地的宾馆、商店招工了。咱这地方贫瘠，有点姿色的人，都走了。穷乡僻壤，怎么可以留下美人呢？”

美也只属于金钱、富贵和卑琐吗？可是这块刚直、坚忍、卓绝的土地养育了她的珍玉～美，却又无法拥有和保存她，这又是一种多么不可思议的事啊！

带着这种几乎摧毁我心灵中美的伊甸园的可怕思想，我走进了米脂县博物馆，那里正在举办的所谓“米脂名女人展”吸引了我的目光。从古至今，这个小小的县城竟拥有了这样一批蜚声海内外的杰出妇女。她们有在美国的名科学家，或者是某些当年的红军将领的夫人，有许多我们几乎熟透了的名人，她们居然都是米脂人。她们在黑白照片上的姿容一如常人，可她们就是米脂县最美最有名望的人呀！

我知道美并不仅仅只是一种外在的表象，可美的内容我们又知之有几？站在城西的高坡上，我让人为我与米脂人合影。在照片的背面，我写了这样一句话：与美合影。这样不知是否使我显得过于矫情！可我不是个虚假的人，我写这句话，只是不想让我的梦失落，人总该为自己留下一些想象与美的梦，如果连这梦也没有了，那这个人，几乎就很可悲，很可怜了。而米脂县，充其量也就是人们流传与想象的梦。对于美的热爱，使它成了想象与传说中美的墓地，而南来北往的与我一样觅美的人们，只是为她的名声，为她的传说而来吗？在这里，能够在失去美的同时，找到了传说与美的根源，则又是多少人的幸事啊！

离开米脂，我想，这个小城市之所以成为美的象征，不过是因为人们为美塑造了一座活的纪念碑罢了。

米脂很美。

黄土延伸

我时常觉得自己是脚下这片黄土上的一个微点，或一株植物什么的。在一生的四季中，承受了黄土最大的恩泽，像一株不会屈服的小草，长在干枯的戈壁边缘。这些贫穷的图像主宰着我的一生，我无法摆脱命运的追索。

我所面对过的土地，终生镌刻在我的心里。它们无形的手击打着我们。在面临的日子中，它黄褐的面容饱含人生的所有内容，那些屈辱的裂痕上，那些蕴满悲怆之音的高岗土丘，那些贫瘠干枯得像死海一样的生命禁区，那些肥沃着并养育着万千植物与人类的平原……我们一出生，就开始了这种艰苦的认同，面对一把黄土的悲哀，愤怒，绝望，幸福，这些人世间绝大的悲欢境界，每一个心灵健全的人，都会听到生命对自己所给予的判决吗？

轻松高贵的人，站在他自己的坟地边，倾听着每一种最细微的神语，任凭人世的惊涛骇浪，在心间一掠而过，只有心是平静的，他的脚已完成了自己的使命，像树一样，把根扑进母腹的深处，而不惧怕风暴的啸叫。可树完成的是对青天的拥抱，人类所走完的是腐朽，最终化成一捧泥土，生于土中，归于土中，是否人们所最期冀的结局！

我父亲的一生徜徉于那块三亩地大的麦田。在那块巴掌大的黄土上，新麦子年年摇着敏感的手，从泥土中一跃而起，那些波浪的形状是老父亲的生命，又将夺去他的青春。可虔诚的父亲年年大年三十都要去地里放一挂喜庆的鞭炮，放一碗麦面饺子，在田地的中心，还留下一个年迈老人的跪拜大礼，他说敬土就是敬神，土地神是百姓的真神。父亲是土地的崇拜者，是乡土的儿子，我也是。

有一片自己的土地是上天对自己的祝福与恩赐，是每个人一生享用不尽的财富。我在已经掀过的每页历史中，都发现人世沧桑与黄土有关。那些征战杀伐的号音，在寂旷的浮尘中嘹亮如初。农民们为拥有一块自己的土地，洒下一生的艰辛与眼泪。王为扩大自己的疆域，改变着自己旗帜上的颜色与形状。我的心在战栗，我的脚行走在每一片真实而坚强的土地上，就像行走在母亲的身边，牵着母亲的手，我感到了一个游子的无依与软弱。母亲，我撕下那一页页发黄的日历，为她祭奠。那些最伟大最渺小的灵魂，全在火焰中跃动。你们都是些挚爱母亲的儿子，可你们在回归的过程中，体会出了母亲心中最深的隐痛吗？

她的血泪如今全写在你们的名字后面。你们把名字与过程留给了来世，而把有罪的躯体还给了黄土。在那些石碑的后面，你们会体会到母亲欲哭无泪的热爱吗？你们这些或卑鄙或尊贵的人。只有母亲，才会原谅你们的功过！

这些抒情的长号，在吹奏中击打着我的魂灵。我觉得自己在人世间，是那样小。我常独自坐在静夜深处，谛听土地的呼吸，循着蝈蝈的鸣叫，我听见了玉米的根茎吸收母亲乳汁的咂咂声。我听见了生命的蠕动，看见了我心灵的图画，一个少年对于母亲的崇敬，是那样坚实而美丽。

这几年，我孤身长旅，浪迹四方。在西北许多荒凉贫瘠的大山河川，我都看见了生命在孤清与绝望中的奋争，那些透出石缝的一丝丝鲜苔，萌发出耀眼的光芒，在旅途上，是它们像一盏闪烁的阿拉伯神灯，悬在我一生的头顶，照着我。我知道活着多么好，活着就是战胜死亡，最后，战胜自己。

土地是最大的宗教，能够为这门宗教而殉身以至充当它的发言人的，都是世上最爱土地的人杰。他们一生把辉煌的足迹，印满我们心灵的田园。在那些思想的土地上，闪烁出最美丽的花，轻抚我们的伤口，净化我们的心灵，打开我们通往文明的路径。秦始皇、成吉思汗。他们在打马飞驰过这广阔的土地的时候，他们听见的又是什么呢？是感慨，还是叹息？我想，一定是满眼的泪水。

多么想真正接近土地，可土地存在于每个人不同的血中，骨骼深处。是她，在影响着我们，操纵着我们。我想起一位诗人在他的《与死亡对话》中的一句叹息：是谁在时时毁灭我，又给我再生的机会／是谁让我活着像尊神，死去如风逝／是你吗？骨骼深处的上帝／你：神。我在感动中向土地靠近。／是你，温暖的土地，伟大的土地，尊贵的土地，流血的土地，在追赶着我们，在爱着我们。

黄土，我灵魂的颗粒。在生命中，我感受到了你的心跳，我听到了你的声音，那是博爱的声音，母亲的声音。

第五卷

换根

杀羊

我磨着那把已经生锈的刀，铁锈在冬天的磨石上漫渗而下，落在地上便是一颗颗的血渣。我的手也被这锈染红了。我有些寒冷地缩起手指，内心不知为何却总觉出一种极为空荡的感受。手在用力，心却迷茫。这种罕见的心情已经伴着我有多日了，而随着这一天极快的侵入，我知道这一切终于要发生了。从清晨开始，弟弟就把这把屠刀从墙缝中抽出扔到我的身前。娘默默地堆起干柴，热烈的火在一遍遍地舔舐着黑锅，不用回头我也可以看见那束火。我继续用力磨着那刀，沙子和水使其抛弃了迟钝，那尖利的面孔令我寒冷。明亮的锋刃闪着迥异的光，我不由得闭上了眼。

就在此刻，一种不可思议的感觉令我悚然，仿佛是宿命，仿佛是死亡的光追上了那个要离开这个世界的生物。我的背有种芒刺加身的灼疼。那些轻微的撞击一下就使我停下了手中的刀。我回过头，看见那只脏羊挣脱了绳索，它静静地站在我家窑前的水井边。一双柔和细媚的眼多么尖利啊！闪着温和善良的光，宁静地看着我，看着我手中的刀，身旁的铁锅和火苗，那双巨大的弯角曲着圈儿，上面全是沟壑。细细的毛绒上黑秽遍布，它肯定站在我的身后许久了。它肯定看见了我把一柄生锈的铁磨出锋刃的决心和恶了，它肯定已经知道了灶神的香上，要有一匹被剥下毛皮的全羊吗？

我有些茫然地看着它，仿佛看着奇迹。这时寒风轻轻吹来它身上的腥味。那种甜甜的带有令人窒息的羊膻味儿，一下就深入到了我被封闭得太深的心尖上去了。我被这味儿一下就抓住了。不，是我一下抓住了这种味儿，抓住了那些丢失已久的记忆。一些久远的类似于诗的东西瞬间涌起。越过那只羊，我一下子抚摩到了我的 3 岁，牧羊的光阴，低头与一只羊相依的少年历程。

回忆使我忽然很感动，我使劲吸着深冬清晨寒冽的气息，那气息中因增加了种腥味而使我备觉伤感。实际上，从一开始，伤感便使我无法自持。那天，当爹说要杀羊时，我便为老爹的决定而显出忧虑。我说爹咱们杀了那头猪吧，那头猪已养了4个月又蠢又笨，整日散步没有多少意思的。可精明独断的老爹端详了那头伪绅士似的4个月的猪，还是牵过了这只羊。因为这羊养了3年了，而3年的老羊又能做什么呢？3年里弟弟的小女儿喝它腥甜的奶浆度过了婴儿期，当我这个已学会说话的小侄女可以断奶时，这只羊又可以做什么用呢？

我实在回答不上来，可我建议杀猪而不是用这只羊去成为祭品，有我更说不出来的隐秘的内心情结。但究竟是什么呢？我一直看不清楚也无法回答。可我坚信，人总是有一种与自己心灵相对的物存在。有时你可能会因为一只飞鸟而改变信仰，或者因为偶然的事变毁灭了自身。那些东西实际上并不存在或常年相随，但一经出现，却注定了对你的侵犯与伤害。我至今无法忘记的是那只羊，那只1岁半的小羊所给我的教育与抚慰。

12岁以前，我是一个被贫困打击着的小孩。我至今所能回忆的童年，只是一些饥饿，被父亲斥骂，没有玩伴，没有自我的字句和图像日子。是这种锻炼让那个12岁的少年敏感而又怯弱。13岁生日那天，娘从外面牵回一只小得如同婴儿样的山羊。那只羊蹦跳着优雅的童步闯入我的眼帘时，我便发疯似的喜欢上了它。那只羊多么地美呀，一双眼睛黑得没有了比喻，白晶晶的毛发一根根地扎着我的眼睛，抱着它，我觉出自己的孤独一下有了依靠。13岁的孤独与一只离开母亲的山羊相比，是多么的渺小啊！我整日里与它待在一起，我们在夕阳中的草地上一起行走。它吃草，我念汉字。它一天天地长着身体，我一天天地告别时光。我依赖着它的善良。它寻找着我的呵护。那段日子，我深深地染上了这只小羊身上的一切。怯弱、善良、忧郁、敏感。呵，这一切是静静地发生的吗？有许多时候，我被它渺小的举动不断打动。我自以为了解了一种动物。这种幼小的锻炼使我如此极端地热爱生命。我总是在每时每刻妄图把手伸向那些被屠者、残者和失败者，每当见到羊，我总是要想起它。想起那次让我刻骨的感受。

我的村子在黄土塬上的高处，每天放羊我都要走许久的路。那个黄昏我走得有些忘乎所以了，当我把羊从草上赶走时，迟暮已经漫布。大地迅速变黑。我看着锅底似的空宇和静得令人害怕的空夜，跌跌撞撞地向前摸索着回家。这时我犯了一个错误，我忘了回家的路。当我和羊在暗中攀上一个高崖时，山下遥远的一星暗火才让我觉出了孤独和害怕。我哭了，13 岁的哭声也是可以原谅的呼唤啊！我紧抓着牵羊的绳，摸索向前。这时一块石头松动了，我被一种无形的力量拖动着向下滑去。惊叫使我下意识地抱住了那只羊。迅速的碰撞和下降使我失去了知觉。不知过了多久，在梦中我被一点凉丝丝的腥膻味抚来抚去，那种轻轻的温暖的触动使我迅速醒了过来。星星不知什么时候已经显出了远光。在朦胧中我看见羊在我的身边，一下一下地拱着我。我没死，羊还活着，看到我醒来，羊那双眼一下亮了，我肯定被这亮光给唤醒了。我迄今也没见过那样亮的眼睛啊！那双眼睛与人类的一样啊！闪着善、明亮、美、自然的光呀！我感动地抱着那只羊，这时我才看到那羊的一半压在我的身下，它的下腹全是血，两只腿已折了，头上全是血。是我压死了羊，是羊救了我。我的哭声一下下地在刚刚黎明的清晨中传出了很远很远，羊就在我的哭泣声中，低下了它高傲的头。

父亲和乡邻没听我的哭求，他们把这只救过我命的羊的皮剥了，炖熟了它的肉。看着亲人们为它的美味而露出的幸福笑容时，我第一次知道了什么是善什么是恶，什么是以怨报德。也从那以后，拒吃羊肉成为我对这只羊最后的赞美。我无法接受人们对待善良的态度。当我也无力去改变这个世界和人类的时候，我只能用改变自己，修改自己来表达我的态度与愤怒。

那天，我为这只羊在那座山坡的下面造了一座衣冠冢，里面放着它的外衣——那张上好的羊皮。上面插了 4 棵松树，还种了一把它爱吃的长尾草，以此来纪念我认为这个世界上最应该记住的动物。去年我回家时，到那里去看，发现那 4 棵松树也被人砍了，残酷的乡人呀，你们真的不愿意留下一点让我怀念善良和爱的证据了吗？而砍去了这一切，下一步你们该砍的又还有什么？

想到这里，我的眼泪几乎要流下来，我盯着那只肥硕的羊。美丽的羊啊！你们是些什么呢？没有自己的家，低头啃着别人的草，忍受着草成为肉的漫长时间。在人类的栅栏里，被精心地养育，又被精心地呵护，可那结果呢？就是在这柄刀锋上，走过去，留下自己。而真的可以留下吗？

这时弟弟不耐烦地看着我，走过去把羊抓起，像抓一把草。羊挣扎着，但却又是多么无力，只有一双眼睛，死盯着我。羊呀，你为什么总看着我？

弟弟夺去那把刀。

羊最后的叫声凄凉而又绵长。弟弟有些顾不过来，便骂了我一句，要我帮忙。我忘了伤感，也忘了眼睛。我记住的又是什么，……本性？

我的手迅速按住了它的腹部，那柔软的没有暴力的腹部。弟弟准确地把刀捅了进去。羊只叫了一声，便离开了我。我终于看见了人心。

但我也永远不会愿谅自己了，不会原谅自己的右手。

最后一个鼓手

腊月二十三，我们家开始接灶神。

早晨起来的时候，父亲披着我送他的那件旧羊皮袄，在雾中咳嗽了一会儿，之后放了一挂鞭炮。太阳就在这时，挂在我家东方那棵巨大的粗槐树上。在浓厚的大年气氛中，我是深深陶醉的一个归乡人。勤快得令人有些不知所措的是母亲。她与弟弟已把家中的家具全部搬到了院子里。一股浊重的霉味和尘土的颗粒弥漫在寒冷中。一年中最后也是最初的扫除礼仪，是为了把灶神放在干净的凡间。我在这种扫除中，认真地清理这些堆积和附着了一年的脏垢，一堆堆的灰土离开了我家的旧室。而这时，蹲在晨阳中独自吸烟的父亲，古怪地搓着手，领着我与弟弟来到那孔已经没人再住，成为我家的粮仓的老窑里。父亲抖索着扑通跪在那面硕大得令人有些惊讶的鼓前，我知道一年中它发言和迸发的时间到来了。这面我家的鼓啊，在父亲的长跪中沉默不语。我和弟弟在父亲的注视中，打开那缠着几层的土布。盈积的尘土迅速离开了鼓面，它们纷扬着拦住直射进来的太阳的光线。父亲的脸模糊了，我和弟弟的声音消失了。我听见一声沉闷的呻吟。不，是呼喊的声音，静静地升起来了，在这孔空旷的窑中。我一下觉出了憋闷和压抑。鼓放在了院子里，它圆鼓着一种稳稳的形象，在院子中的这一角，赤黄的沉默和冷冷的颜色，立即显示着一种不凡的存在。我看见父亲孩子似的抚着那镶着铜片的鼓沿，他的糙手擦净了时光的浮尘。那种赤红的边沿在阳光中似飘游的火焰。这时父亲的脸上呈现着一种朝圣似的悲壮。他抚摩着两枚粗壮的枣木鼓槌，一下一下地擦拭令我心旌摇动。我知道父亲的节日就要来临了。这个老鼓手，这个一年中只敲一次鼓的孤独的人哪，你真的听见了鼓的召唤了吗？

赤阳升到大地的正中时，父亲让我和弟弟帮他把鼓抬起，向我们身后的宝崖走去。缓缓上升的土山，就在我与弟弟的粗喘中站在了我们脚下。鼓这时“站”在一块平整的巨石上。范村踩在了脚下，村中炊烟和鸡鸣此起彼伏。此时的俯视让我与弟弟有些压抑和无奈。我知道父亲又要敲鼓了，又要开始用他等了一年的心情及重复了若干次的感想，来敲鼓了。为听这次鼓，我特地从遥远的甘肃，赶回了晋南。

黄土上最后的风起来了。父亲扎了扎那条黑色的腰带。这时我注意到他的两眼迸着一种亮亮的光。那种光让我察觉出了人生的精华和青春的再现。父亲的手在我的惊呼声中忽然举了起来，那种矫健的步伐和灵动的身姿，成了一个幻影。我看见红色的绸带飞舞起来，木槌砸在鼓面，一种让人停止呼吸的沉雷爆响了起来。咚，咚，咚，咚，咚咚咚咚……，一个个音符回旋在空旷中，树木在激烈的暴击中静止。一只兔子停止了奔跑。远处的苍鹰一划而过。村中的一切都消失了。高原上的风啊，掠着老父的手。一切已经处于忘情。汗水染湿着他的衣服。我和弟弟战栗着不可自抑，一种痛彻心扉的哭喊撕破了我的嗓音。鼓啊，这乡村古来而圣洁的祭物，以一种可怕的音节和鼓点，传递了父亲和土地的心情。它是多么粗糙，又是多么深重，深重得让你听出了哭泣的面孔，残存的手，大灾后的点滴经历与活着、存在着、消失着的生存和惨烈。

鼓声仍在响。在回忆中，我似乎看见 12 岁时，祈雨的人，离开乡村，走向土山的巨大鼓阵。父亲赤着青黄的上身，巨大的令人无法忘却的悲哀袭击着他，对于自然的无奈和强烈的期望使他把鼓打得忘情而又激烈。那时我跟着人群在鼓阵中，希望和沮丧一起打着我。

赤阳没有被巨大的鼓声击退。一连十天，它的光焰吸净了村西的汾河，烤干了青色的玉米。大树在枯干中冒着青烟。人和牲畜一起喘息。绝望和太阳的无礼激怒了父亲，这位刚直浪漫的汉子愤怒了，他在敲了一遍祖传的“秦阵点将”的套曲之后，猛地一跃，一头撞向这面祖父传给他的鼓。鼓在父亲狂怒的一碰中，一声爆裂，撕开了一个大口，鲜血溅湿了黄土。那声猛烈的嘶哑的一击传出的爆响，让一切的鼓黯然无声。哗，祈雨的父老们跪在了尘埃，跪在了这愤怒和渴望交织的大地上。

父亲从此离开了这鼓，父亲常常喝醉。一醉了就哭，就喊。他说，要鼓有什么用？要声音有什么用？要我的木槌有什么用？这样反复地自我诘问一天天让他丧失着信心。我知道一个鼓手离开鼓是多么痛苦的自渎。而在传说与故事中，我家的鼓曾经多么地让我暗中自豪。这鼓是我家十几代以前的先祖，在山中猎了一头最猛的野牛，在四季的搓揉和多年的腌制后精制成的，它的声音曾是晋南一带鼓手中梦想了多年的绝音，有经验的锣鼓专家，一听就知这是最好的鼓。它发着罕有的钢质的音。在重击中，你听不出沉闷，在轻敲中，它的回音可以让人心碎，十里之外就可以辨出风中这种独有的妙音。父亲死了就传儿子，儿子死了又传孙子。这鼓与家谱一样，成长着一个家族的历史和荣耀。作为我家的图腾，它的神秘和传说是多么的让人着迷。但我的父亲撞破了它之后，就再没有传给我们，并且不允许我们摸一下，接近一下，我不知道，父亲是否将成为我家最后一个鼓手？

7 年过去了。我在外成了游子。孤独的父亲在一天醉后，用一根长得令人无法想象的牛筋，缝着鼓的伤口。母亲在我归来的黄昏中告诉我。父亲用了 100 多天才将鼓缝好。我看了那鼓，如果不是有细线般的迹痕，那它就是完美的。如果不是有一种历经了沧桑之后更加让人心动的杂音出现，那它就仍是孤独的。我知道，对于一个鼓手来说，一面鼓的残破和它的复生一样伟大而又令人心动。父亲缝上了鼓，可他能缝上自己内心的伤痛吗？

我默默地看着父亲击鼓。最后那套著名的“秦阵点将”的声音出来了。一切的万物开始静肃。战争、废墟、古军阵、流亡的时代、单纯的诗句……在这种聆听中，我觉出了家族的漫长，一种心领神悟的觉悟让我感动。

我在鼓声中看见汾水向前流去。父亲的泪水开始涌溅。在自己的感动中，他扶着鼓，软在地上。他躺下拒绝我的搀扶。他喃喃着说：我终于听见了……

听见什么了呢？我不敢问，也不敢想。但我知道那绝对不是忧伤，也不是失望。

换根

我一直怀疑自己是不是一个符号，一种昔日的精神寄托，还是怀旧的想头？在6岁的灶头，我看见母亲把一块大的树根，塞进火炉。那些幼小而热烈的火苗让我心疼而又忧伤。我问我的娘：你烧我干什么？我娘说：根娃，我烧的不是你，是树根。可它们是根呀，我哭着。6岁的泪并不可改变世界，也不能让人世忧伤而难忘。可我的爷爷听说我为烧“根”哭泣，泪水立即溅了出来，抱着我一语不发，满面感伤。

我的忧伤是我爸与我妈叫我根。这名字一出世就开始等着我了。我的爷爷翻着破旧的辞书，仿佛翻着一个家族的秘史，而这史迹的一页就要由我这个偶然涉足红尘的孙子代替了。那些神奇的生育的秘密呀，那些让人感动的活着呀，在如今的后世，我只有感激。在我降临到这个村庄的土炕上，发出响亮的一泣时，我爷的哭声与我一起惊动了1969年12月31日的子夜。爷的泣息是因为我可以传世。我的哭泣是对这个世界的陌生还是敌意？我爷亲着我的小肚皮，站在院子里唱起了蒲剧。一曲唱毕，他就像扔一顶帽子一样，扔给了我这个名字：换根。

多少年。我被亲人们“换根”地呼叫着。多少年，我走在冷漠的尘世，却不明晓这个小名的真实含义。我只是认为它是一顶帽子，一顶让我觉得非常神秘的帽子。它为什么会这样，不是狗剩、二狗子，而只是换根！

是要一种比根更深沉的东西换掉吗？

在这种疑问出现的时候，我已经10岁了。10岁的冬天，爷爷的咳嗽声终于要停止了。在这一刻，爷的冰凉的手令我恐惧。可爷却使劲地抓着我的手，把我抓得那样紧、那样沉，至今，一看见爷的画像我便觉得手一阵疼、一阵沉。爷，我说，爷，你怎么了？我爷想说什么，可却被剧咳堵住了。可我知道，他在叫我，他终于喊出了我的名字。他说，换根，换根，换根呀，你要把根守住。

话一喊尽，他的人生也就尽了。他似乎做了他该做的事，便把没做的剩下给我了。我爷没说，可我觉出了。一个10岁的幼小灵魂已经感觉到了，我知道我触到一种东西，一种火，一种令人忧伤又明媚的使命。

知道结局是在一分一秒的点滴生活中开始的。我渐渐地看出周围人生的不同。爷死后的第三年，我家从那个很远又很穷的叫“阴比”的村里回到了平原，回到了范村，回到了一个更为庞大的家族之中。仿佛一滴细小的水，我又汇入了更多的水里了。可这水，与我所认知的又多么不同。这个家族姓张。我的父亲也姓张了，这之前他姓的是师呀！随后来到人世的弟弟，两个妹妹也姓张了。在这个姓张的有几十口人的家族中，我又有了姓张的爷爷，和更多的姓张的伯、婶和兄妹。陌生和屈辱就在此诞生了。我终于发觉自己的格格不入，自己的陌生，类似局外人的身份。因为，亲人们都用异样的眼神待我。我知道，自己多么可怜，多么孤单，我是这个家族中唯一一个异姓的人。

我哭了，我问我的父亲，父亲只是沉默。我问我娘，娘流着泪，人们不回答我，也不理我。世界开始距我远了。我失去了笑颜。在10岁的人生中，孤独过早地侵扰了我。我在范村可怜地走着自己的路。一个人在夏天割草。一个人在春天看蜜蜂。一个人冬天踏雪。一个人在为秋天发呆。我常常一本本地看着20世纪70年代的小人书和通俗的翻译小说，在这种孤独的锤炼中，我走得与家族与亲人越来越远。忧郁在我的额头刻出了皱纹。我知道肯定有一种秘密的东西正被人收藏，是这种暗藏的东西和理由让我受伤。

少年的沉默和抵抗让父母厌倦。我的泪常常夜夜四溅。我一遍遍地在纸上写着“换根、换根”这几个字，可没人告诉我谜底。

事实的揭穿在我18岁的一个夜晚。作对的心态让我产生了逃离的念头。我忽然向往起了西部，铁马西风，狂沙巨山，伴我纵横。

这个消息让我爹怒上心头。狂怒使他凶暴，他扑上来，使劲地打着我还嫌稚嫩的18岁的身子。那一刻，泪水没有涌出，我只是有些悲哀，有些痛苦之后的快感。我要走了，我要走了，我这个局外人不知道那个秘密了，我要离开你们，离开这个秘密。

在夜晚，父亲公开了真相。这个嗜酒如命的男人，第一次平和地告诉了我一切，原来这个秘密是多么简单，多么平易呀，我的父亲却守着它，让我遭受痛苦。

父亲是这个张氏家族 10 个兄弟中最小的一个。奶奶骄傲地生了这么多的人丁，爷爷却无法养活。于是，爹便给送了人，送到了我出生的那个小山村，成了姓师的我的爷爷的儿子。而我则成了师氏家族的传世之人。爷爷多么爱我，贫穷使他没留下一张小照，可他的容颜却已刻进我的灵魂。爷爷，爱着我让我快乐的老人呀，我现在怀念你，是否已经太迟。在他的头上，蒙昧的我尿湿了他的额，可他却捧着我，像捧着唯一的玉珍。我娘说：你爷怕你命薄，便带你吃百家饭，每天去外面吃别人的东西，盼你长结实。你现在不吃肉，也是你爷惯下的病。那时他每天给人搬石头，挣下钱就买回肥肥的猪肉，炒好让你一个人吃，自己一次也没吃过啊，直到把你吃伤……在爹妈的叙述中，我的泪水一次次涌出。爷爷，你给我取名换根，真的可以把根换掉吗？在临走的月夜，趴在爷爷的坟头上，我一次次地念着爷爷的名字。爷，我相信你已亲近过我的血。爷，我知道在另外的一个世界，你的期待和遗愿比花还要美艳。我的花开了，我的生命开始了，我是一种传世的火，它将从我的手传向另一个人的手。

在填写报名表时，我庄重地写上师这个以前觉得屈辱的姓。并把它作为我终生的符号，传给我的儿孙，像河一样，向下流淌。一种愿望和理想的流传，它其实比生殖的意义还要让人留恋，让人惊叹。

这时我想起一个诗人对于家的令人惊异的诗句，“谁知道死亡的声音，它走在蒙尘的异乡，是为了看见自己的根，谁听见昔日的惊雷，母亲，她正抚摩着你的声音。”

是根，是这种让人皈依的神圣的思乡的情感，感动着一代代离乡的人。仿佛树，它的叶子长得多么远，秋风还会把它送回根的身边。走在范村，人们唤我“根”的昵语让我出神，让我感动。因为，我是爷爷在另一个世界留在红尘中的唯一的一个脚印。

与鼠为邻

我离开那间屋子的时候，心神稍微犹豫了一下。这是间什么样的屋子呢？我最后一次打量着它。我不知道今后还能不能再来看它一眼，这一离开，也许就永远也不会再踏入了。我记得从离开家到现在，在外飘荡的十几年间，我已经换了不知道有多少间屋子，就像不知道走了多少的风雨路程。而那些屋子几乎成了我唯一的纪念和驿站，使我在事隔多年之后，还能够想起自己曾经的风雨人生的每一点记忆。而每离开一个屋子，我就离开了一段记忆，一个故乡。我总是走得太过于匆忙，匆忙得只把它们锁在夜深人静时的梦乡，而不忍心或者不敢正视它们。所以，当我在这个孤独的冬天，又一次面临离开的时候，我想最后再认真地一个人在屋子里待会儿，哪怕待在它空旷晦暗的气味中，我也会独自原谅自己。

屋子里一片劫景，地上到处飞舞着纸片。像每一次离开一样，我都把一些不用的而当初对我很重要的东西全部都扔了，我只带走了我以为有用的东西。可那些东西真的有用吗？我有些淡淡的伤感。这时暮色悄悄走了进来，屋子里暗了下来。我微醉般地坐在那张将被我废弃的床上，点起一支烟。我想烟吸完了，我就该离开啦！

我轻轻地把眼闭上，想，这屋子真是太适合于休息了。简直就像一个大大的壳，我在这个壳里，居然一待就是一年多。确切地说，有 100 多天，我就待在这个壳里。我没有机会见到阳光，护士用窗帘严严地把它给遮住了。我没有可能溜出去，是因为我的双腿已失去了支扶我的能力。准确地说，那会儿我是个病人，我是个躺在床上的病人。

我在去新疆野游的路上一次不太浪漫的登山中，滑跌到了山下。等我醒过来时，我的双腿已被打上了重重的石膏，它们被吊起在高高的床架子上。我想动一动，它们沉沉地坠着我。它们现在已不属于我了，它们断了。这是我第一次受伤，医生说至少要在床上躺100多天，我问：你是说我将有100多天一动不动，什么也无法见到，只是一个人躺在屋子里听风在门前走来走去，而却无法看清楚它的表情，也无法去与它们说话吗？那医生肯定地点了点头。我头一次觉出了生病的可怕。刚开始我躺在医院的床上，周围都是与我一样的残缺者。大家都一声不吭地坚持着尊严。病人与病人之间，真是太让人觉得残忍了。大家都努力地做出一种正常的样子，竭力只与正常人交往，而忽视了自身的残疾。那时，我恍然悟到残疾者相互是不可能成为朋友的。残疾者歧视的仅仅是同类者，我感受到了一种侮辱。我当然不愿生活在侮辱中，哪怕是我自己感受到的。我忽然害怕起了与他们相处的日子，那一刻，我心底里想到的只是对自己的珍惜。我忽然觉出自己的重要，我很爱自己。我觉得自己在他们中间真是孤独啊！我当时奇怪地珍视孤独。这种看起来挺怪的爱好，使我提了一个真的不算太合理的要求，我强烈地想念自己的这间小屋，我要求搬回去。医院破例同意了，他们答应每天派人来送饭给我。医院答应我的原因是病床真的不够，而我又住得与医院较近。我被几个人抬着进了我的房间。我的房间因我的出走变得晦暗与潮湿，阳光被挡在窗帘的外面。房子因背阳显得阴暗了些，却让我有种莫名的温暖。

晚上我打开台灯，阅读着聂鲁达的《我曾历尽沧桑》，我沉浸在一种强烈的感动中，那会儿，似乎这个美国人的一切都与我有关，我觉出种无垠的孤独与共鸣，一种沧桑的气息让我微醉。我又有机会面临自己了，但我没想到，面对自己其实就是面对孤独。这样暗自的日子没过几天，我便被一种阴凉的寂寞给覆盖住了。我时常被那些偶然的空白给打断，寂寞使我常常呆呆地听着屋外的风声和偶尔的笑声。我就在这些优美的音乐中慢慢地睡去，又醒过来。那时，我的恋人刚刚离我而去。我的父亲在我的腿失去的时候离开了世界和我。我觉得自己真像一个被抛弃了的人。仿佛我是一个局外人、旁观者。时常地悲伤淹没了我，后来恐惧也离开了我，再后来就是胡思乱想，再后来我连想象也失去了，我觉得孤独几乎就是我，我就是孤独！直到有一天，我在昏睡中被一阵异样的啃啮声给唤醒。我用眼睛四处搜寻，天，原来是一只小小的老鼠，是一只老鼠闯进了我的世界。我从来没见过这样漂亮的老鼠。它蹲在晨间一束从门缝中斜射进来的阳光中，专心地捧着一只我随手扔掉的苹果的残核。它在嗅一只苹果的气味?

它咬得挺认真，像在干一件工作一样心无旁骛。一身细细的白毛在光线中显出淡淡的白亮。哦，那眼睛呀，简直就像两只小小的黑珠珠，真亮啊！我有些感动地看着它。这是我一生中头一次对一只老鼠产生了兴趣，并且欣赏着它。这可真不像我以往的心态。以往的老鼠只是一种被我厌恶的东西。我莫名地讨厌了它二十多年，却不知为什么。我想，人无缘无故的憎恨真是莫名其妙啊，后来我还发现了自己的可悲之处，恰在于我还看到了自己身上嫁接和继承过来的憎恨与喜欢。而彻底一想，那些别人让我憎恨的，我心里竟有着对它的喜欢。而以前自以为喜欢的，却仅只是一种概念，我相反真的恨！比如对这只小小的幽灵般的老鼠。

我从床上侧起身，试图把它看得更清楚些。可我的友好却惊动了它。它惊惧地遥望了我一下，嗖的一下消失了，它消失在了我的床下，我就再也没有听到它的脚步。仿佛它从来就没出现过一样。我心里稍微有些酸楚，老鼠与人一样，也充斥着敌意啊！我感叹着，用力拍拍床铺，试图惊动它。可它却伏在一个什么地儿，一动不动地听着我的声音。

我头一回觉出这声音真的太空旷了、太遥远又太陌生，陌生到了连一只老鼠也不会呼应的地步，可我还是有种淡淡的兴奋，这房子里又多了一个生命。至少我将呼吸到它的气息，而它，也将会呼吸到我。我有一刻，甚至有点淡淡的兴奋和期待。

我这样想着，慢慢地滑入了深睡中。我的梦中终于有了新的卡通内容。那是一只小小的精灵般的老鼠，它会唱歌，还会跳简单的小舞步。它的胡须真长啊！我笑着用手去摸它的胡须。它张开了尖尖的小嘴，轻轻地吮着我的手。还吻着我的臂，那种滑滑的感觉真舒服啊！我被这种奇痒惊动。睁开眼，却看到它悄悄地蹲在我的身边，轻轻地吸。我一惊，下意识地抬起手，用力向下打去。它似乎没想到我会很快醒来，吱的一声惊叫，从我的手中挣脱。一拐一拐地跳下床，逃了。我有些惊怒地呼喊着，侧身向床下乱扔着各种书本，试图砸中它。

可床下只有个深深的洞，它回家了，房子里只有我一个。我终于累了，心中却觉出一种难言的舒畅。我有些不甘地躺着，同时却终于不能原谅自己仅仅在瞬间的思想转变。我不知自己刚才还对老鼠涌起的一点好感，为何竟如此地不堪一击。看来，人心中形成的憎恨与好恶，已经融进了每个人的血液。有时你以为自己变了，可实际上你永远都不会改变。我忽然觉悟出了自己的虚伪，人的喜欢其实是有限度的哪！我们有时只愿意远远地喜欢它，其实喜欢的并不是它，而是心中的某种时刻的感动。

可我没想到，这只老鼠从这天开始，却真的介入了我的生活。我的房子原先真的太安静了，静得似乎只有我的呼吸声。我被这种寂静覆盖着，只有寂静才可以压灭一个人内心的欲望啊！我被这种寂静追踪久了，就干脆把这种寂静当成了寂寞。这时，我发现自己强烈地思念这只老鼠。这只老鼠也许被我打伤了，有好几天都闭门不出。我都有些担心了。我甚至开始悄悄地忏悔。但不知为何，我却在潜意识中感到它还活着。我很奇怪自己的感觉，我想这只老鼠与我一样，一定也很孤独。它一定也像我一样，缩在一隅，静静地养着伤。却无法听到关心的声音。我都有些同情它了。我躺在床上想象它疼时的样子。后来我也意识到，只有寂寞的人，才可以听见老鼠的寂寞。大约过了一周，它终于出洞了。我躺在床上，忽然听见它的脚步，当时我不由得想到一句诗：寂寞像老鼠，它终于出洞了。我屏住呼吸，轻轻地注视着它。它露头了，身上的毛又脏又乱，一条腿拖着，它的左腿被我打断了。它也与我一样了，我有些难受地看它凑近一块旧面包，使劲地吞咽。我努力不让自己打扰它的饥饿。我可以想象到，一只断腿老鼠的可怜。我还有人送饭吃，可它呢？它也许什么也没有，我又找了一只苹果，轻轻地掷了过去。它惊恐地瞪起眼，吱的一声消失了。我有些怅然地看着它消失的影子，很难过。

老鼠也许真是精灵，它不久就看懂了我，看懂了我甚至不如它那样可以自由地拖着腿行走，就变得有些胆大起来。有时会在我的注视中大度地散步。偶尔拖过一本旧书，哗哗地咬半天。它咬书的动作真妙，咬三张，仿佛回味一般，又把这三张撕去，重又翻过三张，开始咬。咬完了，又尿一泡。我真不喜欢它尿在我的书上，我就用书去砸它。这样的战争每天都在发生。每当它去撕咬我不喜欢的东西时，我就高兴地看它胡乱折腾，懒得去理它。而当它去动我喜欢的东西时，我马上就会去收拾它。可这家伙的精力太旺盛了。晚上它老惊醒我。我每次醒来，都非常恼怒。我最讨厌别人打扰我的睡眠了，即便是老鼠也不会原谅。我又用书用力去追打它。它只是吱吱叫着与我绕圈子，根本就不在乎我。这使我非常感伤。其实，人类似乎永远没有胜利的时侯。

后来，在我的腿快要好的时候，这只老鼠做了妈妈了。可恨的是它把巢做在了我放旧衣服的木箱子里。这只箱子就在我的床下。每天听着这一家老小叽叽喳喳的天伦之声，我又羡慕又气愤。每当它们欢乐时，我就使劲拍打床铺，打扰它们的幸福。我发现自己那段时间的自私达到了一种不可容忍的地步了，我自私到了不允许一个老鼠幸福的地步。

再后来，这只老鼠终于领着自己的小宝宝出来散步了。那三只跟在它后面的小老鼠真像它的当初呀，浑身毛绒绒的，肉肉的，让人怜爱。我有些嫉妒地看着它们走来走去。一种局外人的感受油然而生。我几乎下意识地觉出，它们似乎才是这里的主人，而我不过是个旁观者。再后来，我病好了。我重又回到了生活中。

这时我却发现，这几只原先给我带来多少欢乐的老鼠，在我的眼里一下子变得有些不可容忍了，它们的出现让我心烦和厌恶。我在房子里追赶它们，全然没有一点的内疚。这时我才明白，人在弱小时，才会需要弱小者的同情，甚至同情弱者。可我现在呢？我几乎不会原谅自己的粗暴。我终于要杀死它们的那天，是个晚上，这几只老鼠疯了似的到处乱跑，我恼怒不已。第二天起床后，我把那只箱子忽然盖住。这一家人也许还在睡觉呢。我把那只箱子拖到院子里，浇上汽油，点燃。我看到风把火焰吹得呼呼啦啦，内心涌起一阵无言的快感。我听着它们在火中惊叫，竟无一丝的羞愧。这时，那只老鼠突破火焰，跌撞着爬出来。我看到它哀怒地看我一眼，撞在我的脚边，死了。我的心颤动着，那一刻，我终于不能原谅自己的残忍了。我发现自己居然残忍到了把朋友也消灭了，残忍到了连孤独也抛弃了。

临关上门，我才明白，自己不愿离开这屋子，似乎像不愿离开那些与老鼠做邻居的日子。

但我终于也明白，我今生再也不配做它们的朋友了，甚至邻居！

牙病

我从来不信的东西出现了。

那天凌晨，我被一种奇怪的声音叫醒了。那声音隐藏在我的身体的内部，仿佛一群怪异的灵魂，在我的肉体里缓缓地行走。它艰难地蠕动，令我的心灵疼痛，那种疼痛让我体会到了声音的可怕和内部的斗争，而更让我吃惊的是，疼痛居然是有声音的。并且那声音还带着盲目的蛮横。它在我的唇舌间来回地奔走着，如同一个失意的绅士在自家的花园里悄悄地散步，它行走时的无所顾忌使我在夜深时分惊醒，并且深深地被它所惊扰。

在疼痛中的惊醒是一种痛苦的感受，坐在床上，我才发现，那声音居然就隐藏在我的嘴里，并且那声音还有着可怕的形状，那就是它让我的腮帮子肿了起来。我在镜子里看到，一颗牙在我的牙床上一点点地摇晃。我觉出了它在跳舞时的放荡和无谓，这时我才深切地觉出，我的牙病了。

我忍着剧痛，在静夜的深处，这种突如其来的东西打扰了我，并且干扰了我的睡眠。我几乎有些愤怒，什么时候病已深入了我的躯体，并且是在我引以为自豪的一口白色的牙齿中。许多时候我常爱傻傻地大笑，其实很大程度上只是因为这口白牙的缘故。而现在，牙齿成了叛逆，我成了自己身体的受害者。我冷冷地承受着那钻心的疼痛，却无法找到病痛的原因，这使我的难过与痛苦都被放大了。那天我开始体会到了一种新的伤感，那就是在你面临一种自己内部的敌人时，所遭受到的尴尬。因为你无法不控制自己去想，去和自己的牙作战。因为，是它让我疼，不，是我让自己疼。而疼，使我体会到一种全新的感受，那就是我忽然发现了这只牙，是疼让我看见了它。

牙躲在我看不见的地方，它们都属于我，而我却无法看见它们。我们身上有多少属于自己，但却永远不可能见到的东西呀！就像人生中的亲情、伤痛、爱情，病也只是一种可有可无的只可感觉不可以发现的东西吗？很多时候，我躲在夜暗处，咬着牙，（它此时病了），一点一滴地感受着那颗牙的存在。想着一些我不可理喻的东西，一种若有若无若想象的东西，隐在我的身体的内部，仿佛一种带有腐蚀性的元素，悄悄地消蚀着我的皮肉、感觉和命、灵魂。我的愤怒迅速地积攒着，我觉出了生命消失的颤抖，生命内部的作战，可我却看不到对手的面容。它只让我身体上的某一个部位发言，用我的身体来表达自己的意愿。我在想，是自己的身体在提醒我吗？这个被我冷落了多久的自己，是想用病来告诉我，我的重要和不可忽略吗？它们用这种单纯的声音提示我，它们才是真正的自己。

我躺在床上，这时尘世开始退却，纷繁离我太远。我静静地体会着病的延伸和弥漫。我的眉头紧皱着，泪水躲在我的眼里。疼痛总是如同一些优美的真理，告诉着你，事实的残酷和不可回避。但我是幸福的，因为我是在关心着自己，关心着属于自己的身体，那长长的不太健壮的腿、左撇子的手、小眼、阔嘴，此时它们变得生动而又让人心生怜惜。一种自怜的心情成为我那些日子的表情。我不再讨厌自爱这个词了。我对着那面镜子，认真地端详着自己的脸，那张略有些麻点的脸，在镜中令人吃惊地陌生着，我几乎不敢信这就是自己那张写满几十年风霜经历的面孔。也许我们过多地关心着这个世界，可却有多少时间关注自身呢？我们的身体就在这种不经意间的冷漠中，与我们的距离越来越远，并且如同一种陌生人似的，把自己在什么时候丢失了呢？

而病这时候出现了，它们像是一些真切的灵魂，悄然出现在我们已经丢失了的躯体中，不经意地告诉你，喏，你病了。

生病其实只是自己对自己的提醒，也是对于自我的珍视。它使你在生命的中途，可以停下来，稍微看看自己，并且不致将自己迷失在人生的行程中，最重要的是，你不能忘记你。

我记得这十几天，自己是在疼痛和爱之中消磨的。那几天，我最常做的一件事，就是时常认真地在镜子里，张开大嘴，露出的白牙新鲜而又迷人，而那颗被虫蛀得空虚的假牙，躲藏在牙床的最后面，我看见它就像一块病态的玉，闪烁着冷幽的光，不吭一声地在那里躺着。我用牙刷蘸了各种牌子的牙膏，一次次地刷洗着。那几天，刷牙成了我最迷恋的一件工作。当那牙一疼起来，我就用牙刷一次次地安慰它。可它却不依不饶地用令我不安的动作——疼，打扰着我。它让我因疼痛而扭曲了脸。因疼而不断地张开了嘴。呻吟让我作为男人的自尊消失殆尽。这时我其实真想坚强。可面对那颗病牙我却无力抵抗。病真是令人类诧异的东西。它几乎不讲任何道理。我们一直不知它存在何处。当我们认为世界和平了，人生安宁了，那么病也就出现了。病让英雄倒下。让人杰离开伟业，让光明黑暗，让历史结束，让时间消失，它只呈现一种颜色。那就是萎靡、黄色、消瘦的颜色，它只有一种境界，让疼痛成为你唯一不可战胜的对手，它们蛮横、无理，偶尔温情，但是不讲道理，它让圣者感叹，逝者如斯逝去。也让凡者如我之类备觉自身生存的艰难。

躺在病床上的半个月里，胡思乱想几乎毁了我。我从没有像现在这样认真地审视自己。在病中，我几乎一下就觉出了为生活奔波的艰辛是何等的迷茫。人际争斗又有什么意义。我冷笑着看那个病外人的影子的表演，而不屑一顾地将身子放松。有一刻，我内心的安宁几乎像天空，没有云，也无风暴。那段时间令我受伤受到欺骗让我不平和郁愤的一场情感，也变得迷茫，没有感觉。我很宽容地给她写了一封辞别的信。我知道，在信中我没有咒骂她、侮辱她和发怒。全是为这场病，我不认为这种爱情的病会影响我的人生，但我不能让自己游离于物外，而忘却了真正宝贵的自己。因为，是病在提醒我，要爱人类，先爱自己。

我的牙终于在第 15 天时，要拔了。我有些无奈地在那个早晨去看牙医。路上我走得很慢，这颗牙作为我身体的一部分，伴着我走了 20 多年，而今天，它的病变却成了危害我令我抛弃它的理由吗？亲爱的牙呀，你真的是无辜的吗？仿佛是心有所感知，在我刚步入牙医的小房之时，那牙忽然安静下来，它一声不发，沉默使我忽然变得安宁。就在这一刻，我改变了主意，我要让它保存下来，因为医生说它的牙根已死去，变得发黑，它已经不再会对我产生作用了。它的病变也失去了原来的意义。也就是说，它死了，死在原来的工作岗位上。死时，它挣扎过、努力过，但它还是死了，它的死让我觉出了疼痛。

我回到了原来的房子，我很庆幸在最后一刻，它停止了挣扎。而我在最后一刻，也改变了主意，因为我不能想象，在我阔大明亮的嘴里，34 颗健壮、明洁的牙齿的队列中，会有一名缺席的战士。有一个小小的洞，让风嘶嘶着毁坏我的声音和感觉。况且让一个属于自己的东西，离开自己，总让人难以割舍，哪怕它是一颗死了的牙。哪怕它仅仅是一种病，你也不要抛弃它，因为你的存在和个性，全是因了各种各样的类似于病的元素组成的啊！

人类！

至今，在我的嘴里，那颗病牙用黄黑的面孔存在于雪洁的队列中，犹如我用本性存在于人类的群体中。

饮者

这人叫拉叶，他姓一个范村孤独的姓：苗。

拉叶说：来，喝、喝、喝……我这酒是瓶装的，不是散的。

那天是雪天，小雪粒飞动着，打着枯寒的土地。拉叶孤独地走着，走在十字路口时，他就对着这棵在村口站了几十年的老槐树出神。他从上衣口袋里摸出一把小壶。壶中是酒。他右手又抓出一个小盅，那盅是铁的，他先斟满，在寒冷中，他枯瘦的手指也不被吹动。他对着老树说，你喝吧，喝吧！天寒着哪！我老苗请你喝酒……

树不说话，老树站了几百年了，今天第一次有人请它喝酒，老树在风中已经冷漠了，老树不在乎有个人对它讲话，老树也不喝酒。

可拉叶感到了孤独，拉叶跪在树下，一杯杯地倒着，一杯杯地喝着。拉叶的泪流了下来，树下一片冰挂。拉叶伤心，可能也忧伤。拉叶哭着，很难受。

他说：无人和我喝酒了。后来，雪大了，雪片落在他的身上，他没有感觉到，雪慢慢地掩盖住了他，像个老坟。

我袖着手从二伯家回来，拉叶把我绊倒了。我嗅到一股优雅的酒香，这香味在雪花中如同一束小火苗，暖着我。我在这种类似于浪漫的意境中被恐怖惊醒。我看到了一个喝醉了的鬼，一个嗜酒的灵魂？

拉叶被我踩醒了，他说：喝酒，喝酒……

我被这种感觉打动，一个久远的人站在我面前，我知道这声音曾经令我向往，我记起拉叶在我 12 岁时，是我的语文老师。那时他常常在村南那间破旧的小房子里，露着板直的黄牙，手舞足蹈地给我们分析遥远的洪洞县的历史或者有趣的古文。分析到一半时，就用教鞭打一下我的头，说：根，你去给我拿包烟，于是给我一毛钱，去供销社为他买一包最时髦也是那个时代最好的“向日葵”牌香烟。有时他吸烟的动作常让我羡慕不已。我至今也不知道那会儿我竟会下意识地喜欢他的那口大黄牙，我十分奇怪自己那会儿的理想居然是，也有一日，可手执教鞭，右手中指与拇指之间夹紧一支“向日葵”，每天张开黄色的大牙和两只熏黑的手，教鞭一指：某，去买烟一包来……

在回忆中，我扶起拉叶。拉叶说着，喝吧，喝吧，根呀，你喝酒吗？你个小兔崽子，离开这个村子就不认我这个老师了……

我忍受着比寒冷还严重的烟气，把他送回了家，躺在炕上，他老婆为他除去外衣，可却夺不走那把小壶，他抱紧了，头缩在炕中间，牙齿缝里漏着让我有些心酸的酒味。

回到家，把这件事告诉母亲，她叹口气，好好的人哪。干啥让酒作贱自己，让那猫尿把日子给整日塌咧！从母亲断续的回忆中，我才知道拉叶居然是个令人无法置信的酒徒。拉叶喝了多少年酒，大家忘了。拉叶为什么喝酒，村里无人深究，但拉叶在村中是个人物，人们却无法忘记。苗姓人在村中是个大户，有财有地，更可怕的是有学问，拉叶上过县城中学，20 世纪 50 年代时整天在胸前别支钢笔，梳着小分头，在村子里晃悠着，一会教书，一会去村子里做事，但拉叶一样也没干成，拉叶做大队文书，有过一个野心去做一个村支书。拉叶做教师时，想过桃李满天下。但他想的事似乎永远没有边际，永远不可以实现。这也许就是他为什么孤独，但他拥有了孤独，同时也拥有了一种令人绝望的好手艺，他没事就写字，写的字似河似水似天马行空。1980 年时，一行草书震得一日本人几乎晕倒，要用 100 万日元相买。不得志的书生拉叶却傲然一笑，用范村的土话说：日你娘的，小日本，你打死了我叔，你还要书法……之后大笑三声，把那张价值 100 万日元的书法作品撕了。之后就隐在村中，不教书，不进城只看古书，与老婆一起种地。后来不知为啥开始喝酒，喝得上了瘾，像个可笑的二流子，整日围在村中间的酒馆，每天必醉一次，醉了喜欢躺在大路上，有时就吟诗，背苏东坡的“浪淘尽，千古风流人物”。有时就用一支木棍，在街头上画字。那字行家看过，有种难以言传的醉意，似乎还浸润着一种难得的酒味，有好事者就开始求其赐书。拉叶不要润格，只要酒，一瓶高粱即可，写了喝，喝了写，原来文弱的身体已没了形状，眼睛是枯黄色，牙全部被酒给泡掉了。才 40 岁，已老得没有了模样。母亲说着叹了口气。娃呀，可别学拉叶，别喝那劳什子啊！

我点点头。

第二天是大年二十九，是写对联的日子，拉叶提着一支毛笔，摇晃着走进我家的大门，这次他没有醉，但醉还是在他身上，他的身体已被酒给泡透啦！只有酒，也才可以拯救他。

拉叶说：根，给你写幅字。

我说：苗叔，我去你那儿就行了，敢劳你大驾？

拉叶讲：废话，我是看你小子还看得上我的酒才来的。说完，铺开大纸，一管下去，红纸上立时出现一片令人惊叹的墨迹，什么字已无法记住，但我记住了那幅字的灵魂。

拉叶写完一个字，喝一口酒。字写完，我让母亲炒了几个菜，拿出从凉州带来的一瓶酒，拉叶端起一抿，连说：塞外天泉，此酒却艳。我被他的艳字给惊住，我还是第一次听人如此说酒，且让人有种深刻的感受。看来拉叶对于酒的感觉已达到很奇特的境界，而这种境界的诞生和出现又源自何处？拉叶在我的疑问中，有些无动于衷地坦然，他似乎已习惯了人们对他的怀疑和不信任。他连喝几盅，并不吃菜。他说，娃咧，你不懂，喝酒一种是无事相坐，或亲朋相聚，喝的是“亲酒”，没意思。一种是对酒当歌，一人独酌，此是真饮者，但是“愁酒”，没劲，再一种是闻酒即醉，视醉如生，视生如酒，酒中相生，这是真饮者，比如我？！拉叶高见。

此语一出，我即傻在一边。我看着这个有些猥琐有些可怜的人，他真的醉了吗？他醉过吗？他喝酒是我们可以相解的吗？比如邀树喝酒，比如对河把酒，比如一人相坐，孤独无语……可为什么拉叶，你要让酒一天天打碎你的理智，让梦消失，让麻木的心在红尘中，一天天飞行却找不到栖落的树枝，并且选择着危险的方式，来让人们遗弃你，将你从人群中剥离。放在一个另外不屑为伍的阶层，这样的孤独，这样的方式，拉叶，真的是你的谜底？

在喝酒中，我没有办法去问清。我说：拉叶叔，你不要再喝了。

拉叶说：你不懂。我说：拉叶叔，听说你把家里过年用的粮食卖了，打酒喝，你不过啦？拉叶说，过，怎么不过，粮是酒，酒是粮，都一样，都一样啊！我说，拉叶叔，听侄子一句话，今后别喝了，好好待婶子过日子吧！

他的眼泪忽然就下来了，手捧着杯子，一语不发，泪水溅湿了他的衣服和酒桌，可溅不湿的是什么呢？

我把他送回了家，在路上，他看着天上的星，说：喝酒吧，喝酒吧，你这狗日的星。

过了年，鞭炮还没放完。是初六，有人跪在门外，请家人发丧。母亲出去看了一眼，说：拉叶“没”了。

什么？我被一种莫名的疼痛所笼罩，当我赶到时，他的穴已挖好，他的老婆领着儿子，把一桶酒倒在深墓中，他老婆哭哑了的嗓子喃喃着，喝吧，喝吧，你这个没良心的，黄泉路长啊！你不要再醉了……一个石匠刻着一个碑，碑已刻好，是拉叶的字，他早就为自己把一生都写好了，他走得真干净，如同他在这个世界上的每一步。只有两个字的墓碑上刷着红色，在寒风中令人深深难忘着，因为那上面写的是“酒徒”。

一个自己总结了自己的人，一个用酒把自己埋葬了的人，一个终于可以永远醉倒的人。没有了酒，你是否会想念我们？

酒啊，我无法忘记你的声音。

酒啊，你是否会记住这个忧郁的灵魂？

第六卷

西北望

古老的羊皮地图

单一海趁着阳光浓郁的片刻，终于把古城西北的残角画毕。他掷笔在地，拍拍双手，站起来，退后几步，微醉般看那被他挪到纸上的残迹。他稍斜右眼，仿佛瞄准似的，一块块核对图上与实地的差异。口里喃喃地念叨着自己随手加上的名称……古炮台……后防战壕……瞭望塔……独立房……远远听去，如同呻吟。核对完毕，他有些满意地从兜儿里摸出一小瓶当地出产的青稞酒。这酒真好，粗粗粝粝地在喉咙间滑过，像一条清凉的火焰辣烧着腹腔。他太喜欢这种酒的烈劲儿了。从一来到这个乙种团，他就改掉了喝其他酒的习惯。专门买了个大塑料桶，盛了一大桶，就放在床下面，连解渴都用它。而更重要的是助兴。他觉得酒这东西，一像尤物，二像灵感。寂寞时喝它，仿佛有个女人与你窃窃相拥似的，身心眼儿里全是柔情。而一旦思维枯竭，面临重大难题时，它又像个小小的妖怪，一个个的精妙点子蹦跳而出。所以，单一海天然地私下里保存着这一爱好。而现在喝酒，则纯粹是对自己的奖赏了。

酒毕，那朵大乌云已经哗地掩没了搁在头顶的那轮太阳。天地唰地像被谁拉上了大窗帘，暗幽中透着种焦急的凉寒。一股风啪啪地响着，开始吹刮，那块绘图板哗地倒地，接着翻滚起来。单一海急了，转身去追。风仿佛一只手，一下一下地推着那块板子滚。纸在风中发出脆弱的呻吟。单一海一急，脚下不稳，啪地摔在了地上。是头朝下，脚在上，类似狗啃屎的通俗动作。单一海沮丧地把脸贴在地上，不知该生气还是恼怒地用拳头砸了一下杂乱如针的绿草。风忽地又吹走了他的军帽。他刚要爬起来。却听到一阵恶作剧般的尖笑。这笑声在此时真像嘲笑。不过这嘲笑也太熟悉了。单一海抬起头，却远远地看见女真捧着那块绘图板站在风中，正在欣赏着他的狼狈。妈的，真绝了，每次都是在我倒霉或者露怯的时候遇到她，真霉气。简直像个巫婆嘛，似乎她一出现我就要倒霉，单一海有些愤愤地想。

“哎，那图看吹坏了没有？这风太大了。”单一海急急地跑过去。风几乎把女真的衣服都吹得飘了起来。鼓膨得全身又臃肿又富有“气质”地胀满着，几乎使她站不稳。这点倒让单一海心中怒气稍消。

山上的天气如同孩子的脸孔。刚才看着还好好的，突然间就像谁揍了他一顿似的，随手从哪扯过一片云，哗哗地就四处下起雨来。单一海待了很长时间，也没习惯这种天气。相反，倒是多了许多惊异。

“图纸好着哪，没坏。你画完了……”女真迎风讲着话。有一半儿的话音仿佛撕去了似的，到单一海耳中时，几乎听不清她说什么。单一海顾不上自己的帽子了。扯着她的手，向残城中跑。还没跑出几步，玉米粒儿大小的雨珠子夹着冰雹扑地而下。俩人转眼湿透。单一海边跑边脱下自己的上衣，披在女真的身上。女真此时已顾不上太多了，把头躲在单一海的身边，听任他把自己半抱半挟着跑进残城。城边儿上有一间猫耳洞似的小屋子。单一海侧身而入，又嗷地跳了出来。洞里吱吱叫着奔跑出两只小兔子似的老鼠。冲到洞口，一看大雨，又奔了回来，显然这才是它们的家。单一海看它们不出来，转身拿了两块石头，砸了进去。又是吱吱几声尖叫，两只老鼠夺洞而出，消失在雨中。女真有些惧怕地向后躲。女孩也许不怕死亡，可却天生地惧怕那些莫名其妙的小老鼠、蟑螂、蛇什么的。令人不可思议。

单一海侧身而入，很舒服地喘了口气。却发现女真还站在外面，瑟瑟着如同一只颤抖的小猫。单一海顿生哀怜。一把扯住她，说：“怎么，想给本连长站岗呀，我的大小姐。快进来吧！”

“谁给你站岗了？那洞……”女真缩缩肩，来不及说出口，已开始打起了喷嚏。

单一海明白了她的意思。一把把她扯了进来：“都啥时候了，还怕老鼠。它们都怕我们淋雨，把洞让了出来，你还忸怩什么呀！”

女真进来了。但只是靠在洞口附近的地方。她的身上已被雨淋透了。蹲在那儿身上雨水啪嗒啪嗒直往下滴。可她却仿佛要护住什么似的，紧紧地抱着那只图板。雨水拍打地面传进来的风，又寒又凉。她浑身战栗着，像一只又可怜又害羞的小猫。简直与那天向自己开枪的女真判若两人。单一海摸出打火机，把身边的枯枝鼠粪用手聚拢，点燃。洞中立时明亮起来，淡淡的火苗烧着洞内的寒气，两人感觉身上更冷了。

单一海从兜里掏出青稞酒，自己先喝了一口。又递给女真："来，喝一口，正宗青稞酒。喝了暖身子。"

女真犹豫地看他一眼，接过来，一仰脖，剩下的小半瓶竟被她一饮而尽。单一海吃惊地瞪大眼睛。

"哎，你剩点儿好不好？再好喝也不能这样啊！"他把瓶子摇摇，无奈地一笑，"我还以为你不会喝哪。本来客气一下，你倒好，动真格的了。"

女真噗地笑了。她一笑脸上的青紫褪去，有了些红晕："本小姐对酒精天生有溶解作用，再喝一瓶也没啥。怎么样？下一步你就该说，你把衣服拧拧吧，我转过身去，这样的俗套吧！"

"天哪，电影上的情节你记得这样熟。不过，也真该轮到这个细节了。可本中尉拒绝模仿，而且，这洞子转过身，也令人困难，把我那绘图板拿来，我想看看它被淋坏没有。"

"天下男人怎么都你这德行。要不就是怜花惜玉如贾宝玉一般。再不就是你这种无一点绅士风度只关心个人私利的自私男人。唉，我真算倒霉。碰上了这破天气，又凑巧碰上了你。真是今夏两大不幸中的最大不幸。"女真边说边打喷嚏。同时把一直抱在怀中的画板拿出来，一看竟有些沉默起来。半晌不语。

"怎么，是不是淋坏了，你怎么不说话呀。"单一海焦急起来。

"天哪，我觉得所有的地图草图画好后，都该用水淋一下。……简直有种令人惊异的美感，毛茸茸的简直像是天笔。"女真顾自看着地图。低语。

单一海吃惊地挪过身子，蹲在靠近女真的边儿上，定神看那幅图。这一看，连他也有些吃惊。图上浸着一些深深的水迹。铅笔画的浅线被冲没。那些淡淡的墨水在水中悄悄浸润。本来很单调的细线此时像是饱蘸着的毛笔，不规则却又神秘地丰实起来。有几处本来画得很薄弱的地方，被雨水一泡，线条都茸茸地鼓满着，向前曲蜓。许多条的毛毛的绒线交织成了这幅有些过于细致的图，竟呈现着一种粗涩的美感。天，单一海在内心低呼。现在这图只适合于远远地审视，细节都被线条给淹没了，反倒衬托出全图的质感。似乎这残迹只配用这样的感觉才可能绘出来。也简直只属于这种感觉。单一海在画此图时，先用铅笔勾的底，再用圆珠笔直描。描到一半时，圆珠笔坏了。他只好用钢笔。现在，圆珠笔的部分如同旧迹。而钢笔的线描则似乎散发着另外的鲜冽。

他动容地从女真手中捧过那张图，眼中竟几乎流下泪来。他似乎到现在才发现，图还可以这样画，简直像一幅画，可又不是，因为它只是图呀！

“此图之后，也许不会再有一幅能超出此幅。简直像我梦中所看到的。”单一海有些痴痴地看着洞外。左眼被女真的脸孔遮住了。他才发现，女真也与他一样，深陷其中。他收回目光时，竟被她的侧影给吸引住了。她低垂的眉毛真浓呀！睫毛长长地闪烁着。他蓦地想起邹辛来。她的睫毛也一样的又弯又长呀！他低低地叹息了一声。

女真似乎觉察到了他在看她。她的眼睛转过来，不经意地触到了单一海的眼光。他们还是头一回这样近地直视对方。单一海的内心唰地惊栗，触电般地全身抽搐。这女孩子的眼睛简直太可怕了，居然带着电。他有些不可抑制地又回过头，看到女真的眼睛也蒙着一层雾似的又清亮又忧郁，带着一种他熟悉又陌生的东西，来回飘闪。忧郁的眼睛永远都如一首宋词呀，他有些心动地想。同时迅速收束住自己的目光，努力盯住画板，仿佛紧紧逼视着刚才内心不经意闪摇出的一些欲望。渐渐地，它们在自己的逼视中，迅速地模糊了。他的内心才稍许平静了下来，眼睛抬起来时，已多了几分自信与平静。

他掩饰地干笑：“你知道你的眼睛让我想到了什么吗？”

“什么？”她似乎也才从刚才瞬间的迷离中挣脱，有些喃喃地看着洞外。洞外的雨水已渐渐稀少，间或出现了阳光，先是暗暗的光线，接着是夏日中午暴烈的白光。仿佛雨水飘飞仅仅是别人洒的水滴，与它无关似的。同时她有些愤然，这雨简直不像雨，而更像是一种恶作剧！

“一首宋词。词忘了，感觉像这种词的意境。不过，现在这感觉变了，感到像刚才的天气。说不清的一种气氛。”单一海怔怔地看外面骤现的阳光，内心有些隐隐的失望。心理上仿佛做了一次小偷似的。

“比喻的前半部分太暧昧了吧。”女真站起来，确切地说，半弯腰半站着，洞顶太低了。“后半部分更是让人失望。不过，你的想象力不错。相比之下，我宁肯相信你前半部分的感觉，我很喜欢宋词的，难道宋词终于融进了我的眼睛里？”她夸张地伸伸臂。

“不但在眼睛里，也在身体里呀！”单一海坏坏地笑着看她。她的身上此时真的凹凸有致，湿布已经半干，紧紧地贴在她的身上，还淡淡地泛着热气。

女真察觉出了他的笑。脸上倏地红润了。她一跺脚，头不小心触到了洞壁。她不由得哎哟一声，抱紧头，低声呼疼。单一海急忙走过去，扒开她的手要看看碰在什么地方。女真却一伸手，拦住了他。

“你真够坏的了。死家伙，现在又到了第二个细节了吧。你给我先退出去，本小姐要拧衣服了。”女真微怒，杏眼圆睁，感觉她真的生气了。

单一海略略尴尬，伸出的手慢慢地收回，放在了头发上，仿佛他本来只是要搔头发似的：“那我当然愿意用倒叙的手法，讲第二个细节了。”他干巴巴地说，脸上涌出可怜相，慢慢地在女真的逼视中退出。

单一海走出洞口，太阳热烈灿烂。他边走边有些淡淡的失意。同时发现，也许女真只是把自己当成了一个一般的战友，甚至不是朋友。有些落寞地仰卧在一堵残墙前晒太阳，或者是让太阳把自己晒干。阳光真暖和，仿佛有成千上万只毛毛的小手在自己身上来回动。身上竟有些沉沉的睡意，但心里乱乱地却无法有片刻的安宁。这时他听到一阵脚步轻微而来，感觉是女真已换好衣服向他这边走来。他侧起耳朵，认真地听，故意闭上眼装睡，似乎自己真的对她并不在意。他暗暗吃惊，这个女真把自己弄得如此不舒服，可心里却很难去掉她的影子，难道她对自己真的很重要？

那串脚步走到他跟前，似乎很深地看了他一会儿。因为眼前的阳光显然被遮没了。他有些深深的不自在，在那双如电般的眼睛中，他不知道自己的睡态是否令人好笑；过了一会儿，那个影子才挪开了，接着是重重地坐在了他右边不远的地方。她也一样需要太阳啊！他想。难道她也会像他一样躺在干土中？这种想法令他吃惊。但渐渐地，他感觉到她又拿起了那张草图，她似乎看了许久。但接着，他又听到一阵唰唰的书写声。天哪，难道她想在那图上勾画些什么？

他吃惊地睁开眼睛，看到女真正在疾书，不由得有些生气地喊：“你真的又想画一座不一样的旧城图吗？”

“果然你没睡着，我就知道你在假装。不过你的伪装正好说明你内心里惧怕。可你怕什么呢？怕我？”她有些戏谑地看定他。

“我怕你？当然我怕你了，我上次已经承认过了。可这一回我怕你把我的图纸给毁了呀，我的中尉！”单一海有种被人识破了什么似的尴尬，一把从女真手中抢过图板，却见在图板上放着一只怪异的略显陈旧的破羊皮囊。那囊呈长圆形，扁软着，上边不可思议地刻着些乱七八糟的线条和花纹，在污垢中，若隐若现。原来她只是在玩这样一只囊。不过这囊是从哪来的呢？他记得刚才可没看见她有这宝贝。

“恼羞成怒了吧！单连长。把那只囊给我，一点儿风度也没有。”她开始笑吟吟地看他，太阳已很快晒干了她的衣服，但晒不干的却是留在迷彩服上用力拧过的皱褶。

“哦，对不起，我还以为你在折磨我的图呢？……你这壶从哪来的呢？这好像是只老羊皮酒囊吧！

“我先不讲从何得来的。你先看看这是只囊吗？”

“那是什么？”单一海有些不屑地又捞起那只囊。那只囊的污垢也许有很多年了，沾附在上面，似乎已成了壶的一部分，又滑润又腻湿，还有股明确的羊腥味。他本想说这壶不过只是一只囊而已，可一看到女真有些期待和神秘的目光，他又咽回了刚要说的话语。他把那羊皮囊在身上蹭蹭，仿佛奇迹似的，那些隐在羊皮上的线条开始逼真了，一条条地很是显眼。他有些兴奋了，也许是一个罕见的花纹图案吧！他又蹭蹭，竟看到了那用线条勾勒的山脉和河流，他吃惊了。

“这上面怎么会是地图？”

“为什么不可以是地图呢？”女真有些卖弄地，“而且恰好是地图！”

单一海被一种好奇撩拨着。他兴奋地凝视着那些用线条勾勒的地物地貌，在一张纸上迅速地复描着，每复描一块地儿他就有些淡淡的吃惊，他竟然不太熟识。仿佛是世界上其他地域的一些线描提要。比如那块长直的地带，多么像古波斯平原。而那块圆丘形的地物，又多么像古代罗马的岸防线，还有地中海。只有后面的那块地物，很陌生又很熟悉，似乎像极了一块什么地方，但却又一时想不起来。他又使劲地擦擦那只酒囊，他竟看到线条的中间交叉地儿，都标着针尖儿大小的古怪文字。他认了半天，居然没认清一个。

单一海抬头凝视女真："这似乎是一张地形图，好像是一个标绘着什么人的行踪或者概略的提要。总之，这图太神秘了，可我看不懂它，你看得懂吗？"

"终于有看不懂的时候了吧！"女真兴奋起来，同时展开那张单一海复描出的概图，用手指定下部那个表示山脉和河流的凹面说，"你看看这块地方像什么？"

"像一座山还有两条河，中间有个小小的凹皱，后面是广阔的沙漠……我想不起来了，但我觉得这块地儿真熟，我已经感觉出我见过它了，可它是……"

女真微笑不语，把那草图下半部压住，放在他的那张草图上面："你再看看？"

"妈的！这不是焉支山脉吗？著名的河西走廊、黑河、无名冰河、腾格里沙漠、无名戈壁，天哪！怎么会是这儿！"单一海恍然惊悟，同时大为惊异，"真是种奇妙的巧合，可这图上另外的部分是什么呢？"

"我也不知道，我是看了两天后，才认出这么一小块地儿，是表示这里的。我查过新疆区域图，也不像。甚至不像全国区域图中的任何地方。那么它就是世界某一区域中的概图了，除了后部这块，我也是直到刚才，看了你标示的这张残迹方位图，才发觉这两块地方真的像极了。"

"所以你想告诉我或者来向我请教？可今天似乎不是周末，好像你也不该整天到处闲逛啊！"单一海接过话茬。

"谁闲逛了？我们那儿整天没一个病人。我就请了假，到连队找你，没见到，我就猜你在这儿，可没想到遇上了这场大雨。"女真又打了个响亮的喷嚏，"你奇怪不，这图似乎是一种象征，可又能象征什么呢？"

"不知道。不过我觉得当初绘制这张图的人，也许知道这个秘密。感觉上这是一个人一生走过的地方。这上面没有国界，有的只是某一区域的主要物证。这人的直觉很好，他是靠直觉来描绘这些地貌的。所以，只能从感性上去看这张图。上面还有些奇怪的文字，也许可以帮助我们找到答案。你认识它们吗？"

“不认识。认识的话我还会来问你？”

“哦，对了，这只酒囊从哪儿来的呢？也许他可以告诉我们这只囊的由来？”

“3 天前，山前一个小村子里，一位老牧人送给我的。”

那牧人像一个传说。

女真说：“我从来没见过那样一个村庄，如果也能叫作村庄的话。只有稀稀落落的七八间房子，那些房子前都拥着灿烂的刺玫瑰，到处散溢着一股苦苦的深香。你知道，没事时我喜欢一个人乱走。那天我背着猎枪，越过残迹。我觉得残迹的前边肯定有人。但没想到，一走竟走了十多公里。我以为自己的判断错了，后来我就嗅到了那片浓烈的玫瑰香。我当时几乎都傻了。我第一次见到这么广阔的地方，长着这么广阔的玫瑰。那些玫瑰真多呀！多得让我几乎快醉了。这时，我就看到了一个牧人。他那样无声无息地赶着一群脏羊，飘着似的经过了我的身边。他身后跟着个孤独的女孩。那小女孩长得真漂亮。那种漂亮怎么说呢？令我惊异了，我至今未见过那种类似天使般的面孔。更让我吃惊的是，她头发金黄，一双眼睛深蓝，头上是一个玫瑰花环。她穿着土布织的一种小衣服，简直就像天使。”

“简直像在述说梦境！”

“可我觉得比梦境还让人难以置信。我听到她用土话问我话，才觉出她居然是这儿的人。这时，那个远远地看我的老牧人走了过来。他似乎对我的出现并不过分意外。但我还是意外了，我看到他居然也蓬着一头褐发，他的装束很奇异。知道我当时的感觉吗？仿佛是到了国外，仿佛是见到了两个外国的游人，可他们却千真万确地是当地人。他们都用当地的土语说话，连举动也是当地人的风范。”

“你真的见到了两个异族的人？这儿的民族较多，仅沿祁连山脉两侧就混居着 14 个民族，也许是一个什么族的人吧！”单一海疑惑地问。

“如果真是这样也好，问题是他们恰好不是。村里还有十来个男女，也与他们一样。我仔细看过他们的装束，他们与当地的十几个族的装束不太一样。尤其我还发现，他竟然在吃饭时，只给我用筷子。而他们，似乎很熟练地用刀，一种镀银的小刀，切肉和饼吃。那些习惯呀，总是不伦不类地让我别扭而又陌生。我再次觉得他们与我的区别。我指的是本质上的区别。”

“嗬，你这么快就坐到他们的饭桌上去了？”

“当时已近中午。炊烟四起。老人与小孩正走在回家的路上。那个小女孩扯住我的手，让我跟她一起回去。那老牧人倒是很独特，他几乎很少说话。只是用一双眼睛认真地看我，也没说邀请。但我那一刻对他们太好奇了，我真的想看看他们的生活，便装糊涂随那小女孩到他们家里。那天我打猎的机会不多，只有一只兔子撞到了我的枪上，我便把那只兔子送给了老牧人，那个牧人很高兴的样子，显得热情了些，从地窖里拖出一只羊腿来。奇怪的是，这么热的天儿，那羊腿上竟结着厚厚一层冰碴。他熬的羊汤真好喝，可以说，我很少喝过那样鲜美的羊汤了。知道吗？我一连喝了4碗，肚子胀得不行了，才把碗放下。”

“可那个牧人为啥会把这样一只酒囊送给你？”单一海来回摆弄着那只囊，“尤其是上面还刻绘着这样一些奇怪的东西，可以说，这个牧人肯定知道这是什么！”

“我连声赞叹羊汤，老牧人的脸色也和润起来。他便拿出了这只酒囊，那囊当时满满的，盛满了酒。老人给我倒了三碗，我全部一饮而尽。那酒的度数似乎不太高，大概是自酿的，里面漂满了玫瑰的苦味。当时我就注意到了那上面刻的这些条纹，只是没太在意。他似乎觉得我挺豪爽，不太像个女孩子，或者说有某些地方使他喜欢上了我。总之，老人突然间兴奋起来了。他拿起一把挺奇怪的乐器。那乐器是面圆鼓，上面绷着三根弦。他用老手指拨动时，散发出一股新鲜的不一样的音鸣。

“那天我真的挺激动，老人的手指真灵活呀，像两只柔软的腰肢，让我眼花缭乱。那个小女孩早已随着节奏在地上舞蹈，她边跳边要我与她一起共舞。我模仿着她的动作，笨笨地跳着，直到累了。我就从身上摸出一把口琴，与老人合奏。我感觉他在弹一支忧郁的曲子，也就和着他的节奏吹起来。老人弹着弹着，就停下来，呆呆地看我吹那把口琴。我小时候特爱吹它，可以说，我吹口琴的技术还是有相当水准的。但我后来才知道老人发呆，是因为他从未听过口琴发出的声音，如同我未听过他那只奇怪乐器的声音一样。一曲罢了，我把口琴交给他，老人摇摇头。我就又递给了那个小女孩。那女孩儿真聪明，含上便可以吹几声简单的乐声。她是凭自己的感觉随便吹的，但那声音可真好听。我便说把这只口琴给你好吗？那牧人立即站起来，一个深躬，表示谢意。然后他就出去了。我还以为他要干什么，谁知过了许久还不见回来。我就与那小女孩儿说话。”

“后来想起那挺香醇的酒，我便又给自己倒上。也许是好奇吧！我对那只奇怪的酒囊产生了深深的兴趣。我想不管谁都会对这只囊感兴趣的。我感兴趣的却是那上面的花纹与线条，我觉得它挺有意思。正在这时，那老牧人回来了。他拿着一个也许刚编织的玫瑰花环吧，就跟那个小女孩头上戴的花环一样，要给我戴上。我当时受宠若惊，有种……你猜什么感觉，有种做新娘的感觉。我真的很兴奋。一切真的如同梦境……这时，太阳西斜了。我觉得真的不可以逗留了，就要告辞。这时那个老人，他说话了，从身上摸出几张钱，要给我。很显然，他以为那只口琴很贵，我有些不知所措地拒绝着。后来，我看推辞不掉，就提了个小小的要求，要老人送给我些玫瑰酒喝，并且要把这只酒囊带走。不过，我并没意识到会引起老人的震惊与伤感。我看到他在听到我要把这只囊带走时，脸上竟忽然呈现出了惊愕的表情。我以为老人舍不得，忙摆手说算了。可我却莫名其妙地对那些神秘的条纹感兴趣。我捧着那囊，说了一句让我到现在都很后悔的话。你知道我说的什么吗？我说这些花纹真是太让人喜欢了。”

“你再次表达了你喜欢这只囊？”

“是的。老人沉默地坐下了，我不知自己做错了什么。我想说啥，但却一句也无法表达。我觉得该走了，就默默地看他一眼，推开柴门，向回走。我走得很慢，心里乱乱的。那只囊的影子一直在我心里晃荡。我忽然想，也许这囊是老人的宝贝吧！

“这样想时，我忽然听见身后一阵马蹄，跳下马来的正是老牧人。他手里捧着那只囊，囊里盛着满满的玫瑰酒。我不知所措地看着牧人的脸。老牧人无言地把那囊递给我。我知道如果再拒绝，肯定会伤他的心的。就默默地接过来，把它捧在胸前，像捧着一个怪怪的婴儿。当时我心里的疑问真是太多了，我竟又说错了一句话，我说老阿爸这酒喝完我就把囊给你。那个老牧人无言地笑了一下，看看身后的斜阳，淡淡地说：不用了，我今生再也不用了，这只囊太沉了，我背了60多年了。现在终于有人要把它背走了，我觉得全身都轻了。我忽然感觉原来他其实太老了。只是精气神儿撑着他，年轻的是那些溢出来的气质。他接着说：你是除我以外，头一个看重这些条纹的人，还是个女人。我知道我老了，我陪不了它多久啦。我把它给你，我就告诉你一句话，别把它当成一只囊好吗？我疑惑了，那把它当成什么呢？他说：当成一个人的脚印，或者一群人的脚印。”

“一个人或者一群人的脚印？原来这只酒囊竟有这么多的传奇。我觉得好像是一个藏宝图似的。女真哇，你简直像在讲一个传奇。我都快入迷了。”

“连我也觉得像是个传奇。晚上回来，觉得像做梦。半夜醒来，我又摸了摸这只皮囊，才信这是真的。”

“可那些酒呢？真的有你说的那么香吗？”单一海向往地用鼻子吸了吸，“我都快被你说得流口水了。”

“可惜那酒我已经喝完了。那几天我边喝酒边琢磨那些线条，越想越糊涂。酒喝完了，也没想出个头绪。后来想起你对地图挺有研究的，也许你可以看透些什么。”

“所以你才来。有事才想起我，我也真够惨的了。”单一海故意叹息，“我真的想见见那个老牧人。”他摸出随身携带的周围地域军事地图，摊开，“你先给我讲讲那个方位好吗？”边听边在图上推测。根据女真所说的一些方位，他很快找准了图上位置。而那里没有村庄，只有一块小小的草原。后面便是高耸的焉支山脉。再右边，则是与某国接壤的广阔的戈壁。

单一海用手按住那块地方。从图上判断距此处也仅10余里。他有些按捺不住地：“现在是下午1时10分。用急行军的方式，1小时后可以赶到那儿。女真，我被你感染了，我也想去经历一次那种梦境式的玫瑰林，你愿意陪我一起去吗？”

“当然去。”女真脸上泛着一种向往，“我真想再去看看那个小女孩。”

逾世兵辞

凉州博物馆隐藏在市区的一片民房中间，像淹在一片房屋中不合时宜的某种风景，又老又旧，走近了再看，其实只是一片巨大的庙群。这些庙内的各种塑像都被倒腾或者挪走了，有的塑像干脆就一溜站在了庙旁边的松树下，雨水和风已开始剥落了它们身上的油彩。偶尔露出各种泥洞或塞满的麦秸。倒像它们原本不是庙中的主宰，而成了一些临时拉来凑数的伙计。单一海和女真走在浓荫中。这里的宁静让人有种疏然的清朗。刚才在外面被阳光晒得乱哄哄的心，开始冷了下来，全身都莫名地舒适着。

这片庙群的结构令人奇异地变化着。大庙套小庙，小庙后面又有庙，简直令人有些无所适从。单一海第一次到子老的单位来。他本来想去他的家中，可子老坚持非要让到他办公的地方来。他说：这些事该到那儿谈。在家中只适合于做有关感情的事情，到博物馆去也许会让你与历史更近些。还有一层意思子老没讲，他其实没有家。他只有这间办公室。

单一海一边辨识着那些门楣，竭力不让自己走错。他的心里蕴藏着巨大的不快。刚才，他从那扇朱红大门走进时，那个守门的小姑娘，听说他们找子老，竟说不知道有这样一个人，坚持不让进去。单一海解释了半天，那个姑娘也不信。直到后来来了一个中年人，听他们说清了子老的容貌，他才哈哈大笑："是那个老疯子吗，你早说不就得了吗？这儿只有文疯子，哪儿有什么子老呀？"

单一海强抑住一股愤怒，盯住那个中年人，"子老是个学者。你怎么能这样说他呢？"

那中年人和小姑娘笑得更尖锐了："还有人叫他学者，简直……"

女真一把把已经快动怒的单一海扯住，往院内走。她怕单一海控制不住自己，把事儿弄糟了，因为她看到单一海的眼里已喷射出了一股奇怪的光。

“知道吗，我真想一拳把那个男人揍倒！我从来未见过这样一个俗贱至极的家伙糟践一个老人，他让我恶心。”单一海走了许久才闷闷地说。

“我知道。不过我感觉出了，老人肯定是个极怪的人。他一定有着某种极为独特的怪癖，也许是性格上，也许是生活中的……我们这次见他，也许会有某种不快。”女真低头前行，“杰出的人都是寂寞和遭误解者，我直觉这位老人肯定了不起……”

他们绕过一间小屋，看到一片大殿。殿前种植着一大片如火的玫瑰。那些玫瑰一出现，单一海的内心就一阵战栗。他走到这片玫瑰前，轻轻地感觉着那些迷人的香气。女真已被打动，把脸放到玫瑰中去了。在一个陈旧到极致的地方，忽然出现这么一大片不合时宜的玫瑰，简直像一种奇迹或者有些荒诞。

良久，单一海叹息着说：“知道我想起了谁吗？”

“那个传说般的牧人？”女真把脸抬起来。

“不，是子老，可以想象吗？这么大片有些怪异的玫瑰，怎么可能是一个可以超出这种气氛的人所种植的呢？”

“你说是子老栽的？”

“直觉是他。我感觉他就在这片大殿内！”

“是吗？”女真有些迷蒙地看那片大殿，“你觉得奇怪吗？我遇见了两个爱好玫瑰的老人。他们竟然都爱玫瑰，可又似乎都不应该，可却是真的……我有种被剥夺的感觉。这种爱好竟只发生在老人身上，而不是年轻人身上，我很惊异！”

单一海似乎被她的话打动，静默了一下，要说什么，又强咽回去。他大步走至殿前。大殿门虚掩着，里面寂静无声，虚掩的门扉里传出淡淡的香味。

他凝神，轻轻叩门。里面半天寂静无声。他又鼓足劲，使劲去敲。女真却捅捅他，指给他看拴在门扉靠后的一张小牌。那上面写着一行小字：推开此门穿过大殿，我在后面庙堂等候。署名：子某。

原来子老早就知道他到了，写了铭牌等候。他心内一热，推门而入。大殿内到处都堆满着各种泥塑的佛像，一个挤着一个。空间的挤逼倒使这些相互压挤着的各种怪异的佛像，更深地凝起一股神秘的恐怖。单一海第一次被这么多塑像的眼睛扫视，内心中充满极深的压抑。女真有些下意识地靠紧了单一海。

大殿中有一条极狭小的甬道，刚好容一人侧身而过。穿越这样的甬道也是要勇气的啊。一瞬间，他明白那个中年人和小姑娘为什么不认识子老的原因了，或者是误解了。没有谁会不对这样一个把自己封闭起来的人产生误解的。

他侧身向前走，感觉右臂被女真给抓得好疼。她的紧张说明了她恐惧。女孩子的天性中都有所害怕啊！他的内心倏地涌起些许的温暖，听凭女真更紧地拥住她。这还是除了邹辛外，第一次有人这样拥着他。他在这种温暖的心境中，缓步向前，眼睛故意只注意着甬道的前进方向，对周围那些塑像似乎浑然不觉似的。女真亦步亦趋，忽然停住脚："哎，你听……"她侧耳凝神，仿佛倾听什么似的，望定了某个方向。

单一海也听到了那声音。那声音从刚进大殿时就有，可似乎并不在殿内，这会儿更清晰了。他有些吃惊地听着它们在殿内徘徊……那声音低低的，带着一种罕见的粗野铺排过来，在肃杀中隐藏着某种阔大的悲凉，似乎吹奏者本身正被某种东西逼着。他的内心再次被撞疼了。他奇怪这种声音自己居然无法辨析出是什么吹奏出来的，似乎像箫声又不像，倒似乎应该是一些传说般的声音。他看看女真。"这种声音像一种情绪，我的心乱了，我从没听过这样的声音。不像是音乐，但更接近于音乐……哎，走吧！我们就顺着这声音走，也许可以知道它是什么。"

女真奇怪地瞥他一眼："这声音是老人的声音……我明白了，这一定是子老在吹。"她有些莫名的兴奋，"我都被这个老人给吸引了。"

单一海笑笑，牵着女真的手，绕过中间那堆佛像，阳光唰地照亮。女真下意识地抽回自己的手，脸上显出短暂的羞红。单一海浑然不觉，他看到里面又是一座很古的小庙，但估计给改建了，墙上奇怪地镶着两个玻璃窗子。音乐正从那间屋子里飘出来。

门虚掩着，单一海轻轻推开。那音乐声哗地迎面扑来。一位老人坐在一把很老的旧椅子上，面对着阳光吹奏一件挺古怪的乐器。那乐器类似于一把小小的长排箫，却不是箫。可那又会是什么呢？老人沉在音乐中，似并未察觉他们进来，阳光斜射在他的玄衣上，由于脸半侧着。单一海只好从他的侧影上看他的表情，那是一种陶醉的神情。

这时，女真轻轻撞撞他："这里隐藏着某种气氛！"

单一海惊愣地抬头看她，女真的眼神此时正望向屋内。有时女人的直觉简直像巫婆。他叹息。顺着女真的眼神儿望出去，他的内心栗然震惊。这间房子也是个偏庙。它的规模比刚才的大殿小多了，但却呈现着一种深深的阴郁和古老。房顶上的屋梁都暴露着，宽大的地面上没有了塑像。那些塑像也许给移到了大殿里，那么多的神与神聚到了一起。可这儿呢，却森森然站立着一排排他不熟悉的东西。他努力让自己的眼神适应这儿的光线。良久，他看清了。那些站立在房内的，竟是一根根形状怪异的戈。他们用各种姿势站在那些昏暗的光线中。如果不仔细看，倒像是一排排稀奇古怪的影子。

他见过许多的兵器。但从未见过这么多相同的一种兵器，给排放在一起。这些戈也许有100多种吧？它们简直像是一种物体的不同变种，相互变化着，又相互趋同着。他看见它们从前到后，像一个士兵方队，整齐地排列着。那些隐藏着的气势也由前向后流贯着，粗拙的柄均插进泥土深处，而不是放在什么架子上。那些戈都向着一个方向，仿佛一群行注目礼的士兵似的，逼视着每个面向它们的人。单一海隐隐觉出一股庞大的气势扑面而来，到了呼吸中时，竟只是一片腥咸的生铁的锈味。他下意识地嗅着那股久远的味道儿，用目光凝视那一柄柄的戈，上面粗糙的铁粒儿和年代留在上面的锈黄，一下一下地绊着他的眼睛。他仿佛看到了在那些戈的后面，其实都隐藏着一个人。那是谁，在这种注视中，他的眼睛开始潮润。

女真低声说："我都快晕了。"

单一海把脸侧向她。

"这样一大群戈，居然都给他集中到了一起。感觉上像是几百个男人，但却长着不同的面孔。不过，我一个也叫不出它们的名字。"

"我也是！"单一海低语，"可这并不减少它们给我的震撼。这些戈本身就是一种战士，感觉像是一些不同时代的士兵的脸孔。"

"谢谢你们看懂了我的这一队士兵，你们是第二个被它们给震撼的人，我是第一个。"子老什么时候已停止了吹奏，毫无表情地站在他们身后，声音低沉地注视着他们的背影。

“子老，我是被你的音乐吸引着找过来的……哦，原谅我无知，叫不出那种乐器的名字。这种音乐我是头一次听到。不过你的这群戈比那些音乐更让人震惊。”单一海倏然回头，表现出短暂的惊讶，同时内心被老人的话震惊。听听，他竟称这群兵器为自己的士兵。

“那音乐嘛，是我用自己复原的一种乐器吹奏的。那种乐器在一些古书上有过记载，但后来便失传了。我一直期盼听到它们，它们太让人神往。我喜欢听一些过去的声音。”子老淡淡地说，同时用目光罩住女真，“这位中尉小姐我可没发出过邀请，你是什么时候进来的？”

女真略略尴尬。单一海上前，刚要解释，女真用手拦住他：“子老，先允许我把自己的猜测说出来，再下逐客令好吗？”

子老颔首倾听。

“那种乐器我猜测是古波斯进贡的一种吹奏器。史书上记载叫什么‘嘶啵’，起先是由印度的一种檀香木镂空后，安上贝叶吹奏。到了中国，先传到西域，改制成了‘胡茄’，但这种‘胡茄’后来又被改制和进化成各种吹奏式乐器。您的这种乐器便是用檀香木制成的‘嘶啵’。”女真侃侃而谈。

“哦。”子老似乎被她的猜测给触动了似的，低头沉思。

“是的。这种声音吹出后，便有檀香绕梁，具有音香的美妙。不知我的猜测对吗？”

子老的脸孔稍为缓和，脸上流露出些许的笑意：“你也是第一个知道这声音来历的人……很高兴你来做客。”说完，转身走至桌前，捧起那个被女真叫作“嘶啵”的乐器，“那么你可以吹它吗？”他期待的眼神望定女真。单一海看出这老人的眼里竟流露出清澈的天真般的波流。

女真小心地接过来，仔细地端详着。“这乐器做工可真太精妙了……不过，很遗憾，我真的不会吹它。”

“哦……”子老似乎惊讶于她的回答，脸上隐现出淡淡的失望。

“不过我倒有个疑问，不知子老可否给我们讲讲？”女真望定老人。

“哦，请提吧！”老人神色略为缓和。

“这么多兵器，我是指……”她望望单一海，征求意见似的，“我第一次见到这么多相同的兵器排在一起，我很震惊。它们真的是戈吗？感觉上是，可我却从来没见过这么多的兵器，只是一种东西？它们多得让我都怀疑答案了。”

“它们恰恰都是真正的戈。你们看清楚了吧！这些戈，每一把都几乎代表一个年代。而那个年代的战士就是这个样子，他们手持这种武器与敌人作战。可结果呢，他们和敌人一起消失了。我们只看到了这把武器……其实，只有武器无法消灭，毁灭的都是战士。”老人神色略为异样。他缓步走到那些戈的面前，只用目光注视着他们，感觉上似乎是一个将军在检阅他的军队。那种睥睨一切的狂狷之气，在瞬间凝结。单一海看他的背影就感动了。他内心里闪过一个念头，这个老人肯定当过战士，至少他的血管里流着战士的血。

老人绕过前排的戈站住了。他的目光透过那些戈的空隙，闪射到单一海和女真身上。再后来，单一海发现他并没看他们，他的目光仍驻留在那些戈的锋刃之上。

“听起来几乎是诗。可子老，这么多的戈需要多少年才可以找齐呀？我指的是，你为什么只喜欢这么一种奇怪的兵器？”

“戈吗？”老人神色有些冲动。他用手轻触一只戈的锋刃，“戈是一种奇怪的武器。我遇到这种尤物也许是缘分吧！我自小有种奇怪的宿命感。我直觉这世上每个人生下来必有一种武器属于你，或你属于某种兵器。只有兵器才配作为一个人的尤物。知道世界上最早的铁制兵器是什么吗？”他环视单一海和女真，并不要他们回答：“是‘我’。”

单一海吃惊道：“你是说‘我’吗？”

“是。‘我’在西周就出现了，它的形状已失传，我猜想它肯定是个人形。两臂张开，具有杀伤力。身体粗壮处才是握柄。但是‘我’太复杂了，所以它被淘汰了。但‘我’却成了每个战士的自我代称。想想吧，代表我们本身的居然是兵器，而不是其他，这本身就让人震惊。我就是在这个念头中，看到了这种戈！”他停住叙述，用手抓住一把戈。那戈柄粗直，顶端横着一块带钩的长柄。粗看并无什么神奇，倒显出了一种单薄的脆弱。

老人继续讲述：“这把戈是最普通的戈了。它在兵器史上却是个巨大的飞跃。秦始皇时代，这种戈已充当冷兵器中的主角，取过天下无数战士的性命……

当然，我喜欢它，有些没有理由。但我坚持这种爱好。”他微笑着，“我居然不知不觉收集了它们，像收集了一支军队，我尊敬它们。”

“你每天就在这么一堆可怕的兵器中生活？这本身就让人震惊的了。”女真低语。

“它们本身并不让人害怕。让人害怕的是它们的历史。”子老用目光环视戈群，“这群戈共有 109 种。也就是说，这群戈的每次改进，都是对生命和战士精神的一次绝妙认识。世上最简单的戈，就是我刚才握的那把，它叫直内戈，是用来钩御敌方的战骑和砍击马匹用的。它的作用并不是直接杀伤人，而是间接的。可是这柄呢？”他用手指住另外一把戈，那戈上印着三个人头。“你们看到没，这还是秦的产物，但已有了很大改进，杀伤力更强了。还有这把‘长胡四穿戈’，明白它的意义吗？它是一位匠人根据当时戈的形状和匈奴所用的狼牙棒结合而成。”……老人喃喃自语。说到后来，他的话语有些暗淡了，“可直到把它们聚齐了，我才后悔了。我对这些静止的兵器有种说不清的感情。尽管我知道天下已没有它们的战场了，它们只是一种战士的脚印，是一些过去的精神。像我一样，我也是一种过去的精神，或者我崇拜过去的精神！”老人说到最后，几乎是在长啸了。

单一海动容地看定老人：“过去是一种感觉上的东西。其实只有历史才是动人的。”他扶住子老，“可你还是与它们生活在一起了。”

“我讨厌的只是那种感觉，可却无法拒绝自己的精神。所以，我保留了它们。”

“可它们是真的吗？”女真忍不住问。

“不是真的，它们都是假的。这儿的任何一件真品都价值万金，甚至无价可卖。因为有的已没有存留，仅是我根据图像，设计而成的。”

“这些都是你托人铸的？”

“我以前研究过冶炼，懂一点铸造。以后每当有消息说在某处出土一件这种兵器，我必去观看，再与人合铸成样品，带回！”

“它们都集齐了吗？”

“没有。还有一种，我只在文献上见过记载，我想总有一天我可以找到它的。”

“你是说那支失踪的军队所持的武器？”单一海内心一动，下意识地说。

“只是一种假设，不过，是不是已不重要？”

“难道你寻找那支军队仅仅只为那把假想中的戈？”

“这只是一种附带的愿望。我寻找它们……哦，言归正传，那张图纸带来了吗？”子老似被什么惊动，把话题岔开。

“你还没回答我的话呢。”

子老不语，半晌才淡淡地说：“这个问题我现在不想再去说了，它是属于我的秘密。我可以自己保存它吗？”

“对不起，我忘记了自己不该打听一个老人的秘密的。”单一海掩饰着不安，把那卷图纸从衣袋中抽出，哗地铺在那些戈前的地面上。指给老人，说：“这就是那座古城堡。”

2000年后的葬仪

单一海跑步赶到二班的挖掘地域时，那片古尸骨已被冯冉他们清理出轮廓。兵们坐在清出的沙土堆上，背对着夕阳，只用沉默的目光远远地望那片被他们挖出来的人形骨架。

他有些诧异，他们应该高兴啊，这至少是他们挖出来的证据，也是全连这几天来最先挖出来的实物。刚才他正在古堡内勘查各班的挖掘现场。正在思虑时．没想到冯冉派人来报信，说他们已挖出东西了。他被一种说不清的预感给压逼着，快步跑到现场，兵们自动站起，让开一条路，用目光引导着他，仿佛给他一种暗示。

单一海走至坑沿，坑已被挖出3米余深。坑四周被窄窄地挖下去，掏空，中间矗着一堆足与坑沿相齐的土堆。那土堆被用小锹和扫把扫出一片淡淡的轮廓。落日的余晖此时将艳红的光线斜射进来，砂土上蒙着一层绒绒的亮色，显出深深的质感。单一海终于认出来了，那是两具早已腐烂的尸骨，他们仿佛被镶嵌在沙土中，只露出淡淡的刻痕般的形状，不仔细看，还以为是被人用淡色描涂上去的简单的线形画。那些骨骼闪着奇怪的白色光泽，靠右边的一只头骨奇怪地被一道黑色的痕迹给压斜着，另一只，该是手臂吧，在土层中扭曲着。那只头骨在挣扎似的，深深地扭过来，只有两只黑洞似的眼睛，传达出某种深深的恐惧，伸进另一只尸骨的腹中。那儿也有一道锈色的长直的尖戈似的东西，深入泥土。单一海被这种奇怪的姿势给打动了，内心涌出许多的念头。他使劲让自己平静下来，看看周围的兵们，兵们仍然不动，仍在看着那两具古尸，同时也在看他。

单一海跳下坑，凑近那两具尸骨，渐渐地，他看清了。那两具尸骨互相扭连在一起，他们似乎在很亲密地对话或者是在商量着什么，那种表情在瞬间凝住，可那两只头骨呈现出的愤怒和痛苦却一次次地打动着单一海。他轻轻抚摩那道嵌在右边头骨上，该是额上吧？一片淡淡的锈迹轻轻地滑落。天，居然是一块锈铁。

“刚挖出来时，这块铁还铿亮如银，类似于一把铁戈吧！没想到，仅用半个时辰，它就奇迹般地蒙上了这层奇怪的黑色！”冯冉凑近单一海。

单一海用手触动那块铁状的黑块，果然是一把铁戈状的东西，不，它就是戈，可它该是什么戈呢？单一海回忆在子老家见到的那些戈，却没一把与这把戈相像。它呈现着某种蛇似的细尖和扭曲。戈面上不仅有刃，还有深深的齿痕。那齿痕此时正卡在那具尸骨的脖颈上，喉骨已经蚀烂。它似乎已经太累了，单一海一碰它，它就落在了锁骨部位，轻轻地摇晃，被触过的地方，闪出几丝淡光。

“这块铁戈在地下时间太久了，它已经不习惯在空气中生存了。”单一海若有所思，“它居然还一直呈现着战斗的姿势，它在这人的喉咙上．一直长了这么多年！”

“这个人被砍死时的痛苦表情一直被保持着！”单一海回过头，找到那块伸进另外一具尸骨肚腹中的黑痕，轻轻地一触，那块铁居然发出低沉的呻吟。单一海轻轻地将它擦净，竟然是一柄直刀，他被震惊得不由后退，靠在坑壁沿上，再次凝视那两具尸骨。

尸骨在他的凝视中渐渐地混为一体，那两具尸骨原本竟缠结在一起的，似乎是两个正在拼死交战的人，一下子被某种神秘的力量给固定在了原地。那具尸骨手中的戈砍击在了对方的头颅，而那个被戈击中的人，也一下把致命的刀插进了对方的肚腹，两个决斗的人把对方的生命给牢牢地攫住了。他们的皮肉消蚀了，但暴怒的骨头仍呈现着当时的力量和表情，他们在一瞬间把死亡同时赋予了对方。

……单一海被那两具尸骨呈现的战斗姿势给震惊了，他的目光久久地罩住他们，目光凶狠而又坚决，内心中传出短暂的低鸣。他以前一见尸骨或者尸体，都会有种深深的恶心和某种恐惧。而现在，这两具尸骨却传达出某种令人难以言传的感觉。这还是自已头一回如此近地欣赏两个拼死交战的图像。简直就是一种生命力最后迸发时的凝结。他以前只在梦中体验过那种提刀相见的虚幻战场，现在，这一切如此真实地出现了，他的内心竟出现一种深深的悲壮和难以言传的伤感。他在心里向这两具最后战死在一起，并且永远呈现着一种战斗姿势的战士深深地致礼，眼中同时涌满泪水。

他被某种深深的神秘感攫紧了。

他轻轻地拿过一把扫帚，一点点地拂动那上面的浮土，两具尸骨的形象越发清晰了，此时呈现的那种最后的形象一下子让周围安静了下来。兵们也许早就看出这两具尸骨的表情了，他们只是用沉默来表达自己对它的感情。

单一海不由得低呼："两个肉搏的人，不，两个同时把刀伸进对方生命的战士！感觉像两个巨大的奇迹！"

单一海回头注视着冯冉，意犹未尽。

"似乎是两个疯狂的人，同时取走了对方的命。我都有些受不了了。我还是头一回看到这样令人震惊的交战方式。我有时都不知道生活在现代的战士该庆幸还是不幸。从古代战争到现代战争，似乎只是改变了距离，一个是时间距离，再一个就是从这种贴身肉搏到远距离甚至不用见到对方，在几千公里外瞄向那个从未见过面的敌人。你杀死了他，可你甚至不知道他长的什么样。咳，我都有些羡慕他了。"单一海的眼里闪着一种奇异的光，他竭力克制着自己的激动，喘息着注视那两具尸骨。

冯冉动容地说："我羡慕他们，现代战争越来越像纯技术的较量了。只有这才是真正的生命与生命的对抗，力与力的搏杀。"他略微沉吟，"你以为第二个奇迹也许该是他们为什么这么多年还保持着这样一种临死的姿势吧！你发现没有，战士只有在最后的时刻才是美的，尽管这种方式真残酷，甚至令人惊骇，可它呈现给人的却是美。"

"最残酷的东西最美丽。多么残酷的辩证！"单一海点点头，"这本身就是一个谜！感觉像是他们在把刀砍向对方的同时，突然被某种神秘的力量给卷到了地下，是这次变故让我们看到了他们。"

"可又会是什么呢？"

"让我来揭开这个谜吧！"身后传来子老的声音，他从兵们的身后走出，来到坑前，刚才他一直站在战士们身后，那两具尸骨呈现出的某种神秘的冲击力让他有种深深的心惊，同时被某种预感攫紧。他对此都有些不太相信，因为对于某种东西的过分期望反而会使这些突然出现的事实，令人产生一种怀疑。

单一海扶住子老，子老却把手唰地抽回，仿佛受了屈辱般地瞪了单一海一眼，同时稳住情绪，努力使自己平静着。他用了好半天才站到那两具尸骨的面前。他的小个子立即罩在那片暗影中，只有满头白发在风中簌簌。他下到坑底时，身体佝偻着，令单一海生出莫名的哀怜；但当他站定在那两具尸骨前时，胸膛却倏然挺直，身子在风中如一柱晃动的塔身，隐约有种老军人之气质。

子老用力掬起一捧沙土，放到鼻边嗅嗅，又抓起坑沿上方的砂土来回对比着。他辨识砂土的方式怪异又让人心动，不像只是在嗅一种土，倒像是在咀嚼着某种感觉。他的眉头一会儿舒开，一会儿又皱紧，几个站在坑上方的战士被他的神情逗笑了，忍不住哧哧笑他。单一海虽被老人这种奇怪的方式所打动，但也忍不住为他的神情产生某种担忧。他回过头，扫视了一下那个战士，笑声戛然而止。子老似乎对此浑不为意，固执地一次次辨识着那些沙土，良久，他才叹息着："真的是那场大地震哪！"

"大地震！你是指这儿发生过一次大地震？"单一海被老人的发现给吸引。

"是的，简直无法想象。这两个战士居然是在他们将刀与戈相互砍进对方的身体的同时被埋进地下的。我查看了沙样和土质层，他们是在最残酷的一刻遇到了自然中更残酷的灾难——地震时，被掩埋掉的。这种事真的太偶然了！"

"就像几千年后又被我们从地下将他们翻出来一样，世界总在偶然中让人惊异啊！"单一海沉吟着，"可为什么他们埋到了地下，而那座城却还存在？我猜测，那场地震肯定不亚于七级，否则无法将他们陷入这么深。"

"我也对此充满疑问。有资料记载，这儿正处于地球36度纬线附近，而36度纬线简直像条神秘的链条。"子老用手在空中描了一下，"凡经过这条纬线的地区，几乎时常发生许多奇异的事件，比如地震，比如海啸，甚至各种超自然的神奇之迹。"

单一海被好奇和欲望压逼："你是说这个古城也属于某种奇异事件？"

"我猜测该是！"子老若有所思地望向那两具尸骨，"你没觉得，在这样高的海拔上建一座这样怪异的城堡，本身就是一种奇怪的事嘛！这儿几乎每隔百年，便会有一场毁灭性的大地震。可居然无法撼倒它！”

“听上去简直像传说，那这两具尸骨又该如何解释呢？”冯冉打破老人的感慨。

“是啊，是啊，我总是被这些无由的东西打动。我有种直觉，也许他们的出现，就是给我们解开这道谜的一把钥匙。”子老的双目中闪射出某种沉重的颜色。

单一海喃喃地：“我都等不及了。”

“我也是！”子老忽然凑近单一海，”我只是故意在拖延时间呢！”

单一海惊异地看他一眼，不明白他为何这样突然伤感。

子老屏住呼吸，仔细地扫视那具尸骨。当他的手轻轻地取下那嵌在尸骨喉间的长柄铁戈时，竟惊骇般地呆住了。他的手微微抖动，那片铁戈上残碎的铁锈顺着他的指缝淡淡地滑落。这柄戈的存活时间太长了，铁质已发生变异。单一海看到他轻轻一动，那戈刃竟开始扭曲。子老有些激动地把那戈放在鼻孔上嗅，他吸得很深，像品某种饮品般，轻轻地半天不动，接着又吸……偶尔把那柄戈放到耳旁弹弹，戈发出呜咽般的沉声，又钝又老，如同一个老人的咳嗽。单一海被老人怪异的举动吸引，默默退到他身后，像退出老人的精神一样。单一海在很多时候，都习惯于从背后去读一个人。人的面孔可以伪装，但后背却永远是一种样子，坦然地呈现着那种轻易就会露出的真相，并且从不掩饰。

子老把那柄戈在手中捧读许久，又郑重地将它包在一块绢布上。之后，老人退后，向那两具尸骨深鞠一躬，右手又缓缓地伸向了那柄插进尸骨肚腹深处的直刀。单一海莫名地揪着心，不知为什么，他在老人的手伸向那柄直刀时，竟有种无由的惊慌。

“子老，这刀还是让……它留在原来的地方好吗？”

“哦？”子老缓缓抬起头。

“它该一直在那个地方，只有那才是它的家呀。那具尸骨没了它，才会是种真正的残缺。”单一海激动地低呼。

子老在单一海的逼视中转过身来：“我是个考古者，我的职责只是将它们取出来，而不是让它们一直待在原地。”

“可它们是这两个战士身上的一部分！你看清没有，这是两个战士搏杀时的最后瞬间，这个瞬间简直有种令人震惊的美。我觉得，作为一个战士，保留他们最后的姿势，才是对他们的尊重。”

“该让他们休息了，这两块铁取走了他们的命，可却还卡在他们的身上，你不觉得他们其实很疼吗？”子老平静的脸上闪烁着模糊的表情。

“疼？”单一海被老人的话问得一愣。“战士永远感受到的只应该是死亡，不是伤口！”

“你太理想化了，所以你太不像军人！”子老深深地瞥一眼单一海，“但又太像个军人了，过于理想化的军人都很痛苦。不过，你不该如此。你现在面对的只该是一堆古迹，而不是战士！”

单一海激动地搓着双手。“不，我现在才觉得自己像个战士了，尤其是在面对他们的尸体的时候，我庆幸自己目睹了他们，又为自己不幸，居然在他们死后，还来打扰他们的安静，他们太需要平静了。”

冯冉有些不自在地说：“简直不该发掘他们，该让他们永远埋在地下，地下才是他们的家！”

子老沉默了，环视身后，坑边密密地围了一大群士兵。他们不知道什么时候赶过来了，身上的军衣在风中哗哗扯动，密密的身影遮住了暗淡的夕阳。有个战士将一支火把插在坑边的土堆上，火把与夕阳的光搅在一起，在人们的脸上来回明灭着。士兵们都沉默地注视他，更确切地说是在凝视那两具尸骨。他从未见过那样怪异的目光，一大束、一大束地闪亮着。那目光其实就是一种令人惊异的语言呵！

子老被这些目光给搅扰着，半晌，才稳定下自己的情绪。他望定单一海，其实也在望着那些更多的战士。“我被你们打动了，这种感情其实就是对这两个无名士兵的赞扬。可我以为，还是让他们出土吧！他们站出来比埋在地下更像个军人，我想他们至少该是一个标本，一个军人的标本！”

单一海知道老人的心思，但他也更明白如果自己说出内心中的选择，老人也会毫不犹豫地答应他。但他知道自己无力主宰以后，即使他们将这两个战士葬埋了，那么还会有人将他们掘出。他们已经不属于自己了，从发现他们的那一刻开始。单一海竭力让自己平静下来，这时候，旁边的战士们拿来的十几支火把把暮色中的深坑照得亮如白昼。

他望望老人，老人似已看透他的内心，默默地点头，转身蹬上坑壁，隐到了战士的后面。只有单一海与冯冉还在坑下。

单一海望望冯冉，冯冉无言地归回士兵行列。他站在士兵的目光下面，忽然很孤独，也很灼热。他此时处于双重士兵的挤压之下了，心脏狂跳，为自己即将要做的某件事激动不已，但他强忍着等待自己的平静，果然，片刻之后，他的心跳安宁了。

他在战士们的目光覆盖下，挺起了胸膛，“立正”，他在下面嘶声喊。战士们在他的嘶喊中，神经般地抖动片刻，立即站成了一根根捅条似的棍儿，甚至连正在燃烧的火也在瞬间笔直地燃烧了。他的余光一瞥，看到子老站在人缝儿里，两条腿紧绷在了一起，满头白发在战士的肩后燃烧，单一海被这种瞬间聚涌起的肃穆给冲激得内心热血狂涌，他几乎听见了血在血管中哗哗冲突的声音了。他用目光与每个战士对接，从那些目光中他读出了许多新的感受。在挪到王小根脸上时，王小根却把眼睛给闭上了，他似乎在躲什么，身体绷直着，双目微微抖动。

“王小根！”他厉声道。

“到。”王小根下意识地一并脚。

“请你回答，我们面对的是什么？”

“是战士最好的雕像，也是末日！”

“为什么要把眼闭上，你不敢正视他们？”

“不，我只配在内心向他们致礼。”王小根有些喃喃地，“他们的勇敢让人心惊，他们太残酷了。”

单一海扫视大家一眼：“是的，是残酷，可这只是一种属于战士的残酷。残酷是战争的性格，我只想告诉大家，我们面对的才是真正的战士。”

他从坑底跳上来，站在大家的目光中。他看到这群目光中的一半都在燃烧。他们应该燃烧，如果沉默了，那将不是他一个人，而是整个连队的悲剧。他压住那片目光：“可我们却得把他们的勇敢拆散，让他们的躯体回到大地上来。”

他停住，期待某种反应，但他失望了。那些目光仍一如以往地平静着，他们也许都在疯狂地期待那两具战士的尸体被摆到阳光下的样子！一瞬间，他看清了，这些家伙眼中燃烧的其实只是好奇和欲望。可他却在期盼着有人响应自己，把他们重新掩埋，尽管这只是一种心境，可他却为自己涌起的这种心情悲哀了。自己不是也渴望看到这一切嘛！可他却真的无法预知自己，竟会产生这样的念头。他以为自己是勇敢的，可抓到手中的全是伤感。

他把刚才短暂的感伤挥去："我们无权为他们举行葬礼，可我们有幸目睹了他们的勇敢。我提议，让我们为他们的勇敢，致礼。"他侧身成 90 度．半面向战士，半面向坑中的那两具尸骨，厉声喊出口令："敬礼！"暮色中战士们唰地举起一片手的丛林。单一海用余光感觉着这凝成一个姿势的军礼，一种遥远的激动淘洗着他。他坚信那些战士也会如他一样，被这种相隔至少 2000 年的军礼给激动着。

这些战士一生也许敬礼无数，但唯独这种礼节将会成为他们的记忆。这时，单一海看到在那些战士的身后，子老也举起立指，成弧形，斜依在他的额际。老人的军礼有点美式军人韵味，又老到又庄重。单一海无言地收回目光，沉浸在自己的感受中。

戈壁兵阵

戈壁……海。

暗黄色的如同浸满毒液的天空，低暗着。

各色杂种石头的沙地。

单一海坐在越野车前座，有些心惊地看着一掠而过的戈壁。他绝对没料到，外表看似平静甚至空旷的大戈壁，会有这么多让自己坐立不安心惊胆战而又躁动不宁的感觉。起初，戈壁像个不动声色的巨大空洞，越往深处走，越让人难以捉摸。先天的石头，被一种神秘的力量操纵，均匀地摆放在干硬的沙土上，呈现着各种各样的形状。它们辽远地向前延伸着，由于没有明显的路标，汽车的快速驰进仅是一种感觉，仿佛仍在原地，令人无法区分是在前进还是在后退。感觉像驰行在一个偌大的空洞中，没有时间，也没有距离，甚至没有终点。天际开始蒙上一层暗褐色的黄，伸手摸去，感到满手都是灰尘。浮尘的颗粒像空气一样浮在戈壁上，不往下落也不上浮。鼻腔中一会儿便呛满了这种干燥。他忍住不咳嗽。这种浮尘他经历过，没想到刚一进入戈壁，便遇上了它们。

戈壁让他再次感觉出自己的渺小。

自打一进入这块戈壁，那辆破吉普车就像个冷热病患者，全身风吹似的抖晃。先是方向盘一遇到个大坑，就抖得无法握住，只得熄火后重新启动才能恢复正常。就这样走走停停蹒跚了一整天，还没走出 100 公里。他都快被这破车给气麻木了，他只是尽可能地把目光瞄向夜间中的戈壁只是这种奇迹随着夜幕的快临，已变得越来越不可能。

单一海抬头瞥了一眼一直飘在浮尘中的那颗太阳，它就挂在车窗的左边，似一只失去了电力的灯泡，散发着一点点粉红色的光。戈壁上散生的红柳、沙蓬，被染成暗红色。他的心里咯噔了一下，已经出来 12 个小时了，但到现在却似乎仍是漫无边际。他抬手示意，司机吱地把车停下。

单一海回过头，冲坐在后座上守着窗口瞭望的冯冉和王小根说：“放水。”便打开车门走了下去，脚一落地，全身便舒服地酸疼着，身上的骨节咔咔作响。

“这狗日的戈壁都快把人抖散了。”仰躺在粗硬的戈壁上，冯冉有气无力地咒骂着，敞开的领口被风沙打得肮脏不堪，毛茸茸的胡子上全是尘土，一双大眼睛此时在浓眉下清澈洁净。才 10 多个小时，戈壁就让这家伙粗野了起来。

单一海想：再过几天，这片戈壁还会让你变成真正的男人。当然，也有熏成女人的时候，如果你害怕它……

他清晨 5 时赶回古城遗址，冯冉早就等候在他的帐篷前。单一海看到他已把自己的行李打好，干粮堆放整齐，心里隐约闪出一点满意之色，当下就定了带他去，再带一个，那就是王小根吧！人越少，麻烦就越少。他希望带去的都是可以干活的人，而不是人数。实际上，我一个就已足够，他在内心里遗憾。

单一海回望四周，焉支山已远远地隐去了自己的身影。戈壁四周是一层层雾状的东西，它们穹隆般地覆盖着戈壁，像一面翻扣的大锅。没有一丝风，到处都骇人般的寂静着。这之前也许有一队驼队或野狼走过，干硬的粪便在脚下，比卵石还硬。从来没有什么征兆预示时间，这里没有时间，这里太空了，空得似乎只有他们自己。

王小根翻出一只高倍望远镜，认真地四下瞭望。他忽然发现什么似的，用望远镜凝住一个方位，嘴巴惊讶地张开着。

单一海看出异象：“发现什么了？”

“妈的，这鬼地方居然还会有牛啊！你看，那牛多大啊！还有红色的毛发……”王小根惊奇地低呼。平常在家里见惯了的东西，到了这儿，却几乎成了罕物。

单一海拿过望远镜，向前凝视。高倍望远镜中的景物真清晰，他赞叹着，那片遥远的景物立即被拉了回来，镜中闪现出一片小小的胡杨林。那个被王小根称作牛的畜生，此时正伫立在胡杨的边儿上，耸着一双瘦耳，似在倾听般地望着他，他被那种凝视给惊住。牛的眼睛不会这样充满着深深的欲望。单一海调动焦距，那双眼睛更近地出现在他的眼前，几乎可以听清它的呼吸。他深深地在心底与之对视，因为处于一种侵略般的注目而使其更像一种窥视。他不由得感叹望远镜的另外一种功能，便是给人多了一种视角而且不会惊动对方。

那双眼睛闪着琥珀色的光，它此时温和地眨巴着，继而，被什么惊动似的，仰天嗥喊，扁长的尖嘴原形毕露，长牙尖刺着。天，这居然是一匹狼，是一匹如此硕壮的狼。他被那狼的孤独打动，镜中的狼连啸片刻，身上的毛发哗哗颤抖。他感动地倾听，因为他也长啸过，尤其是一个人的时候，啸嗷才是一种对孤独的由衷的吟咏啊！他看到那匹狼迈着小碎步，从容地向远处走去，直走到旷野深处，他才把望远镜放下。他坚信这一幕将永远被自己铭记，黄昏中，他注视了一匹狼的孤独。蓦然，他想起自己偶然看到过的一句话：孤独像老鼠，它出洞了。其实孤独更像一匹狼，它消失了，身上奇怪地披着火红的色泽。

冯冉征询地看他：“那只牛真好看吗？”

“是好看，不过它是一只狼，一匹绝无仅有的狼。”

“狼？这片戈壁上居然有狼？”

“当然。”单一海冷静地说，“咱们再走走吧！再过两个小时天就会黑下来。”他的脑际闪过那片胡杨林和那匹狼，“争取在那只狼所在的地方宿营。”

冯冉伸手把王小根从戈壁上拽起来，坐车太累了。全身给颠得又疼又麻木，肌肉都开始神经性地弹跳了。

“躺着真舒服，像按摩一样，这些石头硌得人全身都快舒坦死了，以后累了，建议大家就找堆热石头，把身子往地上一搁，疲累皆无。”王小根捶着背，爬上吉普，似乎留恋万分地大叹心得。

“收起你那一套鬼理论吧！”冯冉把他往边上挤挤。这家伙块头大不说，还占了近一半的面积，身上又热又燥的，全是咸咸的汗臭味儿，“有这种闲情，我宁肯花钱去按摩院享受一下‘马杀鸡’。”

“只怕‘马杀鸡’没做成，早被别人揪着耳朵回家抱孩子去了。人说从小看老，我从现在就可以看清你的以后，肯定也是个怕老婆的主儿。”王小根点起根烟，轻轻地蔑视冯冉。

“怕老婆有什么不好？只要怕得有理，那就怕出了感情。就怕个别人想怕老婆还得过段时间哪。”

单一海坐在车前，听着这两个小子逗嘴，脸上蕴着一丝笑意，内心却莫名地浮动着刚才那匹狼的身影。他有种莫名的预感，自己还会遇到它。

吉普车在戈壁上哗哗地抖动着，随着暮色的深暗，方向感越来越差，似乎四下里都是同一个方向。起初车似乎向北开，后来有些偏西。反正戈壁上没有路，只有方向，单一海在车子的疾驰中，眼皮有些涩涩地发黏，毕竟两夜未睡了。他的眼睛直视着前方，头脑中却木木地开始了休眠。他就有这种本事，睁着眼睡觉。车内可怕地孤寂着，只有发动机干燥的轰鸣和汽油味的弥漫，司机在这种单调的疾驶中，也终于麻木般地打起了盹儿。在西部的公路上，常常可以见到这样一幕景象，许多坦直的大路上，不时有许多车辆开着开着就偏离了公路，而在那些崎岖多险的地域，却很少出事。其实，长久的驾驶比崎岖的路段更危险。车在司机的手下胡乱地奔驰，单一海并没觉出危险正在来临。他的眼睛木木地看着车向一棵孤零零的红柳身上撞去，才下意识地抓紧了保险杆。车身在撞到红柳身上的同时，他才被惊醒。车撞到树上后，又翻了个过儿，碰巧又颠倒在了一块石头上，车一侧，就翻在红柳旁的一个大深坑里。在车来回翻腾的过程中，单一海头脑清晰如水，并没有体会出害怕，相反倒觉出一种特别刺激的漂浮的快感。直到车门啪地打开，把他甩出汽车，他才有些后怕地觉出恐惧。站在车边儿上，有片刻，他竟有些呆了似的木讷，头轰轰地直响，半天听不到一点声音。那位司机沮丧地揉了揉眼睛，这位老兄的脸给窗玻璃划出个大口子，血缓缓地从脸上渗出，冯冉的右腿给夹在车门旁，司机这会儿变得又可怜又可气，他忙不迭地把冯冉从车上拖出。冯冉气得直喘气，刚要骂娘却又疼得龇牙咧嘴。这时，司机怪叫着说，怎么缺了一个人。单一海也赶紧拉开车门，果然没了王小根。刚才一慌，竟忘了还有个人。他不由得急促地去喊.却听见不远处传来王小根有气无力的呻吟，“我还没死哪！”声音中不见难过，倒有些淡淡的惊喜。

单一海奔过去，看到这小子被甩在红柳边儿上，估计车在翻过来的同时，他就被抛了出去。单一海去扶他，他立即杀猪般地叫起来，双手抱着小腿直喊疼。单一海帮他把裤腿扯开，看到半条腿可怕地浮肿起来，裤管已经无法箍住他的腿了。

他用手敲敲，判断他的腿已经摔断了，便把王小根放平，从身上扯出急救包来，撕了两块绷带，折下两根红柳木棍儿，将他的腿给固定好。冯冉在旁边默契地配合他，他似被刚才的变故，一下子给搞得沉默了。

司机愣在汽车旁，一边检查汽车，一边偷眼观望着单一海。单一海知道他的内心紧张。他故意不理睬他，和冯冉把王小根扶到车旁，心里被一种不祥的阴影给笼罩着。这鬼戈壁，简直太不可思议了。他有些茫然地望着渐暗下来的旷野，这儿空旷得连个鸟毛也不见一根，甚至听不见麻雀的唠叨，怎么却鬼使神差地出现这么一棵碗口粗的红柳？遍野的小石头中怎么偏有这么一块硕大的青石？石头旁还有一个大坑？戈壁此时在浮动的云雾中，越发昏暗。它此时平静着，仿佛刚才什么也没发生，一点点地在逼近的夜色中浓缩起来。单一海恍惚间有种错觉，这片戈壁在某种程度上，更像是一个用石头垒就的巨大兵阵。那些看似平静无奇的每块旷野，其实都隐藏着深深的危险，只是这危险由于蒙着一层笨拙甚至过于冷静的外表，而更多的传达给人一种巨大的安全。真正的危机往往都蕴藏在巨大的平静之中，大平静其实就是大危险。他想，古代的那些富于攻击和杀戮的兵阵，与这种自然的兵阵相比，几乎不值一提。它仅用一种最平静的方式，就击败了所有的人。他迷惑地看着这一切，使劲地向地上吐了口唾沫，这时天已经唰唰地黑暗了下来。

冯冉拖着夹伤的腿，一拐一拐地打开车上的125瓦电台，黄羊黄羊我是野狼地乱叫着。半晌，他把耳机一扔，绝望地看了司机一眼。“他妈的，全完了，这破机子也给弄坏了。”他有些无奈地看着单一海。

单一海无言，王小根的腿已经断了，与师里的联系也到此中断。这才真叫出师未捷身先……伤哪！他自嘲地笑笑。这时候，只有他不能倒下！甚至不能流露半点失望的神色。他现在才真正是这几个家伙的主心骨。他下意识地咬咬唇：“今天先住这儿吧！天亮后再说！”

星星开始出现在雾气中，它们偶尔从浓雾中露出眼睛，看一眼他们，就把脸隐了回去，月亮也紧跟着照亮他们静静的脊背。单一海和冯冉张开简易帐篷，打开背包。司机不知从哪儿扯来一抱干柴，燃着，明亮的火光开始照亮他们的脸膛。冯冉靠在背包上，仔细地擦着携带的那支81式冲锋枪，一下一下地，擦得十分认真，擦完后，又开始擦子弹，3 厘米长的子弹被擦得黄金灿烂，躺在他的掌心，像个宁静的婴儿，恬静美丽地呈现着温柔。司机熬了一点大米粥，每个人喝了一小碗，肚里有些温暖了。司机又跑回车上，打开录音机，乱七八糟的摇滚乐铺天盖地涌来，十分嘈杂，同时让他有种躁里吧唧的感觉。司机是个成都来的兵，这小子服役四年，浑身透着股老兵的油劲儿，对于军队上这一套似乎比谁都明晰。司机一般都较牛气，尤其在机关待久了，又透着股劲儿让人求，早把他自个儿垫得自己都不知有几两重。机关就这种怪事，兵比有的科长还牛。你还不敢得罪他，明里暗里他都会利用手里这点实权整你一下。一路上，看他把车开成这德行，单一海早就憋着口气儿，只是一直忍着没发火。到了这时候，他还要出这股劲儿，真是不识时务。不过他也理解，在平地上开车，人更容易疲劳，开了一天多，他能挺下来已不容易了。这小于挺识趣，看大家都没好气，早早把碗一扔，待到了一边修车去了。

冯冉没好气地哼了一声，故意不去帮忙，一发一发地往弹匣里压子弹。这次他们携带两支枪．一支手枪，再就是这支 81 式自动步枪，基本上是为了防身。单一海喜欢冲锋枪的感觉，就把手枪丢给了冯冉。人不管什么时候，身上背支枪，就像背着种安全一样，心里有底，更不会害怕了。他拉了拉枪栓，这支枪太新了，连膛音也亮着股崭新的韵味儿。这时真希望有敌人出现，最次也来只野狼吧！他只渴望用射击来打破这种无奈和寂静。他站起来，沿着没有风的戈壁随便行走，坚硬的卵石在他的脚下被踩踏得乱滚。这时的戈壁太宁静了，只有月光在空中悬照如初，大地一片银色的平静，似乎像遍布的潮水。

下半夜忽然起了风，哗啦啦地掀动外面的篷帐。他们 3 个人挤在一起，可恶的小个子司机卧在外面的吉普车里，猪似的打着呼噜。他还能睡着觉？单一海有些淡淡的愤怒。他侧侧身，辨听着风尖厉的呼啸。在戈壁上，这些风比狼更野蛮，更让人惧怕。有时是黑风，漫天仿佛忽然泼满墨汁，阳光不知躲到了哪里，风声挟着大块的石头，卷起地上的沙子，硕大的石块专砸营区的窗玻璃，夜晚起风时他总被窗玻璃破碎时的惊叫震醒，被那些蛮横的风，撕碎遮光窗帘，把沙子石头给你撒上一屋子。第二天，房子里到处是均匀万千的沙粒，嘴里一吐是一大把沙。而外面风平浪静，太阳明媚，天空湛蓝。这样的游戏几乎每天上演。

风越刮越大，可以听清石块被风抛起来像疯狗似的呜呜吼几声，之后，使劲砸在帐篷上、车上叮当乱响，在帐布上发出沉闷的扑通声。单一海靠帐布太近了，一块石头隔着粗帆布砸中他的腰，他惊叫一声。王小根不满地嘟嚷了几句，又呼呼睡去。

在这样的夜晚，他一边数着数催眠一边想着女真她们。寒气浸透帐篷，更冷了，单一海裹了裹大衣，仍冷得不行。干脆坐起来。他忽然想起也是这样的黑风劲拂之夜，居然冻死了连队养的几只羊。那深秋之夜，戈壁已是零下三十多度，现在，外面也有零下二十几度了吧！

这时，冯冉悄悄捅捅他，抱着被子挤过来，塞给他一支烟。

单一海知道冯冉肯定不会睡，能在这样的夜晚睡着简直就是种本事。“还没睡？”有一点他没讲出，那就是他觉得冯冉与自己有某种默契。

“睡不着。”冯冉也给自己点上一支，“能睡着倒怪了，这样的鬼地方。唉，头儿，你说女真中尉她们现在会怎样？”

“我也不知道。”单一海闷闷地抽一大口烟。

“你是不敢想吧？”冯冉往他身边挤挤，“其实你现在就在担心她们，你在想她们是否能忍受这样的寒冷吧！”他诡笑一声。

单一海有些意外地向边儿上侧侧，这小子最大的毛病就是太聪明了。聪明有时可比缺点更让人不放心。单一海这时却有种无由的倾诉欲：“这天是太冷了。”接着是长久的沉默。

“你们会结婚吗？”冯冉在黑暗中灼灼地看他。

单一海竟不知如何作答，他只好让自己更深地隐入沉默之中。

“那你以前的女朋友，邹辛怎么办？”他似乎并未察觉出单一海的不安。

单一海的内心针刺般地动了一下，他确实没料到冯冉会谈这个问题，他真的没有想过这一切，哦，他其实根本没敢想过以后。

“不过，你会跟她结婚的．我有种感觉。”

“谁？”

“女真。”

“为什么？”

“一种直觉呗，你的眼睛告诉了我，我现在才觉出，爱情其实是可以改变一个人的。”

“你懂什么爱情？”单一海故意岔过话题，“你才20岁，20岁会有什么爱情可言。”

冯冉似乎急了。“20岁就不允许有这个年龄的爱情了吗？”接着他意识到什么似的。低语，“天亮了！”

他俩忽然无话，就这样对坐着，各自抚摩着自己的心思。单一海感叹，还有什么话可说呢？当两个人都被对方触动的时候，最好的掩饰就是沉默了。

天光这时已透过小小的帐篷，把他们罩在一片黎明前的晦暗之中，单一海的心情仿佛也被这缕亮色给映亮了。他撩开帐篷，爬出去，竟惊奇地发现，外面满天空都飘着绒毛似的雪花。戈壁的天气就是如此，一天可以经历好几个季节，当然这是指夏秋之间，而到了春冬，则只有一种脸孔了，那就是令人恐怖的奇寒。

冯冉也钻了出来，看着雪光，竟有些短暂的激动。仰起头，任雪花撒到脸上，一脸笑容，灿烂得像婴儿。

戈壁上的风此时已停止吹刮，雪埋住了石头，树上的冰凌晶莹透明，单一海用雪搓了把脸。天气的恶劣让他更加思念女真，这时他看见帐篷周围有一堆乱七八槽的兽蹄印，不由得有些心惊。他仔细辨认着那些呈半梅花状的蹄窝，判断出是狼的足迹。他数了数，周围一大片雪地上竟都布满了杂乱的蹄迹。这群狼肯定是昨夜刮风时出现的，而奇怪的是，他竟没有听到任何声音，包括那些狼的呼吸。

他警觉地向四下瞭望，试图看到那群狼的身影，他有种直觉，这群狼肯定没有走远，它们也许此时正伫立在某个地方，深深地注视着他们。可旷野在雪中艳艳地白亮着，视力所及只是一片刺目的白光。

冯冉望着单一海的背影：“在看什么哪？”

“那群狼。它们终于出现了！”

“在哪里？”冯冉似有些心惊地喊。

“它们肯定没有走远，我觉得它们就在附近。”单一海转过身，直视着冯冉，“把子弹装好，也许我们很快就会遭遇。”

“是。头儿，王小根怎么办？”

“他……？”单一海一愣。王小根某种程度上已成了一种累赘，他现在已经对这次寻找没有任何意义，他略一沉吟，“那架电台已经失去作用了吗？”

“是。”冯冉略带沮丧。

“车呢？”他抬头瞄了一眼吉普车，司机早就起来了。他此时呆呆地坐在那儿，眼中闪着绝望的神采。看到单一海走过去，立即站起来，同时无奈地摊摊手。“车完了、完了，油箱给撞破了，这他妈的咋办咧？”

他哭丧着脸，司机这会儿特可怜，一般司机都只是在车坏了的时候，使用这种表情。

“还有没有可能修补过来？”单一海内心一揪，看到司机无奈地摇头，眼中不由迸出一股怒火。妈的，真是祸不单行，电台坏了，王小根受伤，车也坏了，在这样大的戈壁上，没有车几乎不可能走出去，“你昨天为什么不告诉我？”

“昨天晚上天太黑，我没看出来。早上起来时，才发现油已漏光。”司机干巴巴地说。

“还有多少备用油？”他竭力压抑住自己的愤怒。

“还有 20 公斤，只能跑 100 公里，跑到了，我们就回不来了，一样没辙。妈的，这破车这回可把我们害惨了。”

单一海趋前，打开吉普车前盖，检查司机所说的损坏处，看到油箱上冒出个杯口大小的撞痕，被司机用棉花塞紧着，油珠顺着棉花悄然渗漏，即使不漏油，他们也走不出这片戈壁了。

他转过头：“这车还能开回去吗？”

“能，估计可以。”司机急促地说。

得到肯定的回答后，他平静地望定冯冉：“情况你都知道了，我们已经没有退路，我决定司机和王小根原路返回，我留下，继续寻找。你是随车返回还是随我去寻找？”

冯冉此时竟平静地说：“我无权离开自己的连长！”

“可也许我们再也走不出来了。”

冯冉悲壮地：“不。我们会走出来，即使出不来，我也不会后悔！”

“谢谢。”单一海在内心中再次对他说出谢谢，尽管他知道冯冉会坚决地跟随着他。一个军官如果在关键时刻得不到士兵的忠诚，那这个军官就将十分地悲哀了。在这一点上，他永远对自己充满着自信。

单一海和冯冉把王小根抬到车上，接着又写了一封简短的情况介绍，让司机带回。那个小个子司机似乎没有料到，单一海还将去戈壁找寻。他有些伤感地握紧单一海的手，由衷地说：“我回去马上就赶来，接你们。”

单一海拍拍他的肩，挥手示意他出发。王小根一直坐在车上，不语。单一海猜不透他的内心，只是凭感觉他在忍受着什么。单一海用手使劲握握他，他的泪水竟倏然而落。

吉普车一溜儿烟离开了他们。戈壁上一下子安静了下来，似乎只有他们俩的呼吸和背影。

牧猪使者

早晨的戈壁奇寒，风像柔软的刀锋，缓慢地划过。雪已经停止飘飞，一轮红日奇怪地竖在一丈高的地方，仿佛一伸手就可触到。单一海有些费力地向前走。他和冯冉的背上都负重着各自的背包。刚开始，单一海曾想一身轻装，只把武器带上就行了，但昨夜戈壁宿营，使他又改变了主意。这样下去不仅走不到底，说不定在半路上自己就会被冻死，别说去找她们了。

在戈壁上走路太累了，那些原先凹陷进戈壁很深的石头，在他们脚下奇怪地凸显着，他们不时被圆滑的石头绊倒。冯冉的心情却有种莫名的兴奋，他一路乱踢着落雪的红柳枝杈。一块石头被他踢中，一路呼啸着前进，碰着一棵硕大的沙蓬草，窜出两只灰色的兔子。它们惊立片刻，便像两道灰色的闪电，隐进了旷野，惹得冯冉大呼小叫着追了半天。

太阳这时已经爬到了头顶，它的脸不再是红色的娃娃脸，似乎有些什么东西发散，拼命放射着白色炽热的光芒。单一海有些燥热，随手把帽子抹下，掖进腰间。背包此时成了累赘，他有些懊恼，随手把背包在自己肩上放得更舒服些。冯冉在不住地哼着一首歌曲儿挺简单，他听出是一首花儿。那花儿在冯冉略带些南方味的口音中，有种怪怪的味道。

圆不过月亮方不过斗
十三省好好不过兰州
麻不过花椒辣不过酒
甜不过妹妹的小舌头

单一海听出是支“酸曲”儿，那曲子他以前也听过。可此时听去，竟有些不一样的感觉。花儿在冯冉类似于喊的唱吟中，在旷野上弥散。他没想到冯冉竟有这样的激情，也许是愤怒吧！他深深地注视着冯冉，感到他在一瞬间距自己远了，又那么陌生。

马蓝花儿者蓝死了
怀抱了瓶
手拿了花盅了
维我的花儿难死了
你费了心
我舍了真身子了

这歌像一支火把，一下点燃了单一海内心中的炮捻子，他真切地听到了内心深处的爆炸。他想起这歌女真也唱过，那是他与女真一起散步时，她偶尔哼出的。那会儿，她一连唱了十几首，可唯有这几句话在他心中留下了印痕。许多东西其实是无法躲避的，哪怕是一支歌！他仿佛下意识地，哼出了这歌子的后面……

大燕麦摊的者场里了
牛拉的碌碡碾了
我你哈刻给者心里了
昼夜天明地想了

单一海嗓子哑着。他的脖子上青筋暴出，这几句词他觉得仿佛吼了几十年。那些嘶哑声音一粒粒地消散了，只剩下了他。那一刻，他忽然强烈地想，一见到女真，就把这首歌再吼一遍。

冯冉似被他的歌声惊动，他从未听单一海唱过什么花儿，这一带的老百姓几乎都会唱一口儿。冯冉无事时常溜出去，听那些放羊的老汉唱，一来二去就学了几十句，他觉得这些词和曲子都太美了。那些流行歌曲跟这些描写爱情的花儿一比，几乎不值一提。这才是真正的流行歌呢！只是他不知道，单一海为何唱得这样怆然？

单一海唱完，便陷入到深深的沉默中去，脚下的雪已经化净。裸露的沙土上平净潮湿，风暂时没刮。偶尔爬上一块高些的沙丘，就会看得更远些。戈壁仿佛永无尽头似的，在视线的尽头苍茫着。

走在前头的冯冉，忽然驻足："头儿，我们怎么又走回来了？"

单一海站定，看到雪上有一大片杂乱的脚印，还有两道清晰的汽车印痕，旁边是那棵已被撞毁的红柳，这正是他们早晨出发时的地方。走了一上午，又走回来了，单一海懊恼地卸下背包，身上一下子失去了力气。早上他记得，他一直向太阳升起的偏北方向走的啊！他站到一片高地，茫然地看着巨大得令人失望的戈壁。他有极好的方位感和辨图能力，在学校野外生存时，他仅凭北斗星的位置，便可以找到走出森林的路径。现在，似乎他的这种能力在瞬间消失了。

单一海竭力让自己镇静下来，"冯冉，把图拿来。"

冯冉无言地递过去，他知道在此刻所有的埋怨都是多余的，甚至是一种伤害。

单一海只一眼，便找到了自己在图上的位置。他凭记忆将早间走过的那块戈壁的地貌和图上对照，不由得有些呆然。这块戈壁竟是椭圆形，在地理上极度偏西，太阳其实只在偏东南方向，从戈壁上望出去的太阳，并不在正东。单一海有些无奈地说："我们上太阳的当了。"他用手在地上随手画开一条弧线，"顺太阳提示的方向走，只是一种错误。当太阳从低处到达我们的头顶时，我们其实刚好又回到起始处。我说自己的方位怎么会出错！"

"极好的方位感也是种错误，头儿，太阳和你的感觉都没错，错的是常识。"冯冉为单一海的发现惊奇不已，"听上去简直有些奇异。"

"没想到我们无意间发现了戈壁的这个秘密。看来，下次我们野外生存训练时，这一章又该改写了。"单一海兴奋地自语，同时迅速用指北针测出他们的方向，拍拍冯冉的肩，"走吧！小伙子，走到天黑再宿营，我预感到天黑肯定会有奇迹出现的。"

"但愿如此。"冯冉嘟囔着，负上自己的背包，踢踏着向前走，戈壁忽然失去了平坦，忽高忽低，有一片竟然不时出现一些深坑或用小石头垒起来的坟堆。偶尔有几根白骨，在石头丛中，白地闪着异光。翻过一道深沟，一条戈壁上几乎见不到的深沟，他俩开始爬一道极陡的高坡。

冯冉有些吃惊地，“以前我还以为戈壁只是一片平坦哪，没想到，里面与外面其实是两种感觉。”

单一海喘口粗气，忽然有些诧异地使劲皱皱鼻翼，一股奇怪的腥臭味正从坡上漫下来，他有些不敢相信地又使劲嗅嗅，味道越来越浓，还隐约听到一种怪异的低吼。那种低吼声带着声陌生又熟悉的旋律飘过来。“你听……”他捅捅冯冉。

冯冉似乎也已听到那怪异的低吼，他神情悚然：“头儿，会不会是狼群？怎么还有这么臭的味道。”

单一海凝神听听，从肩上卸下枪：“不知道，也许是它们！我刚说完它们就来了。”脸上神情肃然，“你从那边上去，我在这儿，一有危险，立即开枪。”说完，已经一把卸下肩上的背包，身子猫样地贴着坡面向上奔去。他的军事动作绝对棒。哧啦哧啦的声音不时让一条条细小的蜥蜴仓皇远离；还有一些微弱的树叶，一块小小的石头打动另一块小小的石头，一起滑下了坡底。

这时，他的头顶忽然响起一声奇异的号喊，那声音像从空中抖响的脆鞭，又亮又脆，撕裂人心似的击打着四周的空气。单一海和冯冉都被这种声响惊动，他们下意识地停止了向上的奔跃。

单一海抬起头。

冯冉抬起头。

两人被一种奇怪的景象震撼住了。

坡谷顶头，一个纤小的孩子正咧开墨黑的牙齿向他们微笑。他的右手有一杆十分长的红柳牧杆。阳光穿过蓬乱的头发，还未及照到他们身上，便被风吹散了他的身边簇拥着几十头硕大的黑猪，正观看他们的爬行。那些猪们一溜排开，堵死了他们的去路，只用一双双没有表情的眼睛，凝视着他们。

单一海被这幕景象给惊呆了，他下意识地想起一幕梦中的景象，这一切仿佛末日来临时最后的昭示，上帝派他的牧猪使者来到多灾多难的人间，那些善良的人将骑着这些猪到达天堂。上帝，他的心里低叹一声，这时他看到那牧猪小孩手中的长鞭一抖，似乎一把刀子似的，将那些猪驱开一条通道。猪们士兵似的后退着，只剩下那个小孩，站在阳光中，向他们微笑。

单一海意识到这孩子在示意他们上来，他给冯冉摆摆手，冯冉似乎已被这个小孩的出现给震惊了，也有些发呆地看着他，手中的枪温顺地垂着，仿佛一条手臂。见到单一海的手势，他才清醒似的缓过神来。一个漂亮的跳跃，已经蹿到顶头，单一海也赶紧爬了上去。

顶头又是一片平坦无垠的戈壁。大大小小的石头同样均匀地在沙地上井然有序。唯一的区别是一个神秘的小孩，站在这个谷顶微笑着，盯着他们的绿色军衣。

那孩子脸孔肮脏破败，手上积垢成甲，羊皮袄上有几粒羊粪。脚下的猪们在悄悄翻动石丛中的草根，十分仔细，像一群虔诚的寻宝者。

那男孩向他们笑着，他的笑又神秘又灿烂，眼中闪着温和的光。

单一海用眼凝住那男孩，他的心里被一种神秘的感觉攫紧了。

“你从哪里来呢？”他抬头看看空旷的戈壁，望酸了眼也找不见一点人烟的样子。这个小孩的出现本身就像一个传说或者又太不像。他弯下腰，希图能得知他的由来，也许他见过女真他们！

“你见过一辆卡车吗？上面有 5 个与我们一样的人。”冯冉有些急切地凑近他。

那男孩坚持着沉默，他似乎对冯冉和单一海的问话并不感兴趣，只用一双谜样的眼睛打量着他们。单一海忽然意识到，那男孩其实与他们一样，对他们的出现同样充满着疑惑。在这儿，其实每个出现的东西都是一种暗文啊，他感叹，看到小男孩伸出那只脏手，轻轻地抚着吊在单一海胸前的那支冲锋枪。他几乎没有任何羞涩，甚至不安，仿佛他伸出的手只是一种友好的表示一样。单一海再次惊奇，人类其实天生属于枪，哪怕是一个神秘的没有来历的孩子。他把子弹退出，验枪，交给那男孩，那孩子的眼里蒙上了一种兴奋。他用手缓缓抚摩，像摸一头猪的绒毛似的，小心中透着种好奇。单一海看到他只用单手就把枪举起来了，兴奋地向远方瞄瞄。忽然，他像是想起什么，把枪掷还给了他，伸手操起那支红柳牧鞭，匆匆奔去。

单一海看到，两只硕大的牛似的猪正在厮咬。它们的战斗很激烈，一只猪压着稍小些的，血盆大口正咬紧在那弱者的喉间。那孩子隔几米远，便抖开牧鞭凌空甩去，只听半空中一声厉鸣，那只正在逞凶的猪已被一鞭给抽到了地上。身上立即凸显着一道鲜红的血棱，疼得满地乱窜，那孩子却不依不饶地追着那猪。那只猪不论跑多远，都被那孩子的鞭子给抽到。它哀鸣着，一次次地被抽翻在地上。单一海惊异地看着那孩子，不明白他一瞬间怎么会变得这样残酷。

那只猪似乎已被抽打得没有丝毫力气，乖乖地跑回猪群中，周围的猪立即围上去，吮着身上的血。这一切，让单一海看得毛骨悚然，半天回不过神来。这个小孩太让人看不透了，他甚至有种隐约的恐惧。对于无知的陌生的恐惧其实是人类的弱点啊！他想。

冯冉一直不动声色地看着那孩子，似乎对那小孩的鞭技很感兴趣，他兴奋地低语：“太棒了，简直是神鞭。妈的，我可从未见过这么神秘的孩子，简直像是从天上来的。”

“但愿是天使。”单一海低语，看到那孩子已经回转身来，他似乎很兴奋，脸上的笑容更灿烂了。单一海却怎么也无法把这个弱小的孩子与刚才的残酷都放到一个人身上，“这孩子也许可以帮我们找到她们。”

“我也有这种预感。”冯冉兴奋地低语，“可他好像不懂我们说的话。”

“我直觉他听懂了，可却不知如何回答我们，也许他不会说话。”

“你说他是个哑巴？”

“一会儿就清楚了。”单一海大步迎向那孩子。伸出大拇指，说，“你可真棒呀！”

那孩子脸上闪过一丝羞赧，他还会害羞哪，似乎他还在被刚才的表演兴奋着。他张开嘴，哑哑地发出细弱的声音。那声音稚嫩，又蕴着杂乱的卷舌音，手中有规律地比画着，他的左手画了一个大圈，右手做成一个向前走的姿势。他真的不会说话。单一海失望了。

“他好像在说这块戈壁有个什么东西一直在追我们，或者是一大堆东西？”冯冉迷惑地自语。

“你是说一大群人吗？”单一海惊奇地问那孩子，“还有一辆卡车，那车有四个轮子……”他的手上下舞动着，似乎一下子找到了表达方式。对一个哑了的孩子，你又可以说清什么呢？

那孩子不住地点头又摇头，他的脏脸上一派庄严。这时一头纯黑的猪走到单一海脚下，咬住一块他脚边的石头，叽哩喀嚓地咀嚼起来。这种怪异的声音，让单一海感到一种恐惧，它的粮食居然是石头？

那小孩在单一海有些迷惑的注视中，手上下舞蹈着，有点巫术的味道。单一海竭力辨别他手舞动的含义，想从中找出某种他所熟悉的暗示。他越看越觉出神秘，他根本不懂那些手势，他失望了。与一个也许掌握着他要找的秘密但却不知如何表达的人对话，几乎是一种探险。

那孩子终于停止了手势的舞动，他注视单一海片刻，眼中竟蕴着一层失望。他脸上掩着深深的无奈。他忽然拿起那支红柳牧鞭，仿佛沉思般地沉默了一下，在地上唰唰地画着。他画得很仔细，周围的石块不住被他碰飞。他的牧鞭在手里如同一根竹枝，轻巧地来回摆动。那支鞭杆上的红缨随着他手的抖动，来回晃悠，如同一束小小的火焰。单一海被这孩子瞬间聚涌起的这种类似于疯癫的行为给吸引了。那孩子一直低着头，似乎他的画仅只是一种即兴的表演。他的脏发忽悠地闪动着，他的背影本身更像是一种图画。可他要用画来告诉自己什么呢？他试图看清，却被那孩子搅起的黄尘给遮没着。

片刻，那孩子把牧杆收回。攥在手中，仔细地看了一眼他刻画的那些线条，仿佛在看有什么疏漏。直到终于满意了，他才收回目光，转身甩出那支长杆牧鞭，仰身在空中一击，一声裂帛般地脆响鸣起。那群猪仿佛受到召唤，从四散的地域抬起头，寻找着那孩子，仿佛寻找着自己的主人，那些猪从四面向他的身后聚拢，簇拥着他向落日的方向走去，他的背影在下午的阳光下一点点变小，顷刻间便消失不见了，仿佛从没出现过一样。

单一海有些惊骇地注视着那孩子飘去的方向。他怎么也无法相信，他会从自己的眼际深处消失。刚才那孩子居然没有回头看他们一下，整个过程仿佛他们根本不存在。那孩子对他们很失望？他想，内心中涌起一丝疼痛。

冯冉已经走近刚才那孩子刻画的地儿，他蹲在地上，似被打动：“头儿，快看，这孩子画的简直像幅传说图，太让人奇怪了。”

单一海仔细向那图瞄去，干硬的沙土上凸显着一大片粗线条的图画。似乎画的是一大群羊……不，是狼，有十几只，前面站着两个人。在狼与人的中间，隔着一些河流似的曲线。那图真简洁，透着动人的稚嫩。狼群好像在急促地追寻着什么。最前面的那只，只用线条构出了它的轮廓。它可真大呀！只是那轮廓传神着一种无法掩住的尊严与凶残。他忽然想起，似乎在什么地方见过这样一匹狼。至于在哪里，却一下记不起来了。前面那两个人，他有些奇怪了，那样熟悉，会是谁呢？

“头儿，前面这两个人好像是我们呢！你看，那个高些的人，手里提条枪，你提枪的姿势不就是这样吗？哎呀，太像了。”

单一海也看出来了：“这孩子画我们干什么，还有一大群狼？”他略略沉吟，“这图好像在提醒我们？”

“提醒什么呢？”冯冉疑惑地看看四野，“我当然希望他提醒我们了，可他却什么也不说，就留了这么张图，我都快被弄糊涂了。这孩子太奇怪了。”

“这群狼似乎在追什么？”单一海沉思片刻，猛一拍腿，“是在追我们。这群狼一直在跟踪我们！”

“你是说，这孩子告诉我们，有群狼在跟踪我们？”

“我想是这样。”单一海若有所思地望着那孩子消失的方向，无言地在脑海中寻找着那孩子的踪影。奇怪的是，那孩子竟只是一团模糊的影子和一杆裂帛般响起凄凉声音的牧鞭。

那鞭子上的红缨火焰似的轻拂着。

与狼的战争

天黑得十分特别。

先是太阳被一片片乌云遮住，接着有一颗明亮些的星星从地面上升起。巨大的圆盔式的蓝色天宇紧紧包住这块戈壁。许多的星低得几乎就站在地平线上，如同一盏盏电灯一样，一晃一晃地耀人的眼。

单一海第一次体验这样的黑夜，巨大的深蓝色的天宇闪现出迷人的深邃。天气不太冷，他们就没有撑帐篷，都靠在睡袋上，身子舒服地放平。俩人疲倦得话也不想说了，一天的急步行走已使他们疲累不堪。单一海对照地图，今天走了 40 公里，比强行军还累。行军速度按正常规定，也只有 45 公里。他们已经走到了戈壁的腹地，再向前走 60 公里，就会看到国境线了。他有些莫名的沮丧，已经两天了却几乎没有发现女真她们的任何踪迹，冯冉甚至已开始失望了，他的头发沾满了泥灰，结在了一起，两只手十分脏，身上全是灰土。他从身旁摸过水壶摇了摇，绝望地把壶扔到了一边，壶声凄厉的哀鸣传出了很远，在孤寂的夜空中又深又孤独。

他们的水已用完了。单一海无言地望望冯冉，他的唇干裂着，白花花的唇白沾了满嘴。他有些心惊了。在戈壁上失去水，意味着什么？他没敢深想下去。现在，他们有两个敌人了，一个是干渴，再一个就是那群未知的狼。冯冉伸直了两腿，懒懒地衔了一根草，在嘴里嚼着。良久，他忽然望定单一海："头儿，你说女真医生她们会不会已经回去了？"

单一海似被这个问题给问住了，他愣怔了一下："我直觉她们没有回去！"

"万一她们回去了，我们说不定又成了师里要找的人。"冯冉认真地望定单一海，"我们如果找不到她们怎么办？"

"再坚持一天，我有种预感，也许她们就在附近。她们应该在这一带！"

单一海努力让自己镇静下来，他无论如何也不能首先陷入慌乱中，可他仍在心中低语，“我一定要找到她，一定……”

冯冉轻微点点头，转身起来，去找了一些干草和枯红柳枝杈，堆在地上燃着。那团红火抖动着，像一匹火焰的舞蹈。单一海感到一阵温暖扑涌过来，全身暖热着。在火光中，他才觉出自己不再孤独。

冯冉钻进自己的睡袋，他的上半身都露在外面。单一海感动地看着他，这才像你嘛。这家伙在某些方面竭力让自己成熟着，可一旦真正陷入困境，面对这无处不在的恐怖时，他才是他，他毕竟还是个孩子。

“哎，头儿，你听……”冯冉惊醒般地低呼。

“什么呀？”单一海被冯冉的神情惊动，他屏息寻找那声音的出处。夜空中除了这堆火焰的呻吟外，没有任何声音。“你别是听错了吧？睡吧！你也许太累了。”

“不是，我真的听到了一种声音，那声音真怪，我一闭上眼，它们就出现了。”冯冉喃喃低语，“像有许多心跳似的嘣嘣声。”

单一海疑惑地望一眼冯冉：“那……你先睡吧！我来守一会儿，下半夜我再叫你。”

冯冉欲言又止，重新把身子缩回到睡袋中。不一会儿，他就打起了轻微的鼻鼾，他真的太疲惫了，单一海轻轻地帮他把睡袋往上提提。

戈壁陷入更深的寂静之中。

他抽罢一支烟，和衣靠在睡袋上。头脑立即有些昏庸般地被一阵疲倦淹没。在昏睡中，他的眼前不时晃动着一个人。这个人安详地笑着。刚开始似乎是邹辛。她摇晃着模糊的脸孔，晃动着向他走来。他有些惊异地盯视着她，其实只是凝视内心深处的那个遥远的感觉。那个影子摇摆着，终于清晰了，却是女真。他有些莫名地感受她的注视，她的脸上有一道黑影，似乎渗着一丝黑色的血，缀在她的脸上，如同一只小小的蚯蚓，曲延着一种暗淡的形状……他刚要伸手去抚摩她，女真却一闪，消失在暗中。单一海的手空旷地伸着，他看见女真在前边不远处一闪，不见了。他惊叫一声，觉得自己在轻盈地奔跑，他像画省略号似的省略掉一些不时冒出的小树、山石、土沟。这时他看见一辆汽车在前面疾驰，它偏离了太阳的方向，快速地接近一个坑，他清晰地看见一个熟悉的人坐在车上。他低呼着女真女真，一边伸出手拉她……他抓到的手臂毛茸茸的，有一种说不清的气息在他的手上滑过，似乎像一只柔软的舌头在轻轻地舔吸着。单一海被这种气息唤醒。他轻轻地睁大眼睛，看见一匹小牛样的动物正在轻嗅着他的手，它的眼中闪着一种单一海不熟悉的光。单一海蓦然睁开的眼睛，似乎吓了它一跳。它愣怔着盯紧单一海。居然是只狼。他旁边的背包已被撕得遍地都是，冯冉的身边也围了几只，它们闪着绿幽的光，阴森森地盯视着他。单一海内心一激灵，几乎同时，已下意识地迅速跃起，一个翻滚利落地滚到了狼的外围。他拔出手枪，随手已扣动枪机，子弹掠过那只狼的耳梢，发出尖厉的啸鸣，单一海暗自庆幸昨夜睡前将子弹上了膛。

枪声清澈脆响，划破寂静的夜空，冯冉在枪声中已然惊醒，这小子比单一海还机警。他把头往睡袋里一缩，转身滚出几米，趴在地上，就拉开了冲锋枪的枪机。突如其来的枪声使几只狼受到莫名的惊吓，它们迅速逃散。

单一海继续向那几只狼散开的方向鸣枪，他知道遇到狼群不能打其中任何一只，否则它们会一拥而上。冯冉已经靠过来，他似乎还浸在刚才的惊吓中，竟莫名抖动着。单一海瞄一眼他，看到他的左肩已被狼撕了一个口子，汩汩地淌着血。

单一海打开一个急救包，帮他裹上。冯冉似乎此时才觉出疼，咧着嘴，稀里嘿呀呼疼："妈的，简直像场噩梦，差点儿没命了。"

"都怪我，刚才迷糊过去了。"单一海冷静地往弹匣中装子弹，心中隐隐有些许的歉意，"把子弹压好吧！这帮狼不会放过我们。居然跟我们这么多天了！"他想起那个牧猪小孩，他可真是个天使哪，他不由得感叹。

"没事，算又多了种吹牛的资本吧！咱哥儿们也差点儿死过一次，机会可不是谁都能遇上的。"冯冉竟有些短暂的快乐，他兴奋地往弹匣里压子弹，"让那些杂种来吧！"他看看单一海，"我有种直觉，这回得开杀戒了。"

"那你就小心点，子弹节约着打吧。"

单一海说毕，心中又倏然惊住。他看见那些逃散的狼又围了上来，站在远远的地方，或趴或站地盯着他们。一匹豹似的狼迈着稳健的步伐在狼们的身后徘徊。月亮此时玉盘般地清冷着，暗幽的光线照着它蓬乱的毛发。偶尔，它会停住，仿佛沉思般地睥睨着他。单一海被它那种奇异的冷静给吸引，甚至有种暗暗的欣赏。这匹狼壮如牛犊，两双瘦耳竖着，头却奇怪地小着。一双瘦眼镶在那张长条形的坡脸上，精光迸射。光是那双眼，就一下让它与所有的狼区别了出来。单一海以前在城市公园见过许多只狼。它们在深深的桶状的沟里，萎缩着一种可怜的形状。它们即使愤怒时，也像一只狗，最多像只还未驯化的野狗。现在越来越多的狼，更像狗了，只有在旷野里狼才可以找回自己的精神哪。真正的狼永远只属于这些荒原、戈壁，甚至高山，它们是天生的孤者。

这时他看见那匹狼已蹲坐在他的对面，它似乎故意让单一海看着他。它把自己放在单一海的面前，那情景似乎在说，我将站在你的枪口前。那只狼的表情深深激怒着单一海，明目张胆地蹲坐在人类的面前，何况是枪口的面前。就冲这，单一海也觉出一种动人的悲壮和愤怒。这时，他忽然觉出一种莫名的熟悉，尤其是那双琥珀色的眼睛。他稍凝神，回想起在望远镜中看到的那一幕。这一切，其实早就开始了，只是它到现在才露面：它可真能忍耐啊。

“那只狼好像是个首领？”冯冉低声嚷道，右手同时已把枪瞄向了那只狼，在冯冉枪口举起的同时，群狼有些骚乱地站起身，它们不安地相互抖动着身子，有的前爪飞快地刨动地下的沙子。只有那只狼不屑地看着他们，保持着那种沉静的姿势。

单一海摆摆手：“先不要动它。我们还没打死它，估计就会被这群狼给分吃了。

“你是说它们惧怕我们？”

“应该是，我们永不射击，它们就永远不敢进攻。我想，狼与人类一样，它们也怕那不知射向谁的第一枪，它们也许都心存侥幸呢！”

“好像挺有趣，不过，这样一直让它们跟着也不是个事儿呀！我们什么时候才能摆脱它们？”“它再一直跟着我们，我估计只有一个结局！”

“什么？

“不是把它们杀死就是把我们的尸骨留在这里。”单一海悲壮地掂掂手中的短枪，“这会儿，只有它才是我们最忠实的朋友！”

冯冉淡淡地说：“还有我。”

“当然。”单一海望一眼冯冉。内心涌满深深的感动。他深看他一眼，说：“谢谢，兄弟，我将会把你完整地带出去，不让这些杂种伤你一根毫毛。”他把冯冉扶住，走到一个高土丘的边儿上。狼们不动声色地追踪着他们的脚步，他们后退一步，那些狼就跟一步。它们小心地保持着一种距离，并且不超过它。那个距离单一海目测，估计有60多米远，正好适于进攻但更适于转身逃散。

单一海让冯冉持枪盯着狼群，他则点燃周围的野草，扯下旁边的红柳枝放在火焰的上面。狼们看见火光开始后退，片刻又向前涌，这样不住地循环，只有冯冉紧握冲锋枪，死死盯着那些狼，他在寻找那个撕碎他的血肉的畜生。

漫长的对峙开始了。

狼一步不敢上前，他们也一步不敢动。那些狼似乎是些极有耐心的优秀分子，它们都慵懒地趴伏在那里。只有少数几只狼张开灯笼似的眼睛，瞄向他们，其余的竟都在那儿休眠着。这时单一海注意到那只狼的眼睛几乎从未闭上过，它一直蹲在远处，不动声色地注视着他们。它偶尔龇出一口尖牙，在蓝色月光中，闪着利刃的光芒。单一海觉出一种威胁，甚至失意。这么好的狼，居然是敌人，而不是朋友。他忽然有种驯服它的欲望。尽管他知道这几乎没有可能，但他还是强烈地被这种想法打扰。他甚至坚信这只狼此刻也有类似的欲望。既然不是朋友，那么就只能是敌人了。他依偎着这种感觉，像偎着支坚强的步枪，静静竖在那里。

夜开始了蒙昧状态，强大的寒流四处弥漫。那月亮瑟瑟了几下，抖落到了地平线上，像一滴苍白的露珠。群狼的身上蒙上了霜样的白色绒光，它们的面部黑黑的，单一海看不清它们的表情，似乎它们与夜色一起隐入即将苏醒过来的蠕动中。

他抬眼看了一眼东方，那儿已显出了鱼肚白一样的天光。黎明就要到了，到了白天也许就有办法了。他舒口气，疲倦像被唤醒似的漫过来，柔柔地抚着他。冯冉斜依在背包上，眼皮在不住地下坠。此时正是人最容易失去警惕的时候，即使对面站着一群虎视眈眈的狼群。但漫长的等待比那些远远的恐惧更强大，等待会让原本清晰的一切消失，也会让那些恐惧只成为一种漂浮的害怕，而不是危险。

他捅捅冯冉，递给他一支烟："这会儿可不能睡过去。"冯冉深吸一口烟，眼中的疲倦似已被烟雾擦去。

"头儿，我都有些崇敬这群畜生了，妈的，还懂围而不攻，只把恐惧扔给你。嘿，简直就像一群战士！"

"真正的战士，其实更应该像狼。"单一海把烟蒂弹出，看暗红的烟头在空中画了一个漂亮的圆弧，消失了，"与这群狼在一起多待会儿，我都觉得有种被感染的感觉。我好久没有这样了，血性喷发，全身强硬，内心中强烈地想出击。"

"一种杀戮欲？"冯冉举起枪，又瞄住那只狼，半晌才放下来，"它是我瞄准具中的第一个活物，群狼刚开始出现在我的瞄准具中时，我都有些不习惯，甚至不敢扣动扳机。"

"其实这不是你一个人的悲哀，我们已有多少年未这样面对活着的敌人击发了，哪怕是群狼。"单一海似被触动，"妈的，死了算，也算经历过一次战争了。"

"与狼的战争？"

"人与兽吧！其实更是纯动物间的战斗。不过我觉得屈辱的是，竟然不是我们主动发起攻击，而是这群狼！"

"并且还把两个战士围困在了这里。我们真的退化到了连狼也蔑视的地步了吗？"冯冉的话语颤抖着。

单一海显然被他的话触动，他注视着对面的狼，恨恨地然而是坚定地说："是我们该蔑视它们。这群狼只会成为我们的尸骨。英雄该是我们。你知道我想起什么了吗？"

冯冉认真地看他："天亮后，我们必须把它们解决在这片戈壁上，我们没有时间了。这些狗杂种。"这时太阳悄悄显出一抹红晕，它睁开半只眼睛，慵懒地看着人间。戈壁上立即显出一种仿佛被过滤干净的墨青气象。大地上毛发毕露，狼群倏然显现在天空中。它们仿佛被唤醒似的，都不安地站立起来，有几只狼来回驰跑着，它们单调的蹄声打在晨间僵硬的沙土上居然没有丝毫声音。

单一海吃惊地注视那群散乱的野狼，这群狼沐在阳光中，竟不如夜晚那样令人不安了，它们都散漫在那里，白天的狼更像是一群狗。它们的长尾拖在地上，甚至连偶尔露出的尖牙也令人觉出柔顺。单一海凝神数去，正前方 3 只，左右两边各 3 只，正北方 8 只，共 17 只。他数了一次又一次，连他也震惊了。居然有这么多的狼，而他们只有两个人。这种悬殊的对比让他产生极大的不安，更令他不安甚至难以容忍的是它们居然表现得那样肆无忌惮，有两只狼也许被这种对峙给搞得兴味索然，干脆在一起互相撕咬。还有两只紧靠在边儿上，相互亲昵！它们不像是在随时发动攻击的狼群，倒像是在度假的狗，临时聚在一起，在搞某种“party”。

他隐忍着内心的剧痛，转眼去寻找那只狼。那只狼此时蹲在他右侧一片小小的山包上，两只前爪前伏在地上。它的身子伏在日光中，如同一尊石狮。更令他惊讶的是，这只狼的浑身披着一片长乱的红色毛发。那些长毛被微风掀动，像掀动着一片红色。它的眼睛依然柔和宁静，凝神瞭望着他们。它的眼几乎不眨动一下，阳光柔和的光线穿过它身上，鲜红毛皮像披上了层圣光。单一海觉得，它一定打心里看不起自己，甚至连手下这群狼他也不满意。他从它的眼睛里读出了这一切，内心中不由得涌起一种复杂的心绪。他盯视着它，心想：也许你才是极好的对手。有个好对手等于为自己的勇气找了一种借口。我，定会杀死你的。他的手下意识地摸摸那支枪。

太阳很快升在空中，它冷静地传达着热燥的意志，狼群开始变得不安。几只非常小的狼似乎已耐不住漫长的等待，不住地用锐利的前爪刨挖身前的沙石，那种不安的咆哮牵动着满天的空气，只是它们不断地向前蹿跃着，又返回来。单一海注意到它们返回去，只是因为那只狼。那只狼一直不动，它只是用沉默来压制它们。

单一海暗自喝彩，只用一种姿势就可以镇住手下。除了他，居然还有它。

冯冉站起来，活动着手脚。50 米开外。那群狼仿佛受到某种暗示似的，倏地停止了各自的嬉戏。它们都警觉地看着冯冉，有几只狼已开始低啸。

“这些杂种想把我们困死呀！头，我看咱们不能这样等下去了，等也是死，不等也是死，干脆跟这群杂种拼了吧！”冯冉急躁地喊。手中的冲锋枪在他的紧握下，发出了轻微的呻吟。

“等一等。”单一海站起来，环视四周。这时他瞥见不远处有一大片干枯的沙枣林与野草。真是天无绝人之路呀，“我们先到那片树林去，总得让我们的背后，没有后顾之忧吧！”

冯冉点点头，俩人拖着背包，背靠背地向远处的沙枣林移动。

狼群紧张起来，他们向前走，它们就后退，这些狼其实更怕死。单一海手中捏紧那支八七式手枪，这枪类似于手提冲锋枪，握在手中，像镶着的某种依靠。他竭力控制自己不开枪。他知道，此时打死一只狼，其他的群狼就会在你还未来得及放第二枪时把你撕碎。他听说过驻地附近的一个牧人，在遇到狼群时，开枪打死了两只狼，其他的狼则趁机把他扑倒，连尸骨也未留下。他紧张地注视着那群狼，其实他只在寻找那只红色的狼。那只狼此时失去了平静。它隐在群狼的身后，来回不安地奔跑着。它的后臀一晃一晃的，它扑到哪儿，哪儿的狼就会被扑倒在地，发出一阵尖厉的长啸。啸声激烈而又孤独，感到像牛鸣，只是比牛叫传达出某种锐利。

他们距那片小树林只有百余米，单一海觉得仿佛走了有几个小时，那片树林早已枯死，只有沙枣树上的枝杈树刺让人怵头，正好是一道天然防线。他们还未放好东西，那些狼似乎已看出了他们的企图。它们散乱开一片；乱哄哄地驰奔着，有几只甚至已经逼近了他们身边，又像受到什么召唤似的，返回去了。那只红狼此时变得凶残不安，它似乎召唤什么似的，仰天长啸。那声长啸钝钝地击破着周围的空气，群狼响应似的向前涌来。

单一海被这些狼的气势给震惊，他的手因紧张而把手枪柄润湿了。狼继续靠近，冯冉把枪支在一棵沙枣树的杈上，他的枪晃动着瞄准那只来回行走的红狼，单一海的枪也大致套住了它。他想只要群狼一涌来，他首先就会把它打死。

那只狼似乎已意识到了危险，它开始向左或向右不住地奔跑，显然它在躲开单一海的枪口。单一海不动声色地随着那只狼的移动，变换着枪的角度。枪在他手里移来移去，枪口始终套在红狼的身上。那只红狼终于累了，它有些迟疑地停下奔跑，一双亮亮的眼睛愤怒地向他张望，周围的狼也在瞬间停止了奔跑。这些狼就在他们面前 50 余米左右，单一海已经可以清晰地看清它们的獠牙与棕色的眼睛。

但狼们的举动让人怀疑，它们身上的野性并不是什么东西可以制服，这时那匹红狼忽然双蹄并立，比一个人还高，仰身长啸，周围的狼，似乎接到冲锋的号令凶猛地冲上来。

红狼的啸声未断，冯冉与单一海已将子弹同时射出。红狼打了一个滚又站了起来，单一海又开了一枪，枪打中它完美的左耳，立即有片叶子一样的东西耷拉下来，遮住红狼的眼睛，强烈的哀鸣加快了狼的进攻。一只狼已靠近了他们，隔着树丛冯冉冷静地射击着。那些狼在快速地奔驰中，像沉重的布口袋，一只只哗哗倒地。单一海打中了一只跑得最快的小狼，它的脑浆当即迸射，哀鸣一声竟蹿跃出两米多高，又在空中哗地落下，挂在沙枣树下，血溅了单一海一身。这只狼的勇敢几乎惊呆了单一海，冯冉似乎觉得趴在树下射击不过瘾，血红着眼睛，站起来，嘴里哇哇地叫着，向那群狼泼去稠密的子弹。那些狼像急刹的高速列车，相继倒下。但狼群似乎没有丝毫的后退，它们密集着，更勇猛地冲了上来。这种令人深觉骇异的自杀式的进攻，让单一海有种深深的悲壮，同时预感到一种极深的恐怖。

那只红狼此时已像一道红色的闪电，它疾速地奔驰过来。在逼近树丛时，凶猛地跳跃而起，一个空前绝伦的跟头，翻过高大的树枝，在落下的同时，已把单一海扑倒在地。单一海已来不及开枪，与狼扭在一起。枪身横在红狼与他的肚腹之间。他的右手觉出一阵硌疼，下意识地触动了扳机。一串子弹尖啸着从红狼的腹部斜穿而过，一股烫热的液体喷涌在他的手上。枪在击穿那只红狼的一刹那，斜插在它的腹部。红狼似被突如其来的一击给震惊了，它剧痛地低啸着，利刃似的尖牙锐利地插进单一海肩部。单一海被那只红狼挤压着，红狼柔软滚热的身体压在他身上，他几乎听到了红狼因为剧烈奔驰而狂烈的心跳，那些咚咚的心跳声一下一下撞击着他。他觉出一种短暂的宁静，单一海的右肩立即失去了知觉。一股被扯去心肺般的剧痛，一下子注射进了他的血流。他怪叫了一声，右手已从腹下伸出，一拳击在那只狼的右眼上。红狼的头如同旧铁一样，发出沉闷的钝响。那只眼睛立即充血般地斜歪了，它再次被激怒，利嘴一歪，单一海只觉得右肩撕裂般地发出压抑的断裂声，皮和一大块衣服已经全部被扯了下来，露出粉红的肉。奇怪的是，那一刻他脑中清晰如水，竟未觉出疼来。他再次疯狂地伸出右手，伸向那只眼睛。那只眼睛柔软如同一只鸡蛋，在它的撞击下，他清晰地听到了一声破裂的声音，接着是水样的液体溢溅而出。

他一咬牙，眼珠哗地被他抠了出来。红狼疼得一激灵，一声悲恸的异类的低鸣响起。单一海被这声低啸惊呆，他看到那红狼怪异地转身，张开血盆大口，向他的脸上扑来。那条陡坡般的扁嘴中，鲜红的舌头，如同一把红色的利刃，坚硬地伸缩着。单一海在红狼扑跃下来时，头脑中片刻空白。他被压倒在身下的左手，闪电似的伸进那只狼的口中，左手奇异地触到了那条舌头。他下意识地一把拧紧，同时用力向前捅去。那只狼一下子失去了活力般地从空中扑落下来。它奇怪地张开嘴，两只尖牙嵌在单一海伸进它的口中的手臂上，血汩汩涌出，它竟痛苦地扭动着身子，瘫软在地。

那只狼全身抽搐着，似乎一下子失去了力量。这种奇怪的战斗方式连单一海也觉得奇怪，那条舌头在他手里温软如同一把面条。他忽然觉得，狼的舌头竟然是凉的。这时，一只狼疯狂地向他逼近。冯冉情急之中，一个点射扫来，那只狼仆倒在单一海的身边。就在此时，另一只狼疯狂地掠过他，扑倒正在射击的冯冉。那支冲锋枪被撞飞，挂在树梢上，冯冉右臂被它紧紧噙住。一种异样的痛呼从口中涌出。另一只狼也扑倒在冯冉的身上，他竭力挣扎着，身体在与狼的来回搏击中，渐渐地没了力气，偶尔他从狼身下闪出一双亮目，看了单一海一眼。那眼中蕴藏着的绝望使他内心一颤。他的眼睛绝望地一抖，他一激灵，浑身竟充满一种奇异的力量，他大吼一声左手下意识地在红狼嘴里扭了一圈，他听到红狼的身体内发出嘣的异声，它痛苦地在他身上摔着。单一海又用力向它的喉咙捣去，他的胳膊被刺进臂肉的尖牙给刺破。那只狼终于停止了挣扎，软软地伏在他身上，单一海把手从它的口中拔出。他的左手烂污般地冒着血渍，那条舌头还被他抓住手里。他挣扎着站起来，那群狼似乎被刚才那一幕景象激怒，更加疯狂地向前扑来。

单一海狂啸一声，把那条舌头往那些冲过来的狼群掷去，红色的血渍溅得满天空都是。他被一种神秘的悲伤给攫紧着，伸手从树枝上抢过那支冲锋枪。疯狂地向扑压在冯冉身上的那两只狼冲去。狼与人挤滚在一起，冯冉的全身已被血渍涂满，但他挣扎的欲望仍使那两只狼无计可施，单一海无法开枪，便用枪托没命地扑打着那两只狼，一只狼从冯冉身上跃起，没命地扑咬着单一海。单一海有些异样地狂怒着，一枪砸在狼头上，那只狼哀嚎一声，掉落在地，冯冉似也被单

象之马

我一直想写一本关于骑兵的书。

这样的题材虽然并不是一个时尚的选择，但这个念头一直潜藏在我的记忆当我遇到那匹马，遇到那队骑兵，遇到那件事时，这个故事其实就开始了。

6 年前，我去新疆游历。在一座小山上，我看到了一座奇怪的马坟。那个得整齐神秘，坟前竖着一块很大的碑。我觉得怪异：为什么要给一匹马造坟，还要竖一块碑？

后来我才知道这里面有一段很感人的故事。

那匹马的主人原是马步芳手下的一位神勇的师长，一生与解放军为敌。传马高大俊伟，一身黄毛，号称黄毛风，性刚且烈，屡次将骑兵师长从险境出。据说有一次，骑兵师长所带领的部队被解放军围在这座小山冈上，解兵团长想将此马收为坐骑，所以下令只围不杀，任何人不得伤到这匹马。四日，敌方断粮断水，我方料其必降，但没有想到，第五日夜间，竟有闪电般蹿出我方包围，就在愕然间，稍顷又浑身湿淋淋地跑回山上。事知，此马身覆棉被，跑至山前一水渠处，浸湿之后又跑回山上，以此救上被围的敌方兵士。我方骑兵团长最后在水渠边设计，将此马俘获。

马被俘后，整日仰天低鸣，水草不沾。兵士皆言要处死此马，唯骑兵团不语。10 天后，被围于山上的敌骑兵师长自杀。此马似乎得到召唤，冲直扑山上。3 天后，人们在悬崖下找到马尸。

马之忠烈令军中将士震撼。骑兵团长沉思良久，下令将其下葬，并竖碑

这个故事震惊，为这匹马，也为那位后来成为解放军一位名将的骑兵动。从那时候起，便萌生了写一本关于马与骑兵故事的念头。

一海的举动唤醒，他扼住那只狼的咽喉，使它没法动弹。单一海一枪，又把那狼砸伤，那狼软软地压在冯冉的身上，冯冉仿佛力竭般地一松手，晕了过去。

单一海把那只狼从冯冉身上拖起来，举在手中，余下的三只狼又扑拥过来。单一海的右腿被撕咬了一口，他悲凉地一呼，抡起那只狼向它们砸去，狼体相撞时沉重的噗噗声，仿佛一声异样的鼓，击打着寂静的戈壁。

三只狼在单一海可怕的举动中，显出短暂的惊慌，另一只已经闪现出了片刻的犹豫。单一海狂怒地把那只狼向它们抛去，趁它们稍为愣神的瞬间，捡起冲锋枪，向狼群射去，扳机在他的手指中轻脆地空响一声，便失去了声音。没子弹了，单一海悲凉地想，同时迅速把枪抡起，向那几只狼挥去，远看很像一个孤独的人在跳动一种奇怪的舞蹈。那三只狼在他疯狂的追击中，终于显示出了一种深深的恐惧，靠左边一只狼，被单一海用枪砸倒之后，另外两只终于向后退去了，它们张皇着哀嚎两声，散逃而去。转眼刚才杂乱的战场一下平静如初，周围死一般安宁，如果不是那些堆在一起的狼的尸体，似乎什么也没有发生。

单一海在这种寂静中，显现片刻的茫然。他呆呆地看着散堆在一起的狼，身子竟然一下子虚弱起来，到现在，他似乎才觉出一种累和深深的恐惧。他疲惫地拂一下干枝似的乱发，看到躺在狼中的冯冉，还轻轻地蠕动身子，似要挣扎着起来，单一海赶紧过去将他抱扶住。

冯冉的全身血肉模糊，左肩被狼撕去一块，右手露出偶尔的白骨。他的身体很虚，单一海无言地把他抱扶起来，冯冉的手痉挛着抓紧单一海，似乎要说什么，嘴嚅动了半天，却什么也没说出来，只有两行泪水悄然滑落。

单一海抬起眼睛。冯冉的泪水令他无言而伤感。他望着这片巨大得令人失去信心的戈壁，觉得心中也越来越空茫了。

这时，冯冉喃喃地说，他又来了……

单一海努力爬起来，视野里，脏黑的牧猪小孩静静地站在红狼刚才蹲着的地方，他的脚旁几十头猪静立巡望。牧猪小孩手中仍紧握着那根很长的鞭子。他又出现了，单一海内心一动，望着那孩子，眼里湿润了。

（节选自同名长篇小说《西北望》，解放军文艺出版社）

第七卷

兵书之秘

想

里。

坟修

一座

说此

中救出

放军骑

围至第

一骑如

后才得

活了山

此

长坚持

破围栏，

此

铭之。

我被

团长的举

后来，我又遇到一位骑兵上尉，他是青海玉树骑兵连连长。在那块远离人间的雪域，骑兵连只有几十匹马，蜷缩在草原上的一块净地上。那些马又老又弱，鞍具破败，兵士们则如同一群正在挥刀前行的农民。这不是我想象中传奇式的骑兵。更出乎我意料的是，骑兵已开始成为一个边缘兵种，这个连队的前身曾经声名显赫，但现在则经历了从一个师撤至一个团，再撤至一个营，继尔又撤至一个连的过程。我还听说，这个最后的标本式的连队，也可能被撤销。

曾在历史上作为重要标志物的骑兵，已成为一个过时的兵种，并且似乎与这个时代没有了一点关系，因为他们无法找到自己的敌人。

一个没有敌人的兵种，还有存在的理由吗?

看着那支整齐的马队，那些认真地练着劈刺的骑兵们，我感到一种强大的失落与感慨。正是这支标本式的连队，让我开始思索一个重大的主题，那就是地处时代与地域边缘的军队，在退出历史舞台前的挽歌式的结局。

我想写作一本有别于以前惯性思维的军事小说。

在这本书开始写作之前，一位流浪在草原上的说书人给我讲了一个成吉思汗的故事与传说，我觉得自己终于找到了这个故事的背景。于是，我在这本书写作时，做了一个非常冒险的选择：我想用自己的认识想象，包括对于蒙古秘史的阅读经验，来编织一段关于一匹马与成吉思汗的历史，并且以此作为一个象征性的背景，穿插书中；另外一条线则是写了最后一支骑兵连充满传奇与神秘的历史的故事，而这支骑兵连连长成天是成吉思汗的第 46 代传人。成天似乎是一个神秘而又与这个时代不相关的代码，身上有许多与现代生活格格不入的东西，他属于那种纯粹古代的军人。

我只想用这个人物来告诉人们一个真相，在边防序列里，有无数这样“过时”的人，这样“古典”的人，在过着一种常人不可理解的生活。他们只与一种责任与历史使命相关，但却与时代无关。

与这位连长伴在一起的是一匹神秘而极其忠诚的野马。一种动物情感与神秘的草原历史交错其间，而伴随着这个连队出现的一些现代人，他们活得真实而且目标感十足。后来，这位传奇而又古典的骑兵连长，在连队被撤销前，为救那匹野马死在了沼泽中。

这不是挽歌，但它是一种怀旧。

制作一种故事，其实是对于想象力的一种考验。我在西北 8 年的游历经历对这本书的写作起了很大作用。我在书中找到了一位神秘的懂马语的老人，以及一匹传说中的马，还有万马云集的赛马会，上千人的围猎群狼，神秘的预言者以及西部边地人们的生活状况。我想，我要写作的是一本与所有的关于骑兵与马的书不一样的小说，而想象的东西可能使我逼近了一部分真实。

也许这是一本不合时宜的书，是一本神秘与陌生的书，我期待着你从书本中发现一些在酒吧与时尚杂志中，还未能看清的一种新生活的真相。

我相信，这本书作为我某种精神历史的记录，将使那些遥远的隐秘的往事，再次浮现于尘世。因为在这个世界上，能够被铭记的除了英雄、历史的痕迹，还有人世苍茫处的那一声马的嘶鸣。

那些马，它们终将会在我们内心的苍茫处，找到自己的路径。

（此为长篇小说《最后的骑兵》一书后记）

寻找西北

当我重新打开这本书的时候，我发现，自己曾经以为已经远离的沙尘、戈壁、巨大的风，黄亮亮的土，它们重新扑面而来。如同那场沙尘暴，激烈地扑击着我。15 年的经历，有时候以为忘记了，有时候以为简单的誓言以及无知虚妄的后悔，就可以断绝与这块远地的关系，事实上，我们的一切都是徒劳。在灵魂与记忆的最薄弱处，西北的气味仍然强烈而持久。

西北也许是这个时代唯一可以寄存一点关于战争、神秘、沙场甚至传奇的地方了。在这里的每一块沙地，孤独的炊烟，黯红的圆太阳，西倾的姿势，稠密的风沙，几乎每一种意象都是一种诗，一种幻觉。甚至你不经意看到的旷野中，偶尔出现一具白骨，那只白骨的手上还有把锈了的刀，你会有什么感受?

在这里，历史与文化不是写在文章中，也不是洋溢在脸庞中的表层。它孤独的石头是诗，荒瘠的远山和零散的州府是诗，是词，也是一些令人战栗和感怀的实证。即使偶尔路经的风也在这儿的每一片石头缝里溅着各自刚直的声音。还有许多人的边塞诗，传说中的异族……这就是我 16 岁以前对于西北的认识。但这种认识仿佛有一种神秘的暗合。我确信，每一个人天生有一块地域属于自己。我指的是，这块土地应该与你有着一种灵魂上的相通之处，以至于到了与你的情感、呼吸相类似的地步。西北也许是我的灵地。因为我的从军，包括自己下意识的冲动，甚至在戈壁上找到诗……至今回想起来，其实只为证实着一个小小的事实，那就是我的所有光荣与失败都与这块土地有关。我的一切其实都可以从这块土地上找出回应和脚印。

当我 1986 年 10 月来到西北时，我才发现，传说其实只是一种精神的谎言，西北与传说似乎并无关联。我们所接受的一切仅仅只是书面上的东西。那些东西只是现代人的传奇与神话。再后来，我便到了曾经在课本上读过的著名诗歌“凉州词”的地方——西凉武威市。在这里，我接受了许多更为书面的东西。于是西北有了另一种面孔，那些前辈军人们写滥了的昆仑、戈壁和祁连山，都成了我眼前的障碍。我被他们眼中的高原、寒冷给感动着，却唯独找不到自己的西北。

我自己的西北又是什么呢？

10 年后的今天，当我重新面对西北时，搜索 10 年来西北在我心中的影像，我十分悲哀地发现，这个世界已没有多少东西属于我了。我看见的人们都看见了。我读过的书人们也在读。偏远的沙漠也正成为观光的沙盘。甚至连伴在身边的军人，也被千篇一律地从许多角度表现得淋漓尽致。这种感觉让我觉出种被遗弃的难过。我知道，如果我这样下去，紧接着失去的将会是自己。可是我看到的西北是什么样子呢？那是另一个人的面孔呢，还是一些人群留在那儿的感恩？

遇到那座古城，是在一个夏天，当时我们去演习。路上遇到了它，就走了进去。它建在海拔 2700 米的焉支山右侧。我不知为什么，天生喜欢这些陈旧的、暗淡的残迹，它们太吸引我了。我当时下意识地觉出，这座城与我有某种冥冥相通的东西。后来我就直觉它肯定有着某种奇异的过去。就让人在墙前拍照留影。

哦，别看它像一个残碎的老人，可它是一座兵城。几千年前，它就是，我当时想。回来后，我就在报上看到了一条消息。那消息说在永昌县发现了一些当年西汉政府俘获的罗马战俘的证据，还讲到挖掘出了一些实物，其中就有一座城。

我当时心下骇然，让我惊异的是当年横征亚欧的古罗马军团竟会有人成为西汉政府的战俘。更令我惊异的是，那座古城居然就是当年西汉政府为这些罗马战俘而建的，而他居然就在我的身边，距凉州城仅 100 公里。我一连几天，被这个消息给刺疼着，终于忍受不住了，就在一个雨天驱车去看它。那天的雨把焉支山上的草全打湿了。212 吉普两次滑进山沟，一次翻倾，但我还是见到了它。站在雨中，我惊奇地发现，我又遇见了那座城。

回来后，为了查阅这支战俘的来历，我用了一个冬天，读了一部《汉书》，却只找到一条不足200字的证据。并且只交代了这件事的结果，并没讲来历。许多历史似乎都很简单，简约到了只告诉你结局而无来历的地步。这种简约的空白刺激了我的想象和好奇，但当时却没想到要写什么东西，从那时起，这种陈旧的故事便又沉到了我的血液里。

某日，我去凉州博物馆。在一间几乎与世隔绝的禅房里，住着一位八旬老人，他居然用了一生在研究这队古罗马战俘。无人知道他的来历，甚至连姓名也被忘记了。并且没人知道他为什么要这样生活？

我也不知道。

还有，我在陕西历史博物馆，看到了一种兵器，那种兵器名字叫戈。它们在展厅里排了几十米。那兵器一下子打动了我。我记得自己用了近3个小时，站在它们面前。仅仅只为了与它们对视。

还有，1993年5月15日，在镍都金昌市，我第一次遇到传说中的沙暴，那种几乎夺去我性命的巨大沙暴，让我永生难以忘记。这次经历后来我写成了一篇新闻稿，《金昌不见了》，发表在《中国青年报》头条。它们是我从事新闻工作以来，写的真正的新闻。

还有，我的老连长，一位把军人职业当成个人使命和理想的职业军人，却因为不懂生活至今未婚。他是军队上的精英，但很不幸，同时也是生活的弱者。

还有，军人在这个时代的尴尬。军人在全球化时代的另外生存状态。没有战争的寂寞，边缘地理心理和经济的偏远，留给他们的不仅是失落。这就是我身边的军人和西北。我作为他们的一员，与他们共同历经着这样的时代。这就是西北留给我的印象。它们琐碎但却真实。它们令人叹息却又让人尊敬。它们只属于我。但我却从来没想过，它们缓慢地积淀成了一堆火药，只待有人点燃。

而这些几乎就是这本书的起源。

他们发生在8年前。现在想起来，这一切远得仿佛是昨天。

我隔着那些遥远的岁月，仍然可以触摸到当时自己的面容。关于这本书，仍然有许多可以回忆的往事。这本书几经周折，第一稿失败后，其间又经历了各种巨大的压力。年仅49岁的父亲中秋节患心肌梗死逝去。一月后，年逾八旬的奶奶无疾而逝。不幸接踵而至，可却让我奇怪的是，当我回到西北后，却出奇地沉静。不幸教会了我成熟，生活下去成为最基本的信条。仿佛神示，我又一次独自一人去看那座城堡。回来后，我似乎一下就找到了我久寻不得的东西。只是我在书中，为了需要，改变了许多地理位置和看法，因为我写的是小说，而不是历史。

这本小说准确地说，其实是我想象中的历史的还原，是我在历史的空间里对这支神秘的军队的追踪。那些寻找这些丢失千年的神秘军队的使命更像是对于现在戍边者的一种反讽，甚至于隐隐的失落，他们寻找的不过是一些曾经丢失的精神与伟大的传统。

当一支没有敌人的军人存在的时候，他们如何生存下去，甚至维持自己的光荣。

那些狼似的血性，隐藏在军人内心的遥远的忧郁，被现实压逼到最后关头的每个人，他们在边地上，孤独得如同石头。正被时间清洗。

这本书写出来的时候，其实我是想献给那些在我的生命中，留下印迹的兄弟，他们站在我的血液中，与生命里，我一直与他们在一起。以至于这本书中的许多人的名字，以及我在那遥远的边地生活中的情感甚至生活，都被直接地写进了这本书中，以至于我在重新打开这本书的时候，重新看到了当年的那个自己与那群人曾经真实的生活，看到了一个少年与自己的生活的重新发生，看到了当年的往事的延续，看到了自己爱的人，他们站在与我无关的生活中，但他们仍然属于本书的重要内容。我所写的许多东西其实都是我的内心，我的真实的生活，这里面，除了真诚，并无欺骗，我爱过他们，爱过属于本书的那些人，今天，我仍然珍藏着这份情感，以西北的名义。

这本书形成于数年前，曾以书名《西北望》面世。这本书出版时，曾感激过许多人，这些人有的是我的战友，有的是我的长官，还有的是我的恋人，也有的是我的亲人。回忆往事与重新记述往事，非常美好。当这本书出版时，曾一直有可能变成电视剧的设想，正在成为现实。一直以来，我对于这种庸俗的表达，心存怀疑。那些影像如同我之前被改成电视剧的《最后的骑兵》一书一样，令人无言以对。重版这本书，并加入许多真实的或者想象的城堡的图片，只是为了印证这本书仍然作为我的小说处女作的重要性与纪念性。

我热爱西北，这就是我在离开这块遥远的边地10年后，重新打开它的原因。

谨以此书，纪念西北，最后，我把这部书献给早逝的父亲，还有我孤独的母亲。我只能在异乡说：我永远爱你们。最后，感谢我的西北。

（长篇小说《迷失的兵城》后记）

牺牲之美

世界被什么主宰?

精神有重量吗?

革命是什么，真实的革命究竟是什么?

我们真的了解革命吗?

我们真的看到了那个人创造的世界了吗?

我们所要尊敬的这个人，这个遥远的具有多重国籍、属于阿根廷，又属于古巴的人，同时却以解放人类为职责的国际主义战士，他真实的国家，真实的公民身份如何界定?他的革命世界真的是我们触摸到的著作的封面上他遗留的体温与拉动枪机后沾附着的子弹的味痕吗?那些雪茄烟，那些高尔夫，那些波西米亚式的四次清道徒式的漫游，他用了30多年走遍了世界。使用双脚，波音飞机、摩托车甚至破船……与苏联人也与美国人握手，与中国人也与拉丁美洲人亲吻面颊，与西半球也与东半球寻找用社会主义的方式，交易资本主义。比如糖，比如工业，比如银行，比如义务劳动，比如艳遇，比如游击队，比如崇敬毛泽东，同样也会把何塞马蒂当成精神来源。他被敌人害怕也被敌人喜欢。他被当代流传，并不能避免被所有的人写作自己的传记来歌颂，更多的也会诱毁。电影、电视，或者他并不喜欢的商人们，以及需要他的精神的人，都在消费着他，使用着他，或铭记着他。乐队需要他，穷人需要他，商人需要他，作家甚至那些正在流浪的人，也把他当成了自己的理由。但这些是真的理由吗?

尤其当意识形态正在被国家与人民抛弃的时候，淡漠者们却仍在悄然制造着全球性的切记忆。这种流动的热潮仍然在鼓励着翻阅到他的名字的人。英语世界的记述里，绝不是世界几个地点的几次游击行动所能解释的现像，仅20世纪60年代那场盛大的纪念活动的规模就足以证明这一点：拉丁美洲纪念活动的中心分别在古巴、阿根廷和玻利维亚这三个与切·格瓦拉最有关的国家。“十月八日——切·格瓦拉被俘的日子，一部由阿根廷人导演的传记片《直到最后胜利》在布宜诺斯埃利斯举行了首映式，4 万人云集的首都足球场上，人们为来自各国著名歌手们的深情演唱不断欢呼；由现任总统个人倡议，阿根廷发行了印有切·格瓦拉头像的纪念邮票。在玻利维亚，两支由拉美青年组成的大队人马浩浩荡荡地聚集在烈士遇难的伊格拉小山村，一支从古巴出发，一路汇集北部拉美国家的自愿参加者；一支由切的故乡阿根廷的罗萨里奥出发，一路接收南部国家的青年。在向烈士默哀的人群中，有玻利维亚一位前总统的两个儿子，有许多欧洲来访者，包括西方著名人权主义者、法国前总统密特朗的遗孀。墨西哥萨帕塔运动命名了一个“反叛者切·格瓦拉镇”，葡萄牙离首都 25 公里的卡斯卡伊斯地方政府命名了一条“切·格瓦拉街”，伦敦加勒里学院挂出了展示切·格瓦拉一生的照片，西班牙大学校园里燃起了无数堆祭奠的篝火……无法一一尽数拉丁美洲、欧洲大陆和世界各地的种种纪念活动、出版物、音像制品。”

“四十年来，切·格瓦拉的影子从来没有离开世界。在每年十月八日这一天，总有青年学生和各种人物来到寂静的伊格拉村，为英雄点燃一支守夜的蜡烛，献上一束朴素的鲜花。直至九十年代，在先后爆发于罗马、巴黎、柏林，马德里的上百万人的各种抗议游行中，切·格瓦拉的肖像仍被高高举起。”

全球范围内“格瓦拉热”几十年不衰，比格瓦拉本人的胜利和悲剧更值得人们思考。

不革命行吗

这些怀疑与想象力的延续中，是我们在翻阅切的著作与他的言行的时候，所感受到的一些深切的触动。

世界肯定有一个开关，这个开关事关某一个人如何成为某种精神指引的秘密，也包括了这个人如何从自己的国家消失成为地球这个村子的牧师的足迹。而这也足以让我们相信某个伟大人物的去世或者诞生，甚至左右世界的某种重要的时刻，总会成为世界的纪念日，成为某种精神与理由的标志牌。在 6 月 14 日格瓦拉诞生日。在 10 月 8 日，格瓦拉被俘日………我们都可以听到世界的心脏跳动的声音，那种咚咚的跳动一直延伸到我们的血夜中。

世界需要一部《圣经》。那些被《圣经》无法覆盖的人，那些永远孤独地看着切的画像泪流满面的人，则需要一部《切语录》。

这些能成为我们编辑这部语录的理由吗？

这些能成为我们找到与这位高悬于精神天空的圣斗士接通的天梯吗？

以切的名义，以相距切40年之后的时间累积成的东方直觉。我们被这个想法给点燃了。

我们需要找到一部真实的属于可以让更多的同志速查并且能够快速领略到他的精神的语录。更需要找到上述怀疑所形成的理由。

我们最大的想象就是试图以这种寻找，找到切在40年后的形状，精神的造型，属于每个汉字语系的青年所可以接受的切的灵魂或者他的启示。

影响力。全球化。互联网。英语或者西班牙语，或者日语，或者更多的不同口音的阅读者。这样的精神平台下的切的精神标本，以及这些接受者。

这些就是我们试图想象出来的一本关于切的语录以及坐标、想象力。

这本书的原则是以切的精神线索与他所创造的美，最主要是牺牲之美，来进行的一次切精神的平面GEEGLE搜索。这种搜索带着艰难的想象力与制造力。甚至偏离于切精神高度的判断力。但却是一次东方语系最重要的纪念切的理由，因为这本书，我们连通了台湾省、香港特别行政区、北京这样一个连续起来的纵横模块。这个模块基本上覆盖了我们今天所历经的不同时代与制度，包括精神背景，这种尝试本身就是一个创造，如同切的创造一样，如同切本身在他的身后，被他的敌人与同志一起纪念，甚至被不同阶层的人们奉成了某种传奇或者纪念目的。

而这本书用同一个版本在这个国家由不同的人来接受，这就是我们所为之激动的理由。也许我们更要证明的是，为什么这样三个地区——一个是所谓的民选地区，一个是一国两制的先驱地区，一个是由党控制的共和国家的地区——的公民，共同接受这位革命者。

这本书的诞生源于切之尊敬者的某次神奇的聚会，源于我们对于上本致敬之书《切格瓦拉画传》一书之不足之处的一个补充。这本书同样源于我们对于切的怀念。而且是 10 月 8 日切被俘之日以及他牺牲 40 年之日到来之际，我们以东方语系的身份，加入到对于切牺牲 40 周年即将拉开的全球性的纪念活动中的一个努力与致敬。

这本语录因为我们涉猎有限，许多重要的著述与语言仍然流散在切光辉的著作里。我们期望更多的人能够将你阅读到的伟大的切的语言寄到这个信箱：svg@vip：sina．com。我们将会补充与增加到这本语录里，直到它成为一本经得起时间来打磨的革命之书。

（三联出版公司《切·格瓦拉语录》一书后记）

我们为什么要重新想象红军

周年是中国人对于某种事物追根溯源的开始。回忆传统几乎同样是一个古老的传统。即使某人死于三千年前也不必担心他被忘记。这种对于历史的温习正在成为运动。西方人常惊讶于中国人集体回忆的姿态。当然，2006 年是长征七十周年。一支部队经过 25000 里的艰苦行军，到达延安。而这是缔造共和国的一个重要开始。国家正在发动人民记忆这一重要往事。

尽管这场长征更多地属于党。但这个奇迹其实早就开始被纪念了。只是时间坐标发生了变化。纪念的队伍里出现新的声音。如同仍然活着参加那次长征的长寿的士兵们，喜欢穿着当年的军装，现在的年轻人，他们的后代，被电视与流行风格混搭而成的一代，他们对于那场长征的认识，有着与他们一样的好奇。但却有着不一样的方式。

在领袖发表国家级的演讲来重新要人民记忆的时候，年轻人是用好奇与神秘的思维来想象那段故事的。他们臆想中的长征，显然是用自己喜欢的自我折磨以及正在流行的小资方式，徒步行走来比对、定义。这条路显然挺长。一位从美国留学归来的女孩子，她是个徒步爱好者，在自己的博客上，写下自己沿着红军路线行走的全过程。她一路上感受到的只是这段路途竟然有一半是人类的秘境，从未被污染，景色美得惊人。她认为，自己的爷爷，他曾是红军，比她要浪漫。她不再认为，那段历史像爷爷所说的艰难困苦，吃青稞算什么，那种味道美极了。新的一代，当然，我们还曾在八十年代，被崔健的小号与红绷带迷惑。他嘶声呐喊着《新长征路上的摇滚》以及粗嗓音的《南泥湾》。革命被音乐给弄得更加浪漫。即使八十年代后的一代人认识的长征。但崔健们显然落后了。民间自发的对于那支军队的兴趣与爱好，正在成为一个潮流。在许多的网页上，以及更多的幼小的孩子们的留言以及思考中，长征正在被形式化。

红军也成为某种先锋名词的代表。一个八零后试图将自己的乐队命名为红军，遭到官方的反对。因为他认为这个名字太酷了。有个做服装设计的女孩，则放大了一张当年的红军战士穿着短裤的服装，那种服装类似今天的七分裤。这张照片放在她的店里，与奢侈品们放在一起，酷得要死。

更酷的是，有一个人花更多的时间，去拍了将近一千多名，当年流散在各地的红军战士画像。结集出版。并把这当成一种记录历史的方式。在北京的798工厂，先锋、爱波普的艺术家们，更是长征以及红军的爱好者，他们放一支当年的大刀，在自己的画展上。有个艺术家甚至在专门卖真假古董而闻名的潘家园市场找到了一批描写这支红军的古老版本，合成了一张《潘家园的长征》。

红军在70年后的今天，在官方与民间、在时尚与传统、在亲历者与想象者们中间，成为了一个有趣的纪念版式。他们各自写着对一支遥远军队的定义，甚至互相印证。

七十岁，六十岁，五十岁，四十岁，三十岁，二十岁，十岁。这样一个年龄的纵深与横切面。如同今天的中国一样，传统与现代共存，丰富杂乱，单纯而且充满朝气与活力。这其实是一个神秘的命题。如此不同的人群为什么会如此地怀念一个逝去的时代。他们如何找到集体共存的密码或者找到方法？

20世纪30年代的中国与二零零六年间的中国，最大的相同点很快出现了。

许多西方来的目光敏锐的智者们，以记者的好奇审视着中国。他们从一开始就对中国的一切产生兴趣。他们的西方身份，并不妨碍他们提前出现的由于科技与知识带来的变化：全球化这一背景。

中国早在可以用波音飞机来到达的时候，时间与空间一下子缩小了。中国的历史很快被这部分人目击，甚至描述。纽约与北京，华盛顿与南京、纽约与延安、伦敦与上海，打开三十年代亨利先生的《时代》杂志以及更多的书刊，我们可以发现，美国人眼中的中国是如此眼花缭乱，如此丰富。甚至在今天看去，只不过是中国作为全球化背景记述中的一环，一个部落。而这个部落的历史，因为西方的观点以及立场而变得张力十足。甚至你找不到这个曲线的根本变化。历史仍然在延续，如果有一部分历史是另外一部分历史的开头的时候，你发现，真正描述这一段历史的仍然是西方人，这些提前感受到全球化背景与拥有对世界好奇的心智的冒险家，找到了对于中国的认识方法，甚至帮助中国认识世界，以及自身的历史。

在今天，如果接近某部分历史，最好的资料与观点往往由外国人提供，这甚至已成为中国的传统。事实上，中国的革命包括领袖的传记正在由外国人重新撰写。以至于我们相信他们所说的更加真实，不是吗？中国几位伟大人物的传记基本上传统性地由外国人来讲述。毛泽东，周恩来，邓小平等等。中国的避讳传统并不习惯于记述当代。历史均由后人盖棺。现在轮到了外国人。中国真正的历史一般有两个版本，一部由官方审定，一部由外国人记录。两本书适合结合阅读。这种传统某些时候，反而使历史充满真正的完整性。三十年代，那场巨大的青春赤色革命，如果被真正发现与重新记录，那么真正的记录者其实是斯诺。

美国人埃德加·斯诺辗转来到延安——在当时比去西藏更艰难，在这里，他似乎发现了一个乌托邦式的地方，“没有抽鸦片、卖淫、贪污腐化、溺婴或虐待儿童，也没有失业者和乞丐，这些现象都是西方人认为在中国比比皆是的罪恶，甚至看不到紧张的战场，到处是自由和谐，平等民主，朝气蓬勃，充满希望的生活”。斯诺的“发现”在西方引起了一次不大不小的震动。西方人像读乌托邦小说一样读他的《红星照耀中国》。感动人的不仅是那个未知的地域的“奇迹”，还有创造奇迹的人。斯诺笔下的毛泽东，令人想起白晋笔下的康熙（白晋是法国传教士，康熙的老师，曾著《康熙帝传》），完美无缺，既是一个学者、哲学家，又是一个政治军事领袖。

埃德加·斯诺的旅行，是随后一系列西方人到红色中国“朝圣”的开端。这些“朝圣者”从记者，作家到军人，政客，在1936—1945年间访问中国红色革命区。在他们的笔下，位于陕北的革命区几乎具有共同的特征，就像是一个政治乌托邦，犹如霍尔多·汉森（上世纪30年代美联社驻中国记者）所说的，“一个柏拉图理想国的复制品”。但真正描述红军那段长征史，则成为这个奇迹的某个重要组成部分。

“优秀的西方学者笔下的中国历史引人入胜，是因为他们将中国放在一个变化的全球图景中来看待。”而长征作为一个新式传奇显然充满着让西方人无法理解的传奇及神秘之处。这些故事从一开始就代表了西方对于中国最深的怀疑与好奇。

那个时代的传说中的让西方恐怖的共产党人是什么样的?

斯诺称“在世界各国中,没有比红色中国的情况更大的谜,更混乱的传说了”。

斯诺看到的那些红军,是这样一些即使在今天看来,依然充满先进性的军队。在一九二七年之前,共产党员是允许参加国民党的,但却遭到了委员长的清除。这是为什么?热情的斯诺是带着无数的疑问走进苏区的。这些问题包括共产党怎样穿衣,怎样吃饭,怎么娱乐,恋爱,工作,他们的婚姻法是怎么样的,他们的妇女真的像国民党所说的那样是被共妻吗?这些至少有上万个疑问,成为重要的理由,促使斯诺发誓要亲自去看看。

而对于历史来说,一切的质疑不过是回到常识的开始。

这本回答这些单纯问题的书出版后,《时代》杂志在一九三八年,长征结束两年,红军的名称彻底消失,被称为八路军的时候,用了几个版面,大方地夸奖了这个红色的政权。因为国共即将要开展他们的合作,狠狠打击越来越全球化的国际战争的敌人——日本。

歌德曾称历史为上帝的神秘作坊,在这个作坊里发生的磨盘转动的声音正在改变着我们的认识。任何伟大的故事的开端总是因为有着优异的敌人或者对手,有着众所周知的恩怨,党争、伐异、立场,主义、兄弟或者江山。历史总是由两个人结成同盟,上演各种不同的戏剧。这两个人分别被对方称为敌人,或者对手。毛泽东的敌人当然是当时强大的蒋介石,这也使这场戏剧的一开始显得有些非常不对等。一支流亡的部队,仍然没有形成核心,处在边缘立场,多灾多病,没有任何还手之力的毛朱们。三五年的委员长兵强马壮,良将无数,精兵在手,拥有人民,政府还有亲政府的媒体。但故事的开始与结束总需要时间来给予点评,如果蒋从清党的开始,到一九四九年的结束,到离开这块他曾是主人的土地的过程就知道结果的话,蒋还会发动清党,杀害共产党人,拒绝无数次试图和解的共产党员们吗?如果是另外的写法,长征的结束与开始也就显得无足轻重,历史可能会以另一行诗句开头。

但这行诗的写法显然属于毛泽东的格律。

在这场从一开始没有开头，也不知道目的地与结束的时间，甚至不知道自己所进行的将是一次漫长的长征的时候，毛就在对手的帮助下，一步步地走到了我们可以瞩目的顶点。

茨威格在陈述他写《人类群星闪耀时》的理由时称，"……在艺术上一旦有一位天才产生就会流芳百世一样，这种具有世界历史意义的时刻一旦发生，就将决定几十年甚至几百年的历史进程。就像避雷针集中了整个大气层的电流一样，那些数不胜数的事件也都往往挤在最短的进间内发生。那些平时慢悠悠顺序发生的事件也都往往压缩在这最短的时刻发生。这一时刻对世世代代作出不可改变的决定，它决定着一个人的生死，一个民族的存亡甚至整个人类的命运。"

这段决定性的准确的话语定义得好极了。还需要补充的是，历史总是以悖论作为演讲的中心词。委员长帮助毛泽东成功地实现了在红军中的核心地位，他打败了一个个曾是毛的领导的人。然后把毛赶到了延安，一块遥远的边地。毛又用了八年时间，与大家静候日军投降，又用了三年时间，将委员长赶到遥远的小岛上。

这场博弈只能用历史的结果来评论。

毛曾很喜欢他的对手们。即使在蒋先于毛去世的时候，毛心中显然并没有忘记这位老对手。

据称他曾经静默半晌，无语。领袖的孤独感永远存在。其实许多人一直想知道这位委员长对于毛的看法。客观上，是他打磨甚至制造了毛的奇迹。历史其实只是一种猜测。蒋终生无法相信这个事实。他在台湾制造了一个经济奇迹，用忏悔之心。毛则用浪漫，又重新打造了一个新国家。

它真的在改变着民族与人类的命运。

一切的发生都在无意甚至被迫中。李德与他的助手决定进行长征。一切都在神秘中进行。毛泽东最初基本上是一个局外人，这场毛的好戏其实差一点并不是以他为主角。

那条路，一直在无意中决定着路线。在这条寻找生存之路上，毛与他的队伍，一直在修整着自己的方向，仅仅两年，虽然付出了十多万人的生命，才决定了这条路的终点，或者起点，但决定了毛在历史中的方向。如同西方人的历史观，他们只在寻找历史的方向感，而长征何尝不是三十年代一批隐在角落的人，正在发光的过程，正在寻找历史的方向感的过程。

而这个时代，西方人曾称之为中国的“黄金年代”。

20世纪的三十年代中期，中国近代史上的重要角色均已陆续登场，并且在文化上创造了一次繁荣。站在历史的某个部分看去，中国史上的黄金时代正在三十年代开端。文化奇迹，政治变迁、战乱、西方常识、英雄、汉奸、国难，上海、日本人的威胁，这一切如此令人目不暇接，奇迹与失败的声音如此交替，光荣与梦想，至少在那个时代令人恍如茨威格所描述的群星闪耀。这个奥地利人所宣称的“……我想从极其不同的时代和地区回顾那些群星闪耀的某些时刻——我这样称呼那些时刻，是因为它们宛如星辰一般永远散射着光辉，普照着暂时的黑夜。”那些星辰在三十年代的中国正在闪现。

不是吗?

鲁迅，这个生气的医生。据称这时候给红军发了一封贺文。

胡适，国宝。他在创造着新的哲学。梅兰芳在访问苏联。李叔同（弘一法师）在弘扬佛法。沈从文刚刚成名。顾颉刚就任燕京大学历史系主任。傅斯年与法国汉学家伯希和视察殷墟最大一次的发掘。邹韬奋创办了《大众生活》周刊，这本杂志发行量达20万份，打破当时中国杂志发行纪录。陶行知主编《小先生丛书》。徐悲鸿在苏联巡展。丰子恺在杭州租了别寓。阮玲玉主演了《人生》和《神女》，被认为是中国无声片时期表演艺术的高峰。曹禺完成了他的三部重要作品《雷雨》、《日出》和《原野》……

梁漱溟，张元济，黄炎培，林徽因，梁思成，林语堂，冯友兰，齐白石，钱锺书，杨绛，巴金，吴清源，俞平伯，费孝通，陈独秀，傅抱石，张爱玲……

仅列出这份漫长的名单就可以对那个三十年代鞠躬了。

没有任何人敢说自己已到过未来，如同那个鲁莽的美国人，他把去苏联当成人类的未来。三十年代的风尚中，纽约的知识分子处在对于莫斯科的集体想象中。而在中国，正在呈现思想的两个局面，一群人集体倾向纽约，另一群人，则视莫斯科为圣地。

这种传统使三十年代充满了矛盾与活力。纽约的思想与莫斯科的思想成为中国知识分子与国家未来的两种选择。

这种选择同样成为国家三十年代思想界与军事家们的主流生活。

但被斯诺称为“中华天朝的红军在地球上人口最多的国度的腹地进行着战斗，九年以来一直在严密的新闻封锁中而与世隔绝。”但这支行进在路上的穷人们，却在寻找着中国的“历史的方向感”。

苏联来的顾问们显然不是这个方向的制定者。但美元也显然不能解决中国的问题。当然，也许有胆子大到对于历史乐观的人，会把去当时的先进的圣地莫斯科参观后定义为“我已去过未来”。在今天来看，也令人觉出历史的无情，当年的苏联现在化为乌有。但在当时的中国，前进的方向以及鼓舞民众与军队甚至在党的信心的支持中，也把这当成唯一的模板。

这些也许就是我们试图看清楚的三十年代。

那里面有红军。有他们进行的长征，也有中华民国。租借地。纽约来的投机者。苏联人。共产党正被国民党追击。一个放在统一的一张中国地图上的三十年代往事。虽然事实上，中国在三十年代被分裂了。红军建立了自己的国家。许多省并不在国民政府的管辖中。这个国家有苏联的社会主义者，也有德国纳粹的军事专家在帮助委员长。当然也有美国这个庞大身影。

西方开始进入这块即将也必将要发生巨变的中国的时代。只是历史还没有确认谁是中国历史真正的主笔。

过程永远都是谜语。

三十年代的描述如此。四十年代、五十年代、六十年代、七十年代、八十年代，每一代执笔者都更是如此。被重复过千万次的真理称，历史就是当代史。每一代人都在按自己的需要完成历史，观照现实困境。七十年，几乎是下一个百年的倒计时，再三十年后，这些曾发生的事实，还会被记录或者被如何记录吗？

在所谓的“历史方向感”里，在所谓的全球化语境中，这条三十年代的行进路线，一支军队的红色色素，在历史地图中，我们仍然在努力确认它们的方位与经度。并且试图只是回到常识。

名称：长征

行进者：红军。

路程：25000 华里。

时间：1935，10—1936，10

国家：中华民国。

（选自三联出版公司出版的《红军》一书之后记）

国人到此，低头致敬

建川有某种神圣担当。

此人天生放肆，自负于世。负责建筑20世纪中国这段最惨烈最阳刚最国家最民族最史诗之博物馆。负责告知世人铁血战争男人绝地后生拔宝剑铸骊歌之豪壮中国血性。负责在商贾钱帛中行走之隐性刚烈隐藏俗世之艰试成真正大事。负责将自己的名字与国家留在历史的某一地段，某一时间，某一时空，某一世，某一点。此为神圣。

建川晋人川性。兵士气。流气。勇气。猛气。鲁气。漭气。文士执宝剑之象杂陈。与人相交，速成好友，被其染者不计其数。被其事感动而泣者不计其数。多少胆雄之男儿之女儿，被其所作所为，被其展放于川的雄性之理想所染。凡见其者，必为所感，必为所叹。拿酒来，拿诗来，拿命运来，拿世界来，拿笔来，此为所见之形也。

胆豪之气与时代之气运杂陈于其身，命运之艰与身世之奇运命于其身，不顾不管，顾头不顾尾……先作，后想，再作，不想，作了，拒绝想……故事成。

笔者二人数入川，感其形，叹其勇，遂有此书。

此书为建川本人与其所筑馆之传。这个馆身上遍布建川之气质。此馆的模样与灵魂与其经历仿。他的经历与出身注定了这个聚落的兵士气，勇气，男人气。这个馆天生就是给男人看的。这个聚落里有着太多的雄性激素与民族耻勇。

中国人应当至此一躬。

此为“国人到此，低头致敬”处。

此为本书书名由来。八个字，别无所想。

此书所成数月，数次赴馆。屡次受教，屡次悲叹，屡次有跃起感。此书录入大量建川本人话，植入大批时景图片。建川机关枪点射般的短句，有着独特的心志之气。故原话照录，比再撰已动人许多。所以这也是一本建川关于历史，关于国家，关于国耻，关于国难，关于自己，关于人生之思之考。

我们试图提醒急行军般要遗忘历史的中国人：

回头看看身后，

回头看看国难，

回头看看国耻。

回头看看历史，在哪一个地方，写着你的怯弱，哪个地方，留着你屈辱的名字。

此逢百年难遇之大变局中之中华，以此书来提醒国人：

有一个地方保存着中国曾经的心灵史。

有一个地方，保存着中国人的骨气。

此为编写本书之真切心。

（《国人到此，低头致敬》，新星出版社，此文为本书后记）

国家伦理格局中的背影

44年前，雷锋——这个从来没有上过战场，却是中国最著名的士兵——被一根柞木杆子砸中了太阳穴，倒在他擦洗了无数遍的汽车后面。此后，雷锋在中国的影响力呈几何级递增，上升到一个很高的高度。最终他成为中国少数能够以头像传世的人物之一，其他几个人物都是政治领袖，只有雷锋，是一个普通士兵。

这个一米五几的小个子湖南人，更多地属于一九六零年代之前中国人精神的一部分。他的名字是一代中国人曾经的总结：对毛主席的绝对忠诚，誓死捍卫国家，对人民和党无私的爱，对剥削和不平等的憎恨。在那个政治即是全部的年代，他的所作所为烙上强烈的“六零年代政治型人格”的气质。他是那个年代泛政治主义现象的一个标本与无形之镜。供更多的世俗大众、学生，军人甚至老人映照，整理精神、道德，内心的暗角。

在国家伦理格局中，“雷锋精神”的含义超出了他自己所能了解的部分。一位著名学者给出了一个有趣的答案，“树立典型进行道德教育在中国社会有很强的传统，尤其从宋代以来，就不断树立典范人物，他们的共同特征是：来自民间，承载道德（如《列女传》，《二十四孝》）。每当社会出现道德危机的时候，就会出现道德英雄”。

“然而，1949以后的中国社会，却出现了一大批不同于以往任何时代的英雄模范人物。他们来自民间，出身于普通的受剥削压迫的劳动人民家庭，他们大都在出生后没几年就解放了。他们的特征是：阶级立场鲜明坚定；对共产党、毛主席充满感激之情和无限崇敬。对当家做主人的社会主义更是衷心拥戴，并充满了美好的向往，因此愿意完全彻底地献身于这个伟大的革命事业。他们没有过人的本领，也没有惊天动地的成就，多为普通的工人或是解放军。他们工作起来都极为努力，忠于职守，并为自己能够很好地履行责任而感到由衷的骄傲与自豪。他们怀着极大的热情学习毛主席著作，坚持批评与自我批评，并不断督促自己提高觉悟。他们极为自信，决心克服一切物质上的困难，不因自己是体力劳动者而觉得低贱，因为他们有着高贵的品质和令人钦佩的精神。雷锋是他们中最有代表性的一个形象，继雷锋以后出现的英雄模范人物全都以他为榜样，和他一样，甘做闪闪发光的螺丝钉。”

螺丝钉精神曾是共和国的一个强烈的黏合剂。人们以服从为最高道德，甚至认为自己是“一块砖”哪里需要哪里搬，当然，到了后来，螺丝钉与“一块砖”均成为某种道德与精神的象形物。

雷锋道德纯粹来说，正在成为一个符号与固定词语，与国家伦理的一部分。自一九四九年以来，中国官方纪念历史人物以及典范的规模与运动，从来没有一个人可以望其项背，即使著名的孔子，也在近年才开始由民间兴起部分波澜，但仍控制在一定的范围内。而国家式的公共纪念活动，在这个普通士兵身上年年达致。几乎所有国家领导人都对他题过词，参观过他的纪念馆，甚至发表过向他学习的讲演，极尽尊荣。他的名字也不断出现在小学的课本里，没有比这种传播与纪念更加深入人心了。有更多的学者研究以他命名的雷锋的精神，至少有上千本的书在记录着他。在国家的纪念日里，这个士兵正在以他的形象来影响这个国家。而在全世界，这是唯一一个国家为一个士兵在三月设立的纪念日。在这一天，还会有不同的人，士兵、农民、工人甚至包括科学家，他们身上的某一部分先进业绩，都会被命名为学习雷锋的先进个人。这种命名与学习的方式，从雷锋去世至今的四十五年里，每年演进，从未中断。甚至成为国家的某种规范公民公德的要义。尽管雷锋身上的某些东西正在演变。

但作为一个符号，雷锋在中国的现代化进程中，仍引发诸多争议。人们开始认为雷锋是不真实的，他们不相信世界上会存在一个如此完美的人。甚至民间出现了对于现代化而言，雷锋是过时的论调。现代社会中，像雷锋那样不计报酬做事的人，无异于是个傻子，甚至于不符合中国目前正在进行的市场经济运动伦理。这个说法尽管听起来刺耳，但是的确符合社会的伦理变化。人们永远无法相信自己做不到的事另外的人却可以做到。而且要去学习一个旧式人物的过去的道德。

在一篇有力量的文章里，这位学者定义“上世纪六十年代初的中国是两个社会，一个是领袖想改变的社会，一个是百姓生活在其中现实的社会。领袖的压力大，百姓的生活苦。苏联变脸快，美国封锁严。中国像一艘在大海中的扁舟上下颠动，内外交困。中国人需要一种精神，需要一种斗志，需要一种来自凡人的震撼”。

整个六十年代，有三个普通人给中国人留下深刻印象——雷锋、王进喜、陈永贵，算是代表了工农兵，雷锋是排在第一。1963年贺敬之的《雷锋之歌》在中国广为传诵，他用最猛烈、坦率、鲜嫩的诗句写道：看，站起来／你一个雷锋／我们跟上去／十个雷锋／百个雷锋／千个雷锋！……／升起来／你一座高峰／我们跟上去：十座高峰，百座高峰，千座高峰！——／千条山脉呵，万道长城！……

从新中国激情燃烧的岁月里走出来的雷锋，恰像是一个“共和国长子”式的角色。他代表了热情建设社会主义、努力朝着共产主义前进的那些“无私奉献”的红色一代，发生在他们身上的一切对于中国新一代的年轻人来讲，早被遗忘殆尽。会背诵贺的战斗诗的一代人正在长大。历史变换了新的背景，他的人格和身上明亮的部分在不同的年代进行着进化。甚至被进行着挑选。至少七十年代、八十年代后的这一代人看他更像是看一个遥远的神话。他们得到的传承更多地源自于在小学教材里。有一课书叫《雷锋叔叔，你在哪里？》。

这篇文章其实对于八十年代后的中国人是一个诘问。每个相信过雷锋与认同过他的人都在反思自己是否在哪里与这位精神上的朋友发生了错位。这就是整个八十年代的中国人一边享受着经济带来的快速变化，一边又承受着强烈的精神失落，直到他们突然找到雷锋竟然也是一个喜欢皮夹克以及雷达表的六零年代时尚青年的依据，才重新找到了与雷锋对接的道德接口。

这个让人如雷贯耳、却也被时尚潮流生活掩盖的雷锋，并不是一个落伍的人。其实雷锋一直都是共和国50、60年代的潮流先锋，他戴红领巾、主动回乡当农民、当政府公务员、学开拖拉机、喜爱拍照片、发表文章、成为钢铁工人、穿皮夹克戴手表、参加解放军、学习毛泽东选集……毫无疑问，雷锋的生活正是那个时期的主流生活。而革命，也是那个年代的时尚生活的重要内容。

从雷锋身上自动迸发出来的这种革命行动，是和平建设时期的革命行动，与之前的中国年轻人为了拯救国家的革命行动，以及之后的中国年轻人无心伤害国家的革命行动都截然不同。雷锋拥有让后人惭愧的、无与伦比的操行，它甚至超越出种族和制度的界限，也被知道雷锋的外国人士所敬服。而在重新估量伦理英雄的意义方面，雷锋也是一个举足轻重的人物。雷锋给人们的一个印象，就是他永远有着儿童般年轻的面颜和欢乐纯真的笑容，以及他无时无刻不想为人民服务，想着去做好人好事……这些天真而纯粹的人生品格，却被长篇累牍的政治宣传所遮蔽。好人好事听多了，结果耳朵也起茧了。

跟中国过去的许多英雄人物都会随着时间的推移逐渐被遗忘不同，学习雷锋运动在各个时期都能找到似乎合情合理的解释，也成为一个惯性的集体活动，近 20 多年来，每年都有一个月，中国人会用自己的行动来向这位熟悉又陌生的人表示敬意。雷锋甚至被评选成为中国的文化偶像，他也已经逐渐演变为一种具有丰富内涵的道德模型。

而雷锋成为一个介于英雄和凡人之间的角色，是在他的身后。这段时间里，中国经历了文化大革命和市场经济大潮，人们对于雷锋的认识也发生了根本变化，从质疑、利用，到调侃、漠然……而也依然有人始终能坚持以雷锋精神作为皈依。

这个纯粹或者是并不纯粹的雷锋，在 21 世纪的今天如果再次走进中国人的视野，势必还将引起人们内心与思想的争斗。因为，他们不知道该怎么对待他。

不管怎样，雷锋依然是被主流缅怀的中国道德人物。雷锋还没有像切·格瓦拉那样被商业力量流行化。他的表情仍然严肃，尽管先锋青年们开始把印有他的波普头像的 T 恤套在了身上，但这并不表明他们就真正了解这个正在波普化的人物。一代人正在流行的天平上迷失。他们给自己寻找到的偶像是“超级女生”。甚至还有一个马上就要消失的周杰伦。

历史越来越遥远，历史也越来越清晰，在道德上完美无缺的雷锋给瞻仰他的中国人，留下许多谜一样的联想。在今天重提雷锋，如同重提遥远的六零年代。有大片的红色，也有大片的激情。大块的六十年代革命道德仍然充满在一代人的骨头中。而我们今天看到的雷锋不过是怀旧气质的一个遥远的背影，我们怀念这个小个子湖南人，更多的是怀念历史上的某种风尚，某种想象中的道德，以及我们想象中的道德的还原。

人人都在寻找自己的雷锋。

国家也在寻找自己的雷锋。

这个人生于一九四〇年，死于一九六三年。

（《雷锋》，三联出版公司，此文为序）